07/2018

Diana Ferch • Jaden Page und das Geheimnis der Traumreisen

Für
Damien

und all die anderen Kinder und Erwachsenen,
die es schaffen, ihr Herz und ihre Seele
mit Lebensfreude, Liebe und Achtung
vor allen Lebewesen
zu erfüllen

Diana Ferch

Jaden Page und das Geheimnis der Traumreisen

Roman

FRIELING

Bibliografische Information der Deutschen Nationalbibliothek
Die Deutsche Nationalbibliothek verzeichnet diese Publikation in der Deutschen Nationalbibliografie; detaillierte bibliografische Daten sind im Internet über http://dnb.d-nb.de abrufbar.

Rheinstraße 46, 12161 Berlin
Telefon: 0 30 / 76 69 99-0
www.frieling.de

ISBN 978-3-8280-3014-5
1. Auflage 2012
Umschlaggestaltung: Michael Reichmuth

Printed in Germany

Inhalt

Die Reise beginnt

Jaden Page war ein ganz normaler Junge, es gab nichts besonders Auffälliges an ihm, jedenfalls rein gar nichts, das auch nur im Geringsten darauf hindeutete, was ihm heute Nacht geschehen würde. Jaden war elf Jahre und beinahe neun Monate alt, hatte hellblondes Haar und blaugraue Augen. Er war von normaler Größe, durchschnittlicher Statur und ein Junge von der Sorte, die sich nach Abenteuern sehnt, wie es wohl jeder Junge in seinem Alter tut. Auf den ersten Blick war also wirklich nichts Ungewöhnliches an ihm zu entdecken und bis zu jener Samstagnacht im Juli, die sein gesamtes Leben verändern sollte, war das Leben von Jaden ausgesprochen gewöhnlich verlaufen. Jaden war sogar dann und wann der Meinung, es wäre geradezu langweilig.

„Aber an diesem Abend wird es garantiert nicht langweilig werden", dachte Jaden, als er die Haustür öffnete, oder vielmehr: als er *versuchte,* die Haustür zu öffnen. Sie hatten sich heute endlich das Spiel gekauft, auf das sie schon monatelang gewartet hatten.

„So ein Mist!", entfuhr es Jaden, als das Schloss klemmte und der Schlüssel sich nur schwer drehen ließ. „Nun mach schon!", ertönte es neben ihm und Jaden meinte, geradezu spüren zu können, wie Konrad jede seiner Bewegungen genauestens unter die Lupe nahm.

Aber es störte Jaden nicht weiter, er wusste nur zu gut, wie schnell Konrad ungeduldig werden konnte, wenn es darum ging, ein neues Spiel auszuprobieren. Mit etwas Mühe und noch einigen Flüchen mehr schaffte er es endlich, die Tür aufzuschließen. Jaden schaffte es gerade noch, einen Schritt zur Seite zu treten, um nicht von Konrad umgerannt zu werden, der, ohne eine Sekunde zu verlieren, an ihm vorbeischoss. Und noch ehe Jaden die Haustür hinter sich geschlossen hatte, hockte Konrad schon vor dem Fernseher und stöpselte die Konsole ein.

„Einfach Wahnsinn", sagte er und seine Augen leuchteten vor Begeisterung, als er den neuen Flachbildschirm anstarrte.

„So eine Optik! Echt genial, dass deine Eltern heute im Theater sind und wir dieses Prachtstück ganz für uns allein haben!" Jaden grinste, während er zwei Pizzen aus dem Tiefkühlfach holte und in den Ofen schob. Er hatte den brandneuen Flachbildschirm genauso ehrfürchtig bewundert wie Konrad, als sein Vater ihn vor ein paar Tagen mit nach Hause gebracht hatte.

„Warte, bis du erst das Bild siehst", sagte Jaden, „das ist schärfer als alles, was du bisher gesehen hast." Er schnappte sich eine Tüte Chips und warf sich mit Schwung auf das Sofa. Um es sich gemütlicher zu machen, stopfte sich Jaden ein Kissen hinter den Rücken und streckte sich genüsslich aus. Jaden dachte kurz an seine Eltern, die gerade im Theater saßen und sich wahrscheinlich zu Tode langweilten, grinste schadenfroh, riss die Chipstüte auf und griff hinein. Dass ein paar Krümel danebenfielen und auf dem Sofa landeten, interessierte ihn heute kein bisschen. Konrad, der inzwischen alles angeschlossen und die Terrassentür geöffnet hatte („Mann, ist das warm hier!"), schmiss sich neben Jaden aufs Sofa, reichte ihm das zweite Joypad und legte die Füße auf den Tisch.

„Wow", sagte Konrad ehrfurchtsvoll, als sie anfingen zu spielen, „diese Auflösung ist echt der Hammer, als wär man mittendrin!" Sie ließen ihre Helden so lange über den Bildschirm toben, bis Jaden ein merkwürdiger Geruch in die Nase stieg.

„Oh nein!", rief er und sprang auf.

„Mann, was ist denn, wir sind mitten im Spiel!", rief Konrad verärgert.

„Die Pizzen", rief Jaden über seine Schulter hinweg, als er zum Backofen lief, „wir haben die Pizzen vergessen!" Er öffnete den Backofen und starrte auf zwei verkohlte schwarze Scheiben, die eigentlich zwei leckere, nach überbackenem Käse duftende Pizzen hätten sein sollen. „Und?", kam es vom Sofa. „Kann man sie noch essen?"

„Verkohlt, keine Chance", antwortete Jaden und warf die schwarzen Pizzen mit einem Seufzer in den Mülleimer. „Was soll's, versuchen wir's noch mal", sagte er, holte zwei neue Pizzen aus dem Tiefkühlfach und legte sie in den glühend heißen Backofen. „Jetzt müssen wir aber wirklich aufpassen", sagte er, als er zurück war. „In zehn Minuten müssten sie fertig sein." Konrad nickte nur, so vertieft war er in das Geschehen, das sich auf dem Bildschirm abspielte. Genau zwölf Minuten später hatten sie ihre heißen Pizzen vor sich stehen und stürzten sich darauf wie zwei ausgehungerte Tiere.

„Weivt du wav", sagte Jaden und jonglierte ein Stück heiße Pizza in seinem Mund herum, in dem aussichtslosen Versuch, sich nicht zu verbrennen, „wir sollten uns noch was Nettes für Klumpfuß überlegen."

„Ja, du hast Recht", sagte Konrad, „es war echt 'ne Schweinerei von ihm, uns nachsitzen zu lassen … Nur, weil wir ein bisschen zu spät kamen." Jaden konnte sich ein Lachen nicht verkneifen: „Na ja, wir sind immerhin eine ganze Stunde zu spät gekommen."

„Na und? Wir hatten ja wohl einen triftigen Grund", schmatzte Konrad.

„Mhh, ich weiß nicht, ob Klumpfuß das auch so gesehen hätte … eine Dreiviertelstunde zu warten, bis ein Laden aufmacht, nur um sich dann als Allererste ein Spiel zu kaufen, gehört wohl nicht zu den Gründen, die Lehrer als wichtig gelten lassen." Konrad grinste. „Nein, vermutlich nicht, aber vielleicht wäre es ausverkauft gewesen, wenn wir erst heute Nachmittag da gewesen wären – und niemand kann von uns erwarten, dass wir *das* riskieren, oder?"

„Genau", bestätigte Jaden, „aber lass uns überlegen, wie wir uns an Klumpi rächen … Er hat uns schließlich nachsitzen lassen – und nicht nur, dass wir deswegen eine Stunde länger warten mussten, bis wir spielen konnten, sondern es war auch noch an einem Freitagnachmittag!"

„Ja … unverzeihlich!", sagte Konrad und nickte bekräftigend. Da ihnen im Moment einfach nichts Geniales einfallen wollte, beschränkten sie sich erst mal aufs Essen, verschoben die Racheaktion und spielten noch ein paar Stunden weiter. Ein paar Explosionen und Fehlschläge später, Konrad war schon nahe am Ausrasten, weil er an einer besonders verzwickten Stelle einfach nicht weiterkam, hatte Jaden einen Einfall.

„Ich weiß es!", rief er und warf sein Joypad von sich. „Was? Wie ich endlich dieses dämliche Monster besiege?", fragte Konrad und sah ihn hoffnungsvoll an.

„Nein, ich meine, wie wir uns an Klumpi rächen könnten."

Konrad schaute enttäuscht drein.

„Mach aus und komm mit!", sagte Jaden und stand auf. Konrad schien nicht besonders begeistert zu sein und folgte Jaden missmutig in den Keller. Jaden stand vor einem Schrank. „Kannst du mir vielleicht mal verraten, was du hier willst?", brummte Konrad, aber kaum hatte Jaden die Tür eines Schrankes geöffnet und etwas herausgeholt, das er jetzt mit bedeutungsvoller Miene in die Höhe hielt, schlug der Missmut auf Konrads Gesicht in Neugier um. „Was hast du denn damit vor?“

„Wir jagen ein paar von Klumpis kleinen Keramikfreunden in die Luft.“ Ein breites Lächeln breitete sich auf Konrads Gesicht aus. „Mann, Jaden, das ist echt genial – das machen wir!“ „Klar machen wir das, und zwar gleich jetzt. Ich muss sagen, manchmal ist es gar nicht so schlecht, dass Klumpi in unserem Dorf wohnt ...“ Jaden drückte Konrad noch zwei der Böller in die Hand, dann liefen sie die Treppe hinauf. Konrad verstaute die Spielekonsole wieder in seinem Rucksack, dann zogen sie sich ihre Jacken über und steckten die Böller in die Jackentaschen.

Nur drei Minuten später waren sie vor dem Haus angelangt, in dem Herr Klumpfuß wohnte, ihr Lehrer in Geschichte. Sie hockten sich hinter einen Busch und beobachteten das Haus. Das Auto stand in der Garage und nirgendwo im Haus brannte Licht. „So ein Langweiler“, sagte Jaden, „Freitagabend, und der liegt schon im Bett.“

„War doch klar, dass so einer außer seinen Gartenzwergen keine Freunde hat, oder?“ Selbst im kargen Licht der Laternen war das Heer von Gartenzwergen, das den Garten bevölkerte, gut zu erkennen. In dem fahlen Licht sahen sie beinahe unheimlich aus mit ihren rotbackigen Gesichtern, dem starren Blick und den Schubkarren, Harken und anderen Geräten, die sie in den Händen hielten. „Wie eine Schar von eingefrorenen Heinzelmännchen“, dachte Jaden. „Und, welchem von diesen hässlichen Zwergen machen wir Feuer unterm Hintern?“, flüsterte Konrad.

„Am besten einem in der Nähe, damit wir nicht über das gesamte Grundstück laufen müssen, wenn das Ding hochgeht.“

„Den da vorne? Mit der Sonnenblume in der Hand?“, schlug Konrad vor. Jaden nickte. „Ja, der ist besonders kitschig, den nehmen wir – also, los geht's.“ Sie rannten gleichzeitig los, sprangen über den Zaun und bestückten ihr Opfer mit Böllern, einen platzierte Jaden unter dem Zwerg, einen legten sie auf die Blüte der Sonnenblume und den dritten klemmten sie zwischen Zwerg und Blume. Dann holte Jaden die Streichholzschachtel aus seiner Tasche, zündete drei Streichhölzer zugleich an und reichte zwei davon an Konrad weiter. Als alle Zündschnüre brannten, hechteten Jaden und Konrad über den Zaun und sprangen mit einer raschen Drehung hinter den nächsten Busch, um ja die Explosion nicht zu verpassen – und dann zerriss der ohrenbetäubende Knall von drei explodierenden Böllern die friedliche Stille der Nacht und der Zwerg oder vielmehr seine Einzelteile flogen in hohem Bogen durch die Luft.

„Klasse", raunte Konrad und Jaden sagte: „Jaaa, genau so sollte eine perfekte Sprengung aussehen." Sie warteten gespannt auf das, was jetzt geschehen würde. Und sie warteten nicht lange, denn im zweiten Stock des Hauses, ungefähr dort, wo das Schlafzimmer liegen musste, wurde das Licht angeschaltet. Kurze Zeit später öffnete jemand das Fenster und schaute hinaus. Jaden und Konrad machten sich noch kleiner und duckten sich fast unter den Busch, denn aus der Höhe wäre es beinahe möglich gewesen, sie zu erkennen. Aber Herr Klumpfuß starrte mit fassungslosem Gesicht nur auf die Stelle, an der einmal sein Sonnenblumen-Zwerg gestanden hatte, der jetzt in alle Richtungen verstreut war. Ein paar Schrecksekunden vergingen, dann wurde das Fenster zugeschlagen und das Licht im Flur brannte.

„Schnell", sagte Jaden, „machen wir, dass wir hier wegkommen, wir sind viel zu nah dran." Und sie rannten los, bis sie ein Stück entfernt hinter zwei der gewaltigen Bäume Schutz fanden, die die Straße säumten. Keine Sekunde zu früh, denn die Haustür öffnete sich und Herr Klumpfuß erschien. Nur in einen blau gestreiften Schlafanzug und Pantoffeln gekleidet schritt er eilig auf die Überreste seines Zwergs zu.

„Oh Gott, wer hat dir das nur angetan?", rief er und kniete sich hin, um ein paar der Scherben in Augenschein zu nehmen. „Sie haben dich in die Luft gesprengt! Wer tut so etwas nur, wer tut so etwas einem armen, unschuldigen Geschöpf an?" Konrad und Jaden konnten sich das Lachen nicht verkneifen, sie pressten ihre Ärmel vor den Mund, um die verräterischen Geräusche zu ersticken. Nach dem ersten Schreck stand Herr Klumpfuß auf, sah sich mit einem von Wut verzerrten Gesicht um und rief zornig: „Wer war das? Na los, zeigt euch, ihr Feiglinge! So ein Attentat zu verüben … Ihr solltet euch SCHÄMEN! Jawohl, schämen – aber wartet nur, ich werde euch finden, weit seid ihr bestimmt noch nicht gekommen!" Und dann öffnete er die Pforte zu seinem Grundstück, trat heraus und ging direkt zu dem Busch, hinter dem Jaden und Konrad bis vor kurzem noch gesessen hatten. Er machte einen großen Satz, als rechnete er fest damit, dass die Übeltäter dort saßen, aber da war nichts. Mit enttäuschter Miene sah er sich prüfend um, schritt dann auf die Straße zu und stand schließlich nur einige Meter neben dem Baum, hinter dem Jaden sich versteckt hielt und sich bemühte, kein Geräusch zu machen. Herr Klumpfuß blickte ein paar Mal mit wachsamem Blick die Straße rauf und runter, schritt dann auf den Baum zu, und …

„Herr Klumpfuß, was machen Sie um diese Uhrzeit auf der Straße – und dann noch im Schlafanzug?“ Ein Auto hatte angehalten und Jaden rutschte das Herz in die Hose. Es war die Stimme seines Vaters, die er da hörte.

„Ich … ich … einer meiner Zwerge wurde soeben in die Luft gesprengt.“ Eine kurze Zeit der Stille trat ein, offensichtlich waren Jadens Eltern zu verblüfft, um etwas zu entgegnen.

„Einer Ihrer Zwerge wurde in die Luft gesprengt? Sind Sie sich da sicher?“

„Ja, das bin ich“, sagte Herr Klumpfuß bestimmt, „und offen gestanden: Ich habe auch schon einen Verdacht, wer das war!“

„Tatsächlich? Haben Sie die Täter denn sehen können?“, hörte Jaden seine Mum fragen.

„Ähm … nein, leider nicht. Aber ich vermute, dass es Ihr Sohn war und wahrscheinlich sein Freund, dieser Konrad …“ Er sah kurz in die Richtung, wo sich Konrad und Jaden versteckt hielten. „… und ich glaube, sie müssen hier irgendwo sein.“

„Jetzt hören Sie aber auf!“, hörte Jaden seinen Vater. „Das ist ja wohl nicht Ihr Ernst. Sie haben nicht mal jemanden gesehen und behaupten einfach, mein Sohn und sein Freund wären es gewesen? Das ist ja wohl die Höhe, so ganz ohne Beweise jemanden zu verdächtigen! Ich schlage vor, Sie gehen wieder ins Haus zurück, anstatt hier im Schlafanzug auf der Straße herumzustehen und wilde Anschuldigungen auszustoßen. Außerdem liegt unser Sohn zu Hause im Bett. Und im Übrigen ist es schließlich auch kein Weltuntergang, wenn einer Ihrer Zwerge fehlt, oder?“ Herr Klumpfuß machte ein Gesicht, als hätte er soeben einen deftigen Schlag in die Magengrube bekommen, denn ganz offensichtlich war die Zerstörung einer seiner geliebten Zwerge durchaus mit einer Art Weltuntergang zu vergleichen.

„Dann wünsche ich Ihnen noch eine gute Heimfahrt“, presste er schließlich mit säuerlicher Miene hervor. „Aber wenn Sie Ihren Sohn nicht antreffen sollten, dann geben Sie mir Bescheid.“

Ohne ein weiteres Wort kurbelte Eric Page die Fensterscheibe hoch und startete den Motor. Herr Klumpfuß hatte sich zwischenzeitlich umgedreht und ging auf sein Haus zu, so dass Jaden und Konrad sich in allerletzter Minute, kurz bevor Jadens Eltern sie gesehen hätten, auf der anderen Seite des Baumes verstecken konnten. Dann liefen sie los. Jaden musste vor seinen Eltern im Haus sein und unter seiner Bettdecke liegen. Die beiden Freunde verabschiedeten sich, während sie rannten, und Jaden blieb nichts anderes übrig, als zu hoffen, dass sein Vater heute langsam fuhr und die Terrassentür noch immer offen stand, denn sonst hätte er keine Chance, vor seinen Eltern anzukommen. Jaden nahm jede Abkürzung, die ihm in den Sinn kam. Er stolperte durch Vorgärten und sprang über sämtliche Blumenbeete des Dorfes, um früher anzukommen als seine Eltern. Dann sah er ihre Scheinwerfer in die Auffahrt leuchten, kurz bevor er durch die Terrassentür huschte, sie schnell verschloss und seine Jacke an die Garderobe hängte. Wie der Wind spurtete er die Treppe hinauf und verschwand just in dem Augenblick in seinem Zimmer, als seine Eltern das Haus betraten.

Er hörte sie unten reden, wischte sich den Schweiß von der Stirn, zog sich schnell Hose und Pullover aus und schmiss sich ins Bett. Dabei konzentrierte er sich nur darauf, seinen Atem zu beruhigen, der ihn sonst wahrscheinlich verraten würde, so keuchte er von seinem Sprint durchs halbe Dorf. Nach ein paar Sekunden öffnete sich seine Zimmertür. Jaden hielt für einige Augenblicke die Luft an, dann war die Gefahr vorüber und die Tür schloss sich wieder. „Glück gehabt“, dachte Jaden. Nach der Aufregung dauerte es lange, bis er einschlafen konnte. Er wälzte sich unruhig hin und her und dann beschlich ihn ganz plötzlich so ein merkwürdiges Gefühl … Als hätte er eine Stimme gehört, die seinen Namen flüsterte … Verwirrt setzte sich Jaden auf und knipste das Licht an. Das Zimmer war leer. Das einzige Geräusch war das leise Rascheln des Baumes vor seinem Fenster. „Wer ist da?“, rief er laut und seine Stimme zitterte, denn zugleich wusste Jaden, dass niemand da sein konnte. Oder war es Konrad, der unten vor seinem Zimmerfenster stand und wissen wollte, ob alles gut gegangen war? Er stand auf, ging zum Fenster und sah hinaus, aber es war niemand zu sehen. Verwirrt legte er sich wieder in sein Bett. „Wahrscheinlich war es nur die Aufregung", dachte er. Einigermaßen beruhigt, aber noch immer mit diesem merkwürdigen, unheimlichen Gefühl, das irgendwo in ihm festsaß, löschte er das Licht wieder und machte es sich gemütlich. Langsam dämmerte Jaden ein.

„*Jaden …*", flüsterte eine undeutliche Stimme, die immer lauter zu werden schien, „*die Zeit für die Enthüllung ist gekommen … Vertrau mir, ich werde dich an einen Ort führen, an dem die Wahrheit wohnt … Dieses Mal werde ich nicht den Fehler machen, zu lange zu warten, dieses Mal nicht … Komm mit mir, hab keine Angst … Durch dich wird die Wahrheit wieder ans Licht kommen – und der Bann wird endlich gebrochen …*"

Jaden schreckte hoch, da war doch jemand! Irgendjemand hatte mit ihm gesprochen, aber jetzt war er sich sicher, dass Konrad damit nichts zu tun hatte, denn es war nicht die Stimme seines Freundes gewesen, die er eben gehört hatte. Und was sollte das sein, „ein Ort, an dem die Wahrheit wohnt", das war einfach vollkommen verrückt! Er versuchte, die Gedanken an diese merkwürdige, heiser klingende Stimme abzuschütteln. Aber es wollte ihm einfach nicht gelingen. Die Stimme, die er eben gehört hatte, war in seinem Kopf gewesen, da war sich Jaden ziemlich sicher. Aber eine Stimme, die aus seinem Kopf kam … War das überhaupt möglich? Jaden lauschte noch weiter in die Dunkelheit, horchte mit klopfendem Herzen darauf, ob die Stimme noch einmal ertönen würde, aber nichts dergleichen geschah. Es war schließlich Mitternacht, als Jaden in einen tiefen, traumlosen Schlaf fiel.

Als er wieder erwachte, war es schon hell um ihn herum. Er öffnete nicht gleich seine Augen, sondern streckte sich erst einmal genüsslich. Als er seine Augen öffnete, sah er über sich eine gewaltige grüne Baumkrone statt seiner Zimmerdecke. Der Schreck durchfuhr ihn wie ein Blitz und mit einem Mal war er hellwach. Jaden ließ seinen Blick über die ungewohnte Umgebung schweifen. Er konnte sich nicht erinnern, jemals hier gewesen zu sein, geschweige denn daran, wie er hierhergekommen war.

Der Baum, unter dem er lag, war nicht der einzige. Er schien sich mitten in einem Wald zu befinden – wo er auch hinsah, er war umringt von Bäumen. Direkt vor sich sah er einen breiten Weg, der durch den Wald führte. Jaden stand auf und klopfte sich den Staub vom Hosenboden. Verwundert bemerkte er, dass er in Kleidung gehüllt war, die er noch nie gesehen hatte. Ein Hemd aus schimmerndem weißem Stoff, mit noch nie gesehenen Mustern an den Ärmeln, und eine dazu passende Hose. Was war hier nur los? Langsam stieg Angst in ihm auf und er fragte sich, was er jetzt tun sollte. Wohin er sich auch wendete, es gab nichts als Bäume. Jaden war offensichtlich mutterseelenallein in einem dichten Wald und wusste weder, wie er hierhergekommen war, noch, wohin er sich wenden sollte. Sein Gehirn ratterte in einer Geschwindigkeit, die Jaden neu vorkam … Sollte dies der Ort sein, von dem die geheimnisvolle Stimme gesprochen hatte? Was hatte sie genau gesagt? Jaden fiel es plötzlich schwer, sich zu erinnern. Dass sie ihn an einen Ort bringen wolle, wo die Wahrheit wohnt? Wie er es auch drehte und wendete, es wollte einfach keinen Sinn ergeben … Was sollte er hier? Noch während Jaden ratlos dastand, hörte er etwas: ein leises Rascheln und Poltern; und es schien näher zu kommen.

Gespannt und mit klopfendem Herzen blickte Jaden in die Richtung, aus der das Geräusch kam. Erst konnte er nur eine Staubwolke erkennen, aber ein paar Sekunden später sah er, dass es ein Pferd war, das ziemlich schnell herangeprescht kam.

Plötzlich wurde das Pferd langsamer. Ob der Reiter ihn gesehen hatte? Sie näherten sich und Jaden sah, dass der Junge auf dem Pferderücken ungefähr in seinem Alter sein musste. Im Nu waren sie bei ihm angelangt und der Junge stoppte das Pferd. Er sah neugierig auf Jaden herunter.

„Hallo", sagte der fremde Junge, ohne zu zögern, „ich bin Ilja." Er ritt ohne Sattel oder Zügel und war barfuß. Seine gesamte Bekleidung bestand nur aus einer weißen Hose, und seine dunkelblonden Haare hingen ihm in leichten Locken bis auf die Schultern.

„Ich … ich bin Jaden", sagte Jaden etwas zögernd, dem das alles noch immer ziemlich merkwürdig vorkam.

„Wo kommst du her?", fragte ihn Ilja und betrachtete ihn so aufmerksam, dass Jaden das Gefühl hatte, seine Augen würden geradewegs in ihn hineinblicken.

„Ich weiß nicht, ich bin hier einfach … aufgewacht", versuchte Jaden zu erklären, was er sich selbst nicht erklären konnte.

„Hier, unter diesem Baum“, sagte Jaden und zeigte auf die moosbewachsene Stelle, auf der er bis eben noch gelegen hatte.

Ilja verzog keine Miene. „Wundert er sich denn gar nicht?“, dachte Jaden verwirrt. Warum antwortete er ihm nicht. Noch immer sah Ilja ihn eindringlich an.

„Weißt du, wo wir hier sind?“, fragte Jaden, noch immer hochgradig beunruhigt.

Der fremde Junge namens Ilja dachte kurz nach, dann sagte er: „Ich wohne ganz in der Nähe. Wenn du möchtest, nehme ich dich ein Stück mit.“ Er lächelte geheimnisvoll. Er schien mehr zu wissen, als er preisgab, dachte Jaden.

„Komm, steig auf, ich würde dir gern etwas zeigen.“ Jetzt grinste er, und Jaden fasste langsam Vertrauen. Irgendetwas an diesem komischen Kauz gab ihm ein gutes Gefühl. Was es genau war, wusste er selbst nicht.

„Ähm … ich saß noch nie auf einem Pferd“, erwiderte Jaden zögernd, es war ihm etwas peinlich. Seine Mutter hatte ihm nie erlaubt, Reitstunden zu nehmen, weil sie stets von der Angst beseelt war, ihm könnte etwas passieren.

„Ach, das ist ganz leicht“, sagte Ilja, beugte sich vor und streckte ihm seine Hand entgegen.

„Ich zieh dich rauf.“

Mit gemischten Gefühlen ergriff Jaden die Hand. Es war tatsächlich ganz leicht, denn der Junge hatte erstaunlich viel Kraft. Ehe er es sich versah, saß Jaden mit einem Schwung auf dem Pferd.

„Wo reiten wir denn hin?“, fragte Jaden neugierig, sobald er es sich hinter dem fremden Jungen halbwegs bequem gemacht hatte.

„Das verrate ich dir noch nicht“, sagte Ilja und grinste breit, „ich möchte lieber dein überraschtes Gesicht sehen!“

Jaden fragte sich angestrengt, was dieser barfüßige Junge ihm wohl so Aufregendes zeigen wollte. Was konnte es in einem langweiligen Wald schon so Bahnbrechendes geben? Das Pferd trottete langsam über den Waldweg. Jaden zuliebe ging es jetzt bedeutend langsamer vorwärts und er war dankbar dafür.

„So was hast du bestimmt noch nie gesehen“, begann Ilja. „In eurer Welt gibt es schon lange keine Möglichkeit mehr, so was zu Gesicht zu bekommen“, sagte er mit großer Überzeugung.

Jetzt horchte Jaden auf.

„Was meinst du mit ‚meiner Welt'? Wo lebst du denn, wenn ich fragen darf?“, fragte Jaden überrascht.

„Mhh“, machte der merkwürdige Junge, „ich weiß gar nicht recht, wie ich dir das erklären soll. Das ist sehr schwierig, weißt du? Aber vielleicht ist das auch gar nicht so wichtig, weil du dich morgen bestimmt an nichts mehr erinnern kannst.“

Plötzlich wusste er es. Jaden fiel blitzartig ein, wo er sein musste. Dass er da nicht schon viel eher draufgekommen war!

„Na klar weiß ich, wo ich bin“, rief Jaden etwas zu laut, „ich bin in meinem eigenen Traum!“ Das Pferd schreckte auf, offenbar war es so ein hektisches Verhalten und die Lautstärke nicht gewohnt.

Fast wäre Jaden vom Pferd gefallen, hätte er sich nicht im letzten Moment an Ilja festgehalten. Aber jetzt, wo er wusste, dass er nur träumte, wäre das nicht weiter schlimm gewesen. Im Traum konnte einem schließlich nichts passieren! Puh, Jaden war sehr erleichtert, er hatte schon an seinem Verstand gezweifelt.

„Das nächste Mal schrei bitte nicht so, wenn dir was einfällt“, sagte Ilja. „Mein Pferd mag so was nicht.“

„Okay“, sagte Jaden, dachte sich aber im Stillen nichts weiter dabei; Ilja und das Pferd waren schließlich nicht echt, sondern nichts weiter als zwei Figuren aus seinem Traum, die es nicht mehr geben würde, sobald er aufwachte. Aber bis dahin konnte er sich ruhig noch Zeit lassen, dachte Jaden, der Traum war schließlich gar nicht mal so schlecht.

Nach einer Weile bogen sie vom Waldweg ab und ritten durch das Unterholz weiter. Sie mussten sich ducken, damit die Zweige ihnen nicht ins Gesicht schlugen.

Ilja kannte sich offensichtlich sehr gut aus, für Jaden dagegen sah jeder Baum gleich aus. Er hätte nie wieder zurückgefunden.

„Wir sind gleich da“, sagte Ilja, „es sind nur noch ein paar Meter.“

Plötzlich stoppte Ilja das Pferd und sagte, sie müssten jetzt absteigen. Als sie den Waldboden wieder unter ihren Füßen spürten, legte Ilja den Finger an die Lippen. „Pst“, machte er und ging vor. Er schob mit seinem Arm einen üppig grünen Zweig zur Seite und winkte Jaden zu sich. Etwas misstrauisch ging Jaden auf Ilja zu, spähte durch die Zweige – und hielt den Atem an. Knapp zehn Meter entfernt saß ein Bär, ein riesiger Bär mit zotteligem Fell und beängstigend großen Pranken. Ein Stückchen von ihm entfernt tollten zwei kleine Bären in der Sonne umher. Noch nie hatte Jaden Bären gesehen, nicht einmal im Zoo, und jetzt befanden sie sich direkt vor ihm, ohne einen Zaun, der sie trennte. Jaden hörte sein eigenes Herz lautstark pochen und seine Augen mussten doppelt so groß sein wie sonst, so amüsiert, wie Ilja ihn ansah. Plötzlich sah der Bär in die Richtung der beiden Jungen, und erschrocken trat Jaden sofort ein paar Schritte zurück.

„Wir müssen schnell weg", flüsterte er atemlos, „der Bär hat uns entdeckt!" Aber Ilja blieb ganz ruhig und winkte ab.

„Keine Angst, sie würde uns niemals etwas tun, ich kenne sie schon lange." Jaden sah ihn ernst an. War dieser Junge vielleicht verrückt geworden?

„Pass auf, ich werde es dir beweisen." Und mit diesen Worten ging Ilja geradewegs auf den Bären zu. Als der Bär ihn sah, erhob er sich und trottete auf ihn zu. Als nur noch wenige Zentimeter zwischen ihnen lagen, streckte Ilja seine Hand aus, und der riesige Bär, der bestimmt dreimal so groß und breit war wie der Junge, der vor ihm stand, leckte ihm mit seiner großen Zunge einmal über die Hand.

Jaden war bereits darauf gefasst gewesen, dass sich der Bär jeden Moment auf Ilja stürzen würde – aber mit so etwas hatte Jaden nicht gerechnet. Jaden hatte das Gefühl, ihm würden die Augen aus den Höhlen rutschen, als Ilja den Bären umarmte, dabei konnte er den Hals des Bären mit seinen Armen kaum umschließen. Der Bär stieß ein brummiges Geräusch aus und hob eine seiner Pranken. Jetzt war es so weit, dachte Jaden, jetzt würde er Ilja mit einem Schlag seiner riesigen Pranke einfach hinwegfegen … Aber zu seinem grenzenlosen Erstaunen legte der Bär die Pranke sacht auf Iljas Haar und zerzauste es auf eine so zärtliche Weise, wie es eine Mutter bei ihrem Kind tun würde. Ilja hob seine Hand und strich dem Bären über den Kopf, der schloss die Augen und brummte ganz behaglich vor sich hin. Dann senkte er seinen gewaltigen Kopf noch weiter hinunter und leckte Ilja einmal quer über das Gesicht. Ilja lächelte und schien sich sehr wohl zu fühlen … „Der Bär benimmt sich wie ein Haustier", dachte Jaden verwirrt. Kein bisschen wild …

Ilja drehte sich zu ihm um und winkte ihn heran. „Keine Angst", rief er, „sie wird dir nichts tun! Glaubst du mir jetzt? Ehrlich ... sie täte nicht einmal einer Fliege etwas zu Leide!"

Da fiel Jaden plötzlich wieder ein, was er die letzten Minuten über völlig vergessen hatte: Das hier war nur ein Traum! Er folgte Ilja, wenn auch langsam, die Augen starr auf den Bären gerichtet. „Ich bin in meinem Traum, ich bin in meinem eigenen Traum ...", sagte Jaden sich bei jedem Schritt, weil ihm doch ganz schön mulmig war. Aber so was hätte er Ilja gegenüber natürlich nie zugegeben. Je näher er dem Bären kam, desto ängstlicher wurde er. Und mit jedem Schritt, den er näher kam, schien der Bär zu wachsen, seine Schnauze und die riesigen Pranken schienen immer noch größer und gefährlicher zu werden. Aber das Unheimlichste an ihm war, dass er Jaden genau in die Augen sah; mit einem fast menschenartigen Ausdruck in den wachsamen Augen. Jaden lief ein kalter Schauer über den Rücken, als er schließlich neben Ilja stand, nur eine Armlänge von dem Bären entfernt.

„Na los", sagte Ilja vergnügt, „streichle sie ruhig. Es fühlt sich gut an, ihr Fell ist ganz samtig. Außerdem würde Janka es als eine ernsthafte Beleidigung auffassen, wenn du sie nicht begrüßt." Das Letzte, was Jaden sein wollte, war ein Feigling, deshalb riss er sich zusammen und streckte langsam die Hand aus. Verwundert sah er eine Sekunde später seine eigene Hand, die durch das Fell eines mächtigen Bären fuhr, und er fühlte die Wärme seines samtigen Pelzes unter seiner Handfläche. Als er seine Hand einen Moment lang ganz still hielt, spürte Jaden, wie sich der Körper des Bären hob und senkte, er fühlte, wie der Bär atmete. Das war wirklich nur im Traum möglich, und doch – es fühlte sich alles so verdammt wirklich an. Er wandte seinen Kopf zu Ilja und wollte gerade seinen Mund öffnen, um eine Frage zu stellen, aber Ilja kam ihm zuvor.

„Wie schon gesagt, das ist Janka, unsere Bärin", sagte er, „sie wurde meinen Eltern an dem Tag ihrer Trauung geschenkt."

„Deine Eltern haben also zur Hochzeit einen Bären geschenkt bekommen?", fragte Jaden erstaunt. Er war nicht sicher, Ilja richtig verstanden zu haben. Jaden wusste zwar, dass man zu einer Hochzeit viele und große Geschenke bekam – aber einen Bären ...

„Ja, richtig. Bei der Hochzeit meiner Eltern war sie noch ganz klein, seitdem lebt sie mit uns zusammen. Ich habe schon als Baby mit ihr gespielt … Nur wenn sie Junge bekommt, ist sie lieber eine Zeit allein. Bei uns hat fast jede Familie einen Bären."

„Also … ist der Bär … ich meine Janka", Jaden wusste vor Verblüffung nicht recht, wie er sich ausdrücken sollte, „also ist Janka so etwas wie euer *Haustier?*"

„Ja", sagte Ilja, „so ungefähr könnte man es ausdrücken. Nur dass sie nicht in unserem Haus lebt, sondern hier im Wald. Aber jetzt, da ihre Jungen etwas größer sind, wird sie uns gewiss wieder jeden Tag besuchen kommen."

Ilja schien es also ganz normal zu finden, einen Bären als Haustier zu halten, dachte Jaden.

„Aber kostet es nicht ziemlich viel Geld, sie zu füttern?", fragte Jaden. Ilja sah ihn mit großen Augen an. „Füttern? Wieso sollten wir sie füttern? Bären suchen sich ihre Nahrung doch selbst. Janka versorgt uns mit Nahrung – na ja, zumindest mit Honig … Sie bringt oft Honigwaben für uns mit."

Jaden war unfähig, etwas zu sagen, so verblüfft war er. Er kam aus dem Staunen einfach nicht mehr raus. Hätte er nicht schon gewusst, dass er träumte, dann hätte er jetzt wohl laut losgelacht! Ein wilder Bär, der mit Menschen zusammenlebte und ihnen Honigwaben zum Naschen brachte! Jeder normale Mensch wusste, dass so etwas nicht möglich war … Wenn die Eltern sich einen Bären hielten, ihn dressierten, oder was auch immer sie mit ihm anstellten, na schön – aber sie würden doch nie und nimmer zulassen, dass er freien Zugang zu ihren Kindern hatte … Wer würde schon freiwillig seine eigenen Kinder in Gefahr bringen?

„Oh", lachte Ilja, und sein Gesicht wirkte zum ersten Mal sehr nachdenklich, „sogar Rania kommt uns heute besuchen." Er drehte seinen Kopf zu Jaden. „Das tut sie nicht oft, weißt du, sie hält sich die meiste Zeit im Wald auf. Sie sucht nicht oft die Gesellschaft von Menschen – es ist wirklich ungewöhnlich, dass sie ganz von selbst kommt." Schon wieder nahm sein Gesicht so einen geheimnisvollen Ausdruck an, und der Blick, mit dem er Jaden ansah, schien noch eindringlicher zu werden.

Jaden fragte sich, wer um alles in der Welt Rania sein mochte und sah sich suchend um. Erst konnte er nichts entdecken, aber als ein Wolf mit einem Satz aus dem Dickicht gesprungen kam, hatte Jaden für einen kurzen Augenblick das Gefühl, vor Angst ohnmächtig zu werden. Ilja streckte sofort und ohne jegliche Spur von Angst die Hand aus und zauste dem Wolf das Fell. Der Wolf trat ein paar Schritte vor, streckte seine Schnauze in Jadens Richtung und musterte ihn dabei ganz seltsam aus seinen grünen Augen. Jaden bekam eine Gänsehaut und stand stocksteif da, während er sich ganz instinktiv darauf konzentrierte, ruhig zu atmen und keine schnellen Bewegungen zu machen. Ilja hatte nichts Besseres zu tun, als laut loszulachen.

„Warum stehst du denn so komisch da?“, sagte er völlig erstaunt. Jaden bewegte sich noch immer keinen Millimeter und sah mit erschrockenem Gesicht und geweiteten Augen auf den Wolf. Auch wenn es nur ein Traum war, gelang es ihm jetzt nicht, seine Angst abzuschütteln. Es wirkte alles so erschreckend wirklich wie nie in einem Traum zuvor.

„Rania ist schon ganz verwirrt. Ich wette, das ist das erste Mal, dass sie so etwas wie Angst riecht“, sagte Ilja. „Du brauchst dich wirklich nicht zu fürchten, Rania ist auch so was wie ein Haustier – so nanntest du es doch?“

„Äh … ja“, murmelte Jaden. Ilja hatte Recht. Wann hatte er schon jemals wieder die Gelegenheit, einem Wolf so nahe zu sein? Jaden zögerte noch immer, aber langsam streckte er seine Hand aus und berührte das Fell des Wolfes. Es war seltsam, denn sobald Jadens Finger den Kopf des Wolfes berührten, fiel seine Angst von ihm ab und er fühlte sich fast so, als gehöre er hierher. Plötzlich kam ihm nichts mehr so seltsam vor wie noch eine Sekunde zuvor. Instinktiv kraulte er dem Wolf das Fell zwischen den Ohren, strich ihm über den Rücken und veränderte dabei stetig den Druck seiner Hand. Er konnte spüren, was dem Wolf gefiel und was nicht.

„Gehört der Wolf auch zu deiner Familie?“, fragte Jaden leise, während er Rania weiter durchs Fell fuhr.

„Sie“, sagte Ilja, „Rania ist eine Wölfin. Und wir bezeichnen die Tiere nicht als Eigentum, weißt du. Aber sie ist oft bei meiner Familie und mir. Sie hat oft auf mich geachtet, wenn ich allein den Wald erkundete, und mir den Weg nach Hause gezeigt, wenn ich mich verlaufen hatte. Ohne sie hätte ich so manches Mal alt ausgesehen.“

Also war sie so etwas wie ein Hund, dachte Jaden, nur etwas zotteliger und vielleicht auch ein wenig angsteinflößender. Jaden erinnerte sich wieder daran, dass er sich früher, als er viel jünger gewesen war, sehnlichst einen Hund gewünscht hatte. Wieder und wieder hatte er sich zu Weihnachten nichts anderes als einen Hund gewünscht … Bis er schließlich älter wurde und begreifen konnte, dass es zwecklos war, dass er niemals einen Hund haben könnte, weil seine Mutter allergisch auf beinahe alle Tierhaare war.

Während sich seine Finger immer wieder in das Fell der Wölfin gruben, lief Jaden ein warmes Gefühl durch den ganzen Körper. Ihn beschlich der merkwürdige Gedanke, dass er Rania irgendwoher kannte. Gleichzeitig wusste Jaden, dass es völliger Unsinn war, so etwas zu denken; denn woher sollte er eine Wölfin kennen, der er in seinem Traum begegnete? Während er Rania so gedankenverloren streichelte, hatte sie sich ihm zugewandt und leckte ihm plötzlich mit ihrer feuchten Zunge über die Hand, so wie es Janka vorhin bei Ilja gemacht hatte.

„Oh … Rania mag dich scheinbar sehr", sagte Ilja, der inzwischen mit den Bärenjungen spielte und dem nicht entgangen war, was Rania getan hatte. „Noch nie hat sie einem Fremden so schnell ihre Sympathie bekundet."

Jaden schien eine Welle des Glücks zu überströmen. Er war so glücklich, die struppige Wölfin zu streicheln und diesen merkwürdigen Jungen neben sich zu haben, der Bären und Wölfe als Haustiere hielt, und Jaden fühlte sich plötzlich so gut wie schon eine lange, lange Zeit nicht mehr. Was für eine wundersame Welt das hier war, was für ein merkwürdiger Traum … Ilja tollte inzwischen mit den kleinen Bären umher, und es sah aus, als würde er mit ihnen Fangen spielen. Ilja lief ein Stück vor und rannte dann eine Weile im Zickzack umher, während die kleinen Bären sich sehr bemühten, ihn zu erhaschen. Dabei stolperten sie beinahe über ihre eigenen Beine, so unbeholfen tapsten sie durch die Gegend. Jaden musste lauthals lachen bei dem ungewöhnlichen, ulkigen Anblick, der sich ihm bot.

„Such dir lieber jemanden aus, der dir gewachsen ist!", rief Jaden und grinste. Ilja hielt inne. „Kannst du haben", sagte er, grinste breit und bewegte seine Hand, als wollte er jemandem bedeuten, ihm zu folgen. Sofort lief Rania, die eben noch neben Jaden gestanden hatte, los und rannte Ilja hinterher, dessen Schnelligkeit Jaden sehr erstaunte. Wie der Blitz sprang er über herumliegende Äste, hervorstehende Wurzeln und allerlei Gestrüpp, ohne auch nur einmal zu straucheln. Rania war einige Male dabei, ihn beinahe einzuholen, aber dann tat Ilja stets etwas vollkommen Unvorhergesehenes. Einmal sprang er hoch, bekam einen Ast zu fassen, schwang sich einmal um die eigene Achse und lief nach der Landung in die entgegengesetzte Richtung weiter. Jaden sah gebannt zu, wie Ilja noch allerlei andere Kunststücke vorführte. Rania hatte dabei keine Chance, ihn einzuholen, wie sehr sie es auch versuchte. Ilja rannte und sprang mit solch einer Leichtigkeit, dass es Jaden völlig verblüffte, wozu ein Mensch in der Lage war. Nach einer Weile beendeten die beiden ihr Spiel und Ilja kam etwas verschwitzt, aber lächelnd zurück.

„Na, wie hat dir das gefallen? War das ein gleichwertiger Gegner?"

„Ich frage mich wirklich, wie du das gemacht hast", sagte Jaden.

Ilja zuckte die Achseln. Er war nicht mal besonders aus der Puste, als er sagte: „Ich laufe einfach. Währenddessen versuche ich, ein paar Schritte vorauszudenken. Ich habe schon jahrelang Übung darin. Am Anfang war es ziemlich schwer und Rania schaffte es ständig, mich einzuholen, aber jetzt – du hast es ja gesehen", meinte er fröhlich, pflückte sich eine Himbeere von dem Strauch neben sich und aß sie.

Jaden nahm sich auch eine und steckte sie in den Mund. Sie schmeckte wunderbar süß und fruchtig! Der Traum kam Jaden immer merkwürdiger vor – seit wann konnte man im Traum etwas schmecken? Plötzlich und ganz unvermittelt begann die Welt um ihn herum zu verschwimmen. Der Wald, Ilja und die Tiere wurden immer undeutlicher, Jaden wurde von einem Gefühl des Schwindels erfasst und kniff die Augen fest zu, um es erträglicher zu machen. Dann spürte er etwas Weiches unter sich und ein bekannter Geruch umgab ihn. Und auch ohne die Augen zu öffnen, wusste Jaden, wo er war.

Besuch aus Indien

Jaden schlug nicht sofort beide Augen auf. Er blinzelte vorsichtig mit einem Auge – und erst, als er wie gewohnt seine Zimmerdecke über sich sah, öffnete er beide Augen und setzte sich auf. Er sah sich in seinem Zimmer um, als würde er es heute zum ersten Mal sehen. Es kam ihm plötzlich so vor, als sei er tatsächlich weg gewesen, viele Stunden, und als sei er wie von Zauberhand wieder in seinem Bett gelandet. In Gedanken versunken ließ Jaden sich ins Bett zurückfallen. Er versuchte noch eine ganze Weile, wieder einzuschlafen, in der Hoffnung, er könnte noch einmal an den Ort gelangen, an dem er eben gewesen war. Allerdings war dieser Versuch nicht von Erfolg gekrönt und Jaden rappelte sich seufzend auf. Es nützte ja doch nichts, in einen Traum zurückkehren zu wollen, ganz gleich, wie phantastisch er auch gewesen sein mochte.

Noch im Pyjama ging er in die Küche und saß kaum zwei Minuten später mit einer Schüssel Cornflakes auf dem Sofa und sah fern. Seine Gedanken schweiften jedoch immer wieder zurück zu dem eigenartigen Traum, aus dem er soeben erwacht war. Das Allerseltsamste an dem Traum war, dass Jaden sich fühlte, als wäre ihm das, was er geträumt hatte, *tatsächlich* passiert! Natürlich wusste er, dass so etwas nicht möglich war, zumindest nicht, solange man noch alle Tassen im Schrank hatte. Aber merkwürdig war das trotzdem … Wie schade, dass er so früh wieder aufgewacht war, er hätte gern noch ein wenig weitergeschlafen! Ob er in der nächsten Nacht einfach weiterträumen konnte? Das hatte er allerdings noch nie erlebt, schließlich konnte man seine Träume ja nicht steuern … Und warum hatte Ilja von seiner „Welt" gesprochen und gesagt, Jaden würde sich am nächsten Morgen an nichts mehr erinnern können, er konnte sich noch an jede Einzelheit erinnern. Wo war er im Traum bloß gewesen und wieso hatte es sich bloß so *echt* angefühlt?

Jetzt beschloss Jaden, erst mal nicht weiter über den Traum zu grübeln. Sein Cartoon war auch schon vorbei, ohne dass er etwas davon mitbekommen hatte. Nachdem er auf die Uhr gesehen hatte, stellte Jaden mit Erschrecken fest, dass er viel zu spät aufgestanden war, lief die Treppe hinauf und betrat sein Zimmer, um sich anzuziehen, schließlich hatte er heute noch viel vor.

Auf dem Weg ins Bad kam er am Schlafzimmer seiner Eltern vorbei. Jaden schmunzelte, er hörte seinen Vater sogar noch durch die geschlossene Zimmertür hindurch schnarchen. Wie seine Mutter das bloß aushielt! Jaden ging ins Bad und putzte sich die Zähne. Während er sich im Spiegel über dem Waschbecken betrachtete, kamen die Gedanken an seinen Traum wieder auf. Und wenn es doch etwas zu bedeuten hatte, dass Ilja von „seiner Welt" gesprochen hatte? Was, wenn er im Traum wirklich in eine fremde Welt gereist war? Und wer hatte mit ihm gesprochen, bevor er eingeschlafen war? Sollte es tatsächlich möglich sein, dass ihn jemand dorthin geführt hatte? Jaden spuckte die Zahnpasta aus und gurgelte. „Letztendlich war es nur ein Traum gewesen", dachte er sich, und die Stimme musste er sich eingebildet haben. Es war schlichtweg unmöglich, in eine fremde Welt zu gelangen.

„Unmöglich!", sagte er laut und spritzte sich eiskaltes Wasser ins Gesicht, um die merkwürdigen Gedanken aus seinem Kopf zu vertreiben. Dann lief er rasch nach unten und verließ das Haus. Die Sonne hatte schon eine gewaltige Kraft, obwohl es noch nicht mal zehn Uhr war, war es bereits schwül, kein Lüftchen regte sich. Jaden ging in den Schuppen und holte sein Fahrrad. Jetzt musste er sich beeilen, um noch pünktlich zu sein. Mehrmals wischte er sich den Schweiß von der Stirn, während er zum Wäldchen radelte.

Er hatte sich mit den Jungs gegen zehn Uhr am Baumhaus verabredet. Genauer gesagt, mit den Jungs und Lou. Lou hieß eigentlich Louisa und war das einzige Mädchen in der Truppe. Vor fast drei Jahren hatten sie sich ein Baumhaus gebaut und von damals rührte auch noch das Schild her, von dem die Farbe schon fast abgeblättert war. „Die fünf Neunen" stand in blauer Schrift darauf. So hatten sich die fünf Freunde damals genannt, weil sie alle gerade neun Jahre alt gewesen waren. Nicht besonders einfallsreich, aber damals hatten sie es sehr witzig gefunden. Das Baumhaus lag ein Stück hinter dem Haus von Lenni und Jörn, den Zwillingen. Der Vater der beiden führte eine Tischlerei. Er war es auch gewesen, der die Kinder auf die Idee mit dem Baumhaus gebracht und ihnen Holzreste gegeben hatte, die er nicht mehr brauchte. Außerdem lag das Haus von

Lenni und Jörn am Rand der Siedlung und direkt dahinter begann ein kleines Wäldchen, der ideale Ort für ein Baumhaus also.

Jetzt hatte Jaden das Wäldchen erreicht und steuerte direkt auf die große Kastanie zu. Die Veranda des Baumhauses war unter dem Laubwerk der Kastanie kaum zu sehen. Aber Lous hellblonder Haarschopf leuchtete hell zwischen den grünen Blättern hindurch. Sie winkte ihm zu und hüpfte vor Aufregung auf und ab.

„Hey, Jaden, komm rauf. Die anderen lassen sich mal wieder Zeit." Sie schüttelte genervt den Kopf. „Es ist doch wirklich zum Verrücktwerden! Obwohl Lenni und Jörn fast direkt *nebenan* wohnen, sind ausgerechnet sie immer die *Allerletzten*, die sich blicken lassen – also, ich weiß nicht, wie es dir geht, aber ich habe jetzt die Schnauze voll! Endgültig! Und zwar gestrichen voll!" Sie machte eine entschlossene Handbewegung und Jaden grinste. Lou und Lenni waren noch nie die besten Freunde gewesen, aber was sich in letzter Zeit zwischen ihnen abspielte, war wirklich zu komisch. Sie führten eine Art Kleinkrieg, der wohl nie enden würde. „Und weißt du was, Jaden? Heute habe ich etwas vorbereitet!" Ihre blauen Augen blitzten wie immer, wenn sie eine Idee hatte. Neugierig, was es war, kletterte er die Strickleiter hinauf, die Lou hinuntergelassen hatte, und als er oben ankam, sah er Lou etwas aus ihrem Rucksack holen. Sie hatte ihre schulterlangen hellblonden Haare heute zu zwei seitlichen Zöpfen gebunden und trug eine Latzhose, die voll war mit Flecken und Farbklecksen. Da fiel ihm wieder ein, was sie heute geplant hatten … „So ein Mist!", dachte Jaden, er hatte es über seinen merkwürdigen Traum glatt vergessen.

„Na los", sagte Lou freudig und strahlte ihn an. Fragend sah Jaden sie an. Dann sagte Lou mit feierlicher Stimme: „Du hast die Ehre, die Dose zu öffnen und als Erster zu sehen, welch kostbaren Inhalt sie verbirgt!" Sie lachte und Jaden nahm vorsichtig den Deckel ab und – grinste. Lou hatte Wasserbomben vorbereitet. „Die sind für Lenni und Jörn", sagte sie, „als kleine Überraschung, weil sie uns immer so lange warten lassen." Jaden grinste.

„Na, ich wette, nächstes Mal sind sie pünktlich!", sagte er und Lou kicherte vor Schadenfreude.

„Und sie sind nicht nur mit Wasser gefüllt!", kicherte Lou.

„Womit denn noch?"

„Mit Farbe – Lebensmittelfarbe.“ Jaden lachte. „Respekt! Hätte auch von mir sein können!“

„Aber weißt du, was mir Sorgen macht?“, fragte Jaden plötzlich, als sie nebeneinander hinter dem schützenden Geländer saßen, um den Zwillingen aufzulauern.

„Ja, klar, dass Konrad noch nicht da ist“, antwortete Lou ohne Umschweife. Plötzlich wurden ihre Augen größer. „Du meinst doch nicht, dass ihm etwas passiert ist?“

„Quatsch – es ist nur etwas komisch, wo er doch sonst immer so überpünktlich ist.“ Lou nickte. „Ja, das stimmt, irgendwas ist bestimmt passiert – fragt sich nur, was …“

„Vielleicht hat er auch einfach nur verschlafen, wir waren gestern noch ziemlich lange unterwegs – wir haben Klumpi einen Besuch abgestattet.“ Lou sah aus, als hätte sie nicht verstanden, was Jaden gesagt hatte. „Was? Ihr wart bei Klumpfuß?“ Jaden grinste bei der Erinnerung an das, was gestern Nacht geschehen war, und erzählte Lou die ganze Geschichte, ihre Augen wurden mit jedem Wort größer und größer. „Mensch, das ist ja ’ne Wahnsinnsgeschichte, Jaden. Aber irgendwie tut mir der Klumpfuß auch ein bisschen leid. Die Gartenzwerge sind doch sein Leben …“

„Du hättest sehen sollen, wie fassungslos er sich über die Überreste gebeugt hat, als wäre jemand gestorben, der mal gelebt hat … Im Ernst, so schlimm ist es doch wohl auch wieder nicht, wenn er einen von diesen Scheusalen weniger im Garten stehen hat, oder?“

Plötzlich hörten sie Stimmen. Jaden und Lou spähten vorsichtig über das Geländer. Es waren Lenni und Jörn.

Obwohl sie Zwillinge waren, sahen sie sich gar nicht ähnlich. Lenni war der kleinere, er war sogar noch kleiner als Lou (obwohl sie ein Mädchen war) und hatte kurze rotblonde Haare. Jörn war einen halben Kopf größer, ungefähr so groß wie Jaden und hatte braunes Haar, das ihm weit in die Stirn hing. Jaden und Lou grinsten sich an und Jaden flüsterte: „Jetzt!“ Eine Sekunde später platzte die erste gelbe Wasserbombe an Lennis linker Schulter. „Hey“, schrie er, „ein Hinterhalt!“ Aber bevor sich Jörn in das Dickicht retten konnte, zerplatzte eine rote Wasserbombe an seiner Schläfe. Jetzt hagelte es Wasserbomben und Jörn schrie: „Wir ergeben uns, habt Erbarmen! Wir sind schließlich unbewaffnet!“

„Das könnte euch so passen!“, schrie Lou und warf lachend weitere Wasserbomben.

Lenni grinste. „Na ja, wenigstens können wir uns jetzt die Dusche heut Abend sparen!“

„Das denkst aber auch nur du!“, rief Jaden und schüttete sich aus vor Lachen. Da erst sahen sich die Brüder an und beiden fiel die Kinnlade herunter.

„Ihr seht aus wie zwei moderne Kunstwerke, findet ihr nicht auch?“ Lou und Jaden lachten, bis sie nicht mehr konnten.

„Ist dir das etwa peinlich, Jörn?“, fragte Lou. „Oder warum bist du so rot im Gesicht?“ So ging es noch ein Weilchen weiter und schließlich lachten auch Jörn und Lenni mit. Aber dann stellte sich Lou aufrecht hin und stemmte sich die Hände in die Seiten. Ihr Kinn reckte sie trotzig in die Höhe. „Ich hoffe, ihr wisst, warum wir das gemacht haben?“, fragte sie. „Das geschieht euch recht, weil wir immer so lang auf euch warten müssen. Das nächste Mal seid ihr endlich mal pünktlich, klar?“ Jörn und Lenni sahen sich an und riefen wie aus einem Mund „Jawohl!“, wenn Lenni auch noch immer grinste. Lou warf ihnen die Strickleiter hinunter und die beiden kamen herauf, fast völlig durchnässt. Jetzt war es Lou, die grinste. „Immerhin habe ich euch letzten Samstag gewarnt.“

„Ja“, sagte Jörn, „das stimmt – wie *gnädig* von dir.“ Lenni stellte sich hin wie Lou, stemmte die Hände mit einer übertriebenen Geste in die Seiten und sagte mit hoher, spitzer Stimme: „*Wenn* ihr das nächste Mal wieder zu *spät* kommt, dann *könnt* ihr aber was erleben!“ Lou reagierte sehr schnell, und ehe Lenni kapierte, was los war, hatte sie schon eine Wasserbombe in der Hand und warf sie ihm direkt ins Gesicht. Jetzt stand Lenni da und schaute ganz schön dumm aus der Wäsche. Die Freunde schütteten sich aus vor Lachen. „Tja“, rief Jaden, als er wieder Luft bekam, „jetzt hast du deine Lektion wohl gelernt, was?“ Sobald sich Lenni von dem Schreck erholt hatte, sah er sich suchend im Baumhaus um.

„Wo ist eigentlich Konrad?“, fragte er und setzte sich auf eine der umgedrehten Bananenkisten, die sie als Hocker benutzten.

Kaum hatte Lenni seinen Namen ausgesprochen, kam Konrad auch schon angeradelt. Er war ganz außer Atem, als er die Strickleiter hinaufkletterte. Seine schwarzen Haare lagen noch wilder durcheinander als sonst und kleine Schweißperlen glitzerten auf seiner Stirn. Bevor jemand fragen konnte, was los war, sagte er „Haben wir eigentlich noch was zu trinken?“ und lehnte seinen Kopf gegen das Geländer. „Was ist denn passiert?“, fragte Jörn. Jetzt erst schien Konrad zu sehen, dass Lenni und Jörn über und über mit Farben bekleckert waren. „Das könnte ich euch genauso gut fragen!“, sagte er.

„Du hast wirklich Pech gehabt, Konrad“, sagte Jaden mit gespieltem Bedauern in der Stimme, „da kommst du ein einziges Mal zu spät und verpasst das Lustigste am ganzen Tag.“

„Lou hat uns eine Lektion erteilt – weil wir angeblich immer zu spät sind“, sagte Lenni. Konrad zog fragend die Augenbrauen hoch. „Angeblich?“, entfuhr es ihm spöttisch. Dann drehte er sich zu Lou und zeigte ihr einen erhobenen Daumen. „Gut gemacht“, sagte er, was Lenni zum Anlass nahm, laut zu schnauben.

Jörn war inzwischen aufgestanden und in das kleine Häuschen gegangen, das mittlerweile fast auseinanderfiel. Er öffnete den Schrank, den sie von Lous Eltern bekommen hatten. Eine Flasche Wasser und eine Packung Kekse waren noch da. Er nahm beides und setzte sich wieder zu den anderen auf die Holzbretter. Konrad nahm ein paar Schlucke aus der Flasche. „Mmh“, machte er. „Was ich euch erzählen wollte: Ihr glaubt nicht, was eben passiert ist!“, sagte er und sah in die Runde.

„Schieß schon endlich los“, rief Lenni ungeduldig und trommelte mit seinen Fingern auf dem Holz umher.

„Wir haben neue Nachbarn bekommen“, begann Konrad, „heute Morgen sind sie mit einem Riesenumzugslaster angekommen. Sie ziehen in die Villa vom alten Hermann, wisst ihr?“

„Boah“, entfuhr es Lenni. „In *den* Palast“, platzte Jörn heraus, „die müssen ’s ja echt dicke haben!“

„Ihr hättet mal die Möbel sehen sollen“, erzählte Konrad weiter, „lauter teure Sachen. Meine Mutter meinte, die müssten ein Vermögen gekostet haben. Außerdem kommen die aus dem Ausland, glaube ich – keine Ahnung, woher genau –, aber sie haben schwarze Haare und eine ziemlich dunkle Haut.“

„Lasst uns doch mal hinfahren“, meinte Jaden. Lou sah ihn finster an.

„Jaaa“, sagte Lenni und verdrehte die Augen, „ich *weiß*, dass wir heute das Baumhaus wieder flottmachen wollten. Aber innerhalb von ein oder zwei Stunden wird selbst diese Bruchbude nicht in sich zusammenfallen, oder?“

„Komm schon“, sagte Jaden, „Lenni hat Recht. Hier ist doch sonst nie was los … lass uns kurz hinfahren, wir haben noch mehr als genug Zeit.“

Lou gab sich geschlagen, wenn auch widerwillig. „Na gut“, seufzte sie, „aber heute Nachmittag treffen wir uns wieder alle hier und setzen diese Bruchbude, wie du sie nennst, wieder in Stand, klar?“ Lenni nickte. Einstimmendes Gemurmel ertönte und einer nach dem anderen verließ das Baumhaus.

Einige Minuten später waren alle fünf vor der besagten Villa angekommen. Früher hatte sie einem Pferdezüchter gehört, den alle nur den „alten Hermann“ nannten; der adelig gewesen war, nach allem, was sie gehört hatten. Kennen gelernt hatten sie ihn aber nicht mehr, er war schon vor 15 Jahren gestorben und seitdem stand das Anwesen leer. Es war ein großes, wunderschönes Haus mit einem riesigen Grundstück. Jahrelang hatte sich nach dem Tod des alten Hermann kein Käufer gefunden, jetzt aber herrschte reges Treiben vor der Villa. Der Umzugslaster war immer noch da und gespannt beobachteten die Freunde durch das Tor, wie ein Möbelstück nach dem anderen vorsichtig herausgetragen wurde. Sie sahen tatsächlich sehr kostbar aus. Gerade wurde ein großes weißes Sofa von einigen Helfern aus dem Wagen gewuchtet.

„Seht mal“, sagte Lou und deutete auf eine Frau, die offensichtlich die neue Hausherrin war, „sie trägt einen Sari.“

„Einen Sari“, wiederholte Lenni, „was ist denn das?“ Lou rollte mit den Augen, wie sie es fast immer tat, wenn Lenni etwas von sich gab.

„Das ist eine lange Stoffbahn, die sich die Frauen um den Körper wickeln, du Dumpfbacke!“

„Warum nähen die sich denn kein ordentliches Kleid aus dem Stoff?“, fragte Lenni und lachte, aber die anderen überhörten seinen Kommentar.

„Deine neuen Nachbarn sind offensichtlich Inder“, meinte Jaden zu Konrad. Lenni verrenkte sich unterdessen fast den Hals bei dem Versuch, noch mehr zu sehen. Die indische Frau strich sich eine lange schwarze Haarsträhne aus dem Gesicht und fuhr fort, hektisch umherzulaufen und dabei die Möbelpacker zu dirigieren. Während sie gerade einen großen, schweren Tisch aus dunklem Holz und mit aufwändigen Verzierungen durch die Haustür trugen, schob sich der neue Hausherr an ihnen vorbei. Seine Haut hatte den gleichen südländischen Ton wie die seiner Frau und er hatte ebenso tiefschwarzes Haar. Er sah sich um und entdeckte dabei die Kinder, die vor dem großen, schmiedeeisernen Tor standen. Mit einem Lächeln kam er auf sie zu. „Hallo", rief er und öffnete das Tor, das dabei ein lautes Knarren von sich gab, „ihr wohnt bestimmt in der Nachbarschaft?" Fragend sah er von einem zum anderen.

„Ja", Jaden war schließlich der Erste, der antwortete, wenn auch etwas verlegen, „wir wohnen alle hier – na ja, in der Nähe meine ich. Wir dachten, wir schauen mal vorbei. Hier passiert ja sonst nicht viel."

„Ja, das verstehe ich", lachte der Mann, „mein ältester Sohn, Nick, ist etwa in eurem Alter. Ihr könntet euch doch bekannt machen." Suchend sah er sich um.

„Ich weiß gerade nicht, wo er steckt, ihr seht ja, was für ein Chaos hier herrscht." Er lächelte entschuldigend.

„Oh, verzeiht, ich habe ja ganz vergessen, mich vorzustellen. Ich bin Sanjeev Govinda. So, ich muss jetzt auch wieder an die Arbeit. Es gibt noch viel zu tun. Also, schaut euch ruhig um. Wir laufen uns bestimmt noch über den Weg." Und damit verschwand er wieder in Richtung Haus.

Die fünf Freunde sahen sich erstaunt an. „Mann, ist der nett", sagte Jörn, „Wahnsinn! Ich meine, dass wir uns hier einfach so umsehen dürfen."

„Um so einen Vater kann man diesen Nick echt nur beneiden", sagte Lou leise. Jaden, der direkt neben ihr ging, war der einzige, der das gehört hatte. Sie tat ihm leid. Lou lebte mit ihrer Mutter allein, ihren Vater hatte sie noch nie gesehen. Er konnte sich vorstellen, wie sie sich fühlte.

Zuerst wussten sie nicht so recht, wohin sie sich wenden sollten. Keiner von ihnen hatte das Grundstück bis jetzt betreten, und sie alle waren erstaunt, wie viel Platz es hinter dem Zaun und den hohen Bäumen gab, die das Anwesen wie ein Schutzschild umgaben. Lenni stürmte wie immer voran.

„Na los, ihr steht ja da wie angewachsen. So eine Einladung bekommt man doch nicht jeden Tag! Lasst uns das Grundstück erkunden und diesen Nick suchen!“

Das Anwesen war sehr gepflegt und es gab sogar einen Springbrunnen, in dessen Mitte ein steinerner Fisch auf seiner Schwanzflosse saß und Wasser aus seinem Maul plätschern ließ. Die Freunde staunten, und besonders Lou war begeistert von dem Anwesen.

„Mann, ist das toll hier! So würde ich auch gern wohnen. Man kommt sich ja vor wie in einem alten Schlossgarten“, schwärmte sie und konnte sich gar nicht sattsehen. Hinter einer Hecke, die wie ein kleiner Irrgarten angelegt war, fanden sie schließlich einen Jungen, der zweifellos Nick sein musste. Er war eine jüngere Ausgabe seines Vaters und stand auf einer Holzbrücke, die über einen kleinen Teich führte.

„Hi, Nick!“, rief Lenni, und Nick sah erstaunt auf.

„Ja? Wer seid ihr denn?“ Er runzelte die Stirn und kam langsam auf sie zu.

„Dein Vater hat uns gesagt, wir dürfen uns hier umsehen“, sagte Jaden, „er meinte, wir sollen uns mal etwas kennen lernen, weil wir ja jetzt Nachbarn sind.“

„Aha“, sagte Nick, „das geht ja echt schnell hier. Ich bin ja schon oft umgezogen, aber …“, er sah auf seine Uhr, „… ich hab noch nie in den ersten 40 Minuten neue Leute kennen gelernt.“

„Da kannst du dich bei deinem Vater bedanken, der is’ ja so locker – ohne den wären wir jetzt nicht hier“, sagte Jaden.

Nachdem Jaden, Konrad, Lenni, Jörn und Lou sich vorgestellt hatten, machte Nick den Vorschlag, etwas zu trinken zu holen und sich in den Schatten zu setzen. Die Sonne brannte inzwischen unerbittlich heiß vom Himmel, und als Nick mit einem Tablett voll kühler Getränke zurückkam, strahlten alle von einem Ohr zum anderen.

„Ihr habt’s ja echt prima hier“, meinte Lenni und schlürfte seine Limonade. Nick zuckte mit den Schultern: „Na ja, wir haben eigentlich immer so gewohnt. Unser Haus in Los Angeles war auch nicht schlecht.“

„Was?“ Lenni verschluckte sich fast an seiner Limo. „Ihr kommt aus Amerika?“

Nick musste grinsen: „Ja, hab ich doch gerade gesagt.“

„Und wie kommt's, dass du so gut Deutsch sprichst, wo du doch in Amerika gelebt hast?", fragte Lou.

„Ich bin immer auf deutsche Schulen gegangen, egal, wo wir gelebt haben. Früher haben wir in Indien gelebt, in Kalkutta." Nick trank einen Schluck. „Aber daran kann ich mich kaum noch erinnern. Außerdem ist mein Großvater Deutscher und ich hatte, als ich klein war, immer deutsche Kindermädchen ... bin also mit der deutschen Sprache aufgewachsen."

„Wow", machte Lenni, „und weshalb habt ihr *so viel* Kohle?" Lou, die neben Lenni saß, stieß ihm ihren Ellenbogen in die Seite. So eine Frage gehörte sich ihrer Meinung nach nun wirklich nicht! Lenni rollte genervt mit den Augen. „Ich meine natürlich, was für Berufe haben denn deine Eltern?"

Nick konnte ein Lachen kaum unterdrücken. „Lass nur ... ähm, wie war noch dein Name? Louisa?"

„Kannst mich Lou nennen, is' einfacher", meinte Lou.

„Okay, Lou. Ich bin so was gewöhnt. Und ich find direkte Fragen besser, als wenn man sich hinterher das Maul zerreißt. Das hab ich nämlich schon oft erlebt."

Triumphierend steckte Lenni Lou die Zunge raus. Die ärgerte sich sichtlich. Das waren schon zwei Streithähne, dachte Jaden, es verging kein Tag, an dem sie sich nicht in die Haare bekamen.

„Was machen denn deine Eltern nun?", lenkte Konrad das Gespräch wieder aufs Thema zurück.

„Ach so, ja. Mein Vater ist ein ziemlicher Computerexperte. So gut, dass die ihn überall haben wollen. Tja, meine Mutter hat zwar mal studiert, irgendwas mit Politik, glaube ich, aber jetzt ist sie für mich und meine Schwester da. Die ist ja auch erst drei."

„Aber wenn ihr überall leben könnt, warum denn ausgerechnet hier? Hier ist doch gar nichts los!", meinte Konrad. Ja, dachte auch Jaden im Stillen, weshalb zogen sie von Los Angeles in so ein Kaff?

„Na ja, gerade deswegen. Weil hier eben nicht viel los ist. Meine Eltern mögen so was. Als mein Vater sich entschieden hat, die Stelle in der Innenstadt anzunehmen, hat meine Mutter sich gleich in dieses Haus und das Grundstück ‚verliebt'. Sie findet es traumhaft und wollte sofort unbedingt hier leben. Sie möchte vielleicht auch die Ställe renovieren und Pferde halten."

„Echt?" Lou horchte auf. Sie liebte Pferde sehr, aber der nächste Reiterhof lag 30 Kilometer entfernt.

„Das wäre ja toll!"

„Mal sehen", sagte Nick, „erst müssen wir jedenfalls den Umzug hinter uns haben und alles in Schuss bringen."

„Genau wie wir", platzte Lenni heraus. Nick sah ihn fragend an. „Unser Baumhaus, meine ich, das müssen wir heut noch in Schuss bringen."

„Ihr habt ein richtiges Baumhaus? Wow! Kann ich mir das mal ansehen?" Er blickte in die Runde. Jaden nickte, „Klar kannst du", sagte er, „wir durften euren Besitz ja schließlich auch ansehen!"

„Aber so toll bewirten können wir dich nicht", meinte Konrad und grinste, „wir haben bloß noch 'ne halbleere Schachtel Kekse und Wasser."

„Macht euch darüber mal keine Sorgen! Je einfacher, desto besser. Ich verrate euch mal was: Ich steh überhaupt nicht auf Luxus", sagte Nick und seufzte. „Wenn es nach mir ginge, könnte mir das alles gestohlen bleiben. Dass meine Eltern viel Geld haben, hat mir bis jetzt jedenfalls noch nichts Gutes gebracht – eher das Gegenteil. Die meisten Leute sind einfach nur neidisch und halten mich für eingebildet."

„Das kann dir bei uns nicht passieren!", sagte Lou entschieden. „Wir achten nur darauf, was jemand drauf hat, und auf nichts anderes."

Es ertönte ein einstimmiges „Ja, genau!" von allen Seiten. Als die Limonade restlos ausgetrunken war, beschlossen sie, das Grundstück zu erkunden. Die Kinder standen auf und folgten einem Kiesweg, der direkt zu den alten Ställen führte. Von außen wirkten sie zwar ein wenig verrottet, von innen waren sie aber noch gut in Schuss.

„Ein neuer Anstrich, einige Reparaturen, und die Ställe sehen aus wie neu", meinte Konrad, der als Erster die Tür öffnete und den Stall betrat. Drinnen roch es muffig, nach altem Stroh und abgestandener Luft.

„Der Vater von Konrad ist Architekt", sagte Lou zu Nick gewandt. „Und seine Mutter arbeitet als Restauratorin", ergänzte Jaden.

„Ein Experte also?", fragte Nick.

„Quatsch, das muss doch nix heißen", mischte sich Lenni ein, „mein

Vater ist auch Tischler, und trotzdem verstehe ich so gut wie nichts vom Tischlern."

„Aber Konrad interessiert sich nun mal für alte Gebäude! Nur weil du nicht mal einen Nagel in die Wand bekommst, muss es ja nicht jedem so gehen", fauchte Lou.

„Sind die immer so?", fragte Nick leise. „Ja, leider", antwortete Jaden und rollte genervt mit den Augen.

„Ach, wieso? Ich find's ganz lustig", sagte Nick und grinste ihm verstohlen zu.

Indessen waren sie in den hintersten Winkel des Stalls vorgedrungen. Überall hingen Spinnweben und zwei Fenster waren auch kaputt.

Die Freunde mussten sich ducken, um nicht direkt in die Spinnweben hineinzulaufen. „Puh", machte Lou, „wie eklig!", und fuhr sich hastig über das Haar, um zu überprüfen, ob auch ja keine Spinne darin gelandet war.

Konrad hatte Recht, dachte Jaden, man könnte wirklich was draus machen. Er konnte sich den Stall schon vorstellen, gefegt und von Spinnennetzen befreit, die Boxen mit neuem Stroh ausgelegt und die Tränken mit frischem Wasser gefüllt. Dazu das Schnauben und Wiehern der Pferde, ja, das wäre schon was! Aber jetzt hatten sie es erst einmal eilig, den Stall zu verlassen, sie wollten sich noch mehr ansehen, jetzt, wo sie schon mal die Gelegenheit dazu hatten.

Später zeigte Nick ihnen das Haus von innen. Wie es sich für eine Villa gehörte, gab es hohe Decken und Kronleuchter, die verstaubt daran herunterhingen. Jaden staunte, wie viel Platz es gab. Allein der Eingangsbereich war größer als das Wohnzimmer in seinem Haus, und es gab sogar einen großen Kamin.

Obwohl die Villa auch von innen wirkte wie ein Palast, war es hier nicht gerade sehr gemütlich, dachte Jaden. Er glaubte nicht, dass er sich in so einem Haus wohl fühlen könnte. Überall standen große, wertvolle Möbel und Jaden achtete sorgsam darauf, nichts zu berühren. Die Möbelpacker trugen immer neue Möbel und Gegenstände herein, jetzt hatte einer ein großes Bild in der Hand und Nicks Mutter dirigierte ihn ins Wohnzimmer. An dem Gesicht des Möbelpackers konnte man sehen, dass er nervös war, der arme Kerl, schließlich musste das Gemälde einiges wert sein.

Während die Möbel erst einmal alle unten abgestellt wurden, waren in der oberen Etage die Maler am Werk und strichen die Wände. Der Geruch von frischer Farbe verdrängte den alten, muffigen Geruch, der noch im Haus schwebte.

Als sie wieder draußen in der Sonne standen, kündigte Konrads knurrender Magen an, dass es allmählich Zeit fürs Mittagessen war. Sie verabschiedeten sich erst einmal voneinander und fuhren nach Hause. In einer Stunde wollten sie sich wieder treffen, um Nick abzuholen und gemeinsam zum Baumhaus zu fahren. Es war heute lebhafter am Mittagstisch als sonst. Jaden erzählte seinen Eltern von den neuen Nachbarn im Dorf und vor allem davon, wie freundlich sie waren.

„Soso, die Villa vom alten Hermann ist also endlich verkauft worden. Ich möchte wissen, was die gekostet hat!“, sagte Jadens Vater und schob sich eine Gabel mit Kartoffelstückchen in den Mund. „Na ja, so teuer kann die gar nicht mehr gewesen sein, so lange, wie die schon leer steht. Der Makler musste bestimmt einiges vom Preis ablassen“, meinte Jadens Mutter. Dass sie aber auch immer nur über Geld sprechen mussten! Das ging Jaden gehörig auf die Nerven.

„Ja, das stimmt“, bestätigte Jadens Vater und schluckte den letzten Bissen hinunter, „und die alten Stallungen müssen inzwischen auch ganz marode sein.“

„Nein, sind sie gar nicht!“, rief Jaden. „Nick hat sie uns gezeigt. Einiges muss bestimmt repariert werden – trotzdem sind sie noch in Ordnung. Nicks Mutter will sich vielleicht Pferde halten.“

Lustlos stocherte Jaden auf seinem Teller herum. Heute gab es Fisch, den mochte er so gar nicht. Er beschränkte sich heute lieber auf die Kartoffeln und das Gemüse. Er freute sich schon sehr auf den Nachmittag, was Nick wohl zum Baumhaus sagte? Er hatte bestimmt auch Spaß daran, bei der Arbeit zu helfen. Jaden mochte Nick jetzt schon, auch wenn sie sich erst kurz kannten. Er mochte Menschen, die geradeheraus waren und viel lachten, und noch dazu hatte Nick schon so viel erlebt! Jaden kam sich gegen ihn vor wie ein Dorftölpel, wo war er denn schon gewesen? In Amerika jedenfalls noch nicht, geschweige denn in Indien! Davon konnte man wirklich nur träumen …

„Jaden", riss seine Mutter ihn aus seinen Gedanken, „träumst du? Hat dieser Nick euch auch erzählt, womit seine Eltern ihr Geld verdienen?"

„Ähm … ja", murmelte Jaden ganz verdattert, „sein Vater macht was mit Computern, er ist wohl ein Experte, deshalb hat er auch schon in Amerika gearbeitet."

„Ja, das ist oft so mit den Indern", sagte Jadens Vater und nickte nachdenklich, „am Computer macht denen so schnell keiner was vor."

„Ich finde es schön, dass ihr euch so schnell angefreundet habt. So ein Umzug ist ja auch nicht leicht für den Jungen", sagte Jadens Mutter, während sie den Tisch abräumte, „und dann noch in ein fremdes Land! Da ist es doch wirklich schön, gleich freundlich aufgenommen zu werden." Sie strich Jaden über das Haar. „Und nun ab mit dir! Ich sehe doch, dass du wie auf Kohlen sitzt!"

Jaden lächelte, seine Mutter wusste wirklich immer, was mit ihm los war. „Danke, Mum!", sagte er und stand auf.

„Respekt!", sagte Nick, als sie 20 Minuten später beim Baumhaus angekommen waren. „Das sieht richtig toll aus, so abenteuerlich!"

„Abenteuerlich ist genau das richtige Wort!", meinte Lou. „Man weiß schließlich nie, ob es unter einem zusammenbricht – wenn das kein Abenteuer ist!"

„Los, Leute, machen wir uns an die Arbeit, damit Lou nicht mehr so viel zu meckern hat", sagte Jaden und grinste.

„Ja, machen wir das, wofür wir hier sind … nur, wie kommt man denn da rauf?", fragte Nick und sah sich ratlos um. Jaden ging auf einen Haselnussstrauch zu, fasste zwischen zwei Ästen hindurch und holte einen langen Stab hervor, an dessen Ende ein Haken befestigt war. Damit fischte er die Strickleiter, die über dem Geländer hing, herunter. Dann sagte Jaden: „Jetzt kennst du das Geheimversteck unseres Baumhausöffners, damit gehörst du offiziell zu uns."

„Und du darfst es natürlich niemandem verraten", fügte Lou hinzu. Nick hob wie zu einem Schwur die Hand und sagte mit einer tiefen, ernsthaften Stimme: „Hiermit verspreche ich, Nick Govinda, feierlich, niemandem etwas von diesem Baumhaus oder dem Baumhausöffner zu verraten." Dabei machte er eine solch ernste Miene, als stünde er vor

Gericht. Lenni und Jörn glotzten ihn an, als wäre er komplett verrückt geworden. Dann sah Nick mit einem grinsenden Gesicht in die Runde. „Soll ich mir noch mit einem Messer in den Finger schneiden und mein Blut mit eurem vermischen, oder was für Rituale habt ihr da so?" Eine Sekunde lang war alles still, dann brachen alle in schallendes Gelächter aus. Nachdem sie sich wieder beruhigt hatten, machten sie sich an die Arbeit. Sie tauschten alte, marode Holzlatten gegen neue aus, besserten Löcher und undichte Stellen im Dach des kleinen Häuschens aus, reparierten die kleinen Fenster, setzten eine neue Tür ein und gaben am Ende allem einen neuen Anstrich. Danach wurde das Geländer ausgebessert und die morschen Stellen der Baumhausterrasse bearbeitet, auf der sie sich die meiste Zeit aufhielten, wenn es warm war. Zu sechst ging die Arbeit ziemlich schnell voran. Das Hämmern und Sägen schallte weit durch den Wald, und es war auch wirklich nötig geworden, das Baumhaus wieder in Schuss zu bringen. Vor zwei Wochen war Konrads Fuß durch eine alte Holzlatte gebrochen und sie hatten sich alle gewaltig erschrocken. Da konnte selbst Lenni nicht mehr behaupten, das Baumhaus wäre doch noch in einem super Zustand, so, wie er es sonst immer tat. Aber jetzt half auch er mit, wenngleich er die leichteren Arbeiten übernahm.

Nick war mit vollem Eifer bei der Sache und half, wo er nur konnte. Dabei hatte er auch stets einen Scherz auf Lager und brachte die Freunde zum Lachen. Jaden musste über seinen Elan staunen, besonders, weil er erst seit so kurzer Zeit dabei war. Außerdem hatte Nick ein paar Eimer Farbe gesponsert, die noch vom Streichen übrig waren.

Einige schweißtreibende Stunden später saßen alle auf dem Waldboden vor dem Baumhaus, aßen den Rest der Kekse und betrachteten geschafft, aber sehr zufrieden ihr Werk. Es waren vier Stunden vergangen, und sie waren über und über mit Farbklecksen verschmiert, aber die Arbeit hatte sich gelohnt! Von einer Bruchbude konnte jetzt wirklich keine Rede mehr sein. Das Baumhaus erstrahlte in neuem Glanz, es gab keine undichten Stellen mehr im Dach, und das alte Schild mit der dusseligen Aufschrift hatten sie endlich entsorgt. Jetzt gab es nichts mehr zu tun. Sie mussten nur noch warten, bis die Farbe trocken war, und den Schutthaufen entsorgen, der sich angesammelt hatte. Dafür hatten Lenni und Jörn einen

Handwagen mitgebracht. Nachdem sie ihn vollgeladen hatten, machten sich die Zwillinge auf nach Hause.

Als die beiden verschwunden waren, nahm Jaden sich den letzten Keks und sah in die Runde. Konrad und Lou lagen ausgestreckt im Gras und ließen sich von den letzten Sonnenstrahlen wärmen. Nick saß im Schneidersitz an einen Baum gelehnt.

Sie waren müde und erschöpft nach der schweißtreibenden Arbeit. Jaden räusperte sich. „Hey, Nick“, begann er, „wenn es dir heute gefallen hat, kannst du ja morgen nach der Schule wieder herkommen.“

Nick war seine Freude anzusehen. „Klar, ich find's echt klasse hier“, sagte er und strahlte.

Konrad und Lou richteten sich auf. „Find ich gut“, sagte Konrad nüchtern.

„Und ich wär echt beleidigt, wenn du nicht mehr herkommen würdest“, meinte Lou mit einem Grinsen.

„Na, dann“, sagte Jaden und stand auf, „dann ist ja alles klar. Kommt, lasst uns nach Hause fahren. Ich glaub, es wird langsam Zeit.“

Eine erfreuliche Bekanntschaft

Am Abend fiel Jaden hundemüde ins Bett. Der Tag war so lang und ereignisreich gewesen, dass er keine Sekunde lang an seinen Traum gedacht hatte. Jetzt kam er ihm wieder in den Sinn. Und mit ihm vor allem das merkwürdige Gefühl, dass ihn bereits im Traum überkommen hatte. Einerseits hatte er gewusst, dass er träumte, andererseits war es ihm überhaupt nicht wie ein Traum vorgekommen. Eher wie ein echtes Erlebnis. Genauso wirklich wie das, was er heute erlebt hatte. Während Jaden noch darüber grübelte, schlief er langsam ein.

Und dann erwachte er. Wieder unter einem Baum. Jaden stand auf und sah sich um. Er war an haargenau demselben Ort wie das letzte Mal, unter dem gleichen Baum, auch den Waldweg erkannte er wieder. Aber was waren das für Spuren? Jaden ging näher heran und als er genauer hinsah, sah er die Abdrücke von Pferdehufen. So langsam wurde Jaden die ganze Sache unheimlich … Die Hufabdrücke waren fast so etwas wie ein Beweis dafür, dass das von letzter Nacht tatsächlich passiert war … Aber was sollte er jetzt tun? Ob Ilja wieder vorbeikommen würde? Er stand eine Weile reglos da und lauschte. Aber außer den Vogelstimmen, die durch den sonnigen Wald schallten, hörte er nicht das Geringste. Jaden entschied, in die Richtung zu gehen, aus der Ilja im letzten Traum gekommen war, irgendwoher musste er ja schließlich gekommen sein, als er gestern Nacht hier entlanggeritten war. Jaden war kaum eine Minute lang gelaufen, da sprang einige Meter vor ihm ein Wolf aus dem Gebüsch. Jaden hielt den Atem an, der Wolf kam direkt auf ihn zu. Da erkannte Jaden, dass es Rania war, obwohl er sie eigentlich nicht direkt erkannte. Er *fühlte* mehr, dass sie es war, als dass er es *sah*. Und trotzdem war Jaden sich hundertprozentig sicher. Plötzlich kam ihm ein Gedanke: Hatte Ilja nicht gesagt, sie suche nicht oft die Gesellschaft von Menschen? Jetzt jedenfalls schmiegte sie sich kurz an ihn und lief dann ein Stück vor. Kurz bevor sie nach rechts in den dichten Wald bog, drehte sie ihren Kopf noch einmal zu ihm und sah ihm einige Sekunden direkt in die Augen. Wollte sie, dass er ihr folgte? Jaden beschloss, ihr nachzulaufen, egal, wohin ihn das führte.

Um der Wölfin überhaupt folgen zu können, musste er rennen. Der Weg durch das Unterholz war beschwerlich, manchmal strauchelte er und konnte sich nur im letzten Moment vor einem Sturz bewahren. Nach einer Weile hatte er das Gefühl, eine Pause zu brauchen. Aber Jaden wollte um keinen Preis anhalten und Rania womöglich verlieren, also rannte er weiter. Im Nachhinein konnte er nicht sagen, wie lange er mit der Wölfin durch das Dickicht gelaufen war, als der Wald sich langsam lichtete.

Plötzlich blieb Rania stehen. Jaden keuchte vor Anstrengung und schleppte sich die letzten paar Meter mehr, als dass er sie ging. Schließlich stand er neben der Wölfin und konnte schon wieder kaum atmen. Dieses Mal allerdings vor Staunen.

Nur wenige Bäume trennten Jaden noch von einer kleinen Ansammlung von Häusern. Der Tag war klar und wunderschön und Jaden hatte das Gefühl, noch nie etwas Schöneres gesehen zu haben als das, was hier vor ihm lag. Es war ein kleines Dorf, das sich vor ihm ausbreitete. Aber es war vollkommen anders als alles, was er jemals erblickt hatte. Jedes Haus stand inmitten eines großen Gartens, in dem alles blühte und grünte und wild durcheinander wuchs. Und doch schien alles in seiner eigenen Ordnung zu sein, alles war so idyllisch und friedlich und Jaden fühlte sich auf eine ihm unbekannte, ganz sonderbare Weise glücklich. Es lag ein Geruch in der Luft, den Jaden nicht kannte, ein sonderbarer Duft, wahrscheinlich eine Mixtur aus all den verschiedenfarbigen Blumen und Pflanzen, die das Bild vor ihm bestimmten. In der Ferne waren einige Menschen in den Gärten zu sehen. Die Männer trugen ähnliche Kleidung wie er, die Frauen Kleider, die mit Stickereien verziert waren, in ihre Haare hatten sie Blumen geflochten. In einem der Gärten vor ihm sah Jaden kleine Kinder spielen, die gerade laufen konnten. Und – was ihn nach seinem letzten Traum nicht mehr ganz so erschreckte – sie spielten mit kleinen Bären. Die Bärenmutter saß seelenruhig im Gras neben ihnen. Manchmal stupsten die kleinen Kinder die Bärin an und glucksten vor Lachen, oder sie fielen beim Spielen gegen sie. Dann half die Bärin ihnen mit ihrer Schnauze wieder auf die Beine. Ob das Janka war? Erst, nachdem er eine ganze Weile in den Anblick versunken gewesen war, der sich ihm hier bot, fiel ihm auf, dass es hier keine Straßen oder Autos gab. Nirgendwo stand eine Garage oder ein Carport, wie er es aus seinem eigenen Dorf kannte. Es gab keine weiteren Geräusche als das helle Lachen der Kinder und das Singen der Vögel. Jaden wusste nicht recht, was er jetzt tun sollte, bis er einen sanften Schubs verspürte. Erstaunt drehte er sich um und sah, dass Rania hinter ihm stand und ihn ansah, als ob sie ihm etwas sagen wollte. Sie hatte ihm mit ihrer Schnauze einen sanften Stoß verpasst. Ob die Wölfin ihn vorwärtstreiben wollte?

„Ist ja schon gut, Rania. Ich verstehe schon", murmelte Jaden und tätschelte ihren Kopf. Als hätte sie ihre Aufgabe nun erfüllt, drehte sich die Wölfin um und verschwand mit großen Sätzen wieder im Dickicht des Waldes. Jetzt war er allein, Rania hatte ihm wenigstens noch ein wenig Sicherheit vermittelt, aber jetzt … Wo war er hier nur? Konnte man zweimal hintereinander vom selben Ort träumen? War es normal, am Anfang seines Traumes zu erwachen und ständig das Gefühl zu haben, dass alles, was um einen herum passierte, vollkommen wirklich war? Er musste einfach rausfinden, was hier los war … Zögernd setzte Jaden einen Schritt vor den anderen, trat aus dem Schatten des Waldes heraus, bis die ersten Sonnenstrahlen auf seine Füße fielen. Noch ein Schritt, und die Sonne schien Jaden ins Gesicht. Rechts von ihm lag der Garten, in dem die Bärin mit den Kleinkindern spielte. Sein Herz pochte hörbar, als die Bärin ihren Kopf zu ihm drehte. Sie sah ihn kurz an und brummte laut. Jaden hätte am liebsten sofort wieder kehrtgemacht. Es war nur eine Frage der Zeit, bis die Menschen ihn bemerken würden. Und was sollte er ihnen dann sagen? Wo er doch selbst nicht die geringste Ahnung hatte, was hier vor sich ging. Aber Rania hatte ihn hierhergeführt, also sollte er offensichtlich irgendetwas tun … Die Frage war nur, was. Jaden wurde immer mehr von dem Gefühl erfasst, dass er in eine eigene kleine Welt hineingeraten war, auch wenn das völlig verrückt war. Jaden kam sich vor wie ein Eindringling, der hier nichts zu suchen hatte. Plötzlich öffnete sich die Tür des Hauses, das direkt vor ihm lag. Jaden war schon fast dabei, wieder in den Wald zu verschwinden, als er sah, dass es Ilja war, der in den Garten trat. Und als ob er spürte, dass ihn jemand beobachtete, drehte Ilja seinen Kopf in Jadens Richtung.

„Dich kenne ich doch!", rief er. „Warum stehst du da wie angewurzelt? Bist du festgewachsen?" Ilja lachte und winkte ihn heran.

„Ich hätte nicht gedacht, dass du ein zweites Mal hier auftauchst", sagte er.

„Ich auch nicht", sagte Jaden. „Ich habe wirklich keine Ahnung, was hier los ist – oder wo ich hier bin."

Ilja sah ihn lange an, dann sagte er: „Jaden, ich will ehrlich zu dir sein … Ich bin der Falsche, um es dir zu erklären", sagte Ilja und runzelte nachdenklich die Stirn. „Es ist sehr ungewöhnlich, dass du ein zweites Mal hier aufgewacht bist … War es wieder an derselben Stelle wie gestern?"

„Ja, und dann kam Rania und hat mich hergeführt." Ilja hob verblüfft die Augenbrauen. Mit nachdenklichem Gesicht pflückte er eine Beere von einem Strauch und schob sie sich in den Mund. Dann, von einem Moment auf den anderen, hellte sich seine Miene auf und mit einem Ruck drehte er sich zu Jaden.

„Ich kann dir zwar nicht helfen, aber ich glaube, ich weiß, wer dazu in der Lage ist. Wir sollten zum Zauberer gehen und ihn um Rat fragen." Verdutzt starrte Jaden ihn an.

„Zu einem Zauberer? Wie soll uns denn ausgerechnet ein Zauberer helfen?" Jaden beschlich schon wieder das Gefühl, bei einer verrückten Zirkustruppe gelandet zu sein, aber Ilja ging nicht weiter darauf ein.

„Komm, wir gehen", sagte er nur und zog Jaden mit sich.

„Aber was soll ich denn bei einem Zauberer?", wiederholte Jaden, der nur widerwillig mitkam und Iljas Idee für bloße Zeitverschwendung hielt.

„Wenn ich mich nicht täusche, kann man die Zauberer mit euren Lehrern vergleichen", sagte Ilja, während er mit schnellem Schritt voranging. „Das sind ziemlich gelehrte Leute, weißt du? Und der Zauberer, der heute da ist, soll besonders gut sein."

„Wie meinst du das? Der Zauberer, der heute da ist?", fragte Jaden, dem das alles ein bisschen zu schnell ging.

„Es ist alle paar Tage oder Wochen ein anderer da", sagte Ilja und überlegte kurz. „Unsere Lehrer sind sozusagen auf Wanderschaft, um allen Kindern und Menschen, die Interesse daran haben, ihr Wissen weiterzugeben."

„Also habt ihr Lehrer, die wandern? Es sind nie dieselben da?" Das erschien Jaden wie ein Wunschtraum. Wie schön wäre es, nicht immer dieselben Lehrer vor sich zu haben, sondern immer neue … Dann müsste man sich nicht ständig mit denselben herumquälen.

„Ja, so ist es", sagte Ilja. „Jeder unterrichtet etwas anderes, das, wofür er sich am meisten interessiert und worüber er jahrelang geforscht hat." Ilja kickte im Gehen einen Stein vom Weg.

„Und was unterrichtet der Zauberer, zu dem wir jetzt gehen?"

„Er spricht über die Verwendung verschiedener Pflanzen – und über deren Heilwirkung auf den Menschen."

„Was?" Erstaunt zog Jaden die Augenbrauen hoch. „*So was* lernt ihr? Was ist mit Mathematik? Oder mit ganz einfachen Sachen wie Lesen … oder Schreiben?"

„Oh, das lernen wir auch. Aber auf eine ganz andere Art, als du dir vorstellen kannst. Wir lesen nicht in gedruckten Büchern, wie du sie kennst. So etwas gibt es bei uns nicht. Wir lesen in der Natur, wir sehen nachts in die Sterne und lesen im Universum. Wir lesen im Buch der Schöpfung und das hat *lebendige* Buchstaben." Jaden verstand nicht, wovon Ilja da redete. „Lebendige Buchstaben? Was soll denn das sein?", dachte er etwas verwirrt, beschloss aber, erst mal nicht weiter danach zu fragen.

„Und kannst du denn rechnen?", startete Jaden einen neuen Versuch.

„Ja, natürlich."

„Okay, dann sag mir …" Jaden überlegte. „… sag mir, was 16 mal 7 ergibt."

„112" sagte Ilja, ohne zu überlegen. „Gut", sagte Jaden. Als er die nächste Aufgabe stellte, konnte er ein Grinsen nicht unterdrücken: „Was ergibt denn 546 mal 647?"

„353.262", antwortete Ilja wie aus der Pistole geschossen.

Verblüfft sah Jaden ihn an. „Hast du dir das eben ausgedacht? So schnell kann doch kein Mensch rechnen!"

„Wieso rechnen?", entgegnete Ilja gelangweilt. „Ich rechne nicht. Das sind Zahlen, die in der toten Dimension immer gleich sind. Es ist doch nichts dabei, Zahlen zu nennen, die unveränderlich sind."

Jaden verstand schon wieder nicht, wovon Ilja da redete. „Kannst du mir das irgendwie … na ja, genauer erklären?"

„Eigentlich möchte ich das nicht unbedingt."

„Warum nicht? Ich will wissen, wo ich bin und warum! Ich möchte einfach begreifen, was hier vor sich geht, verstehst du? Und um das zu begreifen, wäre es hilfreich, wenn du ganz ehrlich mit mir sprichst, okay?"

Ilja blieb stehen, sah Jaden in die Augen und seufzte. „Also, gut … Sieh mal, du kannst doch sicher bestätigen, dass eure Rechenmaschinen, eure Computer beispielsweise, immer dasselbe Ergebnis ausspucken, wenn dieselben Zahlen multipliziert werden. Auch verschiedene Computer werden ja immer ein und dasselbe Ergebnis errechnen, oder?"

„Ja, das stimmt", bestätigte Jaden.

„Und das beweist, dass eure Zahlen unveränderlich sind, genauso wie die Ergebnisse. Ihr stellt euch Zeit und Raum als stillstehend vor. Ich brauche also nichts anderes zu tun, als die unveränderlichen Zahlen einfach zu nennen, verstehst du? Du kannst die Menschen fragen, die in eurer Welt als hochbegabt gelten. Menschen, die alles Mögliche im Kopf ausrechnen können. Aber sie rechnen auch nicht wirklich, sondern sehen die Zahlen vor ihrem geistigen Auge und nennen sie einfach, und das Beste ist: Das kann eigentlich jeder! Alles, was man tun muss, ist auf dieses Wissen zurückzugreifen. Aber grundsätzlich ist diese Fähigkeit in jedem Menschen vorhanden."

Jaden brauchte einen Moment, über das nachzudenken, was Ilja gesagt hatte. Es klang ziemlich unglaublich, dass jeder Mensch jede beliebige Aufgabe in Sekundenschnelle lösen sollte. Wozu gingen sie dann eigentlich noch zur Schule?

„Wieso redest du eigentlich immer von ‚euren Computern' und ‚eurer Welt'? Wo sind wir denn hier?" Nicht zu wissen, wo er war oder warum, ging Jaden mittlerweile gehörig auf die Nerven und er spürte, dass es eine Menge gab, das er noch nicht wusste … Langsam keimte der Verdacht in Jaden auf, dass es nicht nur bloßer Zufall war, der ihn hierhergebracht hatte.

Ilja rang mit seinen Worten und nur zögerlich begann er zu sprechen. „Ich kann es dir nicht genau sagen … Aber auf jeden Fall ist alles, was du hier erlebst, vollkommen wirklich. Es ist auch wahr, dass du träumst, und deshalb bezeichnen wir Menschen wie dich als Traumreisende … Alles Weitere kann dir der Zauberer bestimmt besser erklären als ich. Er hat viel mehr Wissen angesammelt als ich – und keine Sorge, wir sind schon da. Sieh mal", sagte Ilja und streckte den Arm nach vorne aus, „da ist schon der Unterrichtsort." Er deutete auf eine Gruppe von Kindern, älteren Mädchen und Jungen, die bunt gemischt auf dem Waldboden verteilt waren. Einige saßen auf Baumstämmen, andere auf dem Gras. Einige lagen ausgestreckt auf dem Boden. Aber alle schienen mit ihrer vollsten Aufmerksamkeit einem alten Mann zu lauschen, der in der Mitte saß und redete. Ein kleineres Mädchen stand plötzlich einfach auf und begann, Blumen zu pflücken. Aber was Jaden am meisten verwunderte, war, dass niemand etwas zu schreiben dabeihatte.

„Wie merkt ihr euch das alles denn", fragte Jaden, „wenn niemand etwas aufschreibt?"

„Wenn wir etwas einmal gehört haben und darüber nachdenken, ist es doch in uns gespeichert. Wozu sollten wir uns da etwas aufschreiben?"

Mittlerweile waren sie bei der Gruppe angekommen und setzten sich. Der Lehrer sah Jaden aufmerksam, aber sehr freundlich an.

„Ich möchte vorschlagen, dass wir den Unterricht für heute beenden", sagte der alte Zauberer und lächelte, „ich sehe schon, ich habe da einen ganz besonderen Schüler, mit dem ich gern sprechen möchte. Ich bitte also um euer Verständnis."

Die Kinder und Jugendlichen allen Alters schienen richtig enttäuscht zu sein, dass der Unterricht beendet war. Aber sie schienen die Worte ihres Lehrers auch zu respektieren. Langsam standen sie auf und verließen den Ort. Einige unter ihnen sahen Jaden neugierig an, aber nicht so, dass er sich unbehaglich fühlte. Als alle außer Ilja und Jaden gegangen waren, winkte der Zauberer die beiden näher zu sich heran. „Nur keine Angst", sagte er und lächelte kaum merklich. Jaden kam es vor, als würde er die ganze Zeit über mit den Augen lächeln.

Der alte Zauberer strahlte ganz von selbst eine Weisheit aus, wie Jaden sie noch bei keinem Menschen erlebt hatte.

„Ich habe eine Frage an dich", begann Ilja, „Jaden ist heute das zweite Mal hier. Wir haben uns bereits gestern getroffen. Und heute hat unsere Wölfin ihn in die Siedlung gebracht. Was könnte das bedeuten?" Der alte Zauberer überlegte eine Weile, bevor er antwortete, und sah Jaden weiterhin sehr aufmerksam in die Augen. Jaden merkte, dass ihm ganz warm wurde und dass er sich immer wohler fühlte, je länger er vor dem Zauberer saß. Gespannt wartete er, was der Zauberer wohl sagen würde.

„Nun, eure Wölfin ist offenbar sehr schlau", sagte der alte Mann zu

Ilja und lächelte. Dann wandte er sich Jaden zu. „Sag mir, junger Mann, kannst du dich noch an deinen ersten Aufenthalt hier erinnern?"

„Ja", sagte Jaden, „sogar ziemlich genau."

Der alte Mann nickte nachdenklich. „Dann nehme ich an, du wirst noch öfter deine Nächte hier verbringen. Warum du hier bist, kannst du allerdings nur selbst herausfinden. Ich kann dir aber raten, nicht so sehr mit deinem Verstand zu arbeiten. Das Gefühl ist es, durch das wir wirklich wichtiges Wissen aufnehmen. Natürlich sollte man auch seinen Verstand benutzen, um die Dinge zu prüfen. Aber wichtig ist, immer deinen eigenen Verstand zu Rate zu ziehen. Du solltest dich niemals blind auf das verlassen, was andere sagen. Selbst meine Worte solltest du erst einer sorgfältigen Prüfung unterziehen, glaub mir bloß nicht alles! Ich bin auch nur ein alter Kauz, der versucht, mit jedem Tag ein bisschen mehr zu lernen", sagte er und lachte. Die vielen Lachfältchen um seine Augen herum zeigten, dass er oft lachte. Jaden hatte noch nie einen Erwachsenen erlebt, der so mit ihm sprach.

„Vielleicht dauert es noch eine Zeit, bis du den verborgenen Sinn verstehst", sagte der Zauberer. „Aber ich bin sicher, du wirst in der Zwischenzeit eine Menge Spaß mit Ilja haben – und bestimmt auch eine Menge Abenteuer erleben", sagte er und zwinkerte Jaden zu.

„Dass du hier bist, ist auf jeden Fall eine Bereicherung für uns", sagte der alte Zauberer. „Und dass du dich auch nach dem Aufwachen an unsere Welt erinnern kannst, wird dir nur nützlich sein. Also, mach dir zuerst einmal nicht zu viele Gedanken darüber, sondern genieße einfach die Zeit, die du hier verbringst! Schließlich sollst du dich im Traum ja auch erholen", sagte er und lachte wieder.

Jaden dachte kurz nach. Wenn er schon nicht mehr über diese seltsamen Träume erfahren konnte, dann wollte er wenigstens mehr über diese merkwürdige Welt erfahren.

„Die Gruppe von Schülern vorhin – da saßen Kinder, die bestimmt erst fünf waren, aber auch 14-Jährige. Wie kommt es, dass die Schüler so gemischt sind?" Der Zauberer lächelte.

„Das liegt daran, dass es bei uns keinen Zwang gibt, herzukommen. Jeder, der an unseren Gesprächen teilnehmen möchte, ist eingeladen. Wir Zauberer freuen uns über jeden, der hier sitzt und das Gespräch bereichert.“ Der alte Mann beugte sich etwas vor. „Ich glaube sogar, ich habe in der Zeit, seit ich durch die Siedlungen reise, mehr gelernt als in den 30 Jahren Studium zuvor“, sagte er in einem vertraulichen Ton.

„Eigentlich sind es die Kinder, die mir etwas beibringen. Durch ihre Offenheit können sie besser auf das Wissen zugreifen als wir Erwachsene. So erkennen die Kleinsten oft mit Leichtigkeit Dinge, über die unsereins jahrelang grübelt“, sagte er und schüttelte lachend den Kopf. „Es ist immer wieder verblüffend! Es gibt Kinder, die möchten unbedingt etwas von den Zauberern lernen, andere denken lieber für sich selbst über die Dinge nach oder fragen ihre Eltern und Großeltern, was mindestens genauso wichtig ist wie der Unterricht, wenn du mich fragst. Außerdem gibt es bei uns ein Geflecht aus vielen Festen, die sorgsam erdacht sind. Die Bedeutung jedes einzelnen ist unschätzbar groß. Den Kindern macht es Spaß, sich Reime oder Lieder auszudenken, um sie vorzuführen und anderen eine Freude zu machen. Und weil jedes Kind etwas Schönes vorführen möchte, kommt es zu den Zauberern. Sie können ihnen beibringen, mit ihrer Stimme wunderbare Gedichte oder Lieder so vorzutragen, dass sie in anderen Menschen unbeschreiblich schöne Gefühle hervorrufen. Es gibt andere Zauberer, die wissen, wie man Tiere an sich gewöhnen kann, so dass die Bären dir Honig bringen oder die Eichhörnchen Nüsse für dich sammeln. All das ist nützliches Wissen, über das jeder gern verfügen möchte. Wenn das Lernen einen Sinn hat, dann macht es den Kindern auch Freude. Kinder haben ein feines Gespür für so etwas. Sie fühlen, ob manche Fertigkeiten wichtig für sie sind oder nicht. Und weil jeder sich zu uns gesellen kann, der möchte, sitzen hier Kinder aller Altersklassen. Manchmal sogar Erwachsene“, lächelte der Alte. Jaden war so verblüfft von dem, was er eben gehört hatte, dass er gar nicht wusste, was er sagen sollte. Das klang alles so unglaublich …

„So, das war aber jetzt genug für heute. Du willst dir bestimmt nicht länger das Gerede eines alten Mannes anhören“, sagte der Zauberer und erhob sich.

Jaden protestierte. „Ich fand es toll, Ihnen zuzuhören!“, sagte er. Der Zauberer hob die Brauen. „Willst du mich beleidigen oder warum siezt du mich?“, fragte er lachend. Ilja grinste: „Wir sagen ‚du‘ zu den Zauberern.“

„Ich fand es toll, dir zuzuhören", verbesserte sich Jaden schnell.

„Und es war mir ebenfalls eine große Freude, mit dir zu sprechen", erwiderte der Zauberer. „Ich werde auf einem kleinen Spaziergang noch ein wenig über alles nachdenken." Mit diesen Worten entfernte er sich in Richtung Wald. Jaden sah ihm nach. Was würde er dafür geben, solch einen Lehrer zu haben – und die Unterrichtsfächer erst …

„Komm, wir gehen zur Siedlung zurück", sagte Ilja. „Nachher findet noch ein Lagerfeuer statt, bei dem sich die gesamte Siedlung trifft, und ich sollte bei den Vorbereitungen helfen."

Während sie zurückgingen, dachte Jaden noch lange über die Begegnung mit dem Zauberer nach, dabei fiel ihm ein, dass er gesagt hatte, er hätte 30 Jahre studiert … Er fragte Ilja, ob das normal war.

„Ja, das ist hier üblich. Es gibt Akademien für Zauberer, dorthin geht man, wenn man sich für ein bestimmtes Thema interessiert. Und dann forscht der Zauberer eine sehr lange Zeit, bis er viel Wissen angesammelt hat. Danach vergeht noch einmal eine sehr lange Zeit, in der die richtigen Worte erdacht werden, um das ziemlich komplizierte Wissen in einfachen Formulierungen zu verstecken. Das ist mit Abstand das Schwierigste daran. Ein Zauberer muss Methoden entwickeln, die das Interesse der Kinder am Wissen wachhalten. Sonst kommen sie ganz einfach nicht zu seinem Unterricht."

Jaden staunte, das hörte sich nicht nur phantastisch an, es klang auf eine ziemlich eigenartige Weise einleuchtend. Als sie dieses Mal durch die Siedlung gingen, sah Jaden sich genauer um. Es gab nirgendwo einen gemähten Rasen, auf den Grundstücken wuchs alles so, wie es wollte, und es sah gar nicht mal schlecht aus … Seine Mutter hätte wahrscheinlich die Hände über dem Kopf zusammengeschlagen, bei so viel Chaos. Sie verbrachte eine Menge ihrer Zeit damit, Unkraut zu zupfen und ihre Blumenbeete in Ordnung zu halten. Hier dagegen standen überall Obstbäume und Beerensträucher, die verschiedensten Blumen und Kräuter wild durcheinander, Schmetterlinge flatterten durch die Luft, und manchmal saßen Bären oder Wölfe in den Gärten. Sogar ein Fohlen sah er auf einem der Grundstücke herumspringen. In einem anderen Garten spielte ein Kind mit zwei Eichhörnchen, als wäre es das Normalste auf der Welt. Auch die Häuser sahen ganz anders aus, als er sie kannte.

Sie waren kleiner und alle mit Stroh gedeckt. Die Dachfirste waren mit kunstvollen Holzschnitzereien und Mustern verziert, wie Jaden noch nie welche gesehen hatte.

Schließlich waren sie an dem Haus angelangt, in dem Ilja mit seinen Eltern wohnte. Janka saß noch immer im Garten. Ilja ging auf sie zu und zauste ihr die Schnauze. „Das mag sie am liebsten", sagte Ilja. Die Bärin brummte behaglich, es war ihr anzusehen, dass sie sich sehr wohl fühlte.

„Habt ihr denn wirklich keine Angst, dass sie den kleineren Kindern etwas tut?", fragte Jaden, während er Janka mit der Hand durch das Fell fuhr. „Ich meine, das wäre doch möglich, oder nicht?"

Ilja sah ihn an. „Nein, so etwas ist noch niemals vorgekommen. In keiner einzigen Siedlung. Ich wüsste auch nicht, wieso. Die Tiere sind an uns gewöhnt und lieben uns. Und wir lieben sie auch. Wir leben ganz natürlich zusammen."

Dann wandte Ilja sich um. „Komm, wir gehen ins Haus und helfen bei den Vorbereitungen." Jaden folgte ihm. Er war ein bisschen aufgeregt, Iljas Eltern kennen zu lernen. Das waren bestimmt ebenso besondere Menschen wie Ilja und der alte Zauberer.

Ilja ging voran und öffnete die Tür. Im Haus war alles aus Holz gemacht: die Treppe, der Boden und die Möbel. Jaden fand es sehr gemütlich und einladend. Sie gingen direkt in die Küche, in der ebenfalls alle Möbel aus Holz gefertigt waren. Drei große Fenster tauchten den Raum in helles Licht, und eine Tür, die direkt in den Garten führte, stand offen und ließ warme Sonnenstrahlen in den Raum fallen. In einem Kamin brannte ein offenes Feuer, das einen großen Kessel erhitzte. Daneben stand eine Frau, die sehr beschäftigt wirkte. Als Jaden und Ilja den Raum betraten, hob sie den Kopf und lächelte. Die Frau war außergewöhnlich schön und wirkte sehr jung, sie trug ein einfaches Kleid, das ihr bis über die Knie reichte. Die Ärmel waren mit den schönsten Mustern bestickt, die Jaden je gesehen hatte, und ihr langes dunkelblondes Haar trug sie in einem geflochtenen Zopf.

„Hallo", sagte sie mit einer angenehm weichen Stimme. „Wer ist denn der Gast, den du mitgebracht hast, Ilja?"

„Das ist Jaden, ein Traumreisender", antwortete er.

„Oh", sagte die Frau. „Hallo, Jaden. Es freut mich sehr, dich kennen zu lernen! Ein sehr außergewöhnlicher Name, den du da trägst", sagte sie und streute ein paar Kräuter, die neben ihr auf einem Holzbrett lagen, in einen Topf auf dem Herd. „Ich heiße Ljubmila."

„Wo ist denn Katya?", erkundigte sich Ilja und ging zum Herd.

„Mmh, das riecht aber gut", sagte er und schnupperte an dem Dampf, der aus dem Topf stieg.

Ljubmila lächelte.

„Katya ist in den Wald gegangen, um noch einige Wildkräuter und Heilpflanzen zu sammeln. Sie ist ganz angetan von dem Zauberer, der zurzeit bei uns weilt." Sie nahm einen Löffel und rührte in der Speise im Topf. „Und jetzt hat sie sich vorgenommen, für heute Abend ein ganz besonderes Gericht zu kochen."

„Den Zauberer habe ich auch schon kennen gelernt", sagte Jaden, der froh war, überhaupt etwas sagen zu können, „er ist wirklich ein toller Lehrer."

Ljubmila lachte: „Ja, der Meinung ist Katya auch."

Kaum hatte sie das gesagt, öffnete sich die Haustür und ein Mädchen trat ein. Sie trug einen Korb auf dem Rücken, den sie sich mit einer eleganten Geste abstreifte und auf den Boden stellte. Sie war etwa zwei Jahre älter als Jaden. Noch nie hatte er ein so schönes Mädchen gesehen. Sie trug ein ähnliches Kleid wie ihre Mutter, aber das Muster war noch schöner. Ihr langes blondes Haar fiel ihr offen über den Rücken. Jetzt sah sie auf und blickte Jaden aus großen braunen Augen überrascht an. Sein Kopf war wie leergefegt. Ihm fiel nichts ein, was er sagen konnte. Nicht das Geringste.

„Darf ich vorstellen: Das ist Jaden, ein Traumreisender", erklärte Ilja, und zu Jaden gewandt sagte er: „Das ist Katya, meine Schwester." Katya lächelte freundlich.

„Es passiert nicht alle Tage, dass ein Traumreisender bei uns zu Besuch ist! Herzlich willkommen! Gefällt es dir hier bei uns?"

„Ja … sehr gut sogar", stammelte Jaden und fuhr sich verlegen durch die Haare. So ein Mist, er musste sich zusammenreißen!

„Es ist nur alles … na ja, ganz anders als bei uns. Daran muss ich mich noch gewöhnen." Was redete er denn da nur für einen Mist zusammen! Jaden hätte sich ohrfeigen können.

„Ja, das kann ich verstehen“, erwiderte Katya und schob sich an den Jungen vorbei in die Küche. „Ich muss jetzt wirklich anfangen zu kochen, wenn ich rechtzeitig fertig werden will“, sagte sie und holte die Pflanzen, die sie gesammelt hatte, aus dem Korb. Sie begann, die Kräuter in einer bestimmten Reihenfolge zu ordnen.

Iljas Mutter drehte sich zu den Jungen um. „Ilja und Jaden, wenn ihr Lust habt, könnt ihr schon mal den Topf, einen Krug Kwass und etwas Geschirr zum Festplatz bringen. Vielleicht könnt ihr den Männern noch etwas bei ihrer Arbeit helfen.“

„Ja, das machen wir gern“, sagte Ilja. „Das Kochen ist sowieso nichts für uns Männer“, sagte er grinsend.

„Pah, von wegen Männer! Das hättest du wohl gern, du bist doch noch ein Kind“, lachte Katya und stapelte Geschirr auf dem Tisch. Jaden spürte ein Gefühl der Enttäuschung in sich aufwallen. Wenn Katya ihren Bruder als Kind bezeichnete, dann würde er selbst wohl auch nichts anderes für sie sein, und diese Erkenntnis traf ihn wie ein harter Schlag.

„Wie sollen wir denn das alles transportieren?“, fragte Jaden, als er den wachsenden Stapel von Geschirr sah. Aus dem Topf dampfte es noch, und es roch wirklich köstlich! Jaden lief das Wasser im Mund zusammen, und er konnte es kaum abwarten, davon zu kosten. Iljas Mutter stellte den Topf zu dem Geschirr auf den Tisch. Außerdem sollten sie auch noch einen großen Krug mitnehmen mit dem so genannten Kwass.

„Ihr könnt die Kutsche nehmen“, sagte Iljas Mutter, „Ilja weiß ja, wo sie steht.“

Nachdem sie die Kutsche vollgeladen hatten, pfiff Ilja einmal durch die Zähne und wartete. Beinahe sofort trabte das Pferd herbei, dass Jaden schon kannte.

„Das ist doch das Pferd, auf dem wir geritten sind, als ich das erste Mal hier war“, sagte Jaden und streichelte ihm die Nüstern. Es schnaubte und Ilja begann, ihm das Geschirr anzulegen. „Ja, sein Name ist Balthasar“, sagte Ilja. Seine Handgriffe waren schnell und geübt, und schon einige Minuten später konnten die beiden losfahren. Jaden und Ilja kletterten auf die Kutsche, die mit Blumen und Kränzen geschmückt war. Ilja nahm die Zügel in die Hand, die Kutsche ruckte an und bewegte sich dann in einem gemächlichen, gleichmäßigen Tempo durch die Siedlung. Jaden genoss die Fahrt sehr, obwohl er auch an Katya denken musste … Am liebsten wäre er gar nicht losgefahren, sondern viel lieber in der Küche geblieben … Aber was hätte er da schon tun sollen, er hatte nicht die geringste Ahnung vom Kochen, geschweige denn von den Kräutern. Bisher hatte er sich um so was gar keine Gedanken gemacht. Jetzt jedoch ärgerte es ihn, dass er, verglichen mit Ilja oder Katya, so wenig darüber wusste.

Es war gar nicht so übel, mit einer Kutsche zu fahren. Jaden konnte sich nicht erinnern, jemals mit einer Kutsche gefahren zu sein, wozu auch, wo es doch Autos gab. Hier aber gab es sie nicht und auch keinen Lärm, keinen Gestank, und die Luft, die er atmete, war von einem besonderen Duft erfüllt, den er zuvor nicht gekannt hatte. Jaden konnte nicht genau sagen, was es war, aber es roch ein wenig wie eine Mischung aus Blütenduft und süßem Honig … und Jaden hatte das Gefühl, diesen Geruch schon ewig zu kennen, aber woher …? Ilja riss ihn aus seinen Gedanken.

„Furchtbar langweilig, nicht wahr? Ich würde ja gern ein bisschen schneller fahren, aber mit unserer Ladung geht das leider nicht … Na ja, bald ist wieder der wedische Vierkampf, dann können Balthasar und ich wieder zeigen, was wir draufhaben."

„Der wedische Vierkampf?", fragte Jaden. „Was ist das?"

„Das ist ein Fest, das nur uns Kindern gehört." Ilja grinste. „So ist niemand dabei, der uns den Spaß verdirbt! Wir organisieren alles selbst und führen verschiedene Wettkämpfe aus. Vier Mal im Jahr findet er statt, und eine der vier Disziplinen ist das Kutschenrennen … Das macht Laune, kann ich dir sagen!" Er grinste schon bei dem Gedanken daran.

„Ja, das glaub ich dir gern", sagte Jaden, „vielleicht hab ich ja das Glück und bin hier, wenn es das nächste Mal stattfindet."

„Hoffen wir's … Meinst du, du wirst ab jetzt öfter hier sein?", fragte Ilja und sah starr geradeaus, als fürchtete er sich vor der Antwort.

„Kann schon sein." Jaden zuckte mit den Schultern. „Aber ich weiß es nicht … Ich weiß einfach nicht, was hier los ist … oder warum ich hier bin. Also kann ich schlecht sagen, was in Zukunft sein wird."

„Das findest du schon noch heraus, glaub mir", sagte Ilja, „sieh mal, wir sind da."

Auf dem Festplatz herrschte reges Treiben. In der Mitte der Grasfläche befand sich eine Kuhle, in der ein Berg Holz aufgeschichtet war, und zwischen den Bäumen ringsum hingen Blumengirlanden. Ein langer Tisch war aufgestellt worden, auf dem sich schon einiges an Geschirr befand. Am Rand der Wiese floss ein kleiner Bach entlang, in dem ein paar Kinder badeten und ausgelassen spielten.

Einige Männer trugen noch mehr Holz heran und schichteten es sorgsam auf. Sie arbeiteten mit freien Oberkörpern und Jaden fiel auf, dass sie alle sehr muskulös waren. Er konnte niemanden entdecken, der dick war oder einen Bierbauch hatte, obwohl viele von ihnen schon nicht mehr ganz jung waren.

Die Jungs fuhren nahe an den Tisch heran und stiegen von der Kutsche, als Jaden einen Wolf zwischen den Bäumen erblickte. Rania! Sie stand völlig bewegungslos da und schien auf irgendetwas zu warten. Ilja hatte sie auch schon gesehen.

„Ich glaube, sie will, dass du zu ihr gehst“, meinte er.

„Ja, das glaube ich auch, sie wartet auf mich.“ Da befiel Jaden eine Ahnung. „Ich glaub, ich muss wieder zurück.“

Ilja war die Enttäuschung anzusehen, und auch Jaden war nicht gerade erfreut über den Gedanken. Er wäre so gern noch geblieben! Dass er gerade jetzt wegmusste, wo das Fest steigen sollte!

„Also, bis zum nächsten Mal“, murmelte Jaden und ließ seine Mundwinkel hängen.

„Bis morgen, hoffentlich!“, sagte Ilja und klopfte ihm auf die Schultern. „Dann erzähle ich dir, wie es war, versprochen!“

Lustlos trottete Jaden auf Rania zu. Sie ging tiefer in den Wald hinein und er folgte ihr, als – als er einen Wecker hörte! Zuerst nur ganz leise, dann wurde das Klingeln immer lauter. Er sah sich um, und die Bäume wurden immer undeutlicher, es sah aus, als würden sie schwanken und plötzlich waren sie einfach weg.

Mit einem Ruck setzte sich Jaden im Bett auf. Er war schlagartig hellwach, der Wecker klingelte noch immer unerbittlich.

„Du blödes Ding!“, rief Jaden. Noch wütend darüber, dass der Traum so schnell zu Ende war, nahm er den Wecker in die Hand und warf ihn vor Wut gegen den Schrank. Das gab vielleicht einen Krach! Jaden war wirklich wütend. Und dann fiel ihm auch noch ein, dass heute Montag war. Er musste in die Schule. Da ging die Zimmertür auf und seine Mum kam hinein.

„Was ist denn hier los?“ Sie sah den Wecker auf dem Boden liegen, die Batterien waren herausgefallen. Fragend sah seine Mutter ihn an. Wortlos zuckte Jaden mit den Schultern und ging an ihr vorbei ins Bad.

Wachtmeister Schimanski und eine alte Erinnerung

Vier Tage später hatte Jaden noch immer keinen Traum gehabt. Das heißt, er hatte schon geträumt, wenn er schlief, aber leider waren das nur die üblichen Träume. Mit viel sinnlosem Durcheinander, von Ilja, Katya oder dem Zauberer hatte er seit längerem nichts mehr gehört.

Mittlerweile machte er sich ernsthafte Sorgen, ob er überhaupt noch einmal in dem Wald erwachen würde. Jaden vermisste diese eigenartige Welt entschieden mehr, als er zugeben wollte. Diese Traumwelt war einfach viel zu geheimnisvoll, um sie zu vergessen.

Inzwischen war es Freitagmorgen und Jaden ging missmutig zur Bushaltestelle. Sein Blick war starr auf den Boden gerichtet und seine Hände steckten in den Hosentaschen. Der letzte Schultag vor dem Wochenende war eigentlich ein Grund zur Freude, außerdem waren in einer Woche Ferien, aber Jaden fühlte sich heute trotzdem betrübt, wie eigentlich an allen Vormittagen dieser Woche.

Er grübelte viel in letzter Zeit. Am Dienstag hatte er den ganzen Nachmittag im Internet verbracht, um sich über Träume zu informieren. Aber er hatte nichts gefunden, was auf seine Erlebnisse zutraf. Nur irgendeinen Unsinn über die Deutung von Traumsymbolen, was es bedeutete, wenn man von Schwänen träumte oder Wasser, und solchen Quatsch ... Weitergeholfen hatte ihm jedenfalls rein gar nichts. Nach vier endlosen Stunden musste er völlig entnervt aufgeben, ohne etwas erfahren zu haben, was ihm weiterhelfen konnte.

Schon von weitem sah er Lou und Konrad an der Bushaltestelle stehen. Die Woche war im Grunde ganz gut verlaufen. Nick gehörte jetzt offiziell zu ihnen, und sie hatten sich jeden Nachmittag am Baumhaus getroffen. Aber Jaden vermisste die Traumreisen und war jeden Morgen nach dem Aufwachen enttäuscht, weil er wieder nicht bei Ilja gewesen war.

„Hey, Jaden", rief Lou und winkte ihm zu, „du siehst ja aus wie drei Tage Regenwetter!"

„Ja, kann schon sein!“, rief er zurück. Dann stand er neben den beiden und sie warteten zusammen auf den Bus.

Lou guckte ihn nachdenklich an. „Was ist nur in letzter Zeit mit dir los?“, fragte sie. „So kenn ich dich ja gar nicht.“

„Mensch“, sagte Konrad und stieß Jaden seinen Ellenbogen in die Seite, „freu dich doch, nur noch heute und die nächste Woche Schule – dann sind Ferien!“

Und Lou blickte in den Himmel und sagte hoffnungsvoll: „Vielleicht bekommen wir heute sogar Hitzefrei!“

„Das glaubst du doch wohl selbst nicht“, brummte Jaden, „eher kippt jemand ohnmächtig um vor Hitze, als dass *die* uns einfach so frei geben würden!“

Jaden hatte bisher niemandem von seinen Traumreisen erzählt. Und er hatte sich auch fest vorgenommen, es niemals zu tun, sonst würde man ihn womöglich noch für verrückt halten. „Bin halt nur ein bisschen schlecht drauf zurzeit, weiß auch nicht“, erwiderte er und vergrub die Hände noch tiefer in seinen Hosentaschen.

Was sollte er sonst sagen? Dass er es vermisste, im Traum in eine Welt zu gelangen, in der Bären und Wölfe die Menschen begleiteten und alle Menschen hochbegabt waren? Dass er in seinen Träumen fühlen und riechen konnte und es genauso wirklich erschien wie die Gespräche, die er mit seinen Freunden im Baumhaus führte? Jaden wusste ja selbst nicht recht, was zurzeit mit ihm los war, wie sollte er es da den anderen erklären?

Glücklicherweise kam in diesem Moment der Bus, und Jaden musste erst einmal nichts mehr erklären. Die Freunde ließen sich auf die Sitze fallen. „Ich finde es echt schade, dass Nick auf eine Privatschule geht“, sagte Lou, „das ist doch echt spießig!“

„Na, was hast du denn gedacht?“, fragte Konrad. „War doch klar, bei *dem* Geld, das seine Eltern haben.“

„Ach, das ist trotzdem blöd!“ Lou verschränkte trotzig die Arme. „Und unnötig noch dazu. Die lernen doch auch nicht mehr als wir, oder?“

Jaden sah aus dem Fenster. Seit er sich mit dem weisen Zauberer unterhalten hatte, fragte er sich, ob man in der Schule überhaupt etwas lernte, das sinnvoll war.

Er wendete sich Lou und Konrad zu: „Glaubt ihr, dass wir überhaupt was … Sinnvolles lernen in der Schule?“ Erstaunt sah Konrad ihn an. „Wie meinst du das?“

„Na, ich meine … Habt ihr schon mal darüber nachgedacht, dass … dass wir auch andere Dinge lernen könnten? Wer sagt denn eigentlich, dass zum Beispiel Mathe und Deutsch so wichtig sind? Vielleicht sind andere Sachen ja viel wichtiger …“, fragte Jaden vorsichtig.

Lou und Konrad sahen ihn verständnislos an.

„Das spielt doch gar keine Rolle, ob das wichtig ist oder nicht!“ Konrad schüttelte den Kopf. „Na klar hat man oft keine Lust, aber wenn man nicht lernt, findet man später auch keine Arbeit.“

Lou machte ein nachdenkliches Gesicht. „Aber eigentlich hat Jaden Recht“, meinte sie, „wer legt das eigentlich fest und warum? Ich meine, wir werden ja ganz schön gepiesackt in der Schule! Weshalb können wir uns nicht aussuchen, was wir lernen wollen und was nicht?“

„Ganz einfach“, begann Konrad, „es hat sich die Zeit über bewährt, genau diese Sachen zu lernen. Und es kommen ja auch immer Fächer dazu. Das nennt man *Fortschritt!*“, betonte er entschieden.

„Na ja“, setzte Jaden nach, „wenn wir aber wählen könnten, was wir lernen, dann würden wir bestimmt viel lieber morgens aufstehen. Und automatisch mehr lernen!“

„Das Leben ist aber kein Wunschkonzert!“, zischte Konrad, der inzwischen richtig wütend geworden war.

„Was regst du dich denn so auf?“, fragte Lou verwundert.

„Weil *ihr* mich aufregt! Es nützt doch nichts, sich über Dinge Gedanken zu machen, die man nicht ändern kann.“ Und damit drehte Konrad sich um und sprach den Rest der Busfahrt nicht mehr mit seinen Freunden. Irgendwie erschien das Jaden nicht so einleuchtend wie das, was er in Iljas Welt gesehen und gehört hatte. Dort schien alles so einfach zu sein und trotzdem viel perfekter und schöner, auch ohne das, was Konrad als „Fortschritt“ bezeichnete … Es gab dort vielleicht keine Busse, Autos oder Computer, aber dafür konnten und wussten die Menschen eine ganze Menge mehr. Hier dagegen hatte man keine Wahl. Man musste tun, was von einem verlangt wurde.

Er sehnte sich danach, wenigstens noch einmal in Iljas Welt zu gelangen und die vielen Fragen zu stellen, die ihm in der Zwischenzeit gekommen waren. Auf jeden Fall hatte sich etwas in ihm verändert seit dem letzten Traum. Er dachte mittlerweile mehr nach, und das konnte ja nur gut sein, oder? Aber wenn er deswegen Streit mit seinen Freunden bekam …

In der Schule war alles wie immer. Jaden ging seit einem Jahr auf das Sophie-Scholl-Gymnasium. Konrad und Lou waren ebenfalls in seiner Klasse; schon seit dem ersten Jahr in der Grundschule waren sie immer zusammen in einer Klasse gewesen.

Heute hatten sie Geschichte in der ersten Stunde, Geschichte bei Herrn Klumpfuß, dem wohl langweiligsten Lehrer der Welt. Jaden holte lustlos seine Sachen aus der Tasche. Kein anderer Lehrer besaß das Talent, die Schüler so zu langweilen, wie dieser grauhaarige Mann mit seiner dicken Hornbrille. Jaden schmunzelte, als er daran denken musste, wie vor ein paar Wochen jemand in seinem Unterricht eingeschlafen war. Das hatte sich wie ein Lauffeuer rasend schnell in der Schule herumgesprochen. Herr Klumpfuß, dessen witziger Name übrigens hervorragend zu seinem Aussehen passte, hatte die ganze Stunde über nicht einmal bemerkt, dass einer seiner Schüler tief und fest schlief. Jaden musste einen Lachanfall unterdrücken, als er sich die Erinnerung an Klumpi im Schlafanzug wachrief, der vollkommen entsetzt über seinen gesprengten Gartenzwerg gebeugt war. Wahrscheinlich war diese Nacht für ihn die aufregendste in den letzten Jahren gewesen.

Jaden sah eigentlich die meiste Zeit aus dem Fenster, wenn der Klumpfuß einen seiner ellenlangen Vorträge hielt. Er sah sich in der Klasse um. Die Mehrheit seiner Mitschüler sah ebenfalls ziemlich gelangweilt aus und beschäftigte sich mit anderen Dingen, um nicht einzuschlafen. Einige schrieben Zettelchen, die sie einander zuwarfen, wenn Herr Klumpfuß nicht hinsah. Aber das tat er eigentlich sowieso nie. Andere kritzelten gedankenverloren in ihren Heftern herum, um nicht einzuschlafen. Der einzige, der wirklich zuhörte, war Konrad. Er war ein Musterschüler, der wirklich keine Sekunde des Unterrichts verpassen wollte und immer aufmerksam war. Lou dagegen, die neben ihm saß, war genauso gelangweilt wie er selbst. Sie stützte den Kopf auf ihren Händen ab und starrte gedankenverloren in die Luft.

Sehnsüchtig dachte Jaden an den alten Zauberer zurück. Wie begeistert und aufmerksam die Schüler ihm gelauscht hatten, Fünfjährige genauso wie Schüler in seinem Alter … Er sah zu seinem Lehrer hinüber, der nicht einmal die Aufmerksamkeit einer Handvoll Kinder auf sich richten konnte. Warum war das bloß so? Gewiss gab es auch gute Lehrer, aber selbst seine Lieblingslehrerin, Frau Sichelstiehl (Geographie), konnte ihn nicht so beeindrucken wie der alte Zauberer.

Klumpfuß war gerade dabei, mit seiner monotonen Stimme über das alte Ägypten zu sprechen, was an sich ja ein ziemlich interessantes Thema war, aus seinem Mund aber nicht anders klang als ein Vortrag über das ewig gleiche Muster der Karohemden, die er immer trug.

Jaden sah auf die Uhr und stellte bestürzt fest, dass gerade mal sieben Minuten vergangen waren. Und dass bei einer Doppelstunde! Das bedeutete, sie hatten noch 83 Minuten Unterricht. Jaden seufzte und stieß Lou sachte an.

„Hey, Lou“, flüsterte er, „weiß nicht, wie es dir geht, aber mir ist verflucht langweilig!“

„Und mir erst!“, stöhnte Lou und verdrehte die Augen auf eine Art, auf die nur sie es konnte. „Ich schlaf gleich ein! Ich kann diese Stimme einfach nicht mehr hören“, seufzte sie und verdrehte genervt die Augen.

„Ja …“, sagte Jaden langsam. Dann hellte sich seine Miene auf. „Ich hab's … Lou, ich hab's! Ich glaub, das könnte echt funktionieren“, flüsterte er und grinste, „und ich kann dir verraten, das wird einen Heidenspaß machen … mir zumindest!“

Lou sah ihn einen Augenblick lang verständnislos an. „Ja, aber nichts Gemeines, ja? Keine Sprengung und …“

„Nein … keine Sorge, du wirst schon sehen“, unterbrach Jaden sie, „ich verschaffe uns allen nur ein wenig mehr Freizeit an diesem schönen Tag …“ Er grinste und reckte hastig seinen rechten Arm in die Höhe. Da Herr Klumpfuß trotz seiner zentimeterdicken Brille blind wie ein Maulwurf war, sah er Jadens hochgereckte Hand natürlich nicht. Jaden musste sich erst ein paar Mal geräuschvoll räuspern, bis sein Lehrer endlich auf ihn aufmerksam wurde.

Klumpfuß rückte sich erstaunt seine Brille zurecht und sagte gedehnt: „Ja?“

„Dürfte ich mal auf die Toilette gehen?“, fragte Jaden.

„Ja“, sagte Klumpfuß. „Ja, natürlich! Ähm, wo war ich gerade?“, fragte er zerstreut und überlegte einen Augenblick. „Ach ja, die Ägypter …“

Jaden war unendlich froh, den Raum verlassen zu können. Er eilte schnurstracks zur Toilette und holte sein Handy aus der Tasche. Er guckte unter den Toilettentüren hindurch, um sich zu vergewissern, dass er auch wirklich allein war. Dann wählte er die Nummer des Sekretariats und verstellte seine Stimme etwas. Zur Unterstützung hielt er noch eine Toilettenpapierrolle vor seinen Mund und sprach: „Wachtmeister Schimanski hier, ich möchte Herrn Klumpfuß sprechen!“

Die Sekretärin bat ihn, einen Augenblick zu warten. Dann ertönte eine Lautsprecherdurchsage: „Herr Klumpfuß, bitte unverzüglich ins Sekretariat!“ Einige Sekunden später hörte er Schritte, die eilig vorbeihasteten. Jaden kicherte leise vor lauter Vorfreude. Eine Minute später hörte er die atemlose Stimme von Klumpfuß. „Ja?“

„Guten Tag, Herr Klumpfuß“, sagte Jaden und unterdrückte mit Mühe ein Lachen, „hier spricht Wachtmeister Schimanski und ich muss Ihnen mitteilen, dass bei Ihnen eingebrochen wurde. Die Nachbarn haben verdächtige Geräusche gehört und uns benachrichtigt. Wir möchten Sie bitten, eiligst herzukommen.“

„Ja, natürlich! Ich bin sofort da!“, rief Klumpfuß aufgeregt ins Telefon und legte auf. Der konnte einem ja fast leidtun, dachte Jaden. Aber er war garantiert sehr erleichtert, wenn er nach Hause kam und sah, dass gar nichts los war!

Jaden beeilte sich, wieder in die Klasse zu kommen, und berichtete den anderen von seiner Tat. Mit verstellter Stimme sprach er wie sein „Wachtmeister Schimanski“ und erzählte, wie besorgt Klumpfuß sich angehört hatte. Die Klasse johlte vor Lachen und beglückwünschte ihn zu seinem genialen Einfall.

„Wahrscheinlich hat er Angst, dass seine Zwerge gestohlen werden!“, rief Lou und schüttete sich aus vor Lachen.

„Na, was anderes gibt es bei dem bestimmt nicht zu holen!“, rief Max.

„Das geschieht dem alten Klumpfuß recht!“, meinte ein anderer.

„Ja, der ist so langweilig, dass ihm ein bisschen Aufregung garantiert nicht schaden wird!“, rief Steffen und kicherte.

„Jetzt haben wir aber erst einmal eine Stunde und 15 Minuten Pause, ist das nicht herrlich?“, sagte Jaden. „Kommt, lasst uns verschwinden!“ Außerplanmäßige freie Zeit, das war echt klasse! Was konnte man sich mehr wünschen an einem sonnigen Tag im Juli?

„Schade, dass wir keinen Strand in der Nähe haben“, sagte Lou, während sie über den Schulparkplatz gingen. Es war schon jetzt wahnsinnig heiß und Jaden kniff die Augen zusammen, weil die Sonne ihn blendete.

„Habt ihr eine Idee, was wir jetzt machen könnten?“, fragte Konrad und sah finster drein, er war der einzige, der nicht grenzenlos begeistert war über den Stundenausfall.

„Was ist?“, fragte Jaden. „Wärst du etwa gern im dunklen, stickigen Klassenzimmer geblieben und hättest diesem Langweiler zugehört?“

„Du weißt genau, wie ich darüber denke!“, brummte Konrad. „Es ist nun mal notwendig, in der Schule zu sitzen – Punkt.“

„Ja, aber es ist noch nicht lange her, da hast du eine ganze Stunde gefehlt, nur um dir so ein bescheuertes Spiel zu besorgen“, sagte Lou und konnte sich einen vorwurfsvollen Blick in Konrads Richtung nicht verkneifen.

„Jaaa … aber das war was ganz anderes … ein Notfall sozusagen. Das Spiel war verdammt wichtig, das war ein GRUND, verstehst du?“

„Also, ich finde, 40 Grad im Klassenzimmer sind ein viel bedeutender Grund als so ein olles Spiel.“

„Ach, du hast doch gar keine Ahnung von …“

„Wir könnten uns ja mal die Schule von Nick ansehen“, meinte Jaden, um Konrad zu beschwichtigen, „ich kenne seinen Stundenplan zwar nicht, aber vielleicht hat er gleich Pause.“

„Von mir aus“, brummte Konrad grimmig und schlurfte missmutig hinter den beiden her. Es nervte ihn, immer für einen Streber gehalten zu werden, nur weil er mal etwas aus sich machen wollte.

Die Schule von Nick lag im „besseren Teil“ der Stadt, etwas von dem Sophie-Scholl-Gymnasium entfernt. Zehn Minuten mit dem Stadtbus. Konrad sah mit ängstlichen Blicken auf seine Uhr, um auszurechnen, wann sie wieder zurück sein würden.

Direkt vor Nicks Schule stiegen sie aus. Ein altes rotes Backsteingebäude mit großen Fenstern und hohen Stockwerken. Über dem Eingang war eine Inschrift in den Stein gehauen: „St.-Martin-Privatschule“ stand da in großen goldfarbenen Lettern. Und darunter: „gegründet 1786.“

„Dacht ich’s mir doch, eine Schule für Snobs, wie ich gesagt habe“, urteilte Lou entschlossen.

„Nicht so voreilig“, sagte Jaden warnend. „Du hast doch gehört, was Nick gesagt hat. Dass er überhaupt nichts von Reichtum hält. Vielleicht sehen das die meisten hier so. Aber was sollen sie schon machen, wenn ihre Eltern sie herschicken?“

Lou zog eine Schnute. „Ja, du hast ja Recht“, gab sie zu, während die drei um die Schule herumgingen. Auf der Rückseite gab es einen großen Schulhof mit vielen Bäumen und Sträuchern, einer großen Rasenfläche und einer kleinen, gepflasterten Fläche mit einigen Holzbänken. Eine Reihe von Blumenbeeten säumte den Hof in Richtung des Schulgebäudes. Sogar eine Tischtennisplatte stand unter einer Gruppierung von Schatten spendenden Bäumen, daneben erstreckte sich ein schönes Volleyballfeld mit feinstem Sand. Alles war sauber und gepflegt.

Was war das? Irrte sich Jaden oder bewegte sich dort etwas hinter den Bäumen? Er kniff die Augen zusammen und bemühte sich, etwas zu erkennen, da war doch jemand …

Dann trat ein hagerer, großer Mann hinter den Bäumen hervor, der sich eine Harke nahm, die am Baum lehnte, und anfing, mit ziemlich ruppigen Bewegungen irgendein Beet zu harken. Dabei blickte er sich immer wieder verstohlen zu den drei Kindern um. Jaden verstand ja nicht viel von Gartenarbeit, aber dieser Hausmeister hatte offensichtlich gar keine Ahnung vom Gärtnern. Er zog tiefe Furchen in das Beet und es störte ihn auch nicht, dass sich eine Studentenblume in seiner Harke verfing.

„Donnerwetter!“, meinte Konrad und hob anerkennend die Augenbrauen. „Das ist ja mal was! Wenn man bedenkt, dass unser Schulhof einfach nur gepflastert ist und dazu noch ganz schön vollgemüllt … Und hier – sogar eine Tischtennisplatte! Na, eine Privatschule kann sich jedenfalls einiges …“

Konrads letztes Wort – „leisten“ – ging in dem Klingeln unter, das gerade – laut und schrill – ertönte. Die Pause wurde eingeläutet und kurz darauf stürmten die Schüler wie eine Herde Büffel hinaus ins Freie.

Jaden, Lou und Konrad kletterten über den Zaun, gut versteckt zwischen zwei dicht zusammenstehenden Bäumen. Dann schlenderten sie über den Schulhof auf der Suche nach Nick. Bald erspähte Jaden ihn, wie er mit ein paar anderen Jungs auf die Tischtennisplatte zulief.

„Hey, Nick!“, rief Jaden und fuchtelte mit seinem rechten Arm herum, damit Nick, der verwirrt nach allen Seiten schielte, ihn auch bemerkte. Dann hellte sich sein ratloses Gesicht auf. „Was macht *ihr* denn hier?!“, rief er und grinste.

„Wir dachten, wir besuchen dich mal. Unser Unterricht ist ausgefallen, weil bei unserem Lehrer unglücklicherweise eingebrochen wurde“, lachte Jaden.

Daraufhin musste Jaden die Geschichte noch einmal erzählen und als er fertig war, hatte sich eine ganze Traube von Schülern um ihn gebildet.

„Das müssen wir uns merken“, meinte einer, „und selbst anwenden. Wir hätten da auch ein paar Kandidaten …“ Die anderen lachten.

Nick fiel gleich ein konkreter Name ein: „Lemke, der alte Schnarchsack, dem würde ein wenig Aufregung bestimmt nicht schaden!“

„Ja“, rief ein Mädchen mit karottenroten Haaren, „oder Frau Mäusewein, der blöden Schreckschraube! Dass die immer so viele Strafarbeiten verteilt! Bei jedem bisschen!“

Viele zustimmende Rufe ertönten ringsum.

Also war es an einer Privatschule auch nicht anders, dachte Jaden. Auch hier waren die Lehrer offensichtlich nicht in der Lage, die Schüler mit ihren Worten zu fesseln. Und streng waren sie auch noch. Was dachten die sich eigentlich? Dass die Schüler gerne aufpassten und brav lernten, je strenger und unfreundlicher die Lehrer ihnen gegenüber waren? Nein, sie fingen nur an, den Unterricht zu verabscheuen, und das konnte doch niemand wollen …

Nick verscheuchte seine trüben Gedanken, indem er sie zu einer Partie Tischtennis aufforderte. Sogar Konrad spielte gern mit und vergaß kurz seine dauernde Angst, zu spät zur dritten Stunde zu erscheinen.

Dann klingelte es und die Pause war zu Ende. Die drei Freunde verabschiedeten sich von Nick, heute Nachmittag würden sie sich bereits wiedersehen. Sie verabredeten sich gegen drei Uhr nachmittags am Baumhaus, bevor Jaden, Konrad und Lou ihren Weg zurück antraten.

Die kleine „Notlüge“ von Jaden hatte keine Konsequenzen. Als sie, übrigens pünktlich zur dritten Stunde – entgegen Konrads Befürchtungen –, wieder an ihrer Schule ankamen, ging der Unterricht ganz normal weiter. Der Klassenraum heizte sich langsam, aber sicher immer mehr auf, so dass Jaden sich vorkam, als sei er in einer Sauna gelandet. Nur dass er sie nicht verlassen konnte, wann er wollte, sondern auf seinem harten Stuhl festgenagelt war. Wie gut hatten es Ilja und Katya, die unter freiem Himmel und unter schattigen Bäumen sitzen konnten ...

Es passierte vorerst nichts Außergewöhnliches mehr, auch wenn einige aus der Klasse, besonders Max und Steffen, immer wieder verstohlen in Jadens Richtung spähten. Offenbar warteten sie darauf, dass ihm noch etwas einfiel, womit er die Stunde verkürzen konnte. Aber zwei Mal an einem Tag? Das erschien selbst Jaden zu riskant. Und, wie sich später herausstellte, war das auch gar nicht nötig, denn am Ende der dritten Stunde tönte eine Lautsprecherdurchsage über das gesamte Schulgelände, die besagte, dass sie wegen der enormen Temperatur von 30 Grad im Schatten Hitzefrei hatten. Das gab einen Jubel!

„Das wurde aber auch Zeit“, sagte Lou, nachdem sie sich wieder im Bus und auf dem Heimweg befanden.

„Jetzt müssen wir nur noch die Bruthitze in diesem scheußlichen Bus überstehen und dann sind wir bald in unserem schönen, schattigen Wäldchen, in unserem frisch renovierten Baumhaus“, sagte Lou und wischte sich den Schweiß von der Stirn. Konrad schwieg, die Hitze machte ihm so zu schaffen, dass er die Augen schloss und seine Energie lieber aufsparte. An seinen Schläfen bildeten sich Schweißperlen. Jaden ging es auch nicht besser und er beschloss, sein T-Shirt auszuziehen. Es war einfach zu heiß, als dass er noch eine Sekunde länger so viel Stoff an seinem Oberkörper dulden konnte. Ein paar Leute guckten zwar etwas pikiert, aber Jaden scherte sich nicht weiter darum. Lou musterte Jaden kurz. „Ich wünschte, ich könnte mich auch einfach so ausziehen“, sagte Lou langsam, ganz erschöpft von der Hitze, und blies sich mit vorgeschobener Unterlippe ein wenig kühlende Luft ins Gesicht.

Die Temperatur im Bus, die wahrscheinlich schon bei 45 Grad lag, schien mit jedem neuen Fahrgast weiter anzusteigen.

Wie schön wäre jetzt eine Kutschfahrt gewesen, dachte Jaden und lächelte, während er an seinen letzten Traum dachte. Der erfrischende Wind würde ihnen um die Ohren wehen, es gäbe keinen Stau oder rote Ampeln …

Obwohl die Busfahrt nicht länger als zwölf Minuten dauerte, fühlte es sich heute mindestens wie eine Stunde an.

Jaden sah aus dem Fenster. Auch er hatte im Moment keine Lust mehr, sich oder auch nur seinen Mund zu bewegen. Nur noch zwei Stationen und sie würden endlich aussteigen können. Plötzlich richtete Jaden sich stocksteif auf. Das war doch – das konnte doch nicht möglich sein! Er rieb sich kurz mit der Hand über die Augen, dann sah er wieder hin. Aber der Bus war zu schnell, nun konnte er nur noch seine Umrisse erkennen.

Mit noch immer weit aufgerissenen Augen und klopfendem Herzen saß Jaden da und seine Gedanken überschlugen sich.

Jaden hatte geglaubt, den alten Zauberer aus seinen Träumen zu sehen, wie er auf einer Bank saß und ihn anlächelte. So langsam begann er, ernsthaft an seinem Verstand zu zweifeln. Schnell schaute er sich um, aber Konrad und Lou hatten nichts bemerkt.

„So etwas ist schlicht und einfach *nicht* möglich!“, dachte Jaden. „Das ist bestimmt nur diese Affenhitze! Draußen scheint vor Schwüle alles zu flimmern, wer weiß, was man da alles zu sehen glaubt … oder sollte das so etwas wie ein Zeichen sein?“

So langsam erwachten Konrad und Lou wieder zum Leben, gleich mussten sie aussteigen. Jaden versuchte, sich nichts von seinem Schreck anmerken zu lassen.

„Endlich! Frische Luft!“, rief Lou, als sie die letzte Stufe des Busses hinuntergeklettert waren und wieder auf der Straße standen. Lou sog die Luft hörbar ein, und obwohl auch die eher warm war, glich sie frischer Winterluft, zumindest, nachdem man zwölf lange Minuten den abgestandenen heißen Dunst im Bus geatmet hatte.

Heute war Jaden ausnahmsweise einmal froh, dass er in einer anderen Richtung wohnte als Lou und Konrad. So konnte er in Ruhe über das nachdenken, was soeben geschehen war. Sie verabredeten sich in zwei Stunden am Baumhaus und brachen auf, Lou und Konrad gingen nach rechts und Jaden bog nach links ab.

Konnten sich die Wirklichkeit und der Traum vermischen? War das möglich? Puh, war das heiß! Jaden fühlte sich, als würde er in der Wüste umherirren, verzweifelt auf der Suche nach Wasser. Er fand einfach keine Antwort für das, was ihm in letzter Zeit passierte. Und er fragte sich bereits zum tausendsten Mal, was das wohl für eine Welt war, in die er nachts gelangte.

Am liebsten wäre er die drei Kilometer mit dem Fahrrad zurückgefahren und hätte nachgesehen, ob der alte Zauberer noch immer regungslos auf der Bank saß, nur mit einem Lächeln im Gesicht.

Aber es war gewiss nur ein alter Mann gewesen, der ihm ähnlich sah. Es gab schließlich tausende Rentner in der Umgebung. Und dennoch hatte Jaden bei seinem Anblick wieder dieses merkwürdige Gefühl beschlichen, das er sonst nur aus seinen Besuchen in Iljas Welt kannte. Es ließ sich nur schwer beschreiben. Es war, als wäre er von innen heraus plötzlich ganz friedlich und unbeschreiblich glücklich. Wie er es auch drehte und wendete, es wollte einfach keinen Sinn ergeben! „Vielleicht sollte ich mit jemandem darüber reden", dachte Jaden, während er am Türschloss rüttelte, das wie immer klemmte.

Nachdem Jaden sein fades Mikrowellenessen verschlungen und einen Comic (Asterix & Obelix) gelesen hatte, fragte er sich, wie er die restliche Zeit totschlagen konnte, die ihm noch bis zum Baumhaustreff blieb.

Während er noch überlegte, drehte sich ein Schlüssel im Schloss, obwohl die Tür offen war. Die Tür öffnete sich und seine verdutzte Mutter trat ein.

„Jaden, was machst du denn schon hier?", fragte sie und trat die Tür mit dem Fuß zu, da sie zwei große Einkaufstüten in den Händen hielt. „Uff", machte sie und stellte die Tüten in der Wohnküche ab.

„Wir haben heut endlich mal Hitzefrei bekommen", sagte Jaden, „wurde auch echt mal Zeit! War einfach *zu* heiß heute!" Seinen eigenen Versuch, den Schultag ein wenig zu verkürzen, behielt er lieber für sich.

„Das freut mich für dich! Puh …" Sie wischte sich flüchtig mit der Hand über die Stirn. „Bei uns im Büro war die Luft so dick, dass man sie schneiden konnte." Sie warf einen Blick durch das Fenster.

„Ich fürchte, heute Abend wird es ein ordentliches Gewitter geben, die Luft ist so schwül … Im Radio haben sie durchgesagt, dass der heutige Tag der heißeste des Jahres war – bisher jedenfalls. Wer weiß, was noch kommt …" Jadens Mutter goss sich ein Glas Saft ein, gab ein paar Eiswürfel dazu und setzte sich zu Jaden aufs Sofa.

„Die Einkäufe können erst mal eine Minute warten!" Sie legte die Füße hoch und lehnte den Kopf an.

Jaden nahm all seinen Mut zusammen und fragte zögernd: „Sag mal, Mum, was weißt du eigentlich über … Träume?"

„Über Träume?" Verwundert sah ihn seine Mutter an. „Wovon redest du?"

Jaden überlegte. „In letzter Zeit habe ich ein paar Träume gehabt, die etwas – na ja, außergewöhnlich – waren." Fragend schaute er zu seiner Mutter hinüber.

Auf ihrer Stirn bildeten sich Falten. „Was genau meinst du mit ‚außergewöhnlich'?", fragte sie zögernd und sah Jaden forschend in die Augen.

„Ich – ich weiß gar nicht genau, wie ich das erklären soll", erwiderte Jaden hilflos.

„Sie wirken nur so *real* – als würde mir das wirklich passieren. Und es ergibt auch … Sinn, was ich dort erfahre …"

Der Gesichtsausdruck seiner Mutter veränderte sich blitzartig.

„Ich möchte, dass du diese Träume so schnell wie möglich vergisst!", sagte sie steif und stand auf.

„Aber …"

„Nichts aber!", rief seine Mutter in einem Ton, der keine Widerrede duldete, und stellte ihr Glas mit einem Ruck auf die Spülfläche, dass es knallte.

„Dein Großvater hat auch …" Sie brach ab, als hätte sie schon zu viel gesagt.

„Was war mit Großvater?", fragte Jaden leise, denn offenbar war jetzt Vorsicht geboten. So aufgebracht hatte er seine Mutter noch nie erlebt.

„Ich … ich möchte jetzt nicht weiter darüber sprechen", sagte sie, ein verzweifelter Klang hatte sich mittlerweile in ihre Stimme geschlichen.

Jaden dachte kurz nach. Er wusste kaum etwas über seinen Großvater. Er war gestorben, ehe Jaden das Licht der Welt erblickte. Bei einem Autounfall, zusammen mit seiner Frau. Bis jetzt hatte es Jaden nicht weiter interessiert, was er für ein Mensch gewesen war, aber augenblicklich war seine Neugier geweckt. Was versuchte man, vor ihm zu verheimlichen? Und warum reagierte seine Mutter so empfindlich, obwohl er sie nur etwas über seine Träume gefragt hatte?

Sie sog hörbar Luft ein und sah ihn an. „Solltest du noch *einmal* so einen Traum haben, dann möchte ich, dass du auf keinen Fall in die Nähe von Menschen gehst und dich weigerst, mit irgendjemandem zu reden, falls es doch jemand versuchen sollte. Hast du mich *verstanden?*"

Jaden wusste für den Moment nicht, was er antworten sollte. Er starrte seine Mutter an, deren Stimme einen so festen und entschlossenen Tonfall bekommen hatte, dass er wusste, es gab nur eine Antwort, die sie akzeptieren würde.

„HAST DU MICH VERSTANDEN?", fragte sie noch einmal, dieses Mal lauter und fordernder.

„Ja", sagte Jaden mit fehlender Überzeugung.

„Begreifst du denn nicht, wie wichtig das ist?", fragte seine Mutter und ihre Stimme erzitterte. Ihre Augen wurden langsam wässrig. Jaden begriff einfach nicht, was los war.

„Wie soll ich das denn verstehen, wenn du mir nichts erzählst?!", stieß er jetzt wütend hervor. „Ich möchte wissen, was hier los ist! Wenn du etwas weißt, dann sag es mir, verdammt noch mal!" Jaden war in seiner Aufregung aufgestanden und hatte die Hände zu Fäusten geballt.

Seine Mutter war für einen Moment sprachlos, so eine Reaktion hatte sie sichtlich nicht erwartet.

Sie blickte einige Zeit auf die Küchenfliesen, als wäre dort etwas Interessantes zu sehen.

„Na gut", seufzte sie kurz darauf, „ich werde es dir erzählen. Ich wusste ja, dass es irgendwann dazu kommen würde." Sie wirkte sehr erschöpft, als sie sich wieder neben Jaden setzte. Sie holte noch einmal tief Luft und begann.

„Dein Großvater, mein Vater, war Physiker. Er war auch ziemlich gut auf seinem Gebiet und viele seiner Professoren und Kollegen sagten ihm eine glänzende Karriere voraus. Und sie hatten Recht. Mein Vater galt als genialer Wissenschaftler, bis …" Sie brach ab und betrachtete ihre Hände, die ruhelos in ihrem Schoß lagen. „… bis er diese *Träume* bekam. Er begann, absurde Theorien aufzustellen, und sprach immer davon, dass die Welt unbedingt *verändert* werden müsse. Er behauptete, dass die Geschichte des Menschen, so, wie sie uns gelehrt wird, voller Fehler sei, dass vieles sogar komplett gelogen sei und das unbedingt geändert werden müsse. Außerdem verschwendete er seine ganze Zeit damit, irgendwelche physikalische Theorien zu beweisen, die er aufgestellt hatte. Und wenn man ihn fragte, wie er darauf gekommen war, sagte er immer, wir würden das alle nicht verstehen. Er wurde immer absonderlicher und eines Tages erzählte er meiner Mutter, dass er in regelmäßigen Abständen Träume hätte, die ihm zeigten, was alles möglich ist. Tja – und dann …" Seine Mutter zuckte mit den Schultern. „… dann veranlasste meine Mutter irgendwann die Einlieferung in eine Psychiatrie, nachdem ein Kollege meines Vaters es ihr empfohlen hatte. Sie wollte ihm helfen. Aber auch dort blieb er bei seiner Geschichte und arbeitete genauso verbissen wie vorher weiter an seinen Theorien, aber die vielen Medikamente machten ihm wohl ziemlich zu schaffen …" Sie brach ab und schluchzte kurz. „Irgendwann brachte er sich schließlich um. Meine Mutter verzieh sich die ganze Sache nie. Sie gab sich immer die Schuld an dem Unglück und wurde Zeit ihres Lebens nicht mehr glücklich. Bis heute sind die Umstände ihres Autounfalls nicht geklärt. Man vermutete, dass ihr vielleicht ein Tier vors Auto gelaufen war und dass sie wegen ihres Alters nicht mehr so gut reagieren konnte, aber …" Seine Mutter vergrub das Gesicht in den Händen und ihre Schultern begannen im Rhythmus ihres leisen Schluchzens zu zucken.

Jaden verstand, was sie damit sagen wollte. Er legte einen Arm um sie und sagte nichts. So saßen sie eine ganze Weile, bis seine Mutter sich wieder beruhigt hatte.

Es war nicht einfach für sie gewesen, ihm das alles zu erzählen. Jaden verstand jetzt, warum sie vorhin so eindringlich auf ihn eingeredet hatte, jetzt, nachdem er die Geschichte seines Großvaters kannte. Wie schwer musste das damals für sie gewesen sein? Hätte er bloß nichts gesagt! Aber vielleicht war es ja doch ganz gut so.

„Entschuldige", schniefte seine Mutter, „dass ich mich so hab gehen lassen …"

„Dafür musst du dich nicht entschuldigen", sagte Jaden leise, „denkst du, ich verstehe das nicht?"

Ein sanftes Lächeln kehrte in das Gesicht seiner Mutter zurück.

„Doch … Ich weiß, du wirst langsam erwachsen. Du hattest ein Recht, zu erfahren, was mit deinem Großvater geschehen ist. Aber bitte …“ Sie sah ihn flehend an. „… bitte versprich mir, in deinen Träumen mit niemandem zu sprechen.“ Sie fasste in ihre Hosentasche, zog ein Taschentuch heraus und schnäuzte hinein. „Ich weiß nicht, ob es dieselben Träume sind, aber bitte sprich vorsichtshalber mit niemandem, wenn du das Gefühl hast, dass sie dir Unsinn erzählen.“

Jaden sah ihr fest in die Augen, noch immer hatte er den Arm um sie gelegt.

„Ich verspreche es dir“, sagte er mit fester Stimme.

„So, jetzt muss ich aber die Einkäufe einräumen“, sagte seine Mutter, zog ein letztes Mal die Nase hoch und ging zum Kühlschrank. Jaden half ihr. Dabei erzählte sie ihm, dass sie am heutigen Abend auf eine Weiterbildung fuhr und bis Sonntag weg wäre.

Jaden nickte, und bevor er zum Baumhaus fuhr, verabschiedeten sich beide herzlicher als sonst.

Jaden beschlich das untrügliche Gefühl, heute Nachmittag ein Stück erwachsener geworden zu sein.

Ein verstaubter Fund

Mittlerweile war es Sonntagabend geworden und Jaden fuhr die letzten Meter bis zu seinem Haus allein, wie üblich. Er hatte die letzten zwei Tage fast ausschließlich am See verbracht, zusammen mit Nick, Konrad, Lou und den Zwillingen. Die Luft, die ihm auf dem Fahrrad um die Ohren pfiff, war kühl, so dass sich eine Gänsehaut auf Jadens Armen bildete.

Im Pusteblumenweg angekommen, klingelte er. Fröstelnd stand er vor der Tür, als sein Vater ihm öffnete und Jaden streng ansah.

„Du bist aber spät dran", sagte er, „es ist inzwischen neun Uhr!" Seine Stimme klang zwar energisch, aber er lächelte verschmitzt. Jaden wusste, dass sein Vater ihm nicht ernstlich böse sein konnte.

„Ja, Paps", sagte Jaden, „wir haben wohl ein bisschen die Zeit vergessen am See. Kommt nicht wieder vor."

Er ging an seinem Vater vorbei in die Küche.

„Einen Moment noch!", rief sein Vater ihm hinterher, und erstaunt drehte sich Jaden um. Was war denn jetzt noch? War sein Vater doch verärgert?

„Das nächste Mal", fügte sein Vater hinzu, „nimmst du dir einen Pullover mit, klar?" Er lächelte und zwinkerte seinem Sohn zu.

„Alles klar, Paps, mach ich!" Erleichtert setzte Jaden seinen Weg in die Küche fort. Er ließ sich auch immer wieder von seinem Vater reinlegen.

Er machte sich schnell ein belegtes Brot und ging nach oben in sein Zimmer. Kaum saß er allein in seinem Zimmer, kamen auch schon all die Gedanken, die er das gesamte Wochenende über erfolgreich abgeschüttelt hatte.

Sollte es tatsächlich möglich sein, dass er und sein Großvater *dieselben* Träume hatten? Und wenn ja, wie war das möglich? Gab es da wirklich eine andere „Welt", die existierte, und in die sich sowohl sein Großvater als auch Jaden selbst *zufällig* verirrt hatten?

Oder war sein Großvater wirklich geisteskrank gewesen und hatte es Jaden vererbt? Ein kalter Schauer lief Jaden über den Rücken. Er begann langsam wirklich, an seinem Verstand zu zweifeln. Jaden seufzte und verschlang das letzte Stück Brot. Es war aussichtslos, heute eine Antwort darauf finden zu wollen, also löschte er das Licht und legte sich schlafen.

Plötzlich richtete Jaden sich im Bett wieder auf, ihm kam eine zündende Idee. Warum war ihm das nicht schon viel früher eingefallen? Er könnte auf den Dachboden steigen und ein wenig herumstöbern. Vielleicht würde er etwas finden, was ihm weiterhalf? Immerhin hatte dieses Haus seinen Großeltern gehört; seine Mutter war hier aufgewachsen.

Nur durfte er nicht allein auf den Dachboden; Jaden war bisher nur ein einziges Mal dort gewesen, als seine Mutter irgendetwas gesucht hatte; aber daran konnte er sich kaum noch erinnern.

Jaden beschloss, es zu versuchen. Erst einmal brauchte er den Dachlukenöffner und eine Taschenlampe, beides wurde im Abstellraum aufbewahrt. So leise, wie er konnte, ging er die Treppe hinunter; er wollte nicht, dass sein Vater ihn bemerkte. Lästige Fragen konnte er jetzt wirklich nicht gebrauchen!

Jaden stieg die Treppe hinab und lugte vorsichtig um die Ecke. Die kleine Abstellkammer, in der sein Vater „lästigen Krimskrams" aufbewahrte, lag direkt neben dem Wohnzimmer. Jaden befand sich auf der entgegengesetzten Seite des Zimmers. Sein Vater saß im Sessel und zelebrierte sein alltägliches Abendritual. Er las die (seiner Meinung nach) wichtigste Tageszeitung und sah nebenbei fern. Jaden musste einmal quer durchs Zimmer schleichen, um zur Tür der Abstellkammer zu gelangen. Auf Zehenspitzen huschte er durch den Raum, er blieb dabei immer hinter dem Rücken seines Vaters bzw. hinter der Lehne des Sessels und – geschafft! Leise zog er die Tür der Kammer hinter sich zu und knipste das Licht an.

Der Rest war ein Kinderspiel. Zielsicher öffnete er die Schublade mit den Taschenlampen, und da lagen sie: eine kleine rote, eine mittelgroße in Blau und eine in Gelb. Im Eckschrank stand der Stock mit dem Haken am Ende, den er brauchte, um die Dachluke zu öffnen. Die blaue Taschenlampe steckte er, nachdem er ausprobiert hatte, ob sie funktionierte, in die rechte Hosentasche.

Den Dachlukenöffner nahm er in die Hand, schaltete das Licht wieder aus und verließ die Abstellkammer wieder. Der Rückweg klappte problemlos, und im Nu stand Jaden im oberen Stockwerk unter der Dachluke.

Nachdem er es geschafft hatte, den Haken am Ende in die Schlaufe einzufädeln, zog er einmal kräftig an dem Stock, die Luke öffnete sich, und eine Leiter schob sich automatisch mit heraus.

Oben war es stockdunkel. Jaden schaltete die Taschenlampe an und erklomm langsam die Stufen der Leiter.

Der Dachboden sah genauso aus, wie man ihn sich vorstellte. Ein lang gestreckter, schmaler Raum, der nach oben hin spitz zulief und unter dessen Schrägen man sich ducken musste. Es war dunkel, und wo der Strahl der Taschenlampe sein Licht hinwarf, leuchteten Millionen kleiner Staubteilchen auf, die in der Luft umherstoben. Die Deckenbalken verliefen so niedrig, dass Jaden ab und zu seinen Kopf einziehen musste. Er wusste gar nicht, wo er anfangen sollte zu stöbern. Der Dachboden war mit alten Kisten, Schränken, kaputten oder angeschlagenen Möbelstücken vollgestellt. Jetzt fiel das Licht der Taschenlampe auf ein altes Schaukelpferd, das in der Ecke stand, zur Hälfte bedeckt mit einem fleckigen Tuch. „Was für ein Durcheinander", dachte Jaden. Wie sollte er hier etwas Brauchbares finden? Er wusste ja noch nicht einmal, was genau er suchte. Vielleicht alte Aufzeichnungen oder, das wäre wohl das Allerbeste, alte Tagebücher von seinem Großvater. Aber so einen Glücksfall erwartete Jaden nicht wirklich.

Er ging geradewegs auf einen kleinen Karton zu und der Dielenboden knarrte so fürchterlich, dass Jaden kurz eine Gänsehaut bekam, obwohl es hier oben wahnsinnig heiß war. Die Sonne hatte den kleinen Raum direkt unter dem Dach tagsüber so erhitzt, dass sich hier auch jetzt noch die heiße, stickige Luft staute.

Jaden schaute in den Karton, fand aber nichts Besonderes darin, nur uralten Weihnachtsschmuck. Der größere Karton darunter enthielt einige Fotoalben. Sie waren mit Jahreszahlen beschriftet, die in feinen, säuberlich geschriebenen Zahlen auf dem Buchrücken zu lesen waren. Jaden nahm sich eines heraus (1973–1980) und setzte sich auf eine Kiste, die Taschenlampe immer auf die Albumseiten und die vergilbten Fotos gerichtet.

Das erste Foto zeigte ein junges Brautpaar, das überglücklich in die Kamera lächelte. Seine Großmutter, Charlotte, war eine wunderschöne junge

Frau gewesen, mit welligen braunen Haaren und einem richtigen Zahnpastalächeln. Sein Großvater, Nathan Reinholz, war ebenfalls schön und wirkte trotz seines Lächelns etwas nachdenklich mit seiner hohen Stirn und den dunklen Augen. Seine Frisur war modern, jedenfalls für die damaligen Verhältnisse, und der Hochzeitsanzug ließ ihn strenger wirken, als er seinem Lächeln nach zu urteilen war.

Auf den folgenden Seiten waren Schnappschüsse aus dem Leben der jungen Eheleute zu sehen. Auch Bilder von einem kleinen Baby tauchten auf: seine Mutter, die auf den Fotos in Windeseile heranwuchs. Bald schon hatte sie blonde Löckchen und machte an den Händen ihres lachenden Vaters die ersten Gehversuche. Auf den nächsten Bildern lief sie allein umher oder saß, stolz in die Kamera lächelnd, auf einer Schaukel.

Ein paar Seiten weiter sah man seinen Großvater mit stolzem Gesichtsausdruck vor einem eindrucksvollen Gebäude stehen. Jaden kannte es, das war doch die Universität im Stadtzentrum. Dort hatte sein Großvater offenbar studiert.

Viele Familienfotos folgten auf den folgenden Seiten, mittlerweile war noch ein Baby hinzugekommen: Onkel Albert, der Bruder seiner Mutter. Allesamt zeichneten sie das Bild einer glücklichen Familie. Gegen Ende des Albums wurde die Kleidung immer eleganter, und man konnte gut erkennen, dass sich in der Arbeit seines Großvaters langsam Erfolg einstellte.

Behutsam ordnete er das Album wieder ein und nahm sich das nächste (1980–1990). Seine Mutter wuchs in diesem Album allmählich heran und das Haus, in dem sie wohnten, wurde im Jahre 1984 erbaut. Großvater ließ sich einen Bart wachsen und begann auf einem der Fotos, eine runde Brille zu tragen. Auf einigen Bildern war er in einem Labor zu sehen, auf dem nächsten stand er auf einem Podium vor einem Mikrofon und schien eine Rede zu halten. Das Foto war aus der ersten Reihe aufgenommen worden, aber man konnte die Größe der Halle erahnen, denn Großvater schaute weit in den Raum hinein.

Er hatte ein ziemlich außergewöhnliches Leben geführt, dachte Jaden und war stolz darauf, einen so herausragenden Wissenschaftler in der Familie gehabt zu haben.

Auf den nächsten Seiten waren wieder Familienbilder zu sehen, und

Jaden wurde schwer ums Herz, als ihm wieder bewusst wurde, welch ungerechtes Schicksal diese glückliche Familie am Ende ereilen sollte. Er konnte sich denken, weshalb seine Mutter die Alben unbeachtet hier oben liegen ließ und niemals durchblätterte.

Bekümmert klappte er das Album wieder zu und steckte es in den Karton zurück. Nach diesem kleinen Ausflug in die Vergangenheit musste er jetzt schleunigst weitersuchen.

Daneben stand eine Truhe mit beinahe antiken Kleidungsstücken. Er wühlte in einigen Kartons, doch nirgends war etwas Interessantes zu finden. Überall nur alter, ranziger Kram. Puh, Jaden war ratlos. Er drehte sich um und ging in die andere Richtung weiter. Wieder knarrte es fürchterlich. Erschrocken nahm Jaden seinen Fuß von der Stelle und leuchtete nach unten. Diese Diele sah genauso aus wie jede andere. Er wollte gerade weitergehen, als ihm etwas einfiel. Sollte sein Großvater wirklich solche Träume gehabt haben wie er selbst, dann hätte er seine Aufzeichnungen darüber gewiss irgendwo versteckt. Schließlich konnte er nicht riskieren, dass jemand sie findet. Vielleicht … ziemlich *wahrscheinlich* sogar … hatte er sich ein geheimes Versteck gesucht, in dem er wichtige Berichte und Theorien lagerte. Warum knarrte gerade diese *eine* Diele so, dass einem das Blut in den Adern gefror? Er musste der Sache auf den Grund gehen.

Jaden ging in die Hocke und fixierte mit zusammengekniffenen Augen die Holzbretter. Sehen konnte er noch immer nichts Außergewöhnliches. Er fuhr mit seinen Fingerspitzen, die umgehend mit Staub und Schmutz bedeckt waren, über die Stellen. Plötzlich meinte er, eine Unebenheit zu fühlen. Er sah genauer hin und – richtig, die Mulde zwischen zwei der Bretter schien breiter zu sein als die anderen. Er versuchte, mit seinen Fingern dazwischenzukommen, aber es wollte nicht klappen. Unruhig blickte Jaden sich um, hier musste doch etwas sein, was ihm behilflich sein konnte.

Er ließ den Lichtkegel durch den Raum wandern, auf der Suche nach einem Utensil, das ihm jetzt nutzen konnte. Wenn sein Großvater hier tatsächlich ein Geheimversteck eingerichtet hatte, dann musste irgendwo in der Nähe auch etwas sein, das … da! Jadens Herz machte einen Hüpfer. Fast direkt neben ihm, in einer alten Holzkiste, lag ein Stemmeisen. Ob sein Großvater das absichtlich dort deponiert hatte? Jaden war schon ganz zittrig vor Nervosität. Wenn seine Vermutung stimmte, dann würde er gleich einen sensationellen Fund machen!

Die Taschenlampe platzierte er so, dass ihr Licht auf die Dielenbretter fiel. Dann nahm er das Stemmeisen in beide Hände, steckte es genau in die Ritze zwischen die knarrenden Bretter und hebelte eines der Bretter aus. Vor lauter Spannung stockte Jaden der Atem. Darunter befand sich – er traute seinen Augen kaum – tatsächlich ein Hohlraum! Jaden ließ das Stemmeisen fallen, schnappte sich die Taschenlampe und leuchtete hinein. Da lagen sie! Bücher und lose Blätter, soweit er erkennen konnte. Vorsichtig fasste er hinein und holte alles heraus: zwei kleine, in schwarzes Leder gebundene Bücher und fünf Blätter, die mit Zeichnungen bedeckt waren. Jaden war so aufgeregt, als hätte er einen echten Schatz gefunden.

Sein Herz klopfte schneller als nach einem Marathon und eine Welle der Freude stieg in ihm auf. „Unglaublich!", dachte Jaden, er hatte wirklich und wahrhaftig das Geheimversteck seines Großvaters gefunden!

Er verschloss sorgfältig den Hohlraum, legte das Stemmeisen wieder zurück und drückte die kostbaren Schriftstücke gegen seine Brust. Dann beeilte er sich, in sein Zimmer zu kommen, und versteckte die Taschenlampe und den Dachlukenöffner vorerst in seinem Schrank. Das Zeug konnte er morgen auch noch zurückbringen.

Jaden setzte sich auf sein Bett und nahm eines der kleinen, verstaubten Büchlein in die Hand. Er blies einmal über den Buchdeckel, und eine dicke Staubwolke schwebte davon. Das schwarze Buch war an den Ecken schon ganz zerschlissen, aber es sah noch immer geschmackvoll aus, und gewiss hatte es mal eine ganze Stange Geld gekostet. Jaden holte noch einmal tief Luft und schlug die erste Seite auf.

12. Januar 1990

Heute Morgen erwachte ich erneut mit dem Gefühl, sehr viel gelernt zu haben. Inzwischen besuche ich den Unterricht der Zauberer, wann immer ich in dieser interessanten Welt verweile. Leider gelang es mir noch nicht, herauszufinden, welchen Gesetzmäßigkeiten mein Aufenthalt folgt. Manchmal finde ich mich drei Nächte hintereinander in dieser Traumwelt wieder, zuweilen kommt es vor, dass zwei Wochen vergehen, ohne dass ich Einlass in diese wundersame Welt gefunden hätte.

In der vergangenen Nacht habe ich dem Unterricht der Zauberer wieder hochwissenschaftliche Erkenntnisse entnommen, deren Fortschrittlichkeit mich sehr verblüfften. Wie ist es ihnen nur möglich, diese enormen geistigen Leistungen zu vollbringen? Sobald ich die nächste Traumreise unternehme, möchte ich versuchen, zur Akademie der Zauberer zu gelangen, um so viel Wissen wie möglich zu sammeln. Ich weiß noch nicht, warum nur mir die Ehre zuteilwurde, im Schlaf ein so hoch entwickeltes Volk besuchen zu dürfen, aber ich bin fest entschlossen, das Beste daraus zu machen.

Diese Träume, die viel mehr sind als bloße Träume im eigentlichen Sinn, dürften einen unschätzbaren Wert für die Wissenschaften in unserer Welt aufweisen, die gesamte Tragweite lässt sich natürlich noch nicht abschätzen.

Dennoch bin ich sicher, dass ich in Kürze die ersten Theorien veröffentlichen kann und dass diese viel Aufsehen erregen werden. Ich kann nur hoffen, dass meine Kollegen nicht zu sehr in ihrem veralteten Weltbild festhängen und sich den neuen Ansichten wenigstens teilweise öffnen können.

Hier endete der erste Eintrag seines Großvaters. Jaden hatte große Mühe, die krakelige Schrift zu lesen, und ihm schmerzten jetzt schon die Augen. Er blätterte das Buch durch und kam zu einer Stelle, die seine Aufmerksamkeit ganz besonders erregte. Einige Stellen waren unterstrichen, als würde es sich um besonders wichtige Einträge handeln. Interessiert begann Jaden zu lesen.

15. September 1990

Die heutige Nacht bedeutete einen gewaltigen Fortschritt für mich, wie ich ihn kaum für möglich gehalten habe! Ich habe gelernt, meine Gedanken in einer bestimmten Weise zu beeinflussen, dass ich willentlich in die Welt der Weden gelangen kann, wann immer es mir beliebt. Das Geheimnis liegt in der Steuerung der Gedanken. Wenn ich es schaffe, meine Gedanken vor dem Einschlafen ganz fest auf den Ort zu konzentrieren, an dem ich während des Schlafes verweilen möchte, dann erwache ich auch genau dort.

Das Wichtige hierbei ist, sich alle Details des Ortes, an dem man erwachen möchte, penibel genau vorzustellen. Man muss sich jede Einzelheit sorgfältig ins Gedächtnis rufen und mit jeder Faser des Körpers davon überzeugt *sein, sich im Traum genau dort zu befinden.*

Das ist das Wichtigste: *es sich nicht bloß zu wünschen, sondern davon überzeugt zu sein. Des Weiteren darf man sich in seiner Vorstellung durch nichts ablenken lassen. Das Ziel der Gedanken muss exakt festgelegt sein, um einen Erfolg zu erzielen.*

Es erforderte Wochen des Trainings, aber diese Methode brachte mich schließlich zum Erfolg. Ich verstehe immer mehr, die Macht der menschlichen Gedanken zu begreifen. Sie bergen viel mehr Geheimnisse in sich, als die Wissenschaft zu begreifen im Stande ist!

Hier noch einmal die genaue Methode:

1. *Ich schließe die Augen.*
2. *Ich begebe mich in Gedanken an den Ort, an dem ich aufzuwachen wünsche, und stelle mir jede Einzelheit des Ortes genau vor.*
3. *Dabei darf ich auf keinen Fall zulassen, dass mich andere Gedanken von diesem Platz ablenken! Auch starke Emotionen wie Wut oder Verzweiflung sind hierbei stark hinderlich und führen zum Scheitern der Methode, wie ich feststellen musste. Je ausgeglichener und ruhiger ich bin, desto besser klappt es!*
4. *Ich muss davon überzeugt sein, felsenfest sogar, dass ich zu diesem Ort gelangen werde, nachdem ich eingeschlafen bin. Kein Zweifel darf mehr übrig bleiben und der Konzentration störend entgegenwirken.*
5. *Am besten wirkt diese Methode, wenn ich mir vorstelle, die Dinge zu fühlen, wie z. B. den Wind oder das Gras, oder was ich empfinde, wenn ich bekannte Tiere oder Menschen sehe …*

Doch gibt es durchaus Negatives zu berichten.

Je mehr Erfolg ich in dieser Sache verbuchen kann, desto schlimmer wird es in allem anderen. Es ist genauso gekommen, wie ich vermutet hatte: Meine Kollegen sind rückständige Ignoranten, denen es nicht wichtig ist, in ihrer Forschung voranzukommen. Sie legen den größten Wert darauf, gut bezahlt zu werden. Es ist unheimlich frustrierend für mich, zu sehen, wie es im-

mer weiter bergab geht in unserer Gesellschaft, gerade weil ich durch meine Traumreisen gelernt habe, wie eine friedliche, gerechte Welt aussehen kann!

Meine über alles geliebte Frau entfernt sich ebenfalls immer weiter von mir. Ich weiß nicht, wohin das noch führen soll. Es fällt ihr so schwer, mich zu verstehen.

Ich vertraue auf bessere Zeiten und arbeite weiter. Es wird vielleicht noch zwei oder drei Jahre dauern, aber dann müsste ich meine Theorien, die allgemein für fehlerhaft und sogar verrückt gehalten werden, beweisen können.

Nur manchmal hege ich Zweifel, ob mir noch so viel Zeit bleibt. Ich bin mir sicher, dass einige meiner Kollegen mich gern mundtot machen würden.

Besonders Robert Hellmann bedenkt mich immer öfter mit merkwürdigen Seitenblicken. Ich denke, er kann bereits sehen, wie bahnbrechend meine Arbeit ist, und ich kann sehen, wie der Neid in ihm wächst. Damit er mit meinen Schriften nichts anfangen kann, habe ich bewusst Fehler eingebaut. So ist sichergestellt, dass er meine Erkenntnisse nicht nutzen kann, selbst wenn sie ihm einmal in die Hände fallen sollten. Und ich bin sicher, er wird nichts unversucht lassen, um an meine Notizen zu kommen.

Doch, wie schon gesagt, ich werde mich nicht beirren lassen, da mir die enorme Bedeutung meiner Arbeit wohl bewusst ist, und hoffentlich sehr bald wird man begreifen, dass ich Recht hatte.

Schließlich wurden die Arbeiten aller bedeutenden Wissenschaftler immer zuerst verlacht, bevor man ihren Wert erkannte.

Jaden konnte kaum glauben, was er eben gelesen hatte. Das klang aber gewaltig nach einer hinterhältigen Verschwörung gegen seinen Großvater! Bei dem Gedanken daran wurde Jaden ganz heiß und grenzenlose Wut nahm Besitz von ihm.

Er sah sich kurz die Blätter an, die mit unendlich langen Formeln und schnell hingeworfenen Skizzen bekritzelt waren. Jaden konnte nichts damit anfangen. In dem zweiten Büchlein sah es nicht anders aus: Hier schien es nur um physikalische Formeln und Theorien zu gehen, von denen Jaden nicht das Geringste verstand.

Er sah auf die Uhr: Halb elf war es inzwischen, aber Jaden war hellwach. In seinem Kopf wirbelten die Gedanken wild durcheinander. Sein

Großvater war nicht verrückt gewesen! Seine Frau hatte ihn zu Unrecht in die Irrenanstalt eingewiesen, und das nur, weil sie auf einen Kollegen gehört hatte, der seinen Großvater bloß aus dem Weg schaffen wollte! Jaden war wütend und traurig zugleich. Er dachte an das unnötige Leid, dass seiner Familie zugestoßen war, und an seine Mutter, die so bitterlich geweint hatte. Sie und Onkel Albert hatten ihre Eltern verloren und das alles wegen einem neidischen Kollegen seines Großvaters?

Jaden musste unbedingt wissen, was an der Sache dran war. Vielleicht gelang es ihm noch, zu beweisen, dass sein Großvater nicht verrückt, sondern genial gewesen war! Das, fand Jaden, war er ihm mindestens schuldig.

Als Erstes versteckte er die Notizen seines Großvaters, so dass niemand sie finden konnte. Er legte sie ganz nach unten in seine abschließbare Schublade. Dann löschte er das Licht und legte sich ins Bett. Er tat genau das, was sein Großvater geschrieben hatte. Er stellte sich den Baum vor, unter dem er schon zwei Mal erwacht war. Was war das eigentlich für ein Baum? Er versuchte, ihn sich in seiner Erinnerung wachzurufen – ja, es war eine Birke! Er dachte an die grünen Blätter, wie sie sich im Wind bewegten und unaufhörlich raschelten, an die grau-weiße Borke des Baumstammes, an das weiche Moos, auf dem er lag, an das Zwitschern der vielen Vögel … Alle Einzelheiten kamen ihm wieder in den Sinn. Sogar die Kleidung, die er getragen hatte, stellte er sich so gut vor, wie er konnte. Das Muster an den Ärmeln, der glatte Stoff. Wie angenehm sich der einfache Stoff auf der Haut anfühlte.

Immer wieder dachte Jaden mit all der Kraft, die er aufbringen konnte, an die Birke, bis er nach einer halben Stunde erschöpft einschlief.

Und: Es hatte geklappt! Jaden erwachte wirklich unter „seinem" Baum, und es war genau wie in seiner Vorstellung. Er schlug die Augen auf, fühlte das Moos unter sich und stieß einen Freudenschrei aus. Er hatte es geschafft! Sein Großvater hatte Recht gehabt. Jetzt waren auch Jadens letzte Zweifel hinweggefegt; jetzt war er überzeugt davon, dass sein Großvater nicht im Geringsten geistesgestört gewesen war. Er musste es nur noch beweisen können!

Er stand auf und atmete die erfrischende Luft ein, wie auch das letzte

Mal war sie erfüllt von Blütendüften und die Sonne schien warm zwischen den Blättern hindurch. So traurig und verzweifelt Jaden eben noch gewesen war, so glücklich fühlte er sich jetzt. Langsam setzte er sich in Bewegung schlenderte den Waldweg entlang, ganz ohne zu grübeln. Im Moment hatte er einfach nur gute Laune und fühlte sich richtig erleichtert.

Irgendwann, nachdem einige Minuten vergangen waren, hörte er ein leises Rumpeln. Er drehte sich um und sah, wie sich eine Kutsche näherte. Je näher die Kutsche kam, desto aufgeregter wurde er, und er spürte, wie ein Kloß in seinem Hals immer größer wurde, als er sah, wer genau die Kutsche lenkte: Es war Katya, Iljas Schwester.

Jaden widerstand seinem ersten Impuls, in den Busch neben ihm zu springen, aber auch nur, weil Katya ihn bereits gesehen haben musste. Worüber sollte er mit ihr sprechen? Jaden durchforstete sein Gedächtnis, es musste doch irgendetwas geben … da hielt die Kutsche auch schon neben ihm an.

Katya lächelte. „Ich grüße dich, Jaden!“, sagte sie. „Komm, steig zu mir auf die Kutsche. Ich bin gerade auf dem Weg nach Hause.“

Ihre Schönheit brachte Jaden, wie auch schon das letzte Mal, völlig aus dem Konzept. Er brachte lediglich ein „Hallo, Katya“ hervor und setzte sich neben sie.

„Ich war gerade zu Besuch in Assino, der Siedlung, in der die Eltern meines Vaters leben“, sagte sie und wandte für einige Sekunden den Kopf zu Jaden. Ihre braunen Augen schienen von innen heraus zu leuchten, und ihre langen Haare wurden vom Fahrtwind sanft nach hinten geweht. Jaden verlor sich kurz in ihrem Anblick und brachte für drei Sekunden nichts anderes zustande als ein Lächeln.

Dann besann er sich und sagte: „Ich hab heut etwas ziemlich Wichtiges über meinen Großvater rausgefunden. Er war auch ein Traumreisender, weißt du?“ Bedeutungsvoll sah er Katya an. Die zog überrascht die Augenbrauen hoch.

„Tatsächlich? Wie hieß er denn?“, fragte sie interessiert und strich sich mit einer eleganten Handbewegung ein paar störende Haare aus dem Gesicht.

„Sein Name war Nathan Reinholz, und er war Physiker. Vor ungefähr

20 Jahren muss er hier gewesen sein." Jaden blickte jetzt nur noch nach vorne; dann konnte er sich eindeutig besser konzentrieren.

„Im Ernst?" Katyas Gesicht hellte sich auf. „Und er war *dein* Großvater? Ich habe schon von ihm gehört!"

„Was?" Damit hätte Jaden nicht gerechnet. „Echt? Was genau weißt du denn über ihn?"

„Mmh ...", überlegte Katya, „... als dein Großvater uns hier besuchte, war ich noch nicht auf der Welt, aber mein Vater hat mir mal von Nathan, dem Wissenschaftler, erzählt. Er hat ihn ein paar Mal getroffen, wenn ich mich richtig erinnere."

Sie verzog nachdenklich den Mund, und Jaden fand, dass ihr dieser Gesichtsausdruck ausgezeichnet stand. Wäre es nach ihm gegangen, hätte diese Kutschfahrt noch Stunden dauern können.

„Er soll ein sehr netter Mann gewesen sein und der Einzige, dem es gelang, regelmäßig hierherzugelangen. Du musst wissen, viele Menschen kommen her, während sie träumen. Aber niemand kommt ein zweites Mal." Sie sah Jaden an und lachte kurz auf. „Die meisten können sich am nächsten Morgen nicht einmal erinnern. Außer Nathan und dir war in letzter Zeit niemand öfter als ein *einziges Mal* hier – das hat bestimmt etwas zu bedeuten."

„Ja, das hat Ilja schon gesagt – und der Zauberer auch. Bis jetzt bin ich allerdings noch nicht dahintergekommen, was das sein könnte." Jaden schaute wieder nach vorn, zwei gelbe Schmetterlinge flatterten ganz nahe an ihnen vorbei, da fiel ihm etwas ein.

„Kannst du mir vielleicht sagen, wie ihr eure Welt nennt? Ich meine – wo sind wir hier eigentlich?", fragte Jaden verlegen. Es störte ihn, dass er bis jetzt keine Antwort bekommen hatte, und jetzt, wo klar war, dass er noch öfter hier sein würde, wollte er es endlich wissen. Um Katyas Mund bildete sich ein leises Lächeln.

„Nun, wir sind das Volk der Weden. Und gewissermaßen sind wir eure Vergangenheit ..." Sie neigte den Kopf etwas zur Seite. „... aber auch eine mögliche Zukunft." Zögernd sah sie Jaden an.

Sein ratloser Gesichtsausdruck verriet sogleich, dass er nichts begriffen hatte. Katya startete einen neuen Versuch: „So, wie wir leben, habt ihr auch einmal gelebt. Das war, bevor ihr begonnen habt, euer Wissen zu verlieren und euch immer weiter von der natürlichen, mühelosen Lebensweise zu entfernen. Hast du schon einmal von einem Paralleluniversum gehört? Oder von Parallelwelten? Eure Welt existiert ebenso wirklich wie unsere. Sie befinden sich nur auf unterschiedlichen Frequenzen … Es ist ungefähr so wie mit eurem Radio. Die Radiowellen existieren ständig und überall. Wenn du ein Radiogerät hast, kannst du sie empfangen und hören. Wenn du kein Radio hast, bekommst du nichts von der Musik mit, die gespielt wird. Aber sie ist trotzdem da. Man braucht nur einen Empfänger. Die Welt der Weden, in der du dich jetzt gerade befindest, ist auch immer da. Nur kannst du sie normalerweise nicht wahrnehmen, weil sie sich auf einer anderen Frequenz befindet. Wenn du wach bist und in der Realität deiner Welt lebst, hast du natürlich keinen Zugang zu diesem Ort."

Katya schmunzelte, als sie in Jadens Gesicht blickte.

Sie konnte buchstäblich sehen, wie es in seinen grauen Zellen arbeitete. Er durchdachte das, was Katya eben gesagt hatte, sehr gründlich. Es klang zwar auf den ersten Blick etwas verrückt, aber ergab durchaus Sinn, wenn man sich einen Augenblick Zeit nahm, zu *denken,* anstatt es als Unsinn abzutun, nur weil man es nicht gleich verstand. Jaden nickte kaum merklich.

„Ich habe verstanden, was du meinst", sagte er ohne eine Spur von Zweifel. Katya strahlte. „Dein Verstand arbeitet wirklich schnell."

Obwohl Jaden ein so ungewöhnliches Kompliment noch nie gehört hatte, verfehlte es seine Wirkung nicht. Jaden spürte, wie seine Gesichtsfarbe von einem gesunden Braun in ein kribbeliges Rot überglitt, die Nervosität, die er schon fast vergessen hatte, kehrte mit einem Schlag zurück. Er lächelte etwas ungeschickt in Katyas Richtung und zog es vor, für die nächsten paar Minuten zu schweigen. Die Sonne schien nur vereinzelt zwischen den dichten Baumkronen der Bäume hindurch, so dass sie im Schatten fuhren.

„Ich habe meiner Mutter davon erzählt – von diesen Träumen – und sie hat ganz merkwürdig reagiert, weißt du … Sie hat mich angeschrien und mir befohlen, dass ich mit keinem, der mir hier über den Weg läuft, sprechen darf. Und sie hat mir zum ersten Mal von meinem Großvater erzählt. Bisher wurde fast alles geheim gehalten, weil sich alle für die Sache schämen …"

„Schämen?!", rief Katya und schüttelte den Kopf. „Wie kann man sich für einen so genialen Mann nur schämen? Nathan Reinholz war ein großartiger Mensch, nach allem, was ich weiß – übrigens bin ich sehr froh, dass du die Anweisung deiner Mutter nicht befolgst und mit mir redest."

Sie kamen schnell voran, in der Ferne war schon bald die große Lichtung zu erkennen, in der die kleine Siedlung eingebettet war.

„Wir könnten meinen Vater gleich über deinen Großvater ausfragen", schlug Katya vor.

„Er kann dir noch viel mehr über ihn sagen als ich", sagte sie. In diesem Moment verließen sie den Wald und die Sonne, die jetzt auf sie hinunterbrannte, verwandelte Katyas Haar in pures Gold. Es leuchtete und schimmerte wie goldene Seide, Jaden konnte seinen Blick nicht von ihr wenden.

„Ja, das wäre toll", sagte Jaden, nachdem er sich von ihrem Anblick losgerissen hatte, „ich weiß eigentlich nichts von meinem Großvater, außer dass er von vielen für verrückt gehalten wurde. Er ist Jahre vor meiner Geburt gestorben."

„Wieso wurde er für verrückt gehalten?", fragte Katya entsetzt und blickte sichtlich verunsichert zu Jaden. „Mein Vater sagte, er sei ein sehr kluger Mann gewesen …"

„Ja, das stimmt. Aber er hatte wahrscheinlich zu verrückte Ideen, oder zu außergewöhnliche. Jedenfalls konnten die meisten seiner Kollegen ihn irgendwann nicht mehr verstehen. Außerdem glaubte ihm natürlich niemand, dass diese Welt wirklich existiert …" Jaden stockte, jetzt hatte er zum ersten Mal ausgesprochen – und zugegeben –, dass diese Traumwelt tatsächlich existierte.

„Das klingt aber traurig", flüsterte Katya, „und sehr ungerecht. Man kann die Ideen anderer doch nicht einfach als verrückt abstempeln. Außerdem waren die Ideen und Theorien Nathans nicht nur richtig, sondern sogar *ausgezeichnet!*", setzte Katya nachdenklich hinzu.

Kurz darauf erreichten sie den Anfang der Siedlung. Einige Menschen, die in ihren Gärten beschäftigt waren, blickten auf und begrüßten die beiden.

Jaden bot sich das gewohnte Bild: Wölfe und Bären beschäftigten sich spielerisch mit den Kindern, Pferde grasten ein Stück hinter den Gärten und alles strahlte Frieden aus.

Ein Bär ließ es sich gern gefallen, dass die kleinsten der Kinder ihre ersten Kletterübungen auf ihm veranstalteten. Jaden musste immer noch darüber staunen, wie friedlich die Menschen und Tiere hier zusammenlebten. Keiner schien sich Sorgen zu machen oder unglücklich zu sein, und niemand war arm. Jeder schien in unendlicher Fülle zu leben, obwohl sie weder hoch entwickelte Technik noch Strom zur Verfügung hatten. Blitzartig kam ihm der Gedanke, dass diese einfache Lebensweise geradezu paradiesisch war. In Jaden erwachten langsam Zweifel darüber, ob Fortschritt wirklich etwas Gutes war, auch wenn es allgemein immer behauptet wurde. Wenn er sich seine eigene Lebensweise mal genauer betrachtete, konnte er gar nicht erkennen, dass daran auch nur das Geringste besser war als hier …

Ein Eichhörnchen sprang plötzlich auf Katyas Schoß und ihr helles Lachen riss Jaden aus seinen trüben Gedanken. Das kleine Tier knabberte an einer Nuss, brach die Schale auf, sprang flink auf Katyas Schulter und reichte sie ihr. Katya nahm die Nuss, steckte sie in den Mund und strich dem Eichhörnchen kurz über den buschigen Schwanz. Es schien auf diese Belohnung gewartet zu haben und flitzte munter davon.

„Diese kleinen Kerlchen sind immer besorgt darüber, dass ich auch genug esse", sagte sie fröhlich, „sie halten mich wohl für zu dünn!" Katya lachte wieder und lenkte die Kutsche auf das Grundstück ihrer Eltern.

Nachdem das Pferd von seinem Geschirr befreit war, bekam es von Katya einige Streicheleinheiten, schnaubte kurz, was wohl als Abschiedsgruß zu verstehen war, und trabte davon. Da es hier keine Zäune gab, konnte es laufen, wohin es wollte. Jaden beobachtete, wie das Pferd sorgfältig darauf zu achten schien, auf dem Weg zu bleiben, und so gemächlich zur anderen Seite der Lichtung trabte.

„Fressen sie euch nicht alles weg, wenn sie sich frei bewegen können?"

„Nein", erwiderte Katya, „sie achten unsere Nahrung als unseren Besitz und wir achten ihre Freiheit. Wir respektieren uns gegenseitig."

Diese simple Erklärung verblüffte Jaden. Für die Menschen hier war alles so simpel. Sie gingen davon aus, dass Tiere intelligent waren, und behandelten sie kaum anders als Menschen. So eine einfache, aber natürliche Sichtweise schien das Verhalten der Tiere wiederum komplett zu verändern. Sie freuten sich anscheinend, dem Menschen in irgendeiner Art helfen zu können. Jedes Tier half dem Menschen auf eine andere Weise, jedes seinen Fähigkeiten entsprechend.

Katya stand die ganze Zeit über neben Jaden, der gar nicht bemerkt hatte, wie sehr er schon wieder in seine Gedanken vertieft war. Als er sich bewusst wurde, dass sie still neben ihm stand und auf ihn wartete, wurde er wieder puterrot.

„Warum hast du nichts gesagt?", fragte Jaden verlegen.

„Es ist bei uns nicht üblich, die Gedanken eines anderen zu stören – und außerdem haben wir es doch nicht eilig", sagte Katya vergnügt und lächelte Jaden aufmunternd zu, während sie nebeneinander in Richtung des Waldes gingen.

Ab und zu pflückte Katya eine Beere oder ein Kraut und steckte es sich in den Mund.

„Nimm dir, worauf du Appetit hast", forderte sie Jaden auf. Seine Aufmerksamkeit fiel auf eine reife Tomate, die von einer so herrlichen Farbe war, dass Jaden sie pflücken musste. Er biss hinein, und sie war so herrlich aromatisch, dass Jaden im ersten Augenblick nicht glauben konnte, es sei eine Tomate. Jaden konnte sich nicht erinnern, dass eine einfache Tomate so köstlich schmeckte, und genoss jeden Bissen, während er sie eingehend von allen Seiten untersuchte.

„Ist das eine besondere Sorte?", fragte Jaden zwischen zwei Bissen. „Oder habt ihr ein anderes Geheimnis – das ist doch keine einfache Tomate, oder? Ich meine, die ist echt köstlich – so kann normales Gemüse doch gar nicht schmecken!"

Katya lachte: „Ja, wir haben ein ‚Geheimnis', wie du es nennst. Nur für uns ist es nicht geheim. Genauso wie wir die Tiere achten, würdigen wir die Natur. Bevor meine Eltern sich hier niederließen und das Haus errichteten, kamen sie erst ein Jahr jeden Tag hierher und beobachteten die natürlichen Abläufe. Sie merkten sich, aus welcher Richtung und wann der Wind kam, bezogen den Sonnenstand zu den unterschiedlichsten Tages- und Jahreszeiten in ihre Überlegungen mit ein und planten danach den Standort jedes einzelnen Strauches. Jedes Pflänzchen und jeder Baum wurde von meinen Eltern mit Liebe und Achtung an seine Stelle gesetzt. Und jedes von ihnen reagiert auf gute Gefühle, die ihnen entgegengebracht werden. So, wie die Tiere sich bemühen, uns Freude zu bereiten, tun es auch die Pflanzen, indem sie uns köstliche, nahrhafte Früchte schenken – das ist unser ganzes Geheimnis!", sagte Katya und lächelte.

„Wohin gehen wir jetzt eigentlich?", fragte Jaden, während Katya geradewegs auf den Wald zusteuerte.

„Zum Lieblingsplatz meines Vaters", antwortete Katya, „er ist Bildhauer und arbeitet auf einer kleinen Lichtung im Wald."

Jaden genoss es sehr, mit Katya zusammen zu sein. Sie spazierte so leichtfüßig durch das unwegsame Gelände, dass es eine Freude war, ihr dabei zuzusehen. Jaden selbst musste aufpassen, dass er nicht über moosbewachsene und damit fast unsichtbare Zweige stolperte.

„Sag mal", fragte er Katya nach einer Weile, „weshalb habt ihr eigentlich keine Straßen oder befestigte Wege?"

„Wozu?", fragte sie. „Wozu sollte man etwas Künstliches anlegen, wenn die Natur doch schon perfekt ist? Ich weiß, in deiner Welt gibt es Asphaltstraßen und Autos. Auch wir könnten sofort ein Auto bauen, aber – ehrlich gesagt – haben wir kein Interesse daran! Es gibt einfach zu viele schädliche Folgen … und deshalb haben unsere Wissenschaftler diese fehlerhafte Idee gleich wieder verworfen. Eine solche Erfindung zieht eine ganze Kette stumpfsinniger Tätigkeiten nach sich. Man braucht Leute, die sich genau mit der Technik auskennen, Fabrikationshallen, Rohstoffe, den ganzen Kram … pure Zeitverschwendung, wenn du mich fragst!" Katya zuckte mit den Schultern.

„Ein Pferd, zum Beispiel, sucht sich sein Futter selbst, geht nicht kaputt, braucht keine Ersatzteile, stößt kein schädliches Abgas aus – und bekommt ganz von allein Nachwuchs. Und nebenbei ist es auch noch lebendig und bringt dem Menschen Zuneigung entgegen."

„Ja, das stimmt schon – aber mit einem Auto kann man weite Strecken in kurzer Zeit zurücklegen. Mit Pferden ist das viel umständlicher", wandte Jaden ein.

„Es existiert kaum Notwendigkeit für den Menschen, weite Strecken zurückzulegen. Unsere Nahrung ist hier, unsere Familie, unsere Freunde …

Gut, manchmal sind wir auch eine Woche mit dem Pferd unterwegs, um die Gegend zu erkunden. Aber das ist immer noch sinnvoller, als mit dem Auto zu fahren!", sagte Katya scharf und beschleunigte ihr Tempo so, dass Jaden Mühe hatte, nicht außer Atem zu kommen.

„Die Menschen bekommen doch von ihrer Umgebung gar nichts mit, wenn sie in einer kleinen Kiste sitzen und ihre Gedanken immerzu mit den Verkehrsregeln und dem Schalten beschäftigt sind, ganz zu schweigen von den Unfällen, die passieren können."

Das leuchtete Jaden zwar ein, stellte „seine Welt" jedoch in ein schlechtes Licht; aber das war Jaden ja mittlerweile schon gewohnt.

„Ich glaube, du hast Recht", gab er kleinlaut zu. „Ich bin auch sehr froh, dass es bei euch keine Straßen gibt", sagte er und grinste. Katya lachte.

„Entschuldige, ich wollte nicht so hart klingen", sagte sie etwas beschämt. „Manchmal geht mein Temperament etwas mit mir durch", fügte sie hinzu. Plötzlich blieb sie wie angewurzelt stehen und drehte sich um.

„Fast wären wir daran vorbeigelaufen, so vertieft war ich in unser Gespräch! Sieh mal da hinüber", sagte sie.

Jaden schaute in die Richtung, in die Katyas Arm zeigte. Eine kleine Lichtung breitete sich vor ihm aus. An einem schattigen Plätzchen stand ein braungebrannter Mann mit nacktem Oberkörper und bearbeitete einen Baumstamm, der so hoch war wie er selbst.

Ilja saß ein Stück entfernt in der Sonne und arbeitete ebenfalls an einer Holzfigur, die jedoch viel kleiner war als die seines Vaters. Es sah ein wenig verzweifelt aus, wie Ilja versuchte, mit seinen Werkzeugen eine Form aus dem Stamm zu schlagen. Immer wieder schaute er zu seinem Vater hinüber, um dann missmutig auf sein eigenes Werk hinunterzublicken.

Jaden musste grinsen, und doch spürte er auch Aufregung in sich aufkeimen, während Katya und er den beiden Künstlern immer näher kamen; was würde er jetzt wohl über seinen Großvater erfahren? Als Ilja die beiden sah, hellte sich sein trübseliges Gesicht auf.

„Jaden! Auch mal wieder im Lande!", rief er und grinste. Iljas Vater drehte sich erstaunt um, um zu sehen, wer da von seinem Sohn so stürmisch begrüßt wurde.

„Na endlich! Dachte schon, du kommst gar nicht mehr", sagte Ilja in einem gespielt vorwurfsvollen Ton, stand auf und schüttelte sich die Holzspäne vom Hemd und von der Hose.

„Du bist also Jaden, der Traumreisende?“, fragte Iljas Vater freundlich und streckte Jaden seine Hand entgegen.

„Ja, der bin ich …“, sagte Jaden ein wenig schüchtern. Iljas Vater war sehr groß und kräftig; man konnte sehen, dass er sich viel im Freien aufhielt und topfit war. Genau das Gegenteil seines eigenen Vaters, der blass war, eine Brille trug und den größten Teil seiner Zeit im Bürosessel verbrachte.

„Mein Name ist Kostja“, stellte er sich vor und lächelte. „Was führt euch zu uns?“ Er wischte sich den Schweiß von der Stirn und sah Jaden aufmunternd in die Augen.

„Nathan Reinholz war mein Großvater, und ich … ich würde gern wissen, wie er war. Meine Mutter hat mir erzählt, dass er merkwürdige Träume hatte.“

„Nathan war dein Großvater?“ Kostja musterte Jaden jetzt noch genauer. „Das ist schon erstaunlich – aber es erklärt Einiges.“ Er setzte sich neben Ilja auf den Boden und bedeutete Jaden und Katya, ebenfalls Platz zu nehmen. Er dachte kurz nach, dann begann er:

„Ich kann mich noch sehr gut an ihn erinnern.“ Kostja lächelte. „Ich las ihn auf, als er das erste Mal bei uns landete. Ich war damals wohl so ungefähr 15 und ritt den Waldweg in Richtung Assino entlang, als ich einen Mann mitten auf dem Weg stehen sah. Ich weiß noch genau, wie verdattert er mich ansah, als ich mein Pferd stoppte. Ich dachte natürlich, er wäre einer der gewöhnlichen Träumer.“ Er sah Jaden an. „Du weißt doch, dass es manchmal vorkommt, dass Menschen hier auftauchen, die in eurer Welt schlafen?“ Jaden nickte stumm. „Aber dann, eines Nachts, war er wieder da und erkannte mich wieder. Ich begann bereits, mich zu wundern, und ich ging mit ihm zu meinem Vater.“ Kostja sah in die Wolken. „In den folgenden Wochen tauchte er immer mal wieder auf und wurde langsam zu einem Freund der Familie. Dein Großvater, mein Vater und ich redeten manchmal nächtelang und mein Vater, der sonst ziemlich sparsam ist mit seinem Lob, bezeichnete Nathan als einen der begabtesten Wissenschaftler, den er je getroffen habe … Es dauerte nicht lange, vielleicht ein oder zwei Monate, und dein Großvater fand heraus, wie man sich den Zugang zu unserer Welt nur durch den Willen verschaffen kann. Von diesem Moment an war er jede Nacht hier und seine Studien gingen immer schneller voran … Er war ein guter Mann, strebte immer nach noch mehr Wissen, um der Menschheit zu Diensten zu sein. Er war kein bisschen hochmütig oder missgünstig und ich weiß noch, wie sein Gesicht strahlte, wenn wir über Dinge redeten, die ihm gefielen. Über Gebiete wie Physik, Astronomie oder Mathematik konnte er stundenlang reden, ohne dass sein Interesse nachließ. Aber mit der Zeit veränderte er sich, er wurde immer nachdenklicher und ruhiger und schien ständig zu grübeln. Und trotz seiner Fähigkeiten hatte er auch Schwächen: Nathan nahm kaum die Gefühle der Menschen wahr, das heißt, er hatte kaum Menschenkenntnis. Er war viel zu sehr in seine eigenen Gedanken und seinen Verstand vertieft, so sah er erst zu spät, was um ihn herum geschah. Du weißt sicherlich, wovon ich spreche? „Ja", antwortete Jaden, „ich weiß es aus seinen Tagebüchern und von meiner Mutter."

Betroffen sah er zu Boden.

„Nathan bemerkte viel zu spät, wie sehr sich seine Frau um ihn sorgte. Sie konnte seine Veränderung natürlich nicht verstehen … Und ein Kollege deines Großvaters, der dessen Genie längst erkannt hatte, nutzte die Situation eiskalt aus. Er ersann einen Plan, um deinen Großvater aus dem Weg zu schaffen: eine Einweisung in die Psychiatrie, nur damit seine Stellung in der wissenschaftlichen Gesellschaft nicht gefährdet war. Nathan hätte ihm spätestens innerhalb eines Jahres den Rang abgelaufen; das konnte dieser Robert ja schließlich nicht zulassen …" Kostja schüttelte den Kopf und seine Miene bekam einen wütenden, anklagenden Ausdruck.

„So bemerkte Nathan nicht, wie sich langsam etwas sehr Bedrohliches über ihm zusammenbraute, und – schließlich landete er dann in der Psychiatrie. Danach war er nur noch zwei Mal hier. Er wurde immer verzweifelter, denn die Medikamente, die sie ihn zwangen einzunehmen, beeinflussten ihn so, dass er im Schlaf nicht mehr zu uns kommen konnte. Es wurde ihm unmöglich, weiter mit uns zu sprechen. Mein Vater hat in dieser Zeit auch gelitten, obwohl man es ihm nicht ansah, aber ich wusste, dass Nathan ihm zu einem sehr guten Freund geworden war. Es schmerzte ihn sehr, seinen Freund nicht mehr unterstützen zu können. Irgendwann – wir hatten schon Monate nichts mehr von ihm gehört – kam mein Vater zu mir und sagte mir, er habe gefühlt, dass Nathan aus dem Leben gegangen sei."

Jaden schluckte hörbar. Sein Großvater war also ganz allein gestorben, mit dem Gedanken, dass alle Welt ihn für verrückt hielt, und hat auch in dieser Welt seinen Trost nicht mehr gefunden. Nein, so konnte er die Geschichte doch nicht enden lassen! Jaden hob seinen Kopf und sagte mit fester, entschlossener Stimme: „Ich habe mir vorgenommen, meinem Großvater eine letzte Ehre zu erweisen – ich werde diesen Robert ausfindig machen und *allen* beweisen, dass mein Großvater ein *genialer* Wissenschaftler war!"

Katya, Ilja und ihr Vater sahen ihn überrascht an. Um Kostjas Mund bildete sich ein leises Lächeln.

Ilja nickte anerkennend. „Das finde ich sehr anständig von dir. Ich werde dir auf jeden Fall dabei helfen."

Katya hatte die gesamte Zeit über nach unten geschaut, jetzt hob sie ihren Kopf und in ihren Augen glitzerten Tränen.

„Ich möchte dir auch dabei helfen", sagte sie leise, „ich werde dir behilflich sein, so gut ich kann!"

Jetzt war Jaden gerührt, für einen Moment wusste er gar nicht, was er sagen sollte, also schwieg er und sagte dann einfach: „Danke. Heee!"

Rania hatte sich unbemerkt von hinten angeschlichen und stupste mit ihrer kalten Nase gegen Jadens Wange.

„Hey!", rief er vor Schreck, dann erkannte er sie und legte für einen kurzen Moment seine Arme um ihren Hals. Er wusste, dass es jetzt wieder nach Hause ging, und dass er in wenigen Minuten wieder in seinem Bett sitzen würde. Er seufzte und stand auf, um Rania zu folgen. Seine neuen Freunde lächelten Jaden zu.

„Wir sehen uns!", grinste Ilja.

„Bis morgen", schniefte Katya, die immer noch etwas mitgenommen war von der Geschichte Nathans.

„Auch ich werde mir ein paar Gedanken über die Angelegenheit machen", sagte Kostja und nickte Jaden ermunternd zu, „und das nächste Mal entwickeln wir zusammen einen Plan."

Jaden fühlte, wie eine wohlige Wärme sich in seinem Inneren ausbreitete. Dann drehte er sich um und folgte Rania, die gerade zwischen den Bäumen verschwand. Woher wusste sie eigentlich, *wann genau* der Zeitpunkt für ihn gekommen war, aufzuwachen?

In diesem Moment wurde ihm klar, dass es noch eine andere geheimnisvolle Verbindung zwischen den Welten geben musste – aber welche?

Er kam nicht mehr dazu, dem Gedanken weiter auf den Grund zu gehen; denn wie gewohnt verschwamm plötzlich alles um ihn herum, gerade als er im Dickicht verschwunden war. Jaden kam es vor, als würde ihn irgendetwas aus dieser Welt *hinaussaugen* – und dann schlug er die Augen auf. Er lag in seinem Bett und die Sonne schien hell durchs Fenster. Und auf Jadens Gesicht breitete sich ein noch etwas schläfriges, aber sehr glückliches Lächeln aus.

Die Katastrophe

In dem Moment, als Jaden klar wurde, dass heute Montag war und die letzte Schulwoche anbrach, erstarb sein Lächeln wieder. Angesichts der Tatsache, dass er noch fünf ganze Schultage ertragen müsste, drehte sich Jaden auf den Rücken, schnappte sich das Kissen und legte es sich mit letzter Kraft aufs Gesicht. Er fühlte sich wie erschlagen, bevor der Tag überhaupt richtig begonnen hatte. In dieser Position (alle viere wie tot von sich gestreckt) blieb er noch eine Weile liegen, ohne sich zu bewegen. Ihm fehlte der Elan, heute in die Schule zu gehen. Der Unterricht war höllenlangweilig und geradezu verschwendete Zeit im Vergleich zu der spannenden Geschichte, in die er hineingerutscht war. Er hätte den Tag viel lieber damit verbracht, die Tagebücher seines Großvaters zu lesen und etwas über diesen widerwärtigen Hellmann herauszufinden.

Nach ein paar Minuten des Grübelns wurde Jaden klar, dass er diese Dinge wohl oder übel auf den Nachmittag verschieben musste. Er setzte sich auf und stieg aus dem Bett. Als er fertig angezogen am Frühstückstisch saß, kam seine Mutter gerade aus dem Bad geschlurft. Sie erzählte ihm, dass sie erst sehr spät nach Hause gekommen war und noch ganz geschafft war vom anstrengenden Wochenende. Jaden war also nicht der Einzige, der sich gerade in einer Null-Bock-Stimmung befand.

Die Schule war genauso langweilig wie immer, und die Hitze lähmte die Gehirne der Schüler. Sie hingen lustlos auf ihren Stühlen rum und kaum jemand brachte die Kraft auf, den Mund zu öffnen, geschweige denn einen Finger zu heben. Ausgenommen Konrad natürlich, der wie immer der eifrigste Schüler war.

In der dritten Stunde hatten sie Geschichte und die Klasse erwartete das Eintreffen von Herrn Klumpfuß mit angehaltenem Atem. Es herrschte Totenstille im Raum, als er die Türschwelle betrat. Etwas irritiert ließ er seinen Blick forschend durch die Klasse wandern. „Hier stimmt doch etwas nicht", dachte er. Normalerweise herrschte immer Unruhe in der Klasse, so dass er sie jedes Mal zur Ordnung ermahnen musste.

Er stellte seine Tasche auf den Tisch und setzte sich, um den Unterricht zu beginnen. Aber ehe er den Mund aufgemacht hatte, meldete sich Steffen.

„Ja?“, fragte Herr Klumpfuß, etwas ungehalten über eine so frühzeitige Unterbrechung.

„Ich würde gern wissen, warum Sie in der letzten Stunde so schnell den Raum verlassen haben und … nicht wiedergekommen sind. War es etwas Schlimmes?“

Ein paar Schüler fingen an, hinter vorgehaltener Hand zu kichern. Steffen selbst hatte sich schon auf die Zunge beißen müssen, um nicht laut loszulachen.

„Nun.“ Herr Klumpfuß räusperte sich ausgiebig. „Tja, wie soll ich sagen … Es war ein Irrtum, ja, das war's …“, stammelte Klumpfuß verlegen und fummelte an seiner Brille herum.

„Ein Irrtum?“, fragte Max und machte ein erstauntes Gesicht. „Was für einer denn? Erzählen Sie doch mal, wir haben uns schon Sorgen um Sie gemacht!“

Lou, die schon die ganze Zeit über kichern musste, prustete laut los. Max war wirklich ein perfekter Schauspieler, das musste man ihm lassen. Herr Klumpfuß dachte nach und war kurz davor, der Klasse auf die Schliche zu kommen, als Max sich wieder zu Wort meldete. „Tja, die arme Louisa“, sagte er bedauernd, „so eine Pollenallergie wünscht man wirklich keinem. Ständig dieses laute Niesen!“

Alle sahen neugierig zu Klumpfuß, ob er darauf reinfallen würde. Er sah noch einmal zu Lou hinüber, die sich anstrengte, ein möglichst allergiegeplagtes Gesicht zu machen. Jaden hatte schnell reagiert und reichte ihr gerade mit einer engelhaften Unschuldsmiene ein Taschentuch.

„Nun, ähm … wie auch immer. Ich sagte ja schon, es war ein Irrtum, nichts Besorgniserregendes. Also, ähm … Aber es ist nett von euch, dass ihr euch gesorgt habt. So, und jetzt lasst uns endlich mit dem Unterricht beginnen … Letzte Woche haben wir schon genug Zeit verloren“, sagte er, nestelte an seiner Brille herum und setzte seine Drohung in die Tat um: Er begann mit dem Unterricht.

Als Konrad, Lou und Jaden am Nachmittag aus dem Bus stiegen, war die Welt in bester Ordnung. Die Sonne schien und das Baumhaus wartete schon auf sie. Und endlich war der Tag gekommen: der Tag ihres jährlichen Eis-Wettessens. Bisher hatte Konrad jedes Jahr gesiegt und es war schon fast langweilig geworden, weil man meist schon vorher wusste, wer mit größter Wahrscheinlichkeit gewinnen würde. Aber heute stand die Sache ein klein wenig anders, denn ein neuer Herausforderer würde es mit ihm aufnehmen: Nick Govinda, der sich fest vorgenommen hatte, Konrad zu schlagen.

Jaden war gerade dabei, die Kühltasche zu packen, als das Telefon klingelte. Zufrieden schaute er auf die fast volle Tasche mit massenhaft Eis, Sahne, Kirschen und Schokosauce. Bei dem Gedanken an das Eis-Wettessen lief ihm das Wasser im Mund zusammen, und er musste aufpassen, dass er nicht sabberte, als er den Hörer abnahm.

„Hallo, Page?"

„Jaden – endlich – du glaubst nicht, was passiert ist! Es ist einfach unfassbar: Nick wurde entführt!", rief ein atemloser Konrad ins Telefon.

„Ja, klar, Konrad ... eine Entführung? Hier? Verarschen kann ich mich auch alleine", erwiderte Jaden, der davon überzeugt war, dass Konrad sich einen Scherz erlaubte. Eine waschechte Entführung in diesem Kaff war wirklich ein Ding der Unmöglichkeit.

„VERDAMMT NOCH MAL, ICH MEINE ES ERNST!", schrie Konrad ins Telefon.

„Es ist wirklich kein Spaß? Das gibt's doch nicht! Was weißt du darüber?"

„Als ich nach Hause kam, standen zwei Polizeiwagen in Nicks Auffahrt. Ich hab kurz gewartet, da kamen sie auch schon aus dem Haus. Nicks Eltern und vier Polizisten. Ich hab gefragt, was passiert ist ... Nicks Vater hat gesagt, dass Nick auf dem Weg zur Schule entführt wurde. Es gab sogar eine Zeugin, die Frau vom Kiosk gegenüber der Schule. Die hat sofort die Polizei gerufen, aber leider gibt es noch keine Spur."

„Tja", sagte Jaden tonlos, „dann fällt unser Eis-Wettessen wohl erst einmal aus." Für einen Moment war Konrad sprachlos.

„WAS? Wie kannst du in diesem Moment bloß an so was denken?"

„Weil ich gerade die ... Ach, ist ja auch egal – ich bin gleich bei dir!", rief Jaden in den Hörer. „Trommle in der Zwischenzeit die anderen zusammen!"

So schnell er konnte, radelte Jaden zu Konrads Haus. Während der Fahrt schienen sich seine Gedanken zu überschlagen. Was war hier in letzter Zeit nur los? Erst passierte jahrelang nichts Aufregendes und plötzlich überschlugen sich die Ereignisse. Erst die Sache mit den Traumreisen, dann die neuen Erkenntnisse über seinen Großvater und jetzt auch noch eine Entführung. Dass es gerade Nick treffen musste, dem sein Reichtum völlig egal war, erschien Jaden doppelt ungerecht.

Nach nicht mal zwei Minuten stoppte er mit quietschenden Bremsen vor Konrads Haus. Lou, die am dichtesten dran wohnte, wartete bereits, sie saß mit besorgter Miene auf dem Gehsteig. Als sie Jaden sah, stand sie auf.

„Ist das nicht furchtbar?", sagte sie mit besorgter Stimme und Jaden bemerkte, wie betroffen sie war.

„Was machen wir denn jetzt?", fragte Lou und sah Jaden mit großen Augen an.

„Lass uns erst einmal ins Haus gehen, dann sehen wir weiter", sagte Jaden. Das Haus von Konrad war das wohl außergewöhnlichste im gesamten Dorf. Es war ganz aus Stahl und Glas gebaut, so dass man von außen in alle vorderen Zimmer schauen konnte. Glücklicherweise wohnte niemand gegenüber, so dass nicht allzu viel Privatsphäre verloren ging. Jaden streckte gerade seine Hand aus, um auf die Klingel zu drücken, als Konrad auch schon aus der Haustür gestürmt kam und gegen Jaden prallte.

„Hey, Leute", sagte er keuchend, „Herr Govinda hat gerade angerufen … Er bittet uns, rüberzukommen."

Jaden und Lou tauschten fragende Blicke aus. Warum wurden sie wohl in die Villa bestellt? Sie hatten ja nicht einmal was beobachtet, was wichtig sein konnte.

„Was ist mit Lenni und Jörn?", fragte Jaden. „Hast du ihnen nicht Bescheid gesagt?"

„Ich hatte noch keine Zeit dazu. Gerade als ich ihre Nummer wählen wollte, hat Herr Govinda angerufen – und das ist jetzt einfach wichtiger."

Lou nickte beiläufig und schweigend gingen sie zum großen Tor, das die Auffahrt der Govindas sicherte. Nachdem die drei gesagt hatten, wer sie waren, öffnete es sich wie von Geisterhand und ließ sie eintreten. An der Haustür wartete Nicks Vater bereits auf sie. „Seht nur, wie fertig er aussieht", sagte Lou erschrocken. Und es stimmte, Herr Govinda sah wirklich mitgenommen aus: Aus seinem Gesicht war sämtliche Farbe gewichen und die Lippen presste er fest aufeinander, während er unruhig und in Gedanken versunken auf und ab ging.

„Ah, da seid ihr ja", sagte er, als er Jaden, Konrad und Lou näher kommen hörte, und er versuchte, zur Begrüßung ein Lächeln zustande zu bringen. Aber es wurde nichts weiter als eine gequälte Grimasse.

„Schön, dass ihr da seid", sagte er knapp und gab jedem die Hand. Zögernd betraten sie die Eingangshalle, unsicher, wohin sie sich wenden sollten.

„Folgt mir", sagte Herr Govinda und führte Jaden, Konrad und Lou ins Wohnzimmer. Nicks Mutter saß auf dem Sofa und sah noch elender aus als ihr Mann. Ihre Augen waren vom Weinen ganz verquollen und einige Tränen hatten auf ihrem Gesicht schwarze Spuren hinterlassen. Wie ein kleines Häufchen Elend saß sie vollkommen verloren in dem großen Raum und nahm sich gerade ein neues Taschentuch.

„Bitte setzt euch doch", sagte Herr Govinda, blieb selbst aber stehen.

„Wie ihr ja schon wisst, wurde mein Sohn Nick … euer Freund … heute entführt." Er machte eine Pause und sah zu seiner Frau, die gerade herzzerreißend geschluchzt hatte. Herr Govinda schritt unruhig auf und ab und zündete sich eine Zigarette an.

„Ich weiß, dass ihr seine Freunde seid, und deshalb möchte ich euch sagen, was genau passiert ist. Vielleicht … vielleicht wisst ihr ja sogar irgendetwas, das uns behilflich sein könnte." Sein hoffnungsvoller Blick ließ Jaden nervös werden. Er hätte so gern geholfen, aber er wusste nicht, wie … obwohl … seine Gedanken schnellten zurück zum letzten Freitag …

„Ich glaube, mir *ist* wirklich was aufgefallen", rief Jaden plötzlich. Alle Blicke richteten sich auf ihn. Nicks Mutter hob mit einem Ruck den Kopf und Jaden erkannte einen Hoffnungsschimmer, der in ihren Augen aufblitzte. Hoffentlich war er nicht zu voreilig gewesen mit seiner Behauptung!

„Was denn?", fragte Herr Govinda eindringlich und sah Jaden an, als wolle er dessen Gedanken lesen.

„Na ja, einmal, als … ähm … als wir eine Freistunde hatten, sind wir zu Nicks Schule gefahren. Und da … da war so ein komischer Mann … Erst sah es aus, als hätte er sich versteckt, und dann nahm er sich eine Harke, und fing an, mit ganz komischen Bewegungen das Beet zu harken, überhaupt nicht so, als würde er etwas von dem verstehen, was er da tat. Und dabei hat er sich immer so unsicher umgeschaut."

Stille, niemand sagte etwas.

„Kannst du ihn beschreiben?", fragte Herr Govinda, der vor Aufregung seine Augen weit aufriss.

„Ja, ich denke schon. Er war groß und dünn – und hatte blonde Haare." Jaden kramte in seiner Erinnerung. „Außerdem ging er leicht gebückt …"

„Ich weiß, wen du meinst!", rief Lou aufgeregt. „Ich dachte, er wäre der Hausmeister, aber stimmt, der war irgendwie so … nervös … als hätten wir ihn bei etwas ertappt – und … er hatte einen Buckel!"

Herr Govinda ging rasch und ohne etwas zu sagen zum Telefon und wählte eine Nummer.

„Hier spricht Herr Govinda … ja, genau der …" Nervös zog er an seiner Zigarette.

„Ja … das kann ich mir vorstellen. Hören Sie, ich brauche eine Auskunft von Ihnen. Beschäftigen Sie einen Hausmeister oder Gärtner? … ja? Und können Sie ihn mir auch beschreiben?"

Vorerst trat eine Stille ein, in der die Person am Telefon redete. Die Augen von Nicks Vater weiteten sich erneut, als er angespannt lauschte.

„Sind Sie sich da auch absolut sicher?"

„Ja, ich verstehe … Ja, ich danke Ihnen. Auf Wiederhören." Herr Govinda legte auf. Die Aufmerksamkeit aller war nur auf Nicks Vater gerichtet und es herrschte Totenstille.

„Sie haben zwar einen Hausmeister … aber das ist ein kleiner, gemütlicher Mann mit dunklen Haaren und Vollbart. Was ihr erzählt habt, klingt, als könnte es tatsächlich ein wichtiger Hinweis sein!"

Jaden atmete hörbar aus, so erleichtert war er. Er hatte sich nicht geirrt! Der Mann war wirklich verdächtig und er hatte sich genau im richtigen Moment wieder an ihn erinnert. Er hätte es jetzt wirklich nicht ertragen, Nicks Eltern falsche Hoffnungen gemacht zu haben.

Herr Govinda wählte nun erneut eine Nummer. Während er wartete, nahm er den letzten Zug von der Zigarette und drückte sie in einem Aschenbecher aus, der fast überquoll.

„Govinda hier, ich habe gerade einen Freund meines Sohnes im Haus, der letzte Woche einen verdächtigen Mann auf dem Schulgelände gesehen hat … Ja … ja, ich verstehe, wir sind gleich da." Er legte auf.

„Wir sollen sofort aufs Revier kommen, um eure Zeugenaussage aufzunehmen", sagte er. Jaden und Lou sprangen sofort auf, Konrad zögerte.

„Was ist?", fragte Jaden ihn. „Du hast doch gehört, schnell!"

„Mir ist doch gar nichts aufgefallen", brummte Konrad, „warum sollte ich mitkommen?"

„Vielleicht fällt dir auf dem Weg dahin noch was ein", sagte Lou prompt. „Komm jetzt!" Sie fasste seinen Arm und zog ihn vom Sofa, so dass er keine andere Wahl mehr hatte, als ihr zu folgen.

„Sarita", sagte Nicks Vater seiner Frau zugewandt, „möchtest du mitkommen?"

„Nein", erwiderte sie matt, „ich bleibe hier, falls ein Anruf kommt …" Herr Govinda nickte stumm, ging zu seiner Frau, beugte sich zu ihr und strich langsam über ihr Haar. Dabei sprach er leise ein paar Worte in einer fremden Sprache zu ihr. Dann ging er schnellen Schrittes und ohne ein weiteres Wort zu verlieren zur Garage. Herr Govinda beeilte sich so, dass Jaden, Konrad und Lou im Laufschritt hinterherhetzen mussten. Durch eine Seitentür gelangten sie in die Garage. Jaden klappte für eine Sekunde der Unterkiefer hinunter, als er den nagelneuen, schwarz glänzenden Geländewagen von Mercedes sah, der in seiner ganzen beeindruckenden Größe vor ihm stand. Konrad erging es nicht anders. „Hey, was steht ihr wie angewurzelt da? Kommt schon!", zischte Lou ärgerlich und stieg ein. Jaden und Konrad sahen ein, dass jetzt nicht der geeignete Zeitpunkt zum Staunen war und beeilten sich, hinterherzukommen. Angesichts dieses Luxusschlittens hatten sie für einige Sekunden die schreckliche Lage, in der sie sich befanden, einfach vergessen. Voller Ehrfurcht saßen sie im Auto und konnten sich an der Innenausstattung kaum sattsehen. Herr Govinda startete den Motor und in einem etwas überhöhten Tempo ging es los.

„Herr Govinda", sagte Lou unvermittelt, „Sie wollten uns noch erzählen … was genau eigentlich passiert ist – mit Nick …"

„Ja", erwiderte er etwas zerstreut, „ja, das stimmt." Er räusperte sich und Jaden hatte das Gefühl, dass es Nicks Vater einige Überwindung kostete, überhaupt darüber zu sprechen. „Nick hatte die Angewohnheit, sich jeden Morgen vor der Schule einen Pfannkuchen am Kiosk zu holen, ganz in der Nähe. So auch am heutigen Morgen … Danach machte er sich wieder auf den Weg in Richtung Schule, wie gewöhnlich also. Dann soll ein schwarzer Wagen mit verdunkelten Scheiben direkt neben Nick angehalten haben. Ein vermummter Mann ist rausgestürmt und hat ihn in den Wagen gezogen und sie sind losgefahren, alles ging blitzschnell."

„Und … jemand hat das beobachtet?", fragte Nick.

„Ja, die Verkäuferin des Kiosks", sagte Nicks Vater, „und das ist ein Glück im Unglück, denn sonst hätte es wahrscheinlich Ewigkeiten gedauert, bis sie eine Sonderkommission ins Leben gerufen hätten!" Seine Stimme klang verächtlich; anscheinend hielt er nicht viel von der Arbeit der Polizei.

„… und so was am helllichten Tag", sagte Lou entgeistert, „das klingt doch wie aus einem Film! Ich käme nie auf die Idee, dass so was *wirklich* passiert!"

Herr Govinda hielt mit quietschenden Reifen vor dem Polizeipräsidium und es störte weder ihn noch Jaden, Konrad oder Lou, dass sie im absoluten Halteverbot standen. Sie hasteten in das große Gebäude, immer Herrn Govinda hinterher, liefen durch scheinbar endlose Gänge, an unzähligen Büroräumen und uniformierten Polizisten vorbei. Irgendwo klingelten ein paar Telefone. Jaden hatte noch nie so viele Polizisten auf einem Haufen gesehen und er fühlte sich nicht gerade wohl. Sie stiegen eine Treppe hinauf und beeilten sich, Nicks Vater zu folgen, bis er schließlich vor einer der Türen stehen blieb und kurz klopfte. Dann trat er ein und bedeutete den Freunden, ihm zu folgen.

Der Raum, den sie betraten, war groß und geräumig. An der Fensterseite standen einige Schreibtische – mit den modernsten Computern ausgerüstet, die man sich vorstellen konnte. An der Wand rechts von ihnen hing eine große weiße Tafel. Auf ihr waren verschiedene Notizzettel, Skizzen und Fotos angebracht. Auf einem der Fotos lächelte Nick dem Betrachter entgegen; auf den anderen waren seine Schule und der Kiosk aus unterschiedlichen Blickwinkeln abgebildet. Direkt daneben hing ein großer Stadtplan, auf dem einige farbige Fähnchen steckten. Das Büro sah genau so aus, wie Jaden es sich vorgestellt hatte. Einzelne Polizisten saßen am Schreibtisch, zwei standen vor den Fotos und schienen etwas Wichtiges zu besprechen. Jaden hätte gern genauer hingehört, aber da erhob sich ein Mann mit roten Haaren und kleinem Bart von seinem Stuhl und kam ihnen entgegen. Erst gab er Herrn Govinda die Hand, dann wandte er sich an Jaden, Lou und Konrad.

„Ihr seid die Zeugen?", fragte er, reichte einem nach dem anderen die Hand und stellte sich als Kriminalhauptkommissar Hermann Seidel vor.

„Ja", erwiderte Jaden, der als Erster die Sprache wiederfand, „wir haben Nick letzten Freitag in seiner Schule besucht und haben jemanden gesehen ..."

„Na, dann fangen wir doch gleich mit dir an", sagte er freundlich und setzte sich wieder an seinen Schreibtisch. Jaden nahm auf dem Stuhl Platz, der vor ihm stand.

„Können Sie mit den anderen beiden bitte draußen warten?"

Als Herr Govinda, Konrad und Lou den Raum verlassen hatten, stellte der Hauptkommissar ein Aufnahmegerät an. Jaden sollte dann berichten, was er gesehen hatte. Er erzählte alles, woran er sich erinnern konnte, und bemühte sich, kein Detail auszulassen. Es war fast, als würde der merkwürdige Gärtner leibhaftig vor ihm stehen, so genau rief er sich alles in Erinnerung. Herr Seidel nahm alles auf Band auf und stellte zwischendurch noch ein paar Fragen. Als Jaden alles gesagt hatte, was er wusste, stellte Kriminalhauptkommissar Seidel das Aufnahmegerät aus, nahm den Hörer ab und wählte eine Nummer.

„Kriminalhauptkommissar Seidel hier, ich brauche eine Zeichnerin ... Ja, wir haben einen wichtigen Hinweis im Fall Govinda – also, so schnell wie möglich, bitte."

Eine Phantomzeichnung sollte angefertigt werden und Jadens Aufregung wuchs. Es wollte ihm gar nicht behagen, hautnah in einen Entführungsfall verwickelt zu werden. Unruhig rutschte er auf seinem Stuhl hin und her.

„Gut, wir sind dann erst einmal fertig." Hauptkommissar Seidel lächelte kurz. „Du kannst dann hinausgehen und deine Freundin hereinbitten."

Draußen saßen Nicks Vater und Konrad schweigend auf ihren Stühlen, Lou hob fragend den Kopf.

„Du sollst reingehen", sagte Jaden und setzte sich hin. Zwischendurch kam eine Frau den Gang entlang, klopfte und betrat das Zimmer. Als sie die Tür öffnete und den Raum betrat, hörte Jaden für einen kurzen Moment Lous Stimme, bevor sich die Tür wieder schloss. Es schien eine kleine Ewigkeit zu dauern, bis Lou endlich wieder heraustrat.

„Jaden, du sollst jetzt auch hineinkommen", sagte sie, „die Zeichnerin ist da."

„Ist dir zwischendurch noch etwas eingefallen?", setzte sie hinzu und blickte zu Konrad hinüber. Der schüttelte nur den Kopf und starrte weiter auf den Boden. Er war wütend auf sich selbst, weil er nicht genauer hingesehen hatte an dem Freitag vor Nicks Schule. Jetzt, wo jeder Hinweis wichtig war, ärgerte er sich schrecklich darüber, nur auf die Tischtennisplatte und das Volleyballfeld geachtet zu haben.

Das Phantombild entstand innerhalb von 15 Minuten. Die Zeichnerin wandelte die Beschreibungen von Jaden und Lou mit geübten Bewegungen in ein Bild um, bis der Mann auf ihrem Blatt dem echten erstaunlich ähnelte. Erst als Jaden und Lou versicherten, dass der Mann exakt so ausgesehen hatte wie der auf dem Bild, konnten sie gehen.

Herr Seidel führte sie zur Tür und dankte ihnen noch einmal für ihre Hilfe und lobte sie für ihre Achtsamkeit.

„Noch heute Abend geben wir eine Suchmeldung raus", sagte er, „direkt vor den Nachrichten. In diesem Fall können wir ohne die Medien und die Mithilfe der Bevölkerung nichts tun. Vielleicht haben wir Glück und jemand erkennt den Täter auf dem Phantombild."

„Hoffentlich!", sagte Lou und zuckte zusammen, als sie begriff, wie laut sie eben gewesen war. Herr Seidel sah Lou an und lächelte. „Ich bin mir sicher, dass irgendjemand diesen Mann kennt … Familienangehörige, Arbeitskollegen, Nachbarn. Niemand kann sich so gut verstecken, wisst ihr. Für gewöhnlich gehen nach so einer Aktion hunderte von Hinweisen ein – und einer ist immer der richtige. Oh, jetzt hätte ich es fast vergessen …" Herr Seidel ging zu seinem Schreibtisch, nahm ein paar kleine Karten und kam wieder zurück. „Hier, meine Karte", sagte er und reichte sie Jaden und Lou. „Falls euch noch was einfallen sollte, dann ruft an, ja?"

„Das machen wir, versprochen!", sagte Lou und steckte die Visitenkarte in ihr Portemonnaie. Jaden war froh, als sie das Polizeipräsidium wieder verlassen hatten. An der Scheibe des Mercedes klebte ein Strafzettel, aber Herr Govinda schien ihn nicht einmal zu bemerken. Nervös und mit zitternden Fingern zündete er sich eine Zigarette an und schweigend fuhren sie wieder nach Hause. Jaden fiel es noch immer schwer, zu glauben, dass Nick tatsächlich entführt worden war, stattdessen fühlte er sich, als wäre er in einem schlechten Film gefangen. Wo mochte Nick jetzt wohl stecken, was geschah mit ihm? Hockte er irgendwo in einem dunklen Keller, an einen Stuhl gefesselt und mit verbundenen Augen? Jaden wollte ihm so gern helfen, wenn er doch nur wüsste, wie! Er zermarterte sich das Hirn, aber das war vollkommen nutzlos; ihm wollte einfach nichts einfallen.

Eine halbe Stunde später saßen sie dicht gedrängt im Baumhaus, um sich zu beratschlagen. Lenni und Jörn erfuhren erst jetzt, was geschehen war. Jörn wirkte geschockt und blieb ruhig, Lenni jedoch konnte gar nicht mehr aufhören zu reden.

„So was! Eine Entführung! Hier bei uns … Wahnsinn … hätt ich nie für möglich gehalten … Aber dass ihr uns nicht eher Bescheid gesagt habt … Da passiert *einmal* was Aufregendes, und wir sitzen natürlich zu Hause! Mann, ich wär so gern mitgekommen, die Polizeiwache, echt!“

„Jetzt halt doch mal die Klappe, Lenni!“, fauchte Lou und machte ein Gesicht, als wäre sie eine Wildkatze und Lenni eine Maus. „Wie kann man nur so egoistisch sein! Nick wurde entführt! Entführt, verstehst du? Er sitzt wahrscheinlich irgendwo allein in einem dunklen Loch, und du … du regst dich darüber auf, etwas verpasst zu haben!“

„Streit bringt uns jetzt auch nicht weiter“, meinte Konrad und holte eine Packung Schokoladenkekse, die noch im Vorratsschrank lagen, „wir sollten uns lieber überlegen, was wir tun können, um irgendwie zu helfen.“

Konrads Vorschlag wurde erst einmal gewaltig ignoriert, denn Lou fiel gerade etwas ein.

„Stell dir mal vor, du hättest Klumpfuß diesen Streich nicht gespielt“, sagte sie, „dann hätten wir Nicks Entführer gar nicht gesehen!“

„Ob das jetzt wirklich sein Entführer war, wissen wir doch noch gar nicht“, meinte Konrad, „das muss erst noch bewiesen werden.“

„Ja, aber der Hinweis war trotzdem wichtig", sagte Lou, „verdammt wichtig sogar!"

„Und wenn Jaden Recht hat, bekommt er bestimmt 'ne riesige Belohnung!", rief Lenni. „Das wär was!

„Das wär mir komplett egal, ich will nur, dass Nick befreit wird", sagte Jaden.

„Was meint ihr, wie viel Lösegeld die fordern? … 'ne Million bestimmt!", sagte Lenni und seine Augen wurden riesig.

„Wahrscheinlich sogar noch mehr", sagte Konrad entschieden, „für eine lumpige Million würden waschechte Kriminelle bestimmt keinen Finger krümmen!"

„Komisch ist das schon", sagte Jaden, „da lebt Nick zig Jahre in Amerika, wo massig Kriminelle rumlaufen, und nichts passiert … Und dann wohnen sie gerade Mal zehn Tage in so 'nem Kaff und schon wird er entführt … Das gibt's doch einfach nicht." Jaden nahm sich einen Keks und biss hinein, aber noch während er kaute und auf die Schachtel blickte, fiel ihm ein, dass es Nick gewesen war, der sie in der letzten Woche mitgebracht hatte. Plötzlich verspürte er keinen Appetit mehr, würgte seinen Keks schnell hinunter und verzichtete auf einen zweiten.

„Na ja … So abwegig ist das nun auch wieder nicht … Ein paar Kilometer weiter liegt ja immerhin eine der größten Städte Deutschlands", wandte Konrad ein und verschlang seinen Keks mit Genuss.

Da fiel Jaden etwas ein. „Vielleicht sind die Entführer ja auch aus Amerika – sie sind den Govindas einfach nachgereist."

„Das glaube ich nicht", sagte Konrad, „dann hätten sie ihn ja auch entführen können, als er noch in Amerika gelebt hat – warum sollten die extra herkommen?"

„Was glaubt ihr, wo sie Nick versteckt halten?", fragte Lenni mit vollem Mund.

„Na, wenn wir das wüssten, wäre er bestimmt nicht mehr dort", sagte Lou, „und bevor ich's vergesse: Es würde dir guttun, mal ein paar Tischmanieren zu lernen!" Verärgert starrte Lenni sie an, konnte aber nicht antworten, weil er sich eben einen weiteren Keks in den Mund gestopft hatte. Spöttisch grinste Lou ihn an.

„Bestimmt verstecken sie ihn irgendwo in einer leer stehenden Lagerhalle – oder in einer alten Fabrik“, warf Jörn ein.

„Das ist gut möglich“, sagte Jaden, „aber genauso gut könnten sie ihn auch in irgendeiner Wohnung versteckt halten.“

„Oder – sie haben ihn ins Ausland geschafft“, meinte Lenni.

„Es gibt einfach viel zu viele Möglichkeiten“, sagte Konrad mit gedämpfter Stimme, „außerdem bin ich sicher, dass die Polizei da mehr rausbekommt als wir.“

„Pah“, machte Lenni, „die Polizei! Was können die schon? Ich glaube nicht, dass die ihn finden!“

„Wer denn sonst?“, fragte Lou schnippisch. „Du etwa?“ Sie kicherte und auch Jörn musste lachen. Lennis Gesicht wurde rot vor Zorn.

„Jetzt fangt doch nicht schon *wieder* an!“ Konrad wurde langsam wütend, Lou und Jörn verstummten sofort; sie wussten aus Erfahrung, dass mit einem verärgerten Konrad nicht zu spaßen war.

„Statt dieser albernen Mutmaßungen sollten wir uns jetzt einmal richtige Gedanken darüber machen, was wir als Nächstes tun. Schließlich ist Nick unser Freund, hab ich Recht? Wir könnten zum Beispiel seinen Eltern helfen, indem wir sie besuchen … eben einfach bei ihnen sind. Auf dem Präsidium hat Nicks Vater mit mir gesprochen … Als er eine rauchen wollte, bin ich mit ihm gegangen. Ich glaube, dass Nicks Eltern einfach jemanden brauchen, mit dem sie sprechen können.“

„Da gibt’s doch solche – wie heißen die noch? – Leute, die mit den Angehörigen sprechen, wenn etwas passiert ist …“, sagte Lenni.

„Was?!“, rief Lou erbost. „Du meinst Seelsorger? Nick ist doch nicht tot!“

„Das wollte ich ja auch gar nicht sagen!“, gab Lenni zurück.

„Na ja, ich glaube schon, dass die Polizei den Eltern von Nick Psychologen bereitstellt – aber die Frage ist, ob sie gern mit denen reden“, sagte Jaden.

„Ja, genau … Wer redet schon gern mit Seelenklempnern?“, fragte Jörn in die Runde.

„Mensch, kapiert ihr denn nicht, was ich meine?“ Konrad suchte nach den passenden Worten. „Nicks Eltern würden sich vielleicht besser fühlen, wenn wir einfach da sind – und mit ihnen auf Neuigkeiten warten.“

„Können wir nicht mehr tun, als nur zu warten?" Lenni war das Warten offenbar zu langweilig, er wirkte mit dem Ausgang der Lagebesprechung nicht sehr zufrieden.

„Wenn du darauf so scharf bist, kannst du ja aufs Polizeipräsidium gehen und deine Hilfe anbieten", sagte Lou spitz und grinste, „dann haben *die* wenigstens mal was zu lachen!"

Gelächter ertönte, und Lenni sah aus, als würde er gleich vor Wut platzen, aber gegen das spitze Mundwerk von Lou kam er einfach nicht an.

„Also, ich schlage vor, dass wir morgen nach der Schule eine Schachtel Pralinen kaufen und dann zu den Govindas gehen, um sie zu besuchen", versuchte Konrad das Thema zu beenden, „wer kommt mit?"

Konrad brauchte nicht lange, um die Handzeichen zu zählen: Es waren nämlich nur zwei.

„Gut, das macht die Sache einfacher", sagte er, „da wir alle in einer Klasse sind, können wir gleich nach dem Unterricht Pralinen kaufen gehen."

„Vielleicht sollten wir lieber eine Schachtel Zigaretten holen", meinte Jaden trocken, „ich glaub, die kann Nicks Vater im Moment besser gebrauchen." Lenni grinste, aber die anderen drei warfen ihm nicht gerade begeisterte Blicke zu.

Lenni und Jörn verabschiedeten sich schon bald darauf, Lenni war die Stimmung gründlich verdorben; er kochte beinahe vor Wut. Und Jörn ging gleich mit, weil er ohnehin bald zu Hause sein musste. Jaden, Lou und Konrad beschlossen kurze Zeit später, auch nach Hause zu fahren. Aus verständlichem Grund hatten sie heute keine Lust, noch länger im Baumhaus zu sitzen.

Als er zu Hause war, schaltete Jaden den Fernseher ein, bald musste die Meldung über Nicks Entführung kommen. Er zappte durch die Kanäle, aber noch flimmerte überall nur der alltägliche Schrott über die Mattscheibe. Vorsichtshalber ließ er schon mal den Sender an, den der Kriminalhauptkommissar ihm genannt hatte, lange konnte es ja nicht mehr dauern. Seine Eltern müssten auch jeden Moment kommen, zumindest seine Mutter: Sie war Krankenschwester und hatte heute keine Spätschicht, soviel er wusste. Jaden machte sich eine Schüssel Cornflakes. Wie gut, dass sie wenigstens schon Notenschluss gehabt hatten, dachte er, sonst hätte er wahrscheinlich noch Hausaufgaben machen müssen. So aber blieb ihm wenigstens das erspart. Jaden rührte in seinen Cornflakes herum und sah zu, wie die Milch langsam zu Kakao wurde. Er musste noch einen Moment warten, bis er essen konnte, so lange, bis die Flakes ein wenig weich waren.

Puh, diese unerträgliche Hitze, die Sache mit den Traumreisen, sein Großvater, und jetzt noch die Entführung … Schon jetzt war ihm das alles zu viel, wie gut, dass er sich im Moment nicht auch noch um die Schule zu kümmern brauchte und bald Ferien waren. Ob Nick bis dahin wieder zu Hause sein würde?

Im Moment hätte Jaden seinen Kopf gerne komplett ausgeschaltet, am liebsten wollte er einfach an gar nichts mehr denken. Schade, dass so etwas nicht möglich war. Er löffelte seine Cornflakes. Als er gerade den letzten Schluck Schokomilch schlürfte, kam seine Mutter zur Tür herein und nachdem sie ihre Schuhe ausgezogen hatte, setzte sie sich zu Jaden auf das Sofa.

„Na, wie war die Schule heute?“, fragte sie ahnungslos.

Darauf hatte Jaden gewartet, ausführlich berichtete er ihr die Ereignisse des heutigen Tages. Seine Mutter schaute immer ungläubiger, je mehr Jaden erzählte. Er sah ihr an, dass auch sie im Traum nicht damit gerechnet hatte, in ihrem kleinen Ort ein solches Drama zu erleben. Sie war völlig geschockt und wusste für einen Augenblick gar nicht, was sie sagen sollte, als Jaden geendet hatte.

„Die armen Eltern! Ich kann mir gut vorstellen, wie sie sich jetzt fühlen. Wenn *dir* so was passieren würde … gar nicht auszudenken. Was die Eltern von Nick jetzt durchmachen müssen!“ Sorgenfalten erschienen auf ihrer Stirn. „Heute ist man auch nirgends mehr sicher“, sagte sie kopfschüttelnd.

„Pst!“, machte Jaden und deutete auf den Bildschirm.

„Jetzt erfolgt eine Sondermeldung der Kriminalpolizei.“ Jaden stellte den Fernseher lauter; jetzt wurde es spannend … Hinter dem Nachrichtensprecher erschien ein Foto von Nick – dasselbe, das Jaden heute in dem Polizeibüro gesehen hatte. Nick lächelte dem Zuschauer entgegen, seine Zähne wirkten wie eine Kette weißer Perlen, seine schwarzen Haare hingen ihm lässig ins Gesicht und die braunen Augen blitzten.

„Ein schönes Foto!", bemerkte seine Mutter, und ein sorgenvoller Ausdruck lag in ihren Augen.

„Heute Morgen gegen 7.45 Uhr wurde der zwölfjährige Nikhil Govinda Opfer einer Entführung. Er ist der Sohn des bekannten Programmierers Sanjeev Govinda, der in seiner Branche hohes Ansehen genießt und über ein großes Vermögen verfügt. Dies, so vermutet die Polizei, sei auch der Hintergrund für das Verbrechen. Genaues weiß man noch nicht, aber die Annahme, dass es sich um Erpressung von Lösegeld handelt, ist sehr wahrscheinlich. Eine Zeugin hat beobachtet, wie ein schwarzer Van mit einem Überführungskennzeichen neben dem Jungen hielt, der sich zu diesem Zeitpunkt auf dem Weg zur Schule befand. Aus dem Van sprang ein vermummter, in schwarz gekleideter Mann, der Nikhil mit Gewalt in das Automobil zerrte. Die Polizei bittet in diesem Fall um Mithilfe der Bevölkerung. Wer hat den Van auf seiner Flucht gesehen? Auf einen Hinweis, der zur Ergreifung der Täter führt, werden 10.000 Euro Belohnung ausgesetzt." Der Nachrichtensprecher räusperte sich, blickte kurz auf seinen Zettel und wieder nach oben, direkt in die Augen der Zuschauer, wie es schien. Das Foto von Nick verschwand und das Phantombild, das Jaden und Lou mit der Zeichnerin erstellt hatten, wurde nun auf dem Bildschirm in Großaufnahme abgebildet. Über der Zeichnung prangte der Schriftzug: „10.000 Euro Belohnung für einen Hinweis, der zum Täter führt."

„Aufgrund der Zeugenaussagen zweier Freunde des Jungen konnte das Phantombild eines verdächtigen Mannes erstellt werden, der sich vergangenen Freitag auf dem Schulgelände von Nikhil Govinda aufhielt. Der verdächtige Mann ist ca. 35 Jahre alt, hat kurzes blondes Haar, ist ca. 1,90 Meter groß und wiegt schätzungsweise 70–80 Kilogramm. Besonders auffällig ist sein leichter Buckel und die dadurch entstehende krumme Haltung."

Der Nachrichtensprecher erschien wieder im Bild.

„Wenn Sie irgendetwas gesehen haben, was mit dieser Tat in Zusammenhang steht, oder wenn Sie den verdächtigen Mann kennen, dann melden Sie sich unter folgender Nummer bei der Kriminalpolizei." Die Telefonnummer wurde eingeblendet und der Sprecher las sie zweimal vor. Danach erschien noch einmal das Foto von Nick in Großaufnahme und der Sprecher sagte: „Bitte helfen Sie der Polizei, die Entführung des erst zwölfjährigen Nick aufzuklären."

Damit war die Sondermeldung vorbei und die regulären Nachrichten begannen. Jaden hatte bisher gar nicht gewusst, dass Nick nur eine Abkürzung von Nikhil war, aber das nahm Jaden auch kaum wahr … Jetzt also war es offiziell, alle Welt wusste jetzt, dass sein Freund Nick entführt worden war. Seine Mutter legte ihm den Arm um die Schulter: „Jetzt ist es wohl an mir, dich zu trösten, was?" Sie lächelte sanft und seufzte.

„Ich bin sicher, dass sich die ganze Sache bald aufklären wird, einen Verdächtigen haben sie ja schon! Und das dank dir und Lou … Das ist doch hervorragend! Mach dir nicht zu viele Sorgen, Jaden. Die Polizei tut gewiss, was sie kann, um Nick zu finden. Es wird gewiss nicht mehr lange dauern … Und bald könnt ihr wieder zusammen im Baumhaus sitzen, als wäre nichts gewesen!"

Jaden wollte gern glauben, was seine Mutter da sagte, aber wirklich überzeugt war er nicht. Was, wenn die Entführer zwar ausfindig gemacht wurden, aber Nick trotzdem etwas zustieß? Selbst wenn die Polizei die Entführer finden sollte, könnte beim Zugriff immer noch was schiefgehen. Und bestanden die Entführer, zumindest die in den Filmen, nicht immer darauf, dass die Polizei *nicht* eingeschaltet werden durfte? Was, wenn sie sich jetzt provoziert fühlten und ihre Wut an Nick ausließen? Wenn die Entführer ihm etwas antaten?

Nick schwebte in ständiger Gefahr, da war sich Jaden sicher, ganz gleich, wie sehr seine Mutter ihn zu trösten versuchte und diese Katastrophe beschwichtigte.

Eine Stunde später kam Jadens Vater nach Hause, der über die Notlage schon Bescheid wusste. Auch im Radio erschienen stündlich diese Sondermeldungen über Nikhil Govindas Entführung. Eric Page war stolz auf Jaden, weil er der Polizei bei ihren Ermittlungen helfen konnte. „Damit hast du deinem Freund schon mehr geholfen, als es üblich ist! DU solltest stolz auf dich sein und die Hoffnung nicht aufgeben", sagte Eric Page, als er sah, wie Jaden den Kopf hängen ließ. Dann lobte er so lange die Beobachtungsgabe seines Sohnes, bis es Jaden gehörig zum Hals raushing. Nach dem Abendbrot, bei dem er kaum etwas runterbekommen hatte, sagte er hastig Gute Nacht und ging nach oben in sein Zimmer.

Ursprünglich hatte er vorgehabt, am heutigen Abend noch ein wenig in den Tagebüchern seines Großvaters zu lesen, aber angesichts der neuesten Ereignisse konnte er sich dazu nicht mehr durchringen.

Nachdem er sich ins Bett gelegt hatte, machte er sorgfältig seine Übung, stellte sich immer wieder die Birke vor, und was er um sich herum fühlen würde, wenn er gleich in der Welt der Weden erwachen würde. Aber immer wieder erschien das Foto von Nick vor seinem geistigen Auge, er bekam die Entführung einfach nicht aus dem Kopf. Seufzend setzte er sich auf und sah sich in seinem abgedunkelten Zimmer um. Schließlich schlug Jaden die Bettdecke zurück, ging barfuß zum Schrank und holte die Aufzeichnungen seines Großvaters aus seinem Versteck. Dann setzte er sich aufs Bett, knipste seine Lampe an und begann zu lesen. Dieses Mal sah er sich die wissenschaftlichen Theorien an. Er suchte nach etwas über Paralleluniversen, um noch besser zu verstehen, was Katya ihm erzählt hatte.

Da! Er hatte etwas gefunden, das sein Interesse erregte, unter einem Durcheinander von komplizierten Rechnungen, Zahlenfolgen und Formeln stand:

… All meine Nachforschungen und Berechnungen lassen nur eine Konsequenz zu, nämlich diese: Es gibt eine unendliche Zahl von Paralleluniversen. Berücksichtigt man hierbei die Wellenfunktion und den Fakt, dass das Universum aus einem Quantenteilchen besteht, dann ergibt sich unter Zuhilfenahme von …

Stirnrunzelnd las Jaden weiter, verstand aber kein Wort. So viele Fremdwörter und Fachbegriffe hatte er in seinem gesamten Leben noch nicht gesehen! Auf jeden Fall schien er ein wichtiges Dokument in den Händen zu halten, so viel war sicher. Er versteckte es wieder ganz hinten in seinem Schrank und legte den Kleidungsstapel wieder fein säuberlich darauf. Dann widmete er sich erneut dem Tagebuch; da verstand er wenigstens, was er las.

Die Seiten waren vergilbt und hatten den Geruch von altem Papier an sich. Jaden suchte den letzten Eintrag. Die Schrift seines Großvaters war so schon schwer zu entziffern, aber auf dieser Seite war sie fast komplett unleserlich. Es sah aus, als hätte er diese Zeilen in großer Hast geschrieben.

24. Februar 1991

Ich weiß jetzt, dass niemand gewillt ist, mir Glauben zu schenken. Meine Frau teilte mir vor wenigen Minuten mit, dass sie auf Anraten einer meiner Kollegen eine Einweisung in die örtliche Psychiatrie veranlasst hat. Sie haben bereits mit dem leitenden Arzt der Klinik gesprochen und ihm meine Situation dargelegt, sagte sie mir. Wie konnte sie so etwas nur hinter meinem Rücken tun?

Wieso habe ich nicht früher reagiert? Jetzt scheint mein Schicksal besiegelt zu sein. Hätte ich meiner geliebten Charlotte nichts von den Träumen erzählen dürfen? War meine Offenheit Schuld an meinem Schicksal?

Ich kann nichts mehr gegen die Zwangseinweisung tun. Und alles sei nur zu meinem Besten, sagte mir Charlotte, sie wolle mich vor mir selbst schützen. Wieso kennt sie mich nur so wenig? Was hat ihr dieser verfluchte Hellmann nur über mich erzählt? Dieser gemeine, hinterhältige Lügner!

Aber es bleibt nicht mehr viel Zeit, und ich will sie nicht mit Beschimpfungen verschwenden. Ich kann nur noch eines schreiben: Wer auch immer das hier finden wird, den möchte ich hiermit bitten, diese Aufzeichnungen meiner Tochter, Conny Reinholz, und meinem Sohn, Albert Reinholz, zukommen zu lassen. Wenigstens meine Kinder sollen wissen, dass ich nicht verrückt war!

Ich weiß nicht, was sie in der Psychiatrie mit mir anstellen werden, aber ich kann mir nicht vorstellen, dass es so einfach sein wird, wieder entlassen zu werden. Wenn Hellmann alle überzeugt hat, dass ich eine Gefahr bin, wie soll ich das Gegenteil beweisen können? Er gilt als wissenschaftliche Koryphäe und genießt überall hohes Ansehen. Ich befürchte, dass er alles daran setzen wird, mich für immer *in die psychiatrische Klinik zu sperren.*

Eine Flucht macht keinen Sinn mehr, da ich so meine Frau und meine Kinder verlassen müsste und dann endgültig als Gefahr gelten würde. Mir bleibt nur noch meine unerschütterliche Hoffnung, dass sich alles zum Guten wenden wird.

Damit endete das Tagebuch. Jaden standen die Tränen in den Augen, er musste ein paar Mal zwinkern, um sie zu verscheuchen. Jetzt wollte er einfach nur schlafen, sonst nichts. Nach so viel Aufregung wollte er nichts lieber als ein bisschen Ruhe … Wie am letzten Abend versuchte er, sich „seine“ Birke vorzustellen.

Er musste sich jetzt zusammenreißen und konzentrieren, damit seine Gedanken nicht wieder abschweiften. Er durfte auf keinen Fall zulassen, dass sie von seinem Ziel abwichen! Jaden schloss die Augen und begann erneut mit seiner Vorstellung von der Welt der Weden. Dieses Mal wollte es aber nicht richtig klappen. Sobald Jaden die Augen schloss, musste er ganz automatisch wieder an Nicks Entführung denken und an das, was er heute auf dem Polizeirevier erlebt hatte. Schließlich fiel er in einen tiefen Schlaf.

Nervige Verwandtschaft

Es war eine Woche vergangen und mittlerweile hatte Jaden Sommerferien. Er hatte sie so sehnsüchtig erwartet, aber jetzt, wo der Zeitpunkt gekommen war, konnte Jaden sie kein bisschen genießen. Die Polizei tappte noch immer im Dunkeln; zwar waren nach der ausgestrahlten Suchmeldung tatsächlich hunderte von Hinweisen eingegangen; aber es war bisher kein Einziger darunter gewesen, der sie zu Nick geführt hatte. Weder eine Lösegeldforderung noch irgendein anderes Zeichen der Entführer war eingetroffen, was laut der Polizei ziemlich ungewöhnlich war. Niemand wusste, wie es Nick in den Fängen der Entführer erging, und diese Ungewissheit machte besonders seinen Eltern gewaltig zu schaffen. Jaden, Lou und Konrad besuchten die Govindas jeden Tag, um ihnen beizustehen. Jeden Tag hofften sie von neuem auf gute Nachrichten, aber es war umsonst – es kam einfach kein Lebenszeichen. Jaden war mit der ganzen Angelegenheit so beschäftigt, dass er im Moment kaum noch an Ilja oder Katya denken konnte. Eines Abends kam er erschöpft nach Hause, geschwächt von der Hitze und den Kopf voller Sorgen. Sie waren wie immer bei Nicks Eltern gewesen, und Jaden hatte die Toilette aufgesucht. Dort war sein Blick auf eine Packung Tabletten gefallen, die auf der Ablage über dem Waschbecken standen. Jaden hatte immer wieder hinsehen müssen und schließlich gesehen, dass es eine fast leere Schachtel Schlaftabletten war. In diesem Augenblick wurde Jaden erst richtig klar, wie sehr Nicks Eltern litten. Die Schachtel offenbarte noch mehr als die großen Augenringe und betrübten Gesichter von Sanjeev und Sarita Govinda, als Jaden wissen sollte. Wahrscheinlich bekamen sie ohne Medikamente kein Auge mehr zu.

Als Jaden die Tür des Hauses im Pusteblumenweg 5 öffnete, überkam ihn sofort ein ungutes Gefühl. Seine Mutter, die auf dem Sofa saß und ein Buch in den Händen hielt, schaute hoch und bat ihn, sich neben sie zu setzen. Dann räusperte sie sich kurz und sagte: „Jaden … ich sehe, wie du im Moment leidest. Die ganze Sache, diese Tragödie nimmt dich ganz schön mit … Und dein Vater und ich, na ja, wir dachten, du fährst morgen erst mal für ein paar Tage zu deiner Oma." Jadens Unterkiefer klappte herunter, auf so etwas war er nicht gefasst gewesen.

„Aber, ich kann jetzt unmöglich weg!", rief Jaden aufgebracht. „Gerade jetzt, das ... das geht einfach nicht!" Seine Mutter sah ihn an und seufzte.

„Ich habe mir schon gedacht, dass du so reagierst – aber sieh mal, Jaden", sagte sie ernst, „dein Vater und ich haben das ausführlich besprochen und sind zu dem Entschluss gekommen, dass du erst mal eine Auszeit brauchst ... Das geht doch so nicht weiter!"

„Ich fahre nicht!", knurrte Jaden und stierte seine Mutter wütend an. „Ich bleibe hier bei meinen Freunden – und bei Nicks Eltern!"

„Aber du kannst doch im Moment ohnehin nichts für sie tun! Ich finde es ja schön, dass du dich so um Nick sorgst – rührend sogar –, aber ich denke, du brauchst jetzt auch mal eine Pause. Außerdem warst du bis jetzt jedes Jahr bei deinen Großeltern, und sie freuen sich schon so auf dich!"

Jaden war so wütend, dass er sich kaum noch beherrschen konnte. Seine Mutter hatte also alles schon entschieden und mit seinen Großeltern telefoniert, ohne ihm vorher Bescheid zu sagen ...

„Das ist nichts weiter als Erpressung!", rief Jaden empört. „Warum habt ihr mich denn nicht vorher gefragt?"

„Weil wir uns schon gedacht haben, dass du damit nicht einverstanden bist", antwortete Conny Page und wagte es nicht einmal, ihrem Sohn in die Augen zu sehen. Jaden wusste vor lauter Wut nicht mehr, was er sagen sollte, er war schlicht und einfach sprachlos. Anscheinend konnte er nichts mehr tun; die Entscheidung seiner Eltern war unumstößlich.

„Und wann soll es losgehen?", fragte er trotzig und spürte, wie heiße Wellen der Wut und der Enttäuschung ihn ihm aufschäumten.

„Morgen früh gegen acht Uhr", erwiderte seine Mutter gelassen.

„WAS?" Das ging nun wirklich zu weit. „Dann kann ich mich ja nicht einmal von meinen Freunden verabschieden!", rief er enttäuscht und sprang auf. „Das habt ihr euch ja *fein* ausgedacht – mich einfach so *abzuschieben!*"

Und ohne eine Antwort abzuwarten, lief er wutschnaubend die Treppe hinauf.

„Das ist das Beste für dich! Unser Entschluss steht fest – die Ferien sind schließlich da, um sich zu erholen!", rief seine Mutter ihm hinterher. Mit einem ordentlichen Knall seiner Zimmertür gab er deutlich zu verstehen, dass er eben *nicht* der Meinung war, dass sie „das Beste" für ihn taten. Jaden warf sich auf sein Bett und versuchte, zur Ruhe zu kommen. Sein Herz hämmerte wie verrückt und er schluckte einen dicken Klumpen der Enttäuschung hinunter, der in seinem Hals festsaß. Was sollte er jetzt tun? Jaden war endgültig am Ende mit seinem Latein. Wie konnten seine eigenen Eltern ihm so etwas antun? Sie behandelten ihn wie ein rohes Ei, dachte Jaden zornig, wie ein Kleinkind, dem man nichts zumuten durfte. Er hätte seiner Mutter niemals etwas von seinen Träumen erzählen dürfen. Wahrscheinlich war das der Grund für die gewaltsame Abschiebetaktik. Fast wie bei seinem Großvater damals …

Seine Frau hatte doch damals auch gesagt, sie tue nur „das Beste" für ihn, oder nicht?

„Ich soll mich *erholen,* pah!", dachte Jaden und erneut wallte pure Wut in ihm auf. Seine Eltern wussten doch gar nicht, was in seinem Leben so alles passierte, wahrscheinlich würden sie es nie begreifen! Jaden hatte keine Ahnung, wie er aus seiner misslichen Lage wieder herauskommen sollte. Es dauerte eine Weile, bis Jaden sich beruhigt hatte.

Dann holte er sich das Telefon aus dem Flur und rief Konrad an. Er erzählte ihm von dem felsenfesten Beschluss seiner Eltern. Konrad, der stets einen kühlen Kopf bewahrte, riet ihm, zu tun, was seine Eltern sagten, er sollte morgen einfach fahren. Er könnte ein paar Tage dort bleiben und gute Miene zum bösen Spiel machen, sich so verhalten wie immer – und er und Lou würden ihn auf dem Laufenden halten; da bräuchte sich Jaden keine Sorgen zu machen. Ein wenig überzogen fand Konrad es trotzdem, Jaden in dieser wichtigen Situation zu seinen Großeltern zu schicken, schließlich waren sie ja keine dummen Kleinkinder mehr!

Nach dem Gespräch mit Konrad ging es Jaden schon ein wenig besser. Schließlich konnte diese Verbannung ja nicht ewig dauern! Und Jaden konnte es sich nicht verkneifen, seine Freunde um ihre Eltern zu beneiden. Konrads Eltern waren eher praktisch veranlagt und machten nicht immer gleich so ein Riesentheater wegen jeder Kleinigkeit wie seine Mutter. Und Lou hatte zwar keinen Vater, dafür aber eine extrem lockere Mutter, die stets ein offenes Ohr für jeden hatte. „Ich nehme das Leben so, wie es kommt“, sagte sie immer und machte sich nichts draus, dass die meisten sie für ziemlich chaotisch hielten.

Eine halbe Stunde später, Jaden hatte sich zur Ablenkung einen Comic geschnappt, klopfte es an seiner Zimmertür. Jaden kniff die Lippen zusammen und sagte nichts. Es klopfte erneut. Die Tür öffnete sich und Conny Page kam herein und stellte einen Teller mit Spaghetti, Jadens Leibgericht, auf den kleinen Tisch neben Jadens Bett. „Reine Bestechung“, dachte Jaden grimmig, sagte aber nichts.

„Bitte, Jaden“, begann sie zögernd, „versteh mich doch. Du sollst ja nicht ewig da bleiben. Ich dachte an sieben Tage, aber vielleicht reichen auch fünf – wenn du möchtest …“

Jaden antwortete nicht, er starrte weiterhin auf seinen Comic.

„Du solltest noch deine Sachen packen“, sagte sie, „morgen früh hast du dafür wahrscheinlich keine Zeit mehr.“

Jaden schwieg.

Dann verließ seine Mutter das Zimmer wieder. Jaden nahm den Teller und aß, dann machte er sich besonders lustlos daran, seine Sachen zu packen, und zwar gerade so viel, dass es für fünf Tage reichte, keinen einzigen Tag länger. Zum Schluss packte er, einem spontanen Impuls folgend, auch das Tagebuch seines Großvaters mit ein. Sorgfältig wickelte er das kleine Büchlein in einen alten Pullover und versteckte es ganz unten in seiner Reisetasche.

Danach ließ er sich in sein Bett fallen und versuchte gar nicht erst, sich den Wald der Weden vorzustellen. Es hatte in den letzten Tagen nicht mehr klappen wollen, und Jaden wusste genau, woran das lag. Die ganze Aufregung um die Entführung ließ ihn nicht mehr zur Ruhe kommen. Zwar konnte er im Gegensatz zu Nicks Eltern relativ problemlos schlafen, er konnte sich jedoch nicht mehr auf seine gedanklichen Übungen konzentrieren.

Immer wieder funkten ihm andere Ideen oder Bilder dazwischen. Und heute war er einfach nur wütend. So konnte es nicht funktionieren und Jaden fühlte sich genauso ratlos wie vor dem Fund der Tagebücher. Da hatte er schon eine genaue Anleitung für die Traumreisen aus den Aufzeichnungen entnommen und es wollte trotzdem nicht klappen! Langsam begriff Jaden auch, warum sein Großvater nicht mehr in die Welt der Weden gelangen konnte, während er in der Psychiatrie gewesen war. Es war einfach zu schwer, seine Gedanken richtig zu steuern, wenn einem gleichzeitig andere wichtige Dinge durchs Hirn tobten. Und wenn man dann auch noch mit Tabletten vollgepumpt wurde wie sein Großvater, dann war es wahrscheinlich schlichtweg unmöglich.

Am nächsten Morgen wurde Jaden früh geweckt, sein Zug sollte um neun Uhr fahren. An diesem Morgen sprach Jaden kein Wort mehr als nötig. Er sprach nur, wenn er etwas gefragt wurde, und bemühte sich, seine Antworten kurz und möglichst einsilbig zu halten. Seine Laune war miserabel, und auch wenn er nicht mehr so fuchsteufelswütend war wie gestern Abend, sollten seine Eltern ja nicht glauben, er wäre jetzt einverstanden mit dem aufgezwungenen Urlaub. Als sein Vater beiläufig erwähnte, dass Bob zurzeit auch bei seinen Großeltern war, funkelte Jaden ihn noch böser an als vorher. „Das kann doch nicht wahr sein!", dachte Jaden verzweifelt. Bob war sein Cousin und der unerträglichste Mensch, den man sich vorstellen konnte. Und mit genau dem sollte er die nächsten fünf Tage verbringen? Jadens Laune sank bei diesem Gedanken mindestens bis in die 10. Etage einer Tiefgarage. Ein Keller reichte da bei weitem nicht mehr aus …

Um Viertel vor neun erreichten sie den Bahnhof. Jaden trottete betont langsam hinter seinen Eltern her, in der absurden Hoffnung, den Zug vielleicht zu verpassen. Aber als sie den Bahnsteig erreichten, stand der leider immer noch da. Er bekam seine Zugfahrkarte und zuckte widerwillig zurück, als seine Mutter versuchte, ihn zu umarmen. Dann nahm er wortlos seine Tasche und ging in den Zug. Seine Mutter machte ein Gesicht, als würde sie gleich weinen. Jaden berührte das nicht im Geringsten; er blickte nicht mehr zurück, als der Zug anruckte und den Bahnhof verließ. Jetzt hatte Jaden eine dreistündige Fahrt vor sich, in der er einmal umsteigen musste, und dann würde er seinen Großeltern gegenüberstehen, das erste Mal seit Weihnachten. Die Eltern seines Vaters waren im Grunde liebe Menschen, aber, wie wohl alle älteren Menschen, kümmerten sie sich für Jadens Geschmack ein wenig zu sehr um ihre Enkel. Sie waren beide Rentner und besaßen ein schönes Haus in einem Dorf, das in der tiefsten Pampa lag. Außer Hahnengeschrei und dem Geräusch von Rasenmähern hörte man dort den ganzen langen Tag nichts als die Stille. „Idyllisch" nannten es seine Eltern, Jaden nannte es „sterbenslangweilig". In dieser Abgeschiedenheit würde er doch erst recht an Nick denken! Was hatten sich seine Eltern nur dabei gedacht, ihn in diese Einsamkeit zu verbannen? Jaden nahm sich einen Comic aus seiner Tasche, ließ sich in den Sitz sinken und begann zu lesen.

Genau drei Stunden und 13 Minuten später erreichte er den kleinen Bahnhof, von dem seine Großeltern ihn immer abholten. Der Zug hielt genau so, dass Jaden seine Großeltern und seinen Cousin durch das Fenster seines Abteils beobachten konnte, bevor er ausstieg. Seine Großeltern schienen sich zu freuen, aber Bob stierte missmutig in der Gegend herum. Wahrscheinlich wäre er lieber zu Hause geblieben und hätte sich von der Glotze hypnotisieren lassen, dachte Jaden und feixte. Bob tat eigentlich nie etwas anderes als fernsehen, nerven und essen. Es war geradezu ein Wunder, dass seine Großeltern nach zwei Tagen mit dieser Nervensäge noch ein Lächeln auf den Lippen hatten. Bob war zwei Jahre älter als Jaden, hatte stoppelig, kurze Haare und kleine, fiese Augen. Er war größer als Jaden und hatte seit neuestem wohl zugenommen, denn sein Shirt spannte sich über seinem Bauch.

Jaden holte einmal tief Luft, packte seine Tasche und stieg aus. Kaum hatte sein rechter Fuß den Bahnsteig betreten, kam auch schon seine Oma auf ihn zugelaufen. Freudestrahlend umarmte sie ihn.

„Da bist du ja, mein lieber Junge! Ich habe schon von der Entführung gehört – schreckliche Geschichte … Gut, dass du jetzt hier bist … hier hast du nichts zu befürchten!"

„Hallo, Oma", sagte Jaden und versuchte, sich aus ihrer Umarmung zu befreien, Bob grinste nur hämisch.

„Na, Jaden", sagte er, „ich kann dich auch beruhigen, *hier* brauchst du keine *Angst* zu haben!" Seine Stimme klang, als spräche er mit einem Baby. Jaden warf ihm nur einen verächtlichen Blick zu; so kurz nach seiner Ankunft wollte er nicht streiten.

„Oma", sagte er, „ich glaube, du hast da etwas falsch verstanden. Ich bin nicht in Gefahr – und ich habe auch keine Angst."

„Also, ich war ja von Anfang an dagegen, dass ihr in der Nähe einer

Großstadt wohnt. Was da alles passieren kann! Und jetzt diese schreckliche Sache beweist doch, dass ich Recht hatte, oder nicht? Es ist einfach viel zu gefährlich für euch in der Gegend und …" Seine Oma sprach noch weiter, bis sie beim Auto waren, aber Jaden schaltete seine Ohren einfach auf Durchzug. Er konnte seine Oma ein bisschen verstehen, sie machte sich immer Sorgen um ihre Enkel. Aber sie schien überhaupt nicht zu begreifen, was geschehen war … Wer weiß, was seine Mum ihr erzählt hatte.

„Grete, jetzt mach mal halblang. Der Junge hört dir doch schon gar nicht mehr zu." Die Stimme seines Opas dröhnte brummig durch die kleine Bahnhofsunterführung, die sie gerade entlangliefen. „Und wo die Kinder wohnen wollen, das müssen sie selbst entscheiden. Da können wir ihnen schon seit langer Zeit nicht mehr reinreden."

Jaden nickte unwillkürlich, seinen Opa hatte er immer sehr gemocht, und auch war Jaden ihm dankbar für die Unterbrechung. Das kleine Auto seiner Großeltern war ein ziemlich altersschwaches Gefährt, das aussah, als würde es jeden Moment zusammenbrechen. Jedes Mal war Jaden aufs Neue überrascht, dass es noch immer fuhr. Beim Anlassen des Motors gab es wie immer keine Schwierigkeiten, er schnurrte sanft wie ein Kätzchen. Auf der Fahrt fragten seine Großeltern unentwegt nach der Entführung und Jaden erzählte ihnen bereitwillig, was sie wissen wollten. Bob starrte aus dem Fenster und tat so, als würde ihn das nicht weiter interessieren, aber Jaden war sich sicher, dass auch er gespannt zuhörte.

Zehn Minuten später erreichten sie das kleine Haus, das seine Großeltern schon seit Jahrzehnten bewohnten. Die Hühner und Enten gackerten friedlich und Bolle, der kleine, liebe Mischlingshund, kam hechelnd und mit wedelndem Schwanz auf Jaden zugelaufen. Er hatte schon im Auto einen Zipfel Wurst aus seiner Tasche gefischt; Jaden brachte dem kleinen Hund immer ein paar kleine Gastgeschenke mit.

„Du sollst ihn doch nicht immer so verwöhnen!", sagte Oma Grete und konnte sich ein Lächeln nicht verkneifen. Bob lief sofort an Jaden vorbei und rempelte ihn dabei gehörig an. Jaden starrte ihm böse hinterher. Wahrscheinlich konnte er es kaum erwarten, so schnell wie möglich in die Küche zu kommen und den Kühlschrank zu plündern. Immerhin waren sie jetzt ungefähr eine Dreiviertelstunde unterwegs gewesen. Ein Wunder, dass Bob vor Hunger nicht ohnmächtig geworden war. Im Haus hatte sich nicht viel verändert. Dieselben alten, gemütlichen Möbel, die langweiligen Landschaftsgemälde, dieselben alten, fleckigen Teppiche. Überall stand Krimskrams herum, kleine Elfenfiguren aller Art – in Blütenkelchen oder auf Schaukeln sitzend –, schlanke Feen mit riesigen, durchsichtigen Flügeln; seine Oma liebte Kitsch solcher Art. Jaden betrachtete die Fotos an der Wand, als wäre er zum ersten Mal hier. Auf den meisten war sein Urgroßvater zu sehen, ein britischer Offizier namens Tom Page, von dem Jaden seinen englischen Nachnamen hatte. Jaden fühlte sich wohl in diesem alten Haus, in dem immer alles gleich blieb. Der einzige Wermutstropfen war, dass er sich das kleine Gästezimmer mit Bob teilen musste. Doch glücklicherweise wäre das nur nachts, sonst gab es genug Möglichkeiten, seinem widerwärtigen Cousin aus dem Weg zu gehen. Jaden hatte Recht gehabt mit seiner Vermutung: Bob stand gerade in der Küche und aß mit seinen dicken, ungewaschenen Fingern die Nutella direkt aus dem Glas. Jaden sah einen Augenblick lang angewidert auf die Szene: Bob benutzte seine Hand wie eine Schaufel und um seinen Mund herum bildete sich langsam eine dicke Schokoladenkruste, zu allem Überfluss schmatzte er sehr geräuschvoll und leckte sich mit seiner Zunge über die Lippen. Kurz bevor ihn ein Gefühl der Übelkeit überkommen konnte, riss sich Jaden von dem Anblick los und ging nach draußen, um erst einmal mit Bolle zu spielen. Seine Oma deckte schon den Tisch auf der Terrasse ein und sah den beiden lächelnd zu. Nach dem Kuchenessen, bei dem Bob bestimmt das halbe Blech leer gefuttert hatte (Jaden war erstaunt gewesen, wie viel ein Mensch in so kurzer Zeit verschlingen konnte), streifte Jaden mit Bolle durch das Dorf und die umliegende Landschaft. Bolle war ganz aufgeregt, schnüffelte überall herum und tobte sich gehörig aus, denn sonst kam er selten von seinem Grundstück runter.

Im Dorf kannte er fast alle Einwohner seit seiner Kindheit und an der kleinen Kreuzung in der Mitte des Örtchens begegnete er Herrn Dementius, einem älteren Mann, der vor langer Zeit seine Frau und sein jüngstes Kind durch einen Autounfall verloren hatte. Seitdem, hieß es, sei er ein bisschen komisch geworden. Er sprach manchmal mit sich selbst und schien in seiner eigenen Welt zu leben, war aber eigentlich ganz nett. Er freute sich sehr, Jaden zu sehen, und strahlte über das ganze Gesicht.

„Jaden, mein lieber Junge!“, rief er und fuchtelte aufgeregt mit seinem Spazierstock in der Luft herum, so dass Bolle ängstlich zurückwich.

„Bist du auch mal wieder da!“, rief Herr Dementius laut. „Is' ja auch schon lange her, nich?“

„Ja, das stimmt“, bestätigte Jaden und sprach ebenfalls etwas lauter, weil sein Gegenüber schwerhörig war. „Ich bin heute angekommen und bleibe wahrscheinlich für fünf Tage.“

„Oh.“ Herr Dementius machte ein enttäuschtes Gesicht. „Fünf Tage, sagst du? Dann werden wir uns wohl kaum sehen! Ja, ja!“ Gedankenverloren starrte er eine Weile vor sich hin und schlug mit seinem Spazierstock in die Luft, als wäre dort etwas, das beseitigt werden müsste. Das war eine seiner merkwürdigen Angewohnheiten, aber die Leute im Dorf konnten damit umgehen und mochten ihn trotzdem.

„Ich fahre heute Abend noch zu meiner Enkelin, die wird nämlich morgen heiraten. Ja, ja! Das wird ein Fest!“

„Ja, das glaube ich“, sagte Jaden und lachte. „Na, dann wünsche ich Ihnen viel Spaß, und dann kommen Sie übermorgen wieder?“

„Ja, übermorgen, am … ähm …

„Donnerstag?“, half Jaden nach.

„Ja, richtig, am Donnerstag werde ich wieder hier sein.“

„Na, dann komm ich mal vorbei und Sie erzählen mir, wie's war, in Ordnung?“, fragte Jaden. „Bolle zieht schon ganz ungeduldig an der Leine, er will weiter …“

„Ja, ja, bis Donnerstag dann. Bist ein prima Kerl, Jaden – ganz im Gegenteil zu deinem bösartigen Cousin, diesem … Bob! Ja, ja … Der hat nichts Gutes im Sinn, sag ich dir. Neulich hab ich ihn und seine Kumpanen dabei erwischt, wie sie mit einem Luftgewehr auf kleine Kätzchen schossen! Hat man so was schon erlebt …? Und als ich ihnen mal die Meinung gegeigt habe, da besaßen sie auch noch die Frechheit, mich zu beleidigen und auszulachen! Die haben wirklich keinen Respekt, vor nichts und niemandem!“ Herr Dementius nickte bekräftigend, fuchtelte zum Abschied noch einmal mit seinem Spazierstock umher und lächelte.

Jaden musste grinsen. „Ein komischer Kerl“, dachte er. Aber nett war er, und zuweilen ziemlich lustig, das musste man ihm lassen. Da gab es viel unangenehmere Leute im Ort, die geistig zwar noch alle beieinander hatten, aber echte Miesmacher waren.

Jaden blieb draußen, bis die Dämmerung einsetzte. Er hatte Lust, mit Bolle die Gegend zu erkunden. Er streifte durch die umliegenden Wälder, nahm Feldwege, die er noch nicht kannte, und kehrte erst gegen neun Uhr zurück. Seine Oma kam auf ihn zugestürzt, sobald er das Haus betreten hatte.

„Jaden!“, rief sie aufgebracht. „Ich dachte schon, dir wäre etwas zugestoßen … Du kannst doch nicht so lange wegbleiben!“ Sie deutete nach draußen. „Es ist schon fast dunkel. Was denkst du dir bloß?“

Jaden schmunzelte, so war sie, immer besorgt. Er beschwichtigte sie, so gut es ging, aß den Rest vom Abendessen und ging nach oben in sein Zimmer. Die anderen drei saßen unten vor dem Fernseher und er hatte seine Ruhe. Kaum hatte er es sich gemütlich gemacht und sich auf seine Traumreisen vorbereitet, da kam auch schon Bob hereingestürzt. Er eilte direkt zum Fenster und spähte hinaus; er schien etwas zu sehen und öffnete das Fenster.

„Was ist los?“, fragte Jaden und richtete sich gespannt auf.

„Nichts, was dich interessieren dürfte!“, sagte er und warf ihm einen abschätzigen Seitenblick zu. Draußen raschelte es und leise Stimmen drangen hinauf. „Hey … wir sind da … es kann losgehen!“

„Bin sofort unten“, flüsterte Bob zurück.

Dann ging er zum Bett, so schnell wie sein beleibter Körper es zuließ, und stopfte unbeholfen eingerollte Decken darunter, so dass es aussah, als läge er noch darin. Bevor er das Zimmer verließ, drehte er sich auf der Türschwelle um: „Kein Wort zu irgendjemandem, klar?“, zischte er Jaden zu.

Jaden nickte zwar, hatte aber nicht vor, ihm das durchgehen zu lassen. Er ahnte, dass Bob nichts Gutes vorhaben konnte, vor allem dann nicht, wenn er mit den Typen unterwegs war, die Jaden hinter den Stimmen erkannt hatte. Es waren zwei 14-jährige Jungs aus dem Dorf, die ständig blöd in der Gegend herumstanden, sich langweilten und mit Luftgewehren auf alle Tiere schossen, die ihnen vor die Mündung kamen, darunter auch Hunde und Katzen, die den Anwohnern des Dorfes gehörten. Neuerdings machten sie sogar auf Kätzchen Jagd, wie Herr Dementius erzählt hatte. Und die zählten ja nun wirklich zu den wehrlosesten Geschöpfen überhaupt. Jaden wunderte sich nicht, dass Bob mit solch üblen Gesellen verkehrte, die passten geradezu perfekt zu ihm. Alle drei zusammengenommen waren wahrscheinlich so intelligent wie ein Hund, der seinen eigenen Schwanz jagt, dachte Jaden. Was sie um diese Uhrzeit vorhatten, konnte nur unfassbar dumm oder, noch schlimmer, kriminell sein. Seine Abneigung gegen seinen Cousin war inzwischen so groß, dass Jaden beschloss, etwas zu tun. Er konnte einfach nicht mehr ruhig im Bett liegen bleiben, wenn er ahnte, dass diese drei Chaoten draußen unterwegs waren, um etwas Dummes zu tun. Schnell stand er auf, richtete sein Bett ebenso her wie Bobs, löschte das Licht und schlich sich die Treppe hinunter. Draußen war es noch warm vom Tag, obwohl die Dunkelheit sich inzwischen über das Dorf gesenkt hatte. Als er auf der Straße stand, sah er am Ende der Straße gerade ein paar schemenhafte Gestalten nach links verschwinden. Jaden rannte ihnen nach, drängte sich mit dem Rücken an die Hausmauer und spähte vorsichtig um die Ecke. Da standen sie und tuschelten, vor dem Haus des alten Herrn Dementius. Was wollten die drei denn ausgerechnet hier? Er strengte sich an, etwas von dem zu verstehen, was ein paar Meter weiter geflüstert wurde.

„Jetzt kriegt der alte Spinner endlich sein Fett weg", sagte einer und kicherte.

„Ja", sagte Bob, „wir erschrecken ihn so, dass er endlich ins Irrenhaus kommt, wo er hingehört!" Sie lachten leise.

„Der wird schon sehen, was er davon hat, uns ständig vollzumachen!", sagte jemand.

„Also, los geht's", sagte Bob. Eine der Gestalten holte etwas aus seinem Rucksack, was aussah wie ein großes Tuch. Bob warf es sich über. Dann holten sie einen Hammer aus dem Rucksack. Jaden hielt den Atem an. Waren die jetzt vollkommen durchgedreht? Was in aller Welt wollten die mit einem Hammer? Ihm schlug das Herz bis zum Hals und er war erleichtert, dass Herr Dementius nicht da war. Da schallte ein ohrenbetäubendes Klirren durch die stille Nacht, einer der Jungs hatte tatsächlich die Scheibe eingeschlagen. Sie vergrößerten das Loch in der Scheibe so, dass Bob mit seinem Umhang ins Haus gelangen konnte. Jetzt sah Jaden, dass er ein

Laken trug, mit zwei Gucklöchern für die Augen, und er hätte fast laut losgelacht, konnte sich aber noch geradeso zusammenreißen. Die beiden Jungs, die draußen standen, schienen gespannt auf etwas zu warten, wahrscheinlich auf den Schrei des armen, alten Mannes, aber nichts passierte. Nach ein oder zwei Minuten kam Bob wieder heraus. Er nahm sich das Laken ab und Jaden konnte sehen, dass er etwas in der Hand hielt.

„So ein Mist“, sagte er, „der alte Greis ist nicht da! Ich habe aber das Sparschwein von dem alten Knacker mitgehen lassen.“ Er schüttelte es und ein Scheppern ertönte.

„So haben wir wenigstens etwas Kohle!“ Enttäuschtes Gemurmel und einige Flüche waren zu hören.

„Ich habe aber noch etwas, Jungs, wartet mal!“ Bob ging erneut ins Haus und kam nach wenigen Sekunden wieder, stolz reckte er seinen Arm in die Höhe. Das Mondlicht fiel darauf und Jaden erkannte eine Flasche.

„Hier, der allerfeinste Wodka!“, sagte Bob. „Zwar etwas verstaubt, aber schlecht wird der ja nicht!“ Fieses Lachen ertönte.

„Damit machen wir uns heute einen schönen Abend“, sagte einer der beiden anderen, „ich weiß auch schon wo, meine Eltern haben doch eine kleine Laube …“

Jaden hatte genug gehört und er war unfassbar wütend. Nicht auszudenken, was geschehen wäre, wenn Herr Dementius zu Hause im Bett gelegen hätte … Das schrie geradezu nach Vergeltung! So einfach würde er diese fiese Bande ganz gewiss nicht davonkommen lassen. Jaden drehte sich um und lief wieder zum Haus seiner Großeltern zurück, er hatte einen Plan. Zu Hause angekommen, lief er hastig die Treppe hinauf ins Gästezimmer. Schnell ging er zu Bobs Schrank und öffnete ihn. Es herrschte ein chaotisches Durcheinander, und Jaden musste einige Zeit suchen, bis er schließlich Bobs Geldbörse fand. Dann rannte er so schnell er konnte wieder zu Herrn Dementius' Haus, trat durch die zerbrochene Scheibe ein und platzierte die Geldbörse gut sichtbar auf dem Dielenboden im Flur. Als er wieder zurück bei seinen Großeltern war, spazierte er seelenruhig ins Wohnzimmer.

„Ich konnte nicht schlafen“, sagte Jaden, dann machte er ein verwundertes Gesicht.

„Ich dachte, Bob wäre bei euch!“, rief er und bemühte sich, seine Stimme besorgt klingen zu lassen. „Also im Zimmer ist er jedenfalls nicht.“ Es tat ihm zwar leid, seine Großeltern in Sorge zu versetzen, aber er musste dafür sorgen, dass er selbst auf keinen Fall in Verdacht geriet. Wer weiß, was Bob behaupten würde, wenn er sich in die Ecke gedrängt sah. Doch von Besorgnis war keine Spur.

„Hat der Bengel sich einfach aus dem Haus geschlichen“, sagte sein Großvater ärgerlich und schüttelte enttäuscht den Kopf.

„Damit habe ich schon gerechnet, er weiß anscheinend überhaupt nicht, was sich gehört!“

„Wir müssen ihn suchen!“, rief Oma Grete. „Wir können ihn doch nicht …“

„Doch, können wir“, sagte Großvater Gerd entschieden, „wenn der Bengel sich einfach aus dem Haus schleicht, werde ich ihm wohl kaum auch noch hinterherlaufen. Schließlich ist er kein Baby mehr!“

Jaden setzte sich noch eine Weile zu seinen Großeltern und ging eine halbe Stunde später ins Bett. Da fiel ihm ein, dass er heute gar nicht mehr mit Konrad telefoniert hatte, und nahm sich vor, es gleich am nächsten Morgen zu tun.

Als Jaden erwachte, tönte lautes Schnarchen durchs Zimmer, Bob schlief noch tief und fest. Er hatte es nicht mal mehr geschafft, seine Kleidung auszuziehen, und schlief in Shirt und Hose vom gestrigen Tag. Auf dem Nachhauseweg war er offensichtlich gestürzt, denn die Hose war voller Flecken. Im ganzen Zimmer roch es nach Alkohol und Jaden beeilte sich, schnell hinauszukommen. Sein Großvater ging vor dem Frühstück nach oben, um Bob zu wecken, kam aber allein und wütend wieder herunter.

Mit stocksaurer Miene und vor Wut gerötetem Gesicht setzte er sich an den Tisch.

„Bob hat sich gestern offenbar betrunken“, sagte er.

„Er hat sich … betrunken, sagst du?“ Oma Grete ließ ihre Gabel sinken und schaute ihren Mann fassungslos an.

„Das Zimmer stinkt jedenfalls wie ’ne Kneipe und er liegt in der Kleidung von gestern auf seinem aufgetürmten Bett.“

Jaden schob sich ein Stück Pfannkuchen in den Mund, um nicht grinsen zu müssen.

„Das ist ja unfassbar! Aber – wie kam er an den Alkohol?"

„Nur die Ruhe, das werden wir ihn fragen, wenn er endlich aufgewacht ist."

Jaden, der in Windeseile gegessen hatte, stand auf.

„Muss mal kurz telefonieren."

„Bist du denn schon satt?", fragte seine Oma kritisch. Wahrscheinlich war sie anderes gewohnt, dachte Jaden. Bob schlang mit Sicherheit jeden Morgen 20 Stück davon runter. Er nickte, weil er noch immer an seinem letzten Bissen kaute, ging zum Telefon und rief Konrad an. Leider gab es noch immer nichts Neues, die Polizei kam mit ihren Ermittlungen einfach nicht weiter. Herr Govinda schimpfte mittlerweile auf die Beamten und war der Meinung, sie täten nicht genug. Deswegen hatte er jetzt auf eigene Faust einen Privatdetektiv engagiert. Als alles Wichtige geklärt war, begann Jaden, von seinem kleinen Abenteuer in der letzten Nacht zu erzählen. Konrad lachte sich scheckig über die dämliche Idee von Bob und seinen Kumpanen. Was für ein Glück, dass der alte Mann nicht da gewesen war, meinte er. Sonst hätte es durchaus ernst ausgehen können, aber so war das Ganze nichts weiter als eine gewaltige Lachnummer! Die Versicherung würde für den Schaden aufkommen, sagte Konrad, und sicher würde bald die Polizei an die Tür klopfen.

Kaum hatte Konrad den Satz beendet, klingelte es an der Haustür. Jaden hörte, wie sein Großvater langsam zur Tür schlurfte und sie öffnete.

„Entschuldigen Sie die Störung, Herr Page. Heute Nacht wurde bei Herrn Dementius eingebrochen und in seinem Haus haben wir die Geldbörse Ihres Enkels gefunden … Bob Keller lautet der Name. Ist er zu sprechen?"

Jaden beeilte sich, Konrad zu sagen, dass die Polizei gerade da sei; er würde ihn später zurückrufen. Dann legte er auf und ging betont lässig in den Flur.

Zwei Polizisten standen dort, sahen sich etwas gelangweilt um und warteten. Oma Grete stand bei ihnen und untersuchte gerade eine Brieftasche. Ihr Mund war ganz schmal geworden und man sah ihr nur allzu deutlich an, wie verärgert sie war. Großvater ging gerade die Treppe hinauf, um Bob zu holen.

„Was ist denn hier los?“, fragte Jaden, und bemühte sich, äußerst neugierig zu klingen.

„Bobs Brieftasche wurde im Haus von Hans Dementius gefunden“, sagte Oma Grete zu Jaden, „dort wurde letzte Nacht eingebrochen, musst du wissen.“

Jaden hob überrascht die Augenbrauen.

„Oh“, sagte er und ließ sich die Brieftasche geben.

„Ja, die gehört zweifelsfrei Bob“, sagte er, nachdem er sich den Schülerausweis von Bob angesehen hatte, der die Polizei zu ihnen geführt hatte. Schon auf dem Foto wirkte sein Cousin mit den kurzen Haaren und dem grimmigen Gesichtsausdruck wie ein Schwerverbrecher. Jaden reichte sie dem Beamten wieder.

„Das wird ein Spaß!“, dachte Jaden und wartete voller Spannung auf die nächsten Ereignisse … Da kam Großvater auch schon die Treppe hinab, ein verschlafener Bob trottete hinterher. Sein Gesicht wies eine ziemlich ungesunde Blässe auf, und dunkle Schatten umrahmten seine Augen. Einer der Polizisten hielt Bob die Brieftasche vors Gesicht, so nah, dass er erst einmal einen Schritt zurücktreten musste, um sie zu erkennen.

„Junger Mann, diese Brieftasche hier, die zweifellos dir gehört, wurde im Haus von Herrn Dementius gefunden, bei dem gestern Nacht eingebrochen wurde. Hast du etwas dazu zu sagen?“

Bobs Augen weiteten sich, „Aber … das kann nicht sein! Das ist doch nicht … wie …“ Er brach ab. Der Polizist verzog angewidert das Gesicht.

„Sag mal, hast du etwa eine Fahne?“ Er runzelte die Stirn und sah noch einmal auf Bobs Ausweis. „Du bist doch erst 13, nicht wahr? Hast du den Alkohol aus Herrn Dementius’ Haus entwendet?“

„Nein, ich habe damit nichts zu tun!“, rief Bob aufgeregt. „Ich war die ganze Zeit hier, ehrlich!“

Misstrauisch musterten die Beamten den Jungen, der vor ihnen stand. Er erweckte nicht gerade einen guten Eindruck mit seinen vom Schlaf zerdrückten, verdreckten Klamotten, seinem blassen, teigigen Gesicht und seinem unzweifelhaften Alkoholgestank.

„Nein, warst du nicht!“, schaltete sich jetzt Großvater Gerd ein. „Das wissen wir. Wir sind zwar alt, aber nicht blöd, das kannst du mir glauben!

Wir haben sehr wohl entdeckt, dass du dich rausgeschlichen hast …! Erst machst du uns solche Sorgen und jetzt wagst du es auch noch, zu lügen?“ Großvaters Stimme war streng und sein Blick schien Bob zu durchbohren.

„Er war's!“, rief Bob plötzlich und deutete auf Jaden. „Er hat meine Brieftasche bestimmt ins Haus gelegt … damit ich verdächtigt werde!“ Die Polizisten sahen zu Jaden.

„Ich? Wieso sollte ich bei Herrn Dementius einbrechen? Das ist doch völlig aus der Luft gegriffen!“, sagte Jaden ruhig. „Nur weil du verdächtigt wirst, brauchst du nicht versuchen, mir die Schuld in die Schuhe zu schieben!“

„Außerdem war er im Gegensatz zu dir *hier,* Bob, also gib dir keine Mühe. Das ist ja wirklich das *Allerletzte!*“, donnerte Großvater los. „Jetzt auch noch Jaden zu beschuldigen, also so was! Hast du denn gar keine Skrupel?“ Er war sehr aufgebracht, so wütend hatte Jaden ihn noch nie erlebt. Oma Grete dagegen schien sich große Sorgen zu machen, hilflos sah sie zu Bob hinüber.

„Wie geht es denn jetzt weiter?“, fragte sie zögernd und blickte Hilfe suchend zu den Polizisten.

„Nun, Bob kommt erst einmal mit aufs Revier. Dort werden wir seinen Promillewert messen, außerdem muss seine Brieftasche als Beweismittel vorgelegt werden. Alles Weitere werden wir dann sehen.“ Sein Blick heftete sich an Bob.

„Du hast Glück, dass du noch nicht 14 bist, Junge, sonst wäre ein Gerichtsverfahren auf dich zugekommen, das ist dir hoffentlich klar!“ Bob sagte nichts mehr, er guckte sich nur wütend um und warf besonders Jaden hasserfüllte Blicke zu.

Kurz vor Mittag wurde Bob wieder nach Hause gebracht. Jaden bemühte sich gar nicht erst, ein Grinsen zu unterdrücken, als er Bobs verquollene rote Augen sah. Bob hatte nicht einmal mehr die Kraft, sich zu wehren, kraftlos ging er sofort in sein Zimmer. Die zwei Polizisten berichteten Jaden und seinen Großeltern, dass Bob auf dem Revier schließlich eingeknickt war und bereitwillig alles erzählt hatte. Dass noch zwei Freunde dabei gewesen waren, denen sie jetzt auch noch einen Besuch abstatten wollten. Und dass sie sich an Herrn Dementius rächen wollten, weil er sie öfter mal zurechtgewiesen hatte.

Nur wie die Brieftasche in das Haus gekommen war, hatte sich Bob nicht erklären können …

Am Abend wurde Bob von seinen wutschnaubenden Eltern abgeholt und bekam eine gehörige Standpauke. Leider bekam Jaden kaum was davon mit, weil sie oben im Gästezimmer stattfand, aber ab und zu nahm die Stimme von Bobs Vater so eine enorme Lautstärke an, dass einige Satzfetzen nach unten drangen *(„… unglaublich dämlich!“, „… da muss man sich ja in Grund und Boden schämen“, „… für die gesamten Ferien Hausarrest!“).*

Am Ende verließ Bob das Haus seiner Großeltern ziemlich kleinlaut. Jaden blickte dem davonfahrenden Auto hinterher und war der Meinung, Bob hatte seine gerechte Strafe bekommen. Schließlich war es das eine, jemandem einen Streich zu spielen, aber was ganz anderes, eine Scheibe einzuschlagen und einen alten, wehrlosen Mann zu Tode erschrecken zu wollen.

Ein Gutes hatte die ganze Sache immerhin, dachte Jaden befriedigt, jetzt konnte er die restlichen vier Tage bei seinen Großeltern wenigstens ungestört verbringen. Wie üblich verbrachte Jaden die restliche Zeit des Tages mit Bolle. Dieses Mal ging er weit außerhalb des Dorfes spazieren, wo es keine Straßen gab, sondern nur Feldwege, Felder und Wald, so weit das Auge reichte. Sie rannten durch die Rapsfelder, bis Jaden schwindlig wurde und er in das kleine Wäldchen einbog, dass hinter dem Dorf seiner Großeltern lag. „Komm, Bolle, versuch, mich zu fangen“, rief Jaden und versuchte, Ijas Tricks nachzuahmen und schneller zu sein als der Hund. Es gelang ihm jedoch nicht, so schnell und gewandt zu laufen, wie er es bei Ilja gesehen hatte, Bolle holte ihn immer wieder ein. Schließlich musste Jaden aufgeben und ließ sich ins weiche Gras fallen. Dort lag er dann, alle viere von sich gestreckt und schnell atmend, während das Licht der Sonne immer mehr verblasste. Die Dunkelheit begann, sich wie eine schwarze Decke über den Wald zu legen. Bald würde er zurückkehren müssen, dachte Jaden und schloss die Augen. Er wollte sich nur ein wenig ausruhen, für ein paar Minuten den Geräuschen des Waldes lauschen, bis er den Heimweg antreten würde. Bolle legte sich ruhig neben ihn, auch er brauchte eine Pause. Jaden streckte seine Hand aus und auf seinem Gesicht bildete sich ein Lächeln, während er den kleinen Mischlingshund streichelte. Bolles struppiges Fell erinnerte ihn ein wenig an das von Rania. Er stellte sich vor, wie er im Wald der Weden lag und die kluge Wölfin streichelte …

Plötzlich kitzelte ihn ein heller Sonnenstrahl an der Nase. Jaden schreckte hoch. Helles Sonnenlicht umringte ihn. Hatte er etwa die ganze Nacht hier geschlafen? Erschrocken rappelte er sich auf. Nicht auszudenken, welche Sorgen sich seine Oma gemacht haben musste!

„Komm, Bolle, wir müssen schnell nach Hause!“ Aber der kleine Mischlingshund war nirgends zu sehen. „Bolle?“, rief Jaden noch einmal und hörte ein Rascheln. „Na endlich, komm raus, Bolle, wir müssen los!“ Damit wandte er sich um und schritt schon einmal in die Richtung, in der das Dorf liegen musste. Gerade als Jaden begann, sich über den Wald zu wundern, der jetzt auf eine mysteriöse Weise ganz anders aussah als gestern, streifte ihn eine kalte Schnauze am Unterarm. „Bolle, was …“, sagte Jaden, als ihm plötzlich einfiel, dass Bolle viel zu klein war, um ihn an dieser Stelle zu berühren. Langsam drehte er sich um und zu seinem grenzenlosen Erstaunen sah er Rania vor sich stehen. Die Erkenntnis traf ihn wie ein Blitz: Er war im Wald der Weden gelandet! Ja, natürlich, er hatte an Rania und den Wald gedacht, wenn auch nur kurz; aber offensichtlich hatte es ausgereicht. Wahrscheinlich hatte die Tatsache, dass er sich in der Natur befunden und das Gras unter sich gespürt hatte, seine Gedanken enorm unterstützt, dachte Jaden, während er der Wölfin den Rist kraulte.

„Rania“, sagte Jaden und beugte sich hinunter, „bring mich bitte zu Ilja!“

Sie lief sofort los und Jaden sprintete so schnell hinter ihr her, wie er konnte. Dieses Mal brauchten sie nicht lange, bis sie die Siedlung erreichten. Jaden sah seinen Freund schon von weitem: Ilja saß im Schneidersitz und mit geschlossenen Augen in seinem Garten. Ohne das geringste Zögern lief Jaden auf die Siedlung zu, fast so, als wäre er hier zu Hause.

„Ilja, Ilja!“, rief er schon von weitem. Ilja drehte sich um und schien ganz verdattert zu sein. „Jaden!“, rief er. „Was machst du denn um *die* Zeit hier? Die Sonne ist doch gerade erst aufgegangen!“ Mittlerweile war Jaden bei Ilja angekommen. Schnaufend stand er vor Ilja, der überlegte kurz, dann sagte er: „Das heißt, bei euch ist die Sonne noch nicht einmal untergegangen. Warum schläfst du also schon?“ Ilja blickte erschrocken drein. „Ist irgendetwas passiert?“

Jaden musste lachen, was für eine merkwürdige Unterhaltung! „Na ja, ich habe gerade Ferien, da kann ich schlafen, wann ich will“, sagte er mit einem Schulterzucken. „Aber du hast Recht“, sagte er, „es ist wirklich etwas passiert! Einer meiner Freunde wurde entführt … Stell dir vor, eine waschechte Entführung!“ Er setzte sich auf das Gras neben Ilja und sah den Fischen zu, die munter in dem kleinen Teich umherschwammen. Ilja lockerte seine Beine und schien angestrengt zu grübeln.

„Was genau ist eine Entführung?“, fragte Ilja schließlich verlegen und sah Jaden ratlos an. Jaden staunte, Ilja konnte alle mathematischen Aufgaben blitzschnell im Kopf rechnen, aber was eine Entführung war, wusste er nicht. „Mmh … Also, ich erzähle dir einfach, was geschehen ist. Mein Freund Nick wurde auf dem Weg zur Schule von ein paar Männern überwältigt und in ein Fahrzeug gezogen. Dann sind sie weggefahren und halten ihn schon seit einer Woche irgendwo fest.“

„Aber warum machen sie das?“, fragte Ilja und kaute auf einem Grashalm herum.

„Ganz einfach: Sie wollen Geld erpressen. Sehr viel Geld sogar, eine Million oder mehr … Nicks Vater ist ziemlich reich, musst du wissen.“ Ilja nickte nachdenklich.

„Ja, ich habe schon davon gehört, von diesen angeblich wertvollen Zettelchen, hinter denen ihr so her seid …“

„Zettelchen?“, fragte Jaden, ehe ihm bewusst wurde, dass Ilja damit Geld meinte.

„Ja, diese nutzlosen Zettelchen, durch die ihr immer in Schrecken versetzt werdet. Ihr wollt sie unbedingt haben und glaubt, dass es euch immer besser geht, je mehr ihr davon habt. Leider ein ziemlich ausgeklügeltes System, aus dem man kaum ausbrechen kann, wenn man erst einmal drin ist.“ Iljas Stimme klang traurig. Jaden fiel auf, dass er Ilja bisher noch nie traurig erlebt hatte.

„Wegen dieser blöden Zettelchen müsst ihr Dinge tun, die euch andere Menschen vorschreiben, und habt keine Zeit mehr, so zu leben, wie ihr eigentlich leben möchtet. Und die Zettelchen tauscht ihr dann gegen

Essen, dass euren Körpern gar nicht bekommt." Traurig sah er Jaden an. „Und jetzt wird sogar einer deiner Freunde wegen ein paar oller Papierzettel gefangen gehalten ..." Von einem Moment auf den anderen veränderte sich Iljas Miene. „Weißt du was? Ich werde versuchen, ihn aufzuspüren!", sagte er aufgeregt und erhob sich.

„Aber wie willst du das tun?", fragte Jaden verwirrt und stand ebenfalls auf.

„Sag mir seinen Namen."

„Nikhil Govinda", erwiderte Jaden zögernd und fragte sich mal wieder, was Ilja vorhatte. Er war gerade dabei, Ilja zu folgen, der wie ein Blitz ins Haus stürmte, als er das Gefühl hatte, zu wanken. Jaden musste stehen bleiben und sah Rania in der Ferne am Waldrand stehen. Er sah auch, dass alles um ihn herum wankte und verschwamm. Oh nein, nicht jetzt, nicht gerade jetzt, war das Letzte, was er denken konnte, bevor er die Augen aufschlug und eine raue Zunge spürte, die ihm über die Handfläche schleckte.

„Bollo, warum musstest du mich gerade jetzt wecken?" Aber als Jaden sah, dass die Dunkelheit nahe daran war, sich über das Wäldchen zu legen, war er dem kleinen Hund doch dankbar. Noch so eine Sorge und seine Oma würde wahrscheinlich einem Herzinfarkt erliegen. Jetzt musste sich Jaden sputen, um so schnell wie möglich nach Hause zu kommen.

Am Haus seiner Großeltern angekommen, sagte er seiner besorgten Oma, er hätte keinen Hunger, rannte die Treppe hinauf und kramte das Tagebuch von Nathan heraus. Es war nicht beendet worden, da sein Großvater es versteckt hatte, kurz bevor er zwangsweise in die Psychiatrie eingeliefert wurde. Jaden nahm einen Stift und begann zu schreiben. Er hatte noch nie ein Tagebuch geführt, aber in diesem Augenblick konnte er nicht anders. Er spürte, dass es sein musste. Er schrieb alles auf, was er bisher erlebt hatte, versuchte, sich sorgfältig an alles zu erinnern, was er von dem Zauberer, von Ilja, Katya und ihrem Vater erfahren hatte. Der Stift flog nur so über das Papier, und gegen Mitternacht war er fertig. Stundenlang hatte Jaden ohne Pause geschrieben und seine Finger fühlten sich schon ganz steif an. Müde sank er in die Kissen und schlief beinahe sofort ein.

Am dritten Tag seines unfreiwilligen Urlaubs erwachte Jaden früh und ohne einen Traum gehabt zu haben. Die Ereignisse des vorherigen Tages kamen ihm wieder in den Sinn, während er in seinem Bett lag und sich streckte. Was hatte Ilja nur damit gemeint, er würde Nick aufspüren? War das denn möglich? Da fiel ihm wieder ein, dass er vor zwei Wochen geglaubt hatte, den Zauberer auf einer Bank sitzen zu sehen … Er hatte es als Verwechslung abgetan, aber wenn es nun gar keine gewesen war? Jaden setzte sich auf. Obwohl er noch müde war, hielt er es nicht länger in seinem Zimmer aus. Rasch streifte er sich seine Kleidung über, ging kurz ins Bad und saß kaum fünf Minuten später am Frühstückstisch. Er kämpfte sich tapfer durch den Berg an Pfannkuchen, die seine Oma für ihn gemacht hatte, obwohl er gestern nur ein paar geschafft hatte. Lächelnd sah sie ihm zu. Großvater war schon draußen und versorgte die Hühner und Enten, die Katzen und Bolle.

„Heute möchte ich gern eine Wanderung unternehmen", sagte Jaden, nachdem er den letzten Bissen seines vierten Pfannkuchens hinuntergeschluckt hatte, „aber dieses Mal ohne Bolle." Jaden wollte nicht riskieren, dass er ihn noch einmal an einer so wichtigen Stelle aufweckte. Seine Oma guckte schockiert. „Ganz allein? Und wenn dir etwas zustößt?"

„Kein Sorge, Oma", versuchte Jaden sie zu beschwichtigen. Er war bereits darauf gefasst gewesen, dass sie ihn nicht so ohne Weiteres gehen lassen wollte. „Ich kenn mich hier wirklich aus, was soll mir denn passieren? Ich möchte zum Jagdschloss, der Wanderweg dorthin ist sicher, das weißt du doch. Außerdem packe ich mir auch noch welche von deinen leckeren Pfannkuchen ein, damit ich unterwegs nicht verhungere, versprochen!" Jaden grinste, auch seine Oma musste lächeln. Sie sah in sein entschlossenes Gesicht, zögerte und seufzte. „Also … gut! Wahrscheinlich tun dir deine Wanderungen gut, so bekommst du den Kopf frei. Aber du nimmst unser Mobiltelefon mit … nur zur Sicherheit."

Jaden war sichtlich überrascht. „Ihr habt ein Handy?", fragte er mit ungläubiger Stimme.

Oma Grete lachte: „Dachtest du, wir sind von gestern? Ein bisschen müssen wir ja auch mit der Zeit gehen, nicht wahr?" Sie stand auf und ging aus dem Raum, eine Minute später kam sie mit einem Handy und ihrer Brille auf der Nase wieder.

„So, wie ging das jetzt noch mal", murmelte sie kaum hörbar und drückte etwas ratlos auf den Tasten herum. Jaden schmunzelte und wollte schon fragen, ob er ihr helfen solle, aber dann hielt er doch den Mund, nicht dass sie sich wieder vorkam, als wäre sie „von gestern". Irgendwann hatte sie es dann auch geschafft, das Handy anzuschalten und die Geheimzahl einzutippen. Stolz reichte sie es Jaden, der seinen Rucksack zwischenzeitlich schon fertig gepackt hatte. Ein paar Pfannkuchen, eine Flasche Wasser, ein wenig Obst, eine Decke und ein Handy. Mehr brauchte er nicht.

Gegen halb neun stiefelte er los, aber nicht ohne sich von Bolle noch gebührend zu verabschieden und ihm als Trost ein Stück Wurst zuzustecken, das er heimlich aus dem Kühlschrank stibitzt hatte.

Den Entschluss, heute einen Wanderweg zu nehmen, hatte Jaden sorgfältig bedacht. So war seine Oma leichter zu überzeugen, ihn allein gehen zu lassen, und er hatte genug Zeit für sich. Zusammengenommen waren es 30 Kilometer, die er heute zurücklegen würde. Natürlich ging es Jaden nicht um die Besichtigung des Jagdschlosses; er wollte nur so lange laufen, bis er müde war und sein Kopf völlig leer wurde, so dass er ohne Probleme zu Ilja gelangen konnte. Die Sonne wurde immer stärker und nach einiger Zeit, kurz nachdem er das Schild mit der Aufschrift „Jagdschloss 6 km" passiert hatte, schien die Sonne mit ihrer ganzen Kraft auf ihn herunterzubrennen. Jaden wischte sich die Schweißperlen von der Stirn, breitete seine Decke am Wegesrand aus, setzte sich und verzehrte einige Pfannkuchen, die er mit einem Schluck Wasser hinunterspülte. Nach der Beendigung seines Mahls ging er weiter. Als Jaden weitere fünf Kilometer zurückgelegt hatte und die weißen Turmspitzen des Schlosses zwischen den Baumwipfeln hindurchblitzen sah, bog er in einen Waldweg ein, der links von ihm vom offiziellen Wanderweg wegführte.

Er suchte sich eine Stelle aus, die so einsam gelegen war, dass sich dorthin garantiert kein Mensch verirren würde. Dann streifte er den Rucksack ab, holte die Decke heraus und legte sich darauf. Aber irgendwas stimmte nicht, dachte er. Sicherheitshalber legte er sich ins Gras und legte die Decke über sich, so dass er den Waldboden direkt unter sich spürte. „Ja", dachte Jaden, „das ist besser." Mit geschlossenen Augen lauschte er den Vögeln und dem Rascheln der Blätter und stellte sich vor, wie er gleich am Rand des Waldes, nahe der Siedlung, erwachen würde …

Als Jaden langsam erwachte, hörte er Stimmen und Musik. Sein Plan hatte funktioniert, er war nahe der Siedlung erwacht. Allerdings sah er nichts, nachdem er seine Augen geöffnet hatte, denn es war stockdunkel. Er stand auf und ging ein paar Meter, stolperte aber über einen am Boden liegenden Ast und schlug hart auf dem Boden auf. Jaden rappelte sich mühsam auf und fluchte. Langsam jedoch wurde es heller und als er am Rand des Waldes stand, sah Jaden den Grund für die außergewöhnliche Helligkeit: Er befand sich heute auf der gegenüberliegenden Seite der Siedlung, direkt am Festplatz. Überall brannten Fackeln und kleinere Lagerfeuer, um die einige Leute herumsaßen. In der Mitte des Platzes saßen Männer mit Musikinstrumenten und spielten Melodien, wie Jaden sie noch nie gehört hatte, und Kinder, Frauen und Männer tanzten ausgelassen dazu. Eine Weile sah Jaden diesem bunten Treiben zu und lauschte hingerissen der Musik, ohne im Stande zu sein, sich zu bewegen. Mit der Zeit überkam ihn ein Gefühl des Glücks, das mit einem Schlag stärker wurde, als er Katya zwischen den tanzenden Menschen erblickte. Sie drehte sich um die eigene Achse, so dass ihre langen Haare das Gesicht wie ein Schleier bedeckten. Sie vollführte kleine Sprünge wie eine anmutige Balletttänzerin und ihre Arme bewegten sich im Rhythmus sanfter Wellen. Jaden stand wie angewurzelt da und bewunderte die Eleganz und Anmut von Katya, die, obwohl sie erst 14 war, herrlicher tanzte als alle Tänzerinnen, die Jaden bisher gesehen hatte. Nach ein paar Augenblicken des Staunens fiel ihm wieder ein, warum er hier war, und er ließ seine Augen über den Platz gleiten, um Ilja zu finden. Er saß ganz weit hinten, an einem der Lagerfeuer neben seinem Vater Kostja. Jaden war erleichtert, sie in diesem Durcheinander aus tanzenden Menschen, Lichtern und Feuerstellen ausgemacht zu haben, und ging schnurstracks auf sie zu. Während er ihnen näher kam, sah Jaden, dass Kostja und Ilja aufgeregt miteinander diskutierten, aber wegen der Musik und dem allgemeinen Geraune konnte er nichts verstehen. Als Kostja einen Becher ergriff und ihn zum Mund führte, fiel sein Blick geradewegs auf Jaden. Kostja hielt inne und lächelte freundlich; jetzt hatte auch Ilja seinen Freund gesehen, grinste breit und winkte ihm zu. Während Jaden sich zwischen den Menschen hindurchbewegte, fiel ihm auf, dass diese in einer fremden Sprache zu reden schienen … Aber das konnte doch gar nicht sein! Schließlich sprachen Ilja und seine Familie doch Deutsch, genau wie er, und noch dazu völlig ohne Akzent.

Er hatte sich garantiert verhört, dachte Jaden, es klangen so viele Stimmen durcheinander, dass er sich bestimmt verhört hatte. Er fröstelte leicht in der kühlen Nachtluft und war froh, sich neben Ilja und Kostja an das Feuer setzen zu können.

„Hey, hast wohl endlich rausgefunden, wie's funktioniert, was?", grinste Ilja, sobald sich Jaden in Hörweite befand.

„Ich grüße dich, Jaden", sagte Kostja freundlich und stellte seinen Becher wieder auf den Boden.

„Ja, ich glaub, ich habe endlich geschnallt, wie ich herkomme", erwiderte Jaden, setzte sich und hielt seine Hände ans Feuer. „War ja auch nicht so schwer, schließlich hat mein Opa schon alles für mich erforscht."

„Nun mach dich nicht schlechter, als du bist", sagte Kostja, „es ist ganz allein *dein* Verdienst, dass es auch klappt. Man braucht immerhin viel Durchhaltevermögen und eine gute Konzentration, damit die Methode deines Großvaters überhaupt funktioniert."

„Genug jetzt mit dem Lob!", lachte Ilja. „Ich weiß jetzt, wo dein Freund versteckt gehalten wird!" In seiner Stimme schwang eine ordentliche Portion Freude und Stolz mit.

„*Was?*" Jaden riss seine Augen auf. „Wie … ich meine, woher … wo denn?", stammelte Jaden, der seinen Ohren kaum trauen wollte.

„Es gibt da so eine Methode, ein Zauberer hat uns davon erzählt …"

Zögernd sah er seinem Vater in die Augen. „… aber das ist ja auch nicht so wichtig. Also, deinem Freund, Nick, geht es gut, na ja, den Umständen entsprechend… Er wird in einem ganz normalen Haus festgehalten, in dem Platz für eine Familie ist. Es steht am Rand der großen Stadt, in deren Nähe auch du wohnst; vier Männer sind es, die ihn bewachen … Und sie sprechen eine andere Sprache als du … mmh … Englisch nennt ihr es wohl. Was auf dem Straßenschild stand, konnte ich dieses Mal noch nicht genau erkennen, aber die Hausnummer war die 34, das habe ich gesehen."

Verblüfft starrte Jaden seinen Freund an, der ihn wiederum erwartungsvoll ansah. Ganze Heerscharen von Polizisten schafften es nicht, in ihren Ermittlungen voranzukommen, und dieser zwölfjährige Junge vor ihm berichtete einfach so, ohne mit der Wimper zu zucken, wo Nicks Entführer sich verschanzt hatten. Inklusive Hausnummer und der Information, dass sie Englisch sprachen. Ilja erwartete offensichtlich, dass er etwas sagte.

„Ähm“, hob Jaden an, „danke für den Hinweis … Bist du dir auch wirklich sicher …? Ich meine, *woher* weißt du das denn?“

„Das kann ich dir leider nicht genau sagen“, murmelte Ilja ausweichend und stierte verlegen ins Feuer, „aber du kannst dich darauf verlassen, dass es stimmt. Ich schwöre es! Das nächste Mal kann ich dir bestimmt auch sagen, was auf dem Straßenschild steht.“ Jetzt sah Ilja ihm direkt und ernst in die Augen. Aber noch immer regten sich leise Zweifel in Jaden. Verunsichert sah er zu Kostja, der sich bis jetzt aus dem Gespräch herausgehalten hatte. Kostja bemerkte den Blick, trank noch einen Schluck aus seinem Becher, stellte ihn wieder ab und sagte: „Es mag sich für dich merkwürdig anhören, was mein Sohn dir berichtete, aber auch ich kann dir versichern, dass es wahr ist. Außerdem habe ich noch eine kleine Aufgabe für dich“, sagte er und seine Mundwinkel zogen sich leicht nach oben, „was, meinst du, könnte es zu bedeuten haben, dass drei der Entführer Englisch sprechen?“

Woher sollte er das denn wissen? Jaden sah erst Kostja an, dann Ilja. Diese ganze Angelegenheit war doch wirklich seltsam … Machten die beiden sich etwa über ihn lustig? Jaden hegte starkes Misstrauen an dem Wahrheitsgehalt dessen, was Ilja und Kostja hier zum Besten gaben. Warum sagten sie ihm nicht einfach, woher sie ihr Wissen bezogen? Selbst wenn sie, so wie er in der Welt der Weden, in seiner herumspazieren konnten, woher wussten sie dann, wo das Versteck lag? Wie konnte Ilja *sehen,* wie es Nick ging?

„Hallo, Jaden!“ Eine honigsüße Stimme drang an sein Ohr. Er drehte sich um und sah Katya, die flugs auf das Feuer zugelaufen kam. Noch ein wenig außer Atem hielt sie vor ihm an.

„Warum sitzt ihr hier rum und blast Trübsal? Erhebt euch lieber und kommt tanzen!“ Zu gerne wäre Jaden der Aufforderung gefolgt, aber er fühlte sich gerade hochgradig verwirrt. „Weißt du, dass Tanzen wunderbar dafür geeignet ist, lästige Gedanken aus dem Kopf zu vertreiben?“, fragte sie, als ob seine Gedanken für sie ein offenes Buch wären. Ihre braunen Augen, in denen sich die Flammen des Feuers spiegelten, fixierten Jaden genau. Sie legte den Kopf schräg und lächelte.

„Na dann, lass uns das Thema erst mal beiseiteschieben“, sagte Ilja gelassen, „komm Jaden, gib dir ’nen Ruck.“ Er stand auf und hielt ihm seine Hand hin.

Jaden seufzte: „Na gut … überredet!“ Ihm wurde ganz mulmig bei dem Gefühl, gleich tanzen zu müssen, davor hatte er sich bisher immer vortrefflich gedrückt. Was hatte er sich nur dabei gedacht, von seinem sicheren Platz am warmen Feuer aufzustehen? Aber jetzt gab es kein Zurück mehr.

„Schließ die Augen“, sagte Katya, als sie in der Mitte des Festplatzes angekommen waren. „Versuche, die Musik zu fühlen, und beweg dich einfach dazu.“ Das war leichter gesagt als getan, dachte Jaden, aber tapfer schloss er die Augen, wie Katya es ihm geraten hatte. Er versuchte, sich ganz auf die Musik zu konzentrieren. Die Klänge der verschiedenen Instrumente waren genau aufeinander abgestimmt und ergaben eine Musik, die wunderschön klang. Aber leider wusste Jaden trotzdem noch nicht, wie er sich bewegen sollte. Ganz still stand er da, bis … bis eine glockenhelle, wunderschöne Stimme ertönte. Obwohl Jaden die Augen noch immer geschlossen hatte, wusste er, dass Katya sang. Ihre Worte waren unbeschreiblich schön und Jaden begann einfach zu tanzen. Er vergaß völlig, dass noch andere Menschen um ihn herum waren, und bewegte sich, als gäbe es niemanden außer ihn. Katyas Stimme war so bezaubernd und die Melodie der Instrumente dazu ergab einen Klang, der unbeschreiblich war. Jaden kam es vor, als wüsste sein Körper ganz von allein, wie er sich bewegen musste, und alles schien vollkommen mühelos zu funktionieren. Irgendwann öffnete er die Augen und betrachtete Katya, wie sie ausgelassen tanzte und sang: auch sie mit geschlossenen Augen, auch sie gab sich der Musik unvergleichlich leicht hin. Von Zeit zu Zeit öffnete sie ihre Augen und lächelte. Jaden wusste nicht, wie lange sie so tanzten, aber es war gewiss eine Stunde oder noch länger. Die Zeit schien ebenso dahinzufließen wie die feinen Bewegungen, die Jaden vollführte. Plötzlich bemerkte er Rania, die ihn jäh anstupste. Es war Zeit, zurückzukehren. Nun öffnete auch Katya ihre Augen.

„Ich wundere mich, dass du anfänglich nicht tanzen wolltest … Es war schön.“

„Nicht halb so schön wie du“, sagte Jaden. Dann wurde ihm plötzlich schmerzlich bewusst, dass die Musik aufgehört hatte und ihn alle anstarrten. Katya wandte ihren Blick ab und sah auf den Boden. Jaden spürte, dass ihm heißes Blut in die Wangen schoss. Allmählich wurde Ranias Drängen stärker und Jaden fand das angesichts seiner jetzigen Situation nicht unbedingt schlimm; er war froh, gleich weit, weit weg zu sein.

„Ich muss jetzt gehen“, sagte Jaden eilig und lief hinter Rania her, die sich mit flinken Sätzen auf den Wald zubewegte.

Als Jaden erwachte, saß er noch einige Sekunden stocksteif da und versuchte, sich über das klar zu werden, was eben geschehen war. Er fühlte sich noch ganz benebelt von den vielen Drehungen in seinem Traum. Seine Gliedmaßen kamen ihm jetzt viel schwerer vor als sonst, die herrliche Leichtigkeit von eben war verflogen. An die Blamage von eben wollte er jetzt nicht mehr denken ... Was hatte Ilja gesagt? Die Entführer sprachen Englisch, und Nick befand sich in einem Einfamilienhaus in der Nähe ... Jaden starrte auf das bunte Karomuster seiner Decke. Was sollte er jetzt tun? Und was, wenn es doch nicht stimmte? Aber selbst wenn, er konnte wohl kaum zur Polizei gehen und sagen: „Hört mal, Leute, ich weiß zufällig, dass die Entführer Englisch sprechen und ihn in einem Einfamilienhaus mit der Hausnummer 34 verstecken, aber die Straße weiß ich noch nicht so genau, und fragt mich auch nicht, woher ich das weiß.“

Nein, das konnte er unmöglich tun. Aber irgendetwas musste er tun ... In Windeseile packte er seine Sachen und lief wieder auf den Wanderweg zurück. Als er wieder im Freien stand und die Sonne auf ihn herabschien, blieb Jaden stehen und keuchte sich die Seele aus dem Leib. Er hatte jetzt wirklich nicht mehr die Geduld, die 15 Kilometer zu Fuß zurückzulegen, also nahm er das Handy und rief seine Oma an. Sie vermutete mal wieder das Schlimmste, als sie hörte, dass Jaden dran war, aber er erzählte ihr, dass er während seiner Rast eingeschlafen war und nicht wieder so spät ankommen wollte, und sie beruhigte sich wieder.

Schon zehn Minuten später kam sie mit quietschenden Reifen neben ihm zum Stehen.

Kaum hatte er die Haustür aufgestoßen, wetzte Jaden zum Telefon und nahm es mit auf sein Zimmer. Wie sollte er seinen Eltern bloß beibringen, dass er morgen schon *unbedingt* nach Hause musste, und nicht, wie verabredet, erst am Samstag? Er überlegte hin und her, dann wählte er die Nummer seiner Eltern.

„Page, hallo?", seine Mutter war am Telefon.

„Hallo, Mum, hier ist Jaden", sagte er so fröhlich, wie er konnte.

„Hallo, Schatz! Wie geht es dir? Oma hat mir schon erzählt, was geschehen ist ... Das hätte ich wirklich nicht von Bob erwartet ... Eine schlimme Geschichte!"

„Ja", bestätigte Jaden, „das hätte ich auch nicht gedacht." Jetzt log er, Bob war schließlich schon immer ein widerlicher Kerl gewesen.

„Ähm, was ich sagen wollte, ich habe mich wirklich gut erholt ... Aber na ja", Jaden versuchte, seiner Stimme einen besonders zuckrigen Ton zu verleihen, „jetzt, seit Bob weg ist, ist es ziemlich langweilig hier. Ich weiß gar nicht so recht, was ich den Tag über machen soll. Heute bin ich schon zum Jagdschloss gewandert, aber was ich morgen anstellen soll, weiß ich wirklich nicht ..."

„Zum Jagdschloss *gewandert?* Du bist die ganze Strecke zu Fuß gelaufen?" Seine Mutter war beeindruckt. Sie seufzte.

„Ich verstehe dich ganz gut, in dem kleinen Dorf ist ja auch nicht allzu viel los. Na ja, ich denke ... Also, das heißt, wenn du willst ... kannst du morgen schon zurückkommen."

„Ja, klar möchte ich!" Jaden freute sich riesig, versuchte aber, es sich nicht allzu sehr anmerken zu lassen. Es war einfacher gewesen, als er gedacht hatte.

„Ich sehe mal nach, wann wir dich abholen können", sagte seine Mutter, „und rufe dich später noch mal an, in Ordnung?

„Jep", sagte Jaden, „danke, Mum." Zufrieden legte er auf.

Wahre Freunde sind selten

Die Einsamkeit machte Nick am meisten zu schaffen. Er hatte langsam das Gefühl, verrückt zu werden. Der weiße Kellerraum, in dem er nun schon seit zwölf langen Tagen saß, war vollkommen leer bis auf einen Tisch, einen Stuhl und ein Bett – die Möbel waren wie in einer Hochsicherheitsanstalt allesamt am Boden festgeschraubt. Außerdem hatte er noch eine Plastikflasche mit Wasser und ein Radio, das an der Decke befestigt war. Er hörte die Suchmeldungen, und am Anfang hatte er geglaubt, dass sie ihn bald finden würden. Aber mittlerweile klangen sie wie Hohn und er hatte die Hoffnung schon aufgegeben, endlich befreit zu werden.

Dreimal am Tag kam einer der vermummten Männer herein und stellte ihm etwas zu Essen hin. Niemals sprachen sie ein Wort. Wenn er auf die Toilette wollte, musste er einmal an der Tür klopfen, dann wurde er von einem bewaffneten Mann auf die Toilette begleitet. Und, was das Schlimmste war, er hatte keine Ahnung, wann er hier wieder rauskommen würde. Warum dauerte das nur so lange? Wollte sein Vater das Lösegeld nicht zahlen? Nick hatte keine Ahnung, dass sein Vater sofort und ohne zu zögern all sein Vermögen hergegeben hätte, nur um seinen Sohn wieder in die Arme schließen zu können. Es war eine Taktik der Entführer, die Eltern zu quälen, sie eine Zeitlang im Ungewissen zu lassen, um noch mehr Lösegeld fordern zu können.

Nick dachte zurück zu dem Tag, an dem er hier gelandet war. Er war gerade dabei gewesen, vom Kiosk zur Schule zu gehen, als ein schwarzes Auto neben ihm hielt. Er dachte sich zuerst nichts dabei, aber plötzlich wurde er von hinten gepackt und in das Auto gezerrt; er hatte sich nicht einmal wehren können. Er hatte versucht zu schreien, aber ihm war sofort etwas in den Mund gestopft worden. Ihm waren die Augen verbunden und Hände und Füße gefesselt worden. Er hatte Todesängste ausgestanden, von einem Moment auf den anderen war er hilflos, vollkommen schutzlos den Launen seiner Entführer ausgeliefert gewesen. Sie waren einige Zeit gefahren, ohne dass Nick sich rühren oder etwas sehen konnte.

Obwohl noch mindestens zwei Personen im Auto gewesen sein mussten, hatte niemand etwas gesagt. Diese Stille war furchtbar gewesen, nur das Motorengeräusch und sein eigenes Herz hatte er gehört.

Dann hatte das Auto plötzlich gehalten. Er war aus dem Auto getragen und irgendwo hineingelegt worden. Dann hatte es einen lauten Knall gegeben. Nick war zusammengezuckt – eine zuschlagende Kofferraumklappe. Völlige Dunkelheit. Angst. Der Motor war gestartet worden und das Auto wieder einige Zeit gefahren, bis sie erneut gehalten hatten. Nick war rausgeholt und in diesen Raum gebracht worden. Dann waren die Fesseln gelöst worden, Nick hatte sich selbst die Augenbinde heruntergerissen und vom Knebel befreit. Vor ihm hatte ein vermummter Mann gestanden, eine schwere Waffe direkt auf ihn gerichtet. Dann hatte er auf den Tisch gedeutet, auf dem ein Zettel lag, und war hinausgegangen. Der Zettel lag noch immer dort. Nick starrte darauf: Er war wie ein Brief verfasst und strotzte nur so vor bitterem Sarkasmus.

Lieber Nikhil,

wenn du das liest, haben wir dich erfolgreich gekidnappt, und du bist ab jetzt unser Gefangener. Versuche nicht, zu schreien, denn das wir dir nichts nützen. Der Keller ist absolut schallisoliert. Du wirst hierbleiben, bis dein feiner Herr Vater die von uns geforderte Summe an Bargeld bezahlt hat, um dich wieder zurückzubekommen. Wollen wir mal sehen, wie viel du deinen Eltern wert bist …

Das bedeutet, dass du vorerst von deinem geliebten Luxusleben Abschied nehmen wirst und einmal siehst, wie es ist, unter einfachen Bedingungen zu leben. Vielleicht wird diese Zeit dich ja etwas lehren …

Nun zu den wichtigen Dingen:

Du wirst dreimal am Tag etwas zu essen bekommen.

Solltest du auf die Toilette müssen, klopfe einmal gegen die Tür.

Wir werden niemals mit dir sprechen, also richte weder Bitten noch Fragen oder Anschuldigungen an uns.

Du wirst nichts zu befürchten haben, solange du ruhig bleibst und uns keine Schwierigkeiten machst.

Liebe Grüße, deine Entführer

„Liebe Grüße'? Pah", dachte Nick. Das hatten sie geschrieben, um ihn noch mehr zu quälen ... Als wenn ihm Luxus etwas bedeutete ... Nick stützte die Ellenbogen auf den Tisch und legte verzweifelt den Kopf in die Hände. Tränen rannen ihm über das Gesicht, fielen auf das Papier und ließen dort ihre Spuren zurück. Wie sollte es nur weitergehen? Wie lange würde er noch hier festsitzen?

Zur gleichen Zeit, nur ein paar Kilometer, weiter saß Jaden im Zug. Er hatte sich etwas überlegt, als er in der vergangenen Nacht nicht schlafen konnte, und er wusste, dass sein Plan riskant war. Jaden hatte beschlossen, Konrad, Lou, Lenni und Jörn zum Baumhaus zu bestellen, gleich nachdem er zu Hause sein würde. Es ging nicht mehr anders, Jaden musste diese Sache endlich mit seinen Freunden besprechen: Er musste ihnen einfach von seinen Traumreisen berichten.

Er hatte auch über die möglichen Konsequenzen nachgedacht; ihm war sehr wohl bewusst, dass sie ihm allesamt einen Vogel zeigen und einfach verschwinden konnten, aber so würde er zweifellos herausfinden, wer seine *wahren* Freunde waren – und wer nicht. Außerdem hatte er beschlossen, zur Unterstützung seiner Geschichte das Tagebuch seines Großvaters mitzunehmen.

Am Bahnhof begrüßten ihn seine Eltern sehr herzlich. Seine Mutter wollte ihn gar nicht mehr loslassen, schließlich musste sich Jaden fast gewaltsam aus der Umarmung lösen. Der Streit vor seiner Abfahrt war vergessen. Jaden erzählte noch einmal genau, wie die Polizei am Dienstagmorgen geklingelt und Bob mit einer Alkoholfahne und dreckigen Klamotten stammelnd vor ihnen gestanden hatte. Natürlich verschwieg er seinen Eltern, dass er es gewesen war, der die Polizei erst auf die richtige Spur gelenkt hatte. Das blieb für immer Jadens Geheimnis.

Als sie endlich zu Hause ankamen, verschwendete Jaden keine Minute, hängte sich sofort ans Telefon und trommelte seine Freunde zusammen. Er hielt sich nicht lange damit auf, ihnen im Vorfeld zu erklären, worum es ging, seine simple Aufforderung lautete: „Komm sofort zum Baumhaus! Es gibt etwas Wichtiges zu besprechen!"

Jaden war aufgeregt, während er zum Baumhaus radelte. Er fürchtete sich ein wenig vor dem, was gleich geschehen würde. Wie würden Konrad, Lou, Jörn und Lenni reagieren?

Er bog in den Wald ein und trampelte die letzten Meter noch schneller. Er ließ sein Fahrrad achtlos auf den Waldboden fallen und stürmte das Baumhaus. Er war überrascht, als er sah, dass bereits alle da waren. Konrad, Lou, Lenni und Jörn sahen ihn erwartungsvoll an.

„Hey, Jaden, schön, dass du wieder da bist", sagte Lou.

„Ja, gut, dass du aus dem Kaff entkommen konntest", meinte Konrad und grinste. Lenni und Jörn wirkten ungeduldig. „Was ist denn los?", fragte Jörn. „Ja, erzähl, was gibt es so Wichtiges?", sagte Lenni.

Jaden setzte sich und holte tief Luft. Dann sah er in die Runde und fing leise an, zu erzählen. „Vor ungefähr drei Wochen hatte ich das erste Mal einen ganz merkwürdigen Traum, der sich gar nicht wirklich wie ein Traum anfühlte …" Nervös nestelte Jaden an seinen Schnürsenkeln herum. „In der nächsten Zeit hatte ich öfter solche Träume und ich traf immer wieder dieselben Personen und das Leben, das sie da führen, ist ganz anders als unseres …"

„Wie meinst du das? Die Träume fühlten sich nicht an wie Träume?", fragte Lou und verzog das Gesicht, als würde sie nicht ganz begreifen, was Jaden erzählt hatte.

„Na ja, die Träume beginnen immer damit, dass ich unter einem Baum erwache … und ich kann dort riechen und schmecken und mich später, also nach dem Aufwachen, an jede Einzelheit erinnern. Die Träume setzen sich ganz normal fort, die Zeit vergeht dort wie bei uns … und die Menschen können sich an mich erinnern, wenn ich wieder da bin. Es … es ist wie eine andere Welt, in die ich reise, wenn ich schlafe."

Jaden sah auf, um zu sehen, wie seine Freunde reagierten. Sie starrten ihn gespannt an, nur Lenni blickte misstrauisch drein. Jaden räusperte sich und fuhr fort.

„Im Laufe der Träume habe ich mich mit einem Jungen angefreundet, der mich auch schon im allerersten Traum auf einem Waldweg aufgelesen hat … sein Name ist Ilja. Ihn und seine Familie habe ich näher kennen gelernt, und … Wisst ihr, sie leben auf eine ganz andere Weise als wir … Sie haben keine Autos oder Straßen, sie leben ganz einfach und sind trotzdem viel schlauer als wir.

Irgendwann habe ich meiner Mutter von diesen Träumen erzählt – sie hat total überreagiert und befahl mir, diese Träume auf der Stelle zu vergessen und mich mit keinem dort zu unterhalten … Dann hat sie mir erzählt, dass ihr Vater, also mein Großvater, auch immer von solchen Träumen berichtet hat … Ich habe sein Tagebuch mitgebracht, um es euch zu beweisen." Jaden öffnete seinen Rucksack, nahm das kleine schwarze Büchlein heraus und legte es vor sich auf die Holzbretter.

„Das habe ich auf dem Dachboden gefunden, in einem Geheimversteck unter den Dielen. Mein Großvater muss es da versteckt haben, damit seine Aufzeichnungen nicht in falsche Hände geraten."

Lou ergriff es als Erste und blätterte zögernd darin umher.

„Der Grund, warum ich euch das alles erzähle, ist, dass … also dass Ilja mir in meinem letzten Traum gesagt, hat, wo Nick festgehalten wird: in einem Einfamilienhaus mit der Nummer 34 irgendwo am Rand der Stadt! Und dass drei der Entführer Englisch sprechen."

Erwartungsvoll sah Jaden sich in der Runde seiner Freunde um. Er hatte sich sehr bemüht, sich kurz zu fassen und nur das Wichtigste zu erzählen. Er wollte seine Freunde nicht langweilen … War es ihm gelungen, seine Freunde zu überzeugen?

„Ich bin mir nicht sicher, ob ich das verstehe", sagte Konrad und legte seine Stirn in Falten, „du reist da in eine andere Welt, wenn du schläfst, und dieser Ilja sagt dir einfach mal so, wo Nick versteckt gehalten wird?"

Jaden nickte.

„Also ehrlich, Jaden … So einen *Blödsinn* habe ich ja noch nie gehört!"

„Hast dir die Geschichte wohl bei deiner Oma ausgedacht, was? Als dir gerade besonders langweilig war." Lenni lachte. „Du glaubst doch wohl nicht im Ernst, dass wir dir das abkaufen, oder?"

„Aber – es ist die Wahrheit! Ich schwöre es!", rief Jaden verzweifelt. „Sieh dir das Tagebuch an, mein Großvater hat alles aufgeschrieben!"

„Ach, Quatsch!" Lenni winkte ab. Jetzt ergriff Konrad das Wort.

„Ich weiß längst, dass dein Opa nicht ganz richtig im Kopf war … Deswegen ist er ja auch im Irrenhaus gelandet!"

Jaden war überrascht, damit hatte er nicht gerechnet. „Woher weißt du das?"

„Von meiner Oma, sie hat gesehen, wie er von Männern in weißen Kitteln abgeholt wurde."

„Und jetzt, wo du die Tagebücher eines Verrückten gefunden hast, willst du dich wichtigmachen, indem du uns solchen Schrott erzählst? Andere Welt … Pah!", machte Konrad abfällig und seine dunklen Augen blitzten vor Zorn. „Hältst du uns für blöd? Du solltest dich schämen, auf Nicks Kosten solche dummen Scherze zu machen!"

Jaden war entsetzt. „Aber – das mache ich doch gar nicht! Bestimmt nicht … Ich …" Weiter kam er nicht, Konrad schnitt ihm das Wort ab.

„Also, ich gehe jetzt. Ich hab echt Besseres zu tun, als mir so einen Quatsch anzuhören!", sagte er mit scharfer Stimme. Er stand auf und machte sich daran, die Strickleiter hinunterzuklettern. Lenni und Jörn erhoben sich ebenfalls.

„*Ich* habe auch keine Lust, mir einen Bären aufbinden zu lassen! Aber *du* musstest dich ja schon immer *aufspielen,* das kennt man ja nicht anders!" Mit abfälligen Blicken verließen er und sein Bruder das Baumhaus.

„Und was ist mit dir, Lou?", fragte Jörn, als nur noch sein Kopf über das Geländer des Baumhauses lugte. „Kommst du?" Lou zögerte.

Jadens Magen verkrampfte sich, ihm war plötzlich furchtbar schlecht. Es war das Schlimmste eingetreten, das passieren konnte … Und wenn Lou jetzt auch noch ging, war er ganz allein. Jaden wagte gar nicht erst, aufzusehen.

„Nein", sagte Lou schließlich, „ich bleib hier – ich für meinen Teil *vertraue* ihm nämlich!" Sie stand auf, stellte sich auf die Aussichtsplattform und legte die Hände auf das Geländer.

„Ihr solltet euch schämen", sagte sie entschieden und guckte abfällig auf die drei Jungs herunter, „jetzt, wo es drauf ankommt, verzieht ihr euch einfach? Ha! Auf solche Freunde können wir wirklich verzichten!"

Ein abfälliges Schnauben ertönte unterhalb des Baumhauses, Konrad setzte sich auf sein Rad und fuhr ohne ein weiteres Wort davon. Jörn und Lenni gingen zu Fuß nach Hause und tuschelten leise miteinander. Lenni guckte sich noch ein paar Mal um, und wenn Jaden sein Eindruck nicht trog, so sah er ihn auf die gleiche Weise an, wie man einen Verrückten betrachtet. Mit einer Mischung aus Neugier, Angst und Abscheu. Das *waren* also mal seine Freunde gewesen … Jaden merkte, wie er von einer

Woge der Enttäuschung überrollt wurde. Obwohl er mit so einer Reaktion gerechnet hatte, war er nicht auf die Stiche vorbereitet gewesen, die die abfälligen Worte seiner Freunde ihm zugefügt hatten.

Jetzt war er mit Lou allein. Wenigstens sie hielt zu ihm, dachte Jaden, es hätte immerhin auch *noch* schlimmer ausgehen können.

„Danke", sagte Jaden leise, „danke für deine Unterstützung. Aber wie kommt es, dass du mich nicht für verrückt ... oder für einen Lügner hältst – so wie die anderen?"

Lou sah ihm in die Augen. „Ich kenne dich einfach, und ich kann mir nicht vorstellen, dass du lügst ... Ich habe doch gesehen, was für eine Überwindung es dich gekostet hat, uns davon zu erzählen. Außerdem kennst du ja Konrad – der glaubt nur, was er direkt vor sich sieht. Und was Lenni angeht ..." Lou rollte genervt mit den Augen, wie sie es meist tat, wenn es um Lenni ging. „... der ist sowieso etwas daneben, wenn du mich fragst, und Jörn läuft ihm hinterher wie ein Hund, 'ne *eigene* Meinung hat *der* doch noch nie gehabt! Aber genug jetzt davon!" Lou machte eine wegwerfende Handbewegung.

„Bitte erzähl mir mehr von deinen Träumen." Jaden nahm wortlos das Tagebuch in die Hände und schlug den Eintrag auf, den er verfasst hatte.

„Das habe ich geschrieben, wenn du möchtest, lies! Da steht so ziemlich alles drin, was ich in meinen Traumreisen erlebt habe." Er reichte es Lou und sie nahm das Buch so ehrfürchtig entgegen wie einen Schatz. Ja, dachte Jaden, sie glaubte ihm wirklich, sie hielt ihn nicht für einen Spinner so wie die anderen drei, die er bis vor kurzem als seine „Freunde" bezeichnet hatte. Während Lou Seite um Seite mit ihren Augen verschlang, saß Jaden einfach nur da und fühlte sich verlassen und kraftlos. Wenigstens von Konrad hätte er erwartet, dass er zu ihm hielt. Stattdessen hatte er als Erster über ihn geschimpft und das Baumhaus verlassen. Sollte er sich wirklich so in seinem besten Freund getäuscht haben? Jaden schloss die Augen und döste im Schatten der Blätter vor sich hin, dabei dachte er an seine letzte Traumreise und die Frage, die Kostja ihm gestellt hatte: Warum sprechen die Entführer Englisch? Warum sollten die Entführer Englisch sprechen ... ja ... natürlich! Das war doch eigentlich ganz klar, warum war ihm das nicht gleich eingefallen? Weil sie ebenso wie Nick und seine Familie aus Amerika kamen! Wahrscheinlich kannten die Entführer die Familie sogar. Jaden öffnete die Augen.

„Lou?“, fragte er. „Was meinst du, wovon bekommt man einen krummen Rücken?“ Jaden grinste. „Oder auch einen Buckel?“

Lou zuckte die Schultern. „Mmh, vielleicht, wenn man oft krumm sitzt?“

Jaden grinste noch immer. „Ja, die Wahrscheinlichkeit ist bestimmt noch höher, wenn man ziemlich groß ist und den ganzen Tag über den Computer gebeugt sitzt ...“ Lou sah ihn fragend an. „Was – was willst du damit sagen?“

„Na, dass unser verdächtiger Gärtner höchstwahrscheinlich in derselben Firma gearbeitet hat wie Nicks Vater – drüben in Amerika!“ Lous Miene hellte sich plötzlich auf: „Ja, das könnte sein ... Dann passt alles zusammen, und ...“ Lou hielt inne. „Das würde ja bedeuten ... Wenn *das* stimmt, dann stimmt womöglich auch die Hausnummer, die dein Freund dir genannt hat! Wahnsinn!“ Schlagartig veränderte sich ihr Gesichtsausdruck wieder und sie begann, auf ihrer Unterlippe zu nagen.

„Aber ... Was sollen wir denn jetzt tun?“

„Ich weiß es nicht ... Wenn wir zur Polizei gehen und ihnen sagen, was wir wissen, dann fragen sie doch, woher wir die Information haben – und dann? Nein“, Jaden schüttelte den Kopf, „das können wir nicht machen!“

„Ja“, sagte Lou und lehnte den Kopf an das Geländer, „du hast Recht, das geht nicht.“ Sie seufzte tief. „Was für eine verzwickte Situation, in die wir da geraten sind! Aber ... warte kurz, ich möchte das hier noch zu Ende lesen, dann reden wir weiter, ja?“ Und schon steckte sie ihre Nase wieder in das Tagebuch. Jaden überlegte fieberhaft weiter. Er musste es irgendwie schaffen, Nick zu befreien, *und* nebenbei noch beweisen, dass sein Großvater nicht verrückt gewesen war. Aber wie?

Viel Zeit blieb ihnen auch nicht mehr, schließlich sollte Nick nicht noch länger in seiner Ungewissheit schmoren müssen. Heute Abend musste er unbedingt wieder eine Traumreise antreten und den Namen der Straße herausfinden. Aber auch dann brauchten sie noch eine Erklärung für die Polizei ... Es sei denn, sie würden die Sache selbst in die Hand nehmen.

Aber ob sie das wagen konnten? Er und Lou gegen ein paar bewaffnete Entführer? Jaden schloss seine Augen und versuchte, seinen Kopf frei zu bekommen. Jaden beschloss, erst einmal zu warten, bis Lou mit der Lektüre seines Tagebucheintrages fertig war … Vielleicht fiel ihr ja noch was Brauchbares ein …

„Fertig!“ Jaden schreckte auf. Er blickte direkt in Lous überraschte Augen. „Hey, bist du etwa eingeschlafen?“

„Ich glaube schon“, murmelte Jaden und kniff ein paar Mal die Augen zusammen, um wieder zu sich zu kommen. Außerdem war es gleißend hell.

„Und?“ Lou sah ihn erwartungsvoll an.

„Was und?“, fragte Jaden verwirrt und noch etwas schläfrig.

Lou pufffte ihren Ellenbogen in Jadens Rippen. „Nun sag schon! Mach’s doch nichts so spannend! Hast du was geträumt?“

„Wie …? Ach so, nein!“ Jetzt erst hatte Jaden kapiert, worauf Lou hinauswollte. „So einfach geht das nicht. Man muss eine spezielle Gedankenübung machen, um eine richtige Traumreise zu unternehmen.“

„Man kann das also lernen?“ Lous Augen leuchteten auf. „Dann kann *ich* das vielleicht auch … Was meinst du?“ Daran hatte Jaden noch gar nicht gedacht. Vielleicht hatte Lou Recht. Wenn sie es wirklich wollte und sich genügend konzentrierte, würde es bestimmt klappen.

„Wir können es ja mal probieren …“, sagte Jaden noch etwas verschlafen.

„Toll! Hey …“, sagte sie und stieß Jaden wieder in die Rippen.

„Au! Könntest du das mal lassen?“, sagte Jaden entrüstet und rieb sich die schmerzende Stelle.

„Was? Äh – ja, klar – ich dachte bloß … Vielleicht kannst du heute schon bei mir übernachten!“

„Wir könnten ja mal fragen – lange können wir jedenfalls nicht mehr warten“, sagte Jaden.

„Au ja! Das machen wir! Meine Mutter hat garantiert nichts dagegen, du kennst sie ja …“

„Aber meine vielleicht“, sagte Jaden, „sie ist doch immer so überängstlich.“

„Ach Quatsch, sie sagt garantiert ja … und jetzt komm“, rief Lou und sprang auf, „lass uns keine Zeit vergeuden – fragen wir deine Eltern!" Wie der Blitz war Lou unten bei ihrem Fahrrad, Jaden freute sich insgeheim über ihren Elan. Durch seine Aktion hatte er die anderen zwar verloren, dafür aber auch eine echte Freundin gewonnen. Sie stiegen eilig auf ihre Räder und fuhren los.

Jadens Mutter hatte nichts dagegen, dass Jaden bei Lou übernachtete. „Es sind ja schließlich Ferien", sagte sie nur und lächelte, während sie auf den Knien saß und das Blumenbeet hinter dem Haus vom Unkraut befreite. Sie war ausgesprochen guter Laune, weil sie ein paar Tage Urlaub hatte und sich ausgiebig um ihren Garten kümmern konnte. Außerdem freute sie sich, ihren Sohn wieder gut gelaunt zu sehen, auch wenn sie sich insgeheim darüber wunderte, wie schnell sich seine Stimmung doch gewandelt hatte. Nachdem Lou ihre Mutter im Naturkostladen angerufen und ihr gesagt hatte, dass Jaden heute bei ihnen übernachten würde, beeilten sich die beiden, in Jadens Zimmer zu kommen. Jaden packte rasch seine Sachen zusammen (Zahnbürste und Schlafzeug flogen in seinen Rucksack), und Lou wollte noch einmal das Tagebuch sehen. Nachdem Jaden fertig war, setzte er sich zu Lou aufs Bett, die schon wieder in das kleine Buch vertieft war. Sie blätterte eine bestimmte Seite auf; offenbar schien Lou etwas zu suchen.

„Weißt du", flüsterte sie und sah nach unten, „in so einer Welt würde ich auch gern leben … Das klingt sooo phantastisch!" Verträumt sah sie an Jaden vorbei ins Leere. „Das reinste Paradies … Ich wünsche mir nichts mehr, als das alles mit eigenen Augen zu sehen." Gedankenverloren strich sie mit ihren Fingern über die vergilbten Seiten.

„Bitte … erzähl mir doch noch mehr davon!"

„Ähm", sagte Jaden und sah auf den Teppich, „es ist schwierig, das in Worte zu fassen … Auf jeden Fall ist es in der Welt der Weden noch viel schöner, als du es dir jetzt vorstellen kannst … Ich bin immer so … so absolut glücklich, wenn ich da bin – es scheint alles so leicht zu sein. Überhaupt nicht so wie hier … Und es gibt keine Vorschriften, kannst du dir das vorstellen? Ich dachte immer, so was geht gar nicht, aber anscheinend funktioniert das doch. Und das Beste ist: Die Erwachsenen behandeln die Kinder überhaupt nicht so, wie ein Kind hier behandelt wird, sondern wie einen von ihnen." Lou, deren Blick bis eben noch ganz verschleiert gewirkt hatte, schien jetzt wieder in der Realität angekommen zu sein. Sie dachte kurz nach und sagte: „Aber Ilja und Katya sind mit uns ja auch gar nicht zu vergleichen! Sie sind so unheimlich klug – wirklich, richtig unheimlich, als wären sie zehn Jahre älter oder so." Ungläubig schüttelte Lou den Kopf und sah wieder in das Buch, das sie noch immer geöffnet in den Händen hielt.

„Und hier sagt Ilja …" Sie deutete auf eine Zeile im Tagebuch. „… dass *alle* Menschen über die Fähigkeit verfügen, so intelligent zu sein, wir müssten nur auf unser eigenes Wissen zurückgreifen … Erstaunlich! Und weißt du was?" Sie hielt kurz inne und sah zu Jaden auf. „Meine Mutter hat mir neulich erzählt, dass wir nur zehn Prozent unseres Gehirns benutzen."

„Wirklich? Das wusste ich gar nicht!" Erstaunt sah Jaden sie an. „Nur zehn Prozent? Woher weiß deine Mutter das?"

„Sie liest 'nen Haufen wissenschaftlicher Zeitungen und so 'nen Kram … ist ja auch egal – stell dir vor: nur zehn Prozent von 100! Vielleicht gebrauchen die Weden ja auch die restlichen 90 …"

Jaden überlegte, das würde in der Tat einiges erklären. „Du meinst also, die Weden haben deswegen so besondere Fähigkeiten, weil sie ihr gesamtes Gehirn benutzen und nicht nur einen kleinen Teil wie wir …"

„Ja, genau!", bestätigte Lou. „Besser hätte ich es auch nicht sagen können!"

„Weißt du was? Ich glaube, wir sollten das Tagebuch unbedingt noch mal Konrad zeigen. Er *muss* das einfach lesen … Ich wette, er wird dann anders über die Sache denken."

„Meinst du?" Jaden war sich da nicht so sicher. „Du weißt doch, wie unheimlich stur er ist. Ich glaube nicht, dass er seine Meinung noch mal ändern wird!"

„Aber hier sind so viele atemberaubende Stellen … Das Gespräch mit dem Zauberer hier … Wow!" Sie blätterte einige Seiten weiter und guckte ganz verzückt. „Oder hier! Wie du mit Katya sprichst! So was kann man sich gar nicht ausdenken – ich glaube, *sogar* dieser Dickkopf Konrad müsste einsehen, dass es kein Blödsinn ist!"

„Meinst du wirklich?" Der Zweifel in Jadens Stimme war unüberhörbar.

„Klar mein ich das!", sagte Lou und schlug sich mit der Hand aufs

Bein. „Weißt du was? Wir fahren hin und überzeugen ihn. Jetzt, wo Lenni und Jörn nicht dabei sind, kann er seine obercoole Art hoffentlich mal ablegen!"

„Wie willst du das denn anstellen? Willst du ihn etwa *zwingen,* den Eintrag zu lesen? Ich glaube kaum, dass er es freiwillig tut."

Lou öffnete den Mund, als wollte sie etwas sagen, brachte dann aber nur ein nachdenkliches „Mmh" heraus. „Stimmt auch wieder …", stöhnte sie und ließ sich nach hinten in die Kissen fallen.

„Aber da muss doch was zu machen sein … Ich meine, wir sind schon ewig lange befreundet, allein deshalb sollte er sich doch wohl anhören, was wir zu sagen haben!", sagte Lou und biss sich nachdenklich auf die Lippe.

Jaden blieb weiterhin skeptisch. „Ob der Appell an unsere Freundschaft reicht, um Konrad zu überzeugen? So, wie er vorhin geredet hat, wird es garantiert nicht leicht", sagte Jaden und wendete sich ab. Er wollte nicht, dass Lou sah, wie traurig er über Konrads Worte war. Er schlenderte durchs Zimmer, stellte sich ans Fenster und blickte hinaus. Konrads Reaktion hatte ihn am meisten verletzt. Obwohl sie schon immer sehr unterschiedlich gewesen waren, sah er Konrad als seinen besten Freund an. Mit ihm hatte Jaden bisher alles besprochen, was ihm wichtig gewesen war, und jetzt? Diese wichtige Härteprüfung hatte ihre Freundschaft nicht bestanden.

Lou setzte sich schwungvoll auf, so dass ihre Haare nur so flogen.

„Wir *müssen* es einfach versuchen!", sagte sie überzeugt. „Verlieren können wir doch eh nichts mehr, oder? Und ich sehe einfach nicht ein, dass Konrad uns die Freundschaft kündigt und sich mit seinem eigensinnigen Dickschädel zu Hause verkriecht, ohne überhaupt genau zu wissen, was Sache ist!"

Jaden war zwar der Meinung, dass dieser Versuch nichts weiter sein würde als verschwendete Zeit, aber da er wusste, wie schwer Lou von etwas abzubringen war, das sie sich fest in den Kopf gesetzt hatte, willigte er schließlich ein. Vielleicht behielt sie ja Recht und Konrad ließ sich überzeugen. Lou wollte keine Minute mehr mit ihrem Vorhaben warten, legte das Tagebuch in Jadens Rucksack und sie fuhren los.

Bevor sie an Konrads Haustür klingelten, sahen Jaden und Lou sich noch einmal viel sagend an. „Auf in den Kampf!“, murmelte Jaden und Lou kicherte.

„Wird schon werden!“

Dann schritten sie auf die Haustür zu und klingelten. Es dauerte eine Weile, dann kam jemand die Treppe herunter und öffnete die Tür. Konrad stand vor ihnen und sein Gesicht verfinsterte sich in der Sekunde, als er sah, wer da geklingelt hatte. Für einen kurzen Augenblick machte es den Anschein, als hätte er die Tür am liebsten sofort wieder zugeschlagen.

„Was wollt *ihr* denn hier?“, knurrte er und seine eisige Stimme schien die angenehme Wärme um sie herum völlig aufzusaugen.

„*Wir* sind doch wohl immer noch deine Freunde, oder?“, fragte Lou und sah ihm geradewegs in die Augen. „Meinst du nicht, du hast es dir ein bisschen einfach gemacht, einfach abzuhauen, bevor du Jaden eine Chance gegeben hast, mehr zu erzählen?“ Konrad sagte nichts, sondern sah erst Lou und dann Jaden mit zusammengepressten Lippen an.

„Also, lässt du uns rein und wir reden noch einmal in Ruhe darüber?“ Konrad machte Anstalten zu antworten, aber Lou war noch nicht fertig. „Bevor du was sagst, denk daran, wie lange wir schon befreundet sind!“

Für einen Augenblick war es ruhig. Konrad schien zu grübeln, dann seufzte er, trat einen Schritt zurück und öffnete die Tür ganz.

„Von mir aus“, sagte er widerwillig, „kommt rein.“ Jaden fiel ein ganzer Felsblock vom Herzen, als Konrad sie einließ, so erleichtert war er jetzt. Sie setzten sich ins Wohnzimmer, Jaden und Lou auf das Sofa, Konrad ließ sich in den Sessel fallen. Er blickte argwöhnisch zu den beiden hinüber.

Jaden sah auf den glänzenden Parkettboden vor sich und überlegte, was er sagen sollte. Dann sah er auf, blickte seinem besten Freund in die Augen und fing an zu sprechen.

„Konrad, wenn du beschlossen hast, mir nicht zu glauben, dann kann ich nichts dagegen tun.“ Verblüfft starrte Konrad ihn an. „Wenn ich in den letzten Wochen etwas gelernt habe, dann ist es, dass man nicht das Recht hat, jemanden von einer Meinung zu überzeugen. Das … das funktioniert einfach nicht. Ich kann dir nur versichern, dass ich in solch einer wichtigen Sache *niemals* lügen würde. Du kennst mich doch, oder?“

Konrad verzog keine Miene. „Denkst du, es ist mir leicht gefallen, euch davon zu erzählen? Ich … ich habe lange überlegt, weil ich genau weiß, wie komisch das klingt!“ Jaden lächelte leicht. „Bitte, glaub mir, und wenn du das tust, wenn du mir vertraust, komm heute Abend zu Lou – da schlafen wir heute – und dann kann ich dir *beweisen,* dass ich keinen Blödsinn erzählt habe.“ Jaden stand auf. „Natürlich nur, wenn deine Meinung nicht schon längst feststeht.“ Jaden ging ohne ein weiteres Wort zur Tür und Lou folgte ihm. Konrad erhob sich wie in Trance von seinem Sessel und ging bis zur Haustür mit. Dann, Jaden hob gerade sein Fahrrad hoch und machte sich daran, aufzusteigen, drehte er sich noch einmal um und sagte: „Ich vertraue dir, Konrad. Jetzt kommt es auf dich an!“ Dann fuhren sie los, Konrad sah ihnen noch eine Weile hinterher, bevor er die Tür schloss.

„Das war echt beeindruckend, Jaden!“, rief Lou, als sie unterwegs waren. „*Das* hat bestimmt gewirkt! … und dein Gesichtsausdruck dabei, du hättest dich mal sehen sollen!“ Sie lachte. „Du warst so überzeugend!“ Sie trat in die Pedale, so dass sie neben Jaden fuhr. „Der kommt heute Abend – ganz sicher! Da gehe ich jede Wette ein!“

„Ich bin mir da nicht so sicher“, sagte Jaden, „es dürfte ihm schwerfallen, seine Meinung zu ändern. Du weißt doch, wie unheimlich stolz er ist – er müsste schon ein gewaltiges Stück über seinen Schatten springen …“

„Ich glaube trotzdem, ganz tief in seinem Inneren hast du ihn überzeugt“, meinte Lou.

„Manchmal hätte ich echt gern deinen Optimismus!“, lachte Jaden und bog hinter Lou in die Auffahrt zu dem kleinen Reihenhaus ein, in dem Lou mit ihrer Mutter eine Haushälfte bewohnte. Jaden musste jedes Mal grinsen, wenn er sah, wie sehr sich allein schon ihr Vorgarten von denen der anderen unterschied. Überall sonst war der Rasen fein säuberlich gemäht und die Büsche und Hecken in Form gestutzt, die Blumen befanden sich in ihren von Unkraut befreiten Beeten.

Jaden lehnte sein Fahrrad gegen die Steintreppe von Lous Haus. Hier bot sich ein ganz anderes Bild: Über die Treppe zur Haustür hingen Zweige, von dem Baum, der völlig natürlich gewachsen war, und Lous Mutter weigerte sich standhaft, ihn zu stutzen. Der Rasen war an manchen Stellen fast kniehoch und überall blühten Wildgräser. Lous Mutter war noch nicht zu Hause und so fingerte Lou den Schlüssel aus der Hosentasche und öffnete selbst die Tür. Im Haus war es sehr gemütlich, auch wenn jede freie Ecke und jeder Platz im Haus mit allerlei Krimskrams vollgestellt war. Lou legte ihren Schlüssel auf die Kommode im Flur und Jaden folgte ihr ins Wohnzimmer. Die Schränke, Anbauwände und Regale waren vollgestopft mit Figuren, die Lou im Kunstunterricht irgendwann einmal gemacht hatte, und Souvenirs (den Pyramiden von Gizeh in Miniaturformat), unzählige Bücher waren übereinander in das Regal gestopft, daneben standen Kisten, aus denen Papiere herausquollen. Überall standen Fotos aus der Familie von Lous Mutter, direkt dahinter Duftlampen und Kerzenhalter. Die Traumfänger wehten im Luftzug der Terrassentür, die Lou öffnete. Jaden und Lou machten es sich auf den Holzmöbeln bequem, die draußen in der Sonne standen. Lou holte eisgekühlten Saft, und dann sprangen beide auf dem riesigen Trampolin, das in Lous Garten stand. Sie hatte es im letzten Sommer zum Geburtstag bekommen und eine Zeitlang waren sie jeden Tag hier gewesen, um Trampolin zu springen. Jaden hatte fast vergessen, wie viel Spaß das gemacht hatte. Erst als ihnen der Schweiß in Strömen herunterlief, machten sie eine Pause und ließen sich wieder unter dem Sonnenschirm nieder. Kaum saßen sie eine Minute auf ihren Stühlen und versuchten verzweifelt, sich kühle Luft zuzuwedeln, wurde die Haustür aufgestoßen und Lous Mutter kam herein.

„Hallo, Mum, wir sind draußen!“, rief sie durchs Haus. Lous Mum kam mit einem vollgepackten Korb in die Küche und stellte ihn neben die Spüle. Widerspenstige braune Locken fielen ihr ins Gesicht und klebten leicht an ihrer Stirn, ihr Gesicht war durch die Hitze leicht gerötet. Sie lächelte, als sie die Kinder durch die Fensterscheiben sah.

„Das ist eine gute Idee! Ich bin gleich bei euch!“, winkte sie ihnen zu. Kurze Zeit später ließ sie sich auf den Stuhl neben Jaden fallen, nachdem sie ihn mit einer herzlichen Umarmung begrüßt hatte.

„Ihr werdet nicht glauben, was mir eben passiert ist!“, sagte sie und ihre langen Ohrringe funkelten in der Sonne.

„Was denn?“, fragte Jaden interessiert und wartete auf eine Antwort.

„Wartet kurz, ich habe meinen Tabak drinnen vergessen“, sagte sie und flitzte noch einmal in die Küche zurück.

„So!“, ächzte sie, setzte sich wieder und begann, den Tabak in ihr Blättchen zu legen. „Herr Schmidt von gegenüber kam zur selben Zeit nach Hause wie ich – und stellt euch vor, dieser Kerl erlaubt es sich doch tatsächlich, an meinem Garten herumzunörgeln, und meint, er würde wohl im Namen aller Nachbarn sprechen und mir doch ans Herz legen, mein Grundstück zu pflegen! Hat man so was Freches schon gehört?“ Lous Mum schüttelte den Kopf.

„Dieser Schmidt!“, rief Lou entrüstet. „Der hat uns gar nichts zu sagen! Auf unserem Grundstück dürfen wir schließlich machen, was wir wollen.“

„Ich finde den Vorgarten genau richtig so, der hat Charakter, nicht so wie die Spießergärten der anderen!“, meinte Jaden und die anderen beiden lachten.

„Ja, *das* hätte ich ihm mal sagen sollen, der hätte ein Gesicht gemacht!“ Bei dieser Vorstellung mussten sie noch mehr lachen. Nachdem sie sich wieder beruhigt hatten, zündete sich Lous Mum ihre Zigarette an und lehnte sich zurück. „Ich denke, ein bisschen was müssen wir schon im Garten machen … Es macht einfach keinen Spaß, wie misstrauisch die Nachbarn immer rübergucken.“ Ein Lächeln breitete sich auf ihrem Gesicht aus. „Allerdings nicht mehr heute und wahrscheinlich auch nicht morgen …“, sagte sie und zwinkerte den Kindern verstohlen zu. „Mal sehen, wann wir Zeit haben, nicht wahr, Lou?“

„Ja, klar“, grinste Lou, „irgendwann mal …“ Jaden lachte, er mochte die unbekümmerte Art in diesem Haushalt.

„Konrad kommt nachher auch noch, du hast doch nichts dagegen, oder, Mum?“, sagte Lou, und warf Jaden einen Seitenblick zu.

„Nein, warum sollte ich“, erwiderte Lous Mutter und öffnete nicht einmal die Augen. Sie hatte sich die Lehne des Stuhls zurückgestellt und sonnte sich in den letzten Nachmittagsstrahlen.

„Und, was möchtest du heute essen?“, fragte Lous Mum und sah Jaden erwartungsvoll an.

Nach dem Abendessen, als die Schüssel mit den Spaghetti restlos leer war und Lous Mutter das letzte Blättchen Salat mit den Fingern aus der Schale gefischt hatte, blieben sie noch eine Weile auf der Terrasse sitzen.

Langsam wurde es kühler und eine erfrischende Brise kam auf, sie ließ die Blätter rauschen und verscheuchte die drückende Hitze. Konrad war noch immer nicht aufgetaucht.

Aber selbst wenn er noch kommen würde ... Jaden beschlich eine merkwürdige Unruhe, hoffentlich hatte er nicht zu viel versprochen, dachte er und wippte nervös mit dem Fuß. Wenn das mit dem Beweis nun gar nicht klappte? Vielleicht hätte er Konrad erst einladen sollen, nachdem die Traumreise mit Lou ein Erfolg geworden war ... Plötzlich war Jadens Selbstsicherheit völlig verflogen und eine leise Panik stieg in ihm auf. Schließlich stand er mit der Ausrede, kurz ins Bad zu gehen, hastig auf und ging in Lous Zimmer. Dort setzte er sich auf ihr Bett und sah fieberhaft das Tagebuch durch. Irgendwo musste er doch einen Hinweis entdecken, einen Hinweis, wie man auch andere Menschen mit in die Welt der Weden nehmen konnte. Aber: nichts, nicht das Geringste! Offenbar war sein Großvater viel zu sehr in seine wissenschaftlichen Forschungen vertieft gewesen, als seine Mühe darauf zu verschwenden, andere Menschen an diesen Traumreisen teilnehmen zu lassen. Niedergeschmettert klappte er das Tagebuch wieder zu. Jetzt lag es an ihm, selbst auszuprobieren, ob es für Lou oder Konrad möglich war, ihn auf seiner Traumreise zu begleiten. Es würde zweifellos spannend werden, dachte Jaden, auf jeden Fall nützte es nichts, sich vorher den Kopf zu zerbrechen. Er legte das Tagebuch wieder zurück in seinen Rucksack und kehrte auf die Terrasse zurück, die durch die Abendsonne in ein sanftes Licht getaucht wurde. Die Vögel zwitscherten und Lous Mutter begann gerade, sich eine Zigarette zu drehen.

„Ja, ich *rauche*“, sagte sie zu Lou, die ihr stets vorwurfsvolle Blicke zuwarf, wenn sie sich eine Zigarette anzündete. Lächelnd zuckte Lous Mutter mit den Schultern. „Jeder Mensch hat ein Laster, und meins ist nun mal das Rauchen. Und damit basta“, sagte sie mit gespielter Überzeugung und lachte. „Mal sehen, wann ich das loswerde.“

Dann geschah das, womit Jaden schon nicht mehr gerechnet hatte: Konrad bog um die Ecke des Hauses. „Hallo, hatte mir schon gedacht, dass ihr alle hier draußen sitzt“, sagte er und wollte Lous Mutter die Hand geben, die ergriff sie zwar, stand aber auf und drückte ihn herzlich. Konrad, der ein Stückchen größer war als sie, stand etwas unbeholfen und steif da. Dann setzte er sich schweigend auf den Stuhl, der neben Jaden noch frei war. Lous Mutter brachte Konrad bald zum Auftauen und gemeinsam saßen sie noch bis weit nach Sonnenuntergang auf der Terrasse, lachten, erzählten und aßen Chips und Nüsse. Lous Mutter plauderte munter und gut gelaunt über alles Mögliche. Als es dunkler wurde, holte sie Kerzen aus dem Haus, stellte Windlichter auf und zündete ein paar Holzscheite in einer kleinen Feuerschale an, um die sie sich herumsetzten. Es wurde herrlich gemütlich und Lous Mutter genehmigte sich zwei Gläser Wein. Irgendwann schaute sie auf die Uhr.

„Ach du lieber Himmel, Kinder, es ist schon nach elf Uhr! 40 Minuten nach Mitternacht, um genau zu sein! Also nein – wie die Zeit vergeht!", rief sie mit gespieltem Entsetzen. „Nun aber rein mit euch und ab ins Bett. Eure Eltern drehen mir morgen den Hals um, wenn ihr mit Augenringen bis zum Kinn auftaucht!" Sie lachte und streute Sand über das Feuer.

Jetzt wird es ernst, dachte Jaden, als Lou, Konrad und er die Treppe hinauf in Lous Zimmer gingen. Die Matratzen lagen schon bezogen auf dem Boden; das hatte Lous Mutter noch vor dem Abendessen erledigt. Müde sanken sie in die Kissen.

„Na, dann mal los, Jaden", rief Lou, sobald sie das Licht gelöscht hatte, „was sollen wir tun?" Jaden starrte in die Dunkelheit.

„Also, damit ihr mich in meiner Traumreise begleiten könnt, ist es wichtig, dass ihr euch ganz genau vorstellen könnt, wo es hingeht ... Wo ihr gleich sein werdet, meine ich. Dann fange ich jetzt an, den Ort zu beschreiben, an dem wir gleich sein werden ... Versucht, mir genau zuzuhören und keine anderen Gedanken dazwischenkommen zu lassen, okay?" Aus der Dunkelheit ertönte zweimal „Ja" und Jaden begann mit seiner Beschreibung. Am Anfang schilderte er Syrianka, die prachtvollen Gärten und Häuser, die frei herumlaufenden Pferde, dann malte er das Bild vom Wald und der Birke am Waldweg aus, er beschrieb das weiche Moos, auf dem sie gleich erwachen würden, und die hellen Sonnenstrahlen, die durchs Laub brachen ... Das war das Letzte, was Jaden sich sagen hörte, bevor er in den Schlaf sank.

Der wedische Vierkampf

Als Jaden seine Augen aufschlug, setzte er sich auf und sah sich um. Und wie immer, wenn er in der Welt der Weden gelandet war, war sein Kopf zuerst leer. So dauerte es ein paar Sekunden, ehe Jaden sich an Konrad und Lou erinnerte, die jetzt eigentlich mit ihm hier liegen sollten. Aber es war niemand da. Jaden war allein, genau so, wie er es immer war, wenn er hier erwachte. Jaden stand auf. Weder Konrad noch Lou befanden sich in Sichtweite; es war schiefgegangen. Was sollte er tun? Er seufzte, bis ein Rascheln in der Nähe seine Aufmerksamkeit erregte.

„Konrad?", rief er.

Nichts als Stille.

„Lou?", versuchte er es ein zweites Mal. Wieder nichts, aber das Rascheln kam immer näher. Waren Konrad und Lou nur einige Meter entfernt von ihm gelandet und kämpften sich nun zu ihm durch? Vielleicht antworteten sie ihm nicht, weil sie ihn überraschen wollten? Dann hörte das Rascheln auf und Rania sprang auf ihn zu.

„Ach, Rania, du bist es …", sagte Jaden betrübt, verschluckte das „nur" und kraulte der Wölfin den Kopf.

„Weißt du vielleicht, wo meine Freunde sind?" Jaden erwartete nichts, aber Rania hob ihren Kopf und lief unvermittelt los. Einen Moment überlegte er noch zu warten, vielleicht waren Konrad und Lou ja doch irgendwo in der Nähe? Aber sie hatten ihm nicht geantwortet und wie weit im Wald konnten sie schon gelandet sein? Schließlich folgte er Rania, die in Richtung Syrianka davonlief.

„Nein, Rania! Stopp", rief Jaden, als sie schon fast in Syrianka waren. Wahrscheinlich hatte er sich nicht deutlich genug ausgedrückt und Rania führte ihn zu Ilja und Katya, die ja auch seine Freunde waren.

„Ich meinte nicht Ilja und Katya, sondern Konrad und Lou, meine Freunde – sie sind Traumreisende so wie ich!" Die Wölfin blieb stehen, drehte sich um, schnappte sich Jadens Hosenbein und zog ihn vorwärts. „He! Rania" Jaden musste lachen, sie war wirklich verdammt hartnäckig. „Gut … überredet. Ich folge dir nach Syrianka." Noch während er lief, überlegte er sich, Konrad und Lou zu suchen. Am besten wäre es, er würde Ilja gleich bitten, Balthasar zu rufen. Dann könnten sie noch einmal in den Wald reiten und die beiden suchen. Jaden glaubte noch immer fest daran, dass es geklappt hatte und Konrad und Lou irgendwo in der Nähe waren. Als er am Rand der Siedlung angekommen war, blieb Jaden stehen und starrte ungläubig auf die Szene, die sich ihm bot: Da standen Ilja, Konrad und Lou und unterhielten sich seelenruhig ... Lou trug ein Kleid, das dem von Katya ähnlich war. Jaden brauchte ein paar Sekunden, bis er wirklich kapierte, was da los war. ES HATTE GEKLAPPT! Freudig lief er die Böschung herunter.

„Jaden, wo warst du denn so lange? Eigentlich hättest du uns einander vorstellen sollen", rief Ilja ihm lachend entgegen. „Aber halb so wild – ich habe mich schon mal mit deinen Freunden bekannt gemacht!"

Jaden war so glücklich darüber, dass der Plan funktioniert hatte und Konrad und Lou auch hier waren, dass er ein breites Lächeln zur Schau trug.

Konrad, der eben noch gesprochen hatte, sah nun aus, als hätte er einen Geist gesehen, ihm fielen fast die Augen aus den Höhlen. Er machte einen ganz verschreckten Eindruck und trat einen Schritt zurück.

„Jaden ... Jaden, ein Wolf!", schrie er, völlig außer sich. Jaden konnte sich ein Lachen nicht verkneifen. „Keine Sorge, das ist nur Rania, wir sind Freunde und sie ist ganz zahm ...", sagte er und streichelte Rania zum Beweis. Lou, die im Gegensatz zu Konrad Jadens Bericht über die Traumreisen gelesen hatte, ging furchtlos auf Jaden zu und streichelte Rania. Erst noch etwas zögerlich, nahm sie einige Sekunden später noch ihre zweite Hand, um Rania zu streicheln. Sie lachte und rief: „Konrad, hab keine Angst, sie ist keine wilde Wölfin und sie fällt keine Menschen an ... Sie ist vielmehr so etwas wie ein Hund – ein sehr intelligenter Hund natürlich."

„Dein Freund macht genau dasselbe Gesicht wie du, als du das erste Mal Rania gegenüberstandest!", sagte Ilja und grinste breit. Konrad blickte verlegen drein, trat entschlossen auf die Wölfin zu und streichelte sie mit besonders schwungvollen Bewegungen, als wollte er allen demonstrieren, dass er selbstverständlich keine Angst hatte. Aber Jaden bemerkte, dass Konrads Hand zitterte.

„Da bist du ja endlich!“, brummte Konrad und sah Jaden finster an.

„Warum sind wir nicht alle am selben Ort aufgewacht?“, fragte Lou und man sah ihr an, wie aufgeregt und hibbelig sie war. Nervös strich sie sich immer wieder die Haare zurecht und wusste gar nicht, wohin sie ihre Augen zuerst richten sollte.

Jaden kam ein Verdacht. „Wann seid ihr denn eingeschlafen?“, fragte er. Konrad überlegte: „Also das Letzte, was ich gehört habe, war deine Beschreibung von Syrianka. Du hast die Häuser beschrieben und die Gärten …“

„Ja, genau, ungefähr an der Stelle muss ich auch eingeschlafen sein!“, rief Lou.

Jetzt wurde Jaden alles klar.

„Und ich hab noch weiter erzählt … bestimmt noch zehn Minuten. Ich hab den Wald beschrieben und die Stelle, an der ich immer aufwache – also bin ich da gelandet …“ Er deutete auf den Wald. „… und ihr hier – in der Siedlung!“ Jetzt brach in Jaden endlich die Erleichterung aus. Es hatte tatsächlich funktioniert, seine Freunde in diese geheimnisvolle Welt zu holen, nur der Zeitpunkt, an dem sie eingeschlafen waren, hatte nicht übereingestimmt.

„Und, was sagt ihr dazu? Ich meine dazu, dass ihr jetzt wirklich *hier* seid?“, fragte Jaden und war so gespannt, dass er die Antworten kaum abwarten konnte.

„Na ja … bis auf den ersten Schreck hab ich hier noch nicht viel gesehen oder erlebt.“ Konrad schien sich langsam, aber sicher von seinem Schreck zu erholen, denn jetzt sagte er: „Für mich ist das ein ganz normaler Traum – noch längst kein Beweis, dass hier eine eigenständige Welt existiert.“ Konrad versuchte, seine Hände in die Hosentaschen zu stecken. Da die Kleidung der Weden aber keine besaß, rutschten sie an der Hose vorbei. Konrads Gesicht sprach Bände, er musste sich von der Tatsache, dass diese Traumreisen nicht nur ein verrücktes Gespinst aus Jadens Kopf waren, erst erholen. Lou dagegen war nur grenzenlose Freude anzumerken. Sie konnte gar nicht mehr aufhören zu lächeln und blickte umher, als versuche sie, sich alles, was sie sah, genau einzuprägen.

„Also, ich *wusste* ja, dass du Recht hast!“, sagte sie munter und schielte mit grinsendem Gesicht zu Konrad hinüber.

„Wir werden noch sehen …“, sagte Konrad knapp und behielt alles, was er sah, genau im Auge, als wollte er das Geschehen genau kontrollieren. Jaden konnte sich nicht erinnern, seinen besten Freund jemals so unsicher und fast schon ängstlich gesehen zu haben.

„Ilja hat uns schon willkommen geheißen“, sagte Lou und lächelte, „ich hab ihn gleich erkannt. Das war aber auch ein Schreck, als wir hier aufgewacht sind! Hätte ich nicht gelesen, was du geschrieben hast, ich wäre bestimmt ohnmächtig geworden in meinem eigenen Traum!“

Kostja, der gerade aus dem Haus geschlendert kam, sah im ersten Moment etwas entgeistert drein, als sein Blick auf Lou und Konrad fiel. In derselben Sekunde fing er sich wieder, lächelte und sagte: „Noch mehr Traumreisende? Ich fürchte langsam, es gibt bald eine Invasion!“

„Das ist ein …“, Jaden zögerte kurz, „… sozusagen ein Experiment, das wir gerade durchführen; ich habe meinen Freunden von Syrianka erzählt und …“, Jaden bedachte Konrad mit einem flüchtigen, durchdringenden Seitenblick, „… leider konnten sie mir nicht recht glauben. Dann kam Lou auf die Idee“, er deutete auf sie und ihr Gesicht errötete leicht, „dass wir versuchen sollten, die nächste Traumreise zusammen zu unternehmen.“

Kostja lächelte. „Das war eine wirklich großartige Idee, Lou! Auf so eine Idee ist nicht einmal dein Großvater gekommen. Aber damals war die Zeit auch noch nicht bereit …“ Ein Ausdruck, den Jaden noch nie gesehen hatte, erschien in Kostjas Blick. Wie eine absurde Mischung aus Traurigkeit und Hoffnung.

Lou, deren Gesicht vorher schon leicht gerötet war, sah nach diesem Lob schüchtern auf den Boden. Kostja wandte sich an Jaden.

„Und dir muss ich ebenfalls gratulieren, Jaden. Du musst die Vorstellung von diesem Ort sehr gut gestaltet haben, sonst stünden deine Freunde jetzt nicht hier. Ich wette, dein Großvater wäre ziemlich stolz auf dich.“ Für einen flüchtigen Moment legte er Jaden seine Hand auf die Schulter. „Und? Hat Ilja euch schon von der großen Neuigkeit erzählt?“ Fragend sah Kostja seinen Sohn an.

„Nein, ich wollte noch ein wenig warten, aber …“, Ilja zuckte mit den Schultern, „… warum eigentlich nicht jetzt? Ich habe den Straßennamen herausbekommen“, sagte er in ernstem Ton und Konrad starrte ihn mit so ungläubigem Gesichtsausdruck an, als hätte sich Ilja direkt vor seinen Augen in ein Walross oder etwas ähnlich Spektakuläres verwandelt.

„Wie? Die Straße, in der Nick gefangen gehalten wird?“, fragte er und vergaß beinahe, den Mund wieder zu schließen.

„Ja, genau den!“, sagte Ilja bedeutungsvoll. „Es ist …“ Ilja machte eine kleine Pause und betrachtete grinsend die Gesichter der drei, die ihn mit einer Mischung aus Verblüffung und Verwunderung anstarrten. „… der Bernsteinweg!“

Erst wusste niemand, was er sagen sollte. Konrads Mimik war deutlich zu entnehmen, dass er kein Wort glaubte. Misstrauisch musterte er Ilja und Kostja von Kopf bis Fuß. Lous Augen dagegen leuchteten.

„Habt ihr das gehört? Jetzt können wir der Polizei die Adresse durchgeben!“

„Ach? Und was sollen wir denen sagen, woher die Adresse stammt? Nein, wir müssen erst selbst rausfinden, ob das auch wahr ist!“, raunzte Konrad. Jaden und Lou sahen sich viel sagend an. Ihnen wurde klar, dass Konrad seine schlechte Laune heute nicht mehr verlieren würde.

„Kannst du nicht ein *einziges Mal* zugeben, dass du dich geirrt hast, und deinen blöden Stolz vergessen?“, fragte Lou genervt. Aber Konrad schien gar nichts gehört zu haben. Er starrte an Lou vorbei. Jaden folgte Konrads Blick und sah nun fast genauso ehrfürchtig drein wie er. Ein Mädchen auf einem strahlend weißen Pferd ritt in einem rasanten Tempo und mit wehenden Haaren auf sie zu. Das lange Kleid flatterte hinter ihr und ließ sie wie eine Figur aus einem Märchen wirken. Jaden erkannte erst sehr spät, dass es Katya war. Sie bremste ihr Pferd so passgenau ab, dass es direkt vor den Freunden stehen blieb, so dicht, dass Jaden den Atem des Pferdes spüren konnte. Die Nüstern des Pferdes blähten sich vor Anstrengung und es schnaubte ein paar Mal kräftig. Katya strahlte, sie trug heute ein ganz besonders schönes Kleid und in ihre Haare hatte sie Rosen geflochten.

„So ein Ausritt ist doch wirklich wunderbar erfrischend!“, lachte sie und stieg vom Pferd. Sie klopfte den Hals des Pferdes und sagte: „Danke, Seraphim, bis zum nächsten Mal.“ Und das weiße Pferd galoppierte wieder davon.

„Ich grüße dich, Jaden“, sagte Katya und lächelte, während sie Konrad und Lou freundlich ansah, „wen hast du uns denn da mitgebracht?“

„Hi, Katya!“, erwiderte Jaden. „Darf ich vorstellen: Das sind meine Freunde, Konrad und Lou.“

„Hallo, Katya“, nuschelte Konrad verlegen und traute sich kaum, aufzusehen.

„Hey, hab schon viel von dir gehört, Katya, und natürlich – wie könnte es anders sein – nur Gutes!“ Lou grinste.

„Nur Gutes, sagst du? Das freut mich! Obwohl ich auch ziemlich anstrengend sein kann“, sagte Katya und ein fröhliches Lächeln erschien auf ihrem Gesicht.

„Jetzt, nachdem sich alle kennen gelernt haben, können wir ja endlich was Sinnvolles machen, oder?“, unterbrach Ilja. „Also, was haltet ihr denn von einem ordentlichen wedischen Vierkampf?“ Konrad und Lou sahen sich irritiert an, Jaden grinste wissend.

„Wedischer Vierkampf?“, wiederholte Lou. „Was ist das?“

„Der wedische Vierkampf findet viermal im Jahr statt, und die vier umliegenden Siedlungen nehmen daran teil. Jede der Siedlungen stellt eine Mannschaft aus vier Spielern, die wiederum in vier Disziplinen gegeneinander antreten: Kutschenrennen, Wettlauf, Schwertkampf und das Duell der Worte. Glaubt mir“, rief Ilja und rieb sich die Hände, „der Vierkampf und besonders das Kutschenrennen wird euch garantiert einen Heidenspaß machen!“ Als er Konrads sorgenvolles Gesicht sah, schob er schnell die Worte hinterher: „Keine Angst, euch wird garantiert nichts passieren!“

Ilja führte sie zu dem kleinen Holzunterstand, der die Kutsche beherbergte. Er pfiff einmal und es dauerte nicht besonders lange, bis sich ein Pferd aus der Herde löste, die auf der anderen Seite der Lichtung graste. Dieses Mal kam Iljas Pferd Balthasar auf sie zu und senkte seinen Kopf vor Ilja, um ihn zu begrüßen. Ilja kraulte ihn sanft zwischen den Ohren und flüsterte ihm etwas ins Ohr.

Dann sagte er laut: „Na, mein Hübscher! Heute geht’s endlich mal wieder auf zum wedischen Vierkampf! Und irgendwie beschleicht mich das Gefühl, dass wir Mischa heute endlich schlagen werden!“ Balthasar schnaubte, als hätte er jedes Wort verstanden, stellte sich vor die Kutsche und ließ sich willig von Ilja anspannen.

„Wer ist Mischa“, fragte Konrad, „dein Konkurrent?“

Katya schüttelte lächelnd den Kopf. „Ilja und Mischa wetteifern schon seit Jahren um den ersten Platz im Kutschenrennen; das ist so eine Art Familientradition, unsere Väter haben schon gegeneinander gekämpft – und bisher, also die letzten drei Male – ging Mischa als Sieger hervor."

Jaden, Lou und Konrad sahen fasziniert zu, wie Ilja mit schnellen Griffen sein Pferd anspannte. Jaden musste immer wieder die staunenden Gesichter seiner beiden Freunde betrachten und grinsen, wenn er daran dachte, dass er bei seiner ersten Traumreise wahrscheinlich genauso ausgesehen hatte: grenzenlos verwirrt und ziemlich beeindruckt.

Als Ilja fertig war, setzte er sich nach vorn auf den Kutschbock. Konrad und Lou setzten sich nebeneinander, so dass die gegenüberliegende Sitzbank hinter dem Kutschbock für Jaden und Katya frei blieb.

„Wir fahren jetzt ein paar Kilometer bis zur nächsten Siedlung, Assino, die dieses Quartal Gastgeber des wedischen Vierkampfes ist ... Letztes Frühjahr haben sie gleich in drei der Disziplinen gewonnen", sagte Ilja zähneknirschend.

„Also, macht es euch bequem!", rief er über seine Schulter hinweg. „Und haltet euch gut fest!", setzte er mit einem aufschlussreichen Grinsen nach. Dann ging es im Schritt durchs Dorf, aber sobald sie das letzte Grundstück passiert hatten, rief Ilja: „Hey, Balthasar, meinst du nicht, du könntest etwas schneller sein?" Und Balthasar ließ sich nicht lange bitten; er beschleunigte sein Tempo auf der Stelle. Jetzt bewegten sie sich in einem schnellen Trab vorbei an den Bäumen, deren Äste sie zuweilen an den Armen kitzelten. Lou, die Katya gegenübersaß, streckte ihren Arm aus und genoss sichtlich die kühlende Luft und den Schatten der Bäume an diesem heißen Tag. Ihre Haare flatterten im Wind, als sie sich auf den Rand der Kutsche lehnte und die vorbeifliegende Landschaft betrachtete.

„Ihr habt es hier so schön!", sagte sie schwärmerisch. „Einfach unglaublich schön. Darf ich dich was fragen, Katya?", fragte Lou ganz unvermittelt.

Katya lächelte. „Klar, was immer du willst!"

„Als ich Jadens Aufzeichnungen über die Traumreisen durchgelesen habe, ist mir was aufgefallen ... Du hast gesagt, ihr respektiert die Tiere ... Das heißt doch, dass ihr alle kein Fleisch esst, oder? Und außerdem scheint ihr kaum Arbeit zu haben, wie funktioniert das? Eigentlich müsstet ihr doch den ganzen Tag damit beschäftigt sein, zu säen und zu ernten, Vorräte für den Winter zu besorgen und so weiter … Im Winter könnt ihr ja nicht wie wir in einen Laden gehen und euch was zu essen kaufen. Wie macht ihr das also?“ So eine Frage war typisch für Lou, die immer alles genau wissen wollte. Katya lächelte und setzte zu einer Antwort an.

„Das Wichtigste ist: Die Ernährung muss wie die Atmung funktionieren. Einfach und natürlich. Sieh mal, wenn wir morgens erwachen, gehen wir einmal über unseren Landsitz und essen alles, worauf wir gerade Appetit verspüren. Dabei sehen wir gar nicht genau hin, sondern lassen uns von unseren Sinnen leiten. Jede Frucht, jede Beere und jedes der vielen Kräuter strömt andere Aromen und Düfte aus. Weil meine Mutter schon in der Schwangerschaft auf diesem Grund und Boden gelebt hat, weiß mein Körper genau, was ihm in wie großer Menge guttut. Für den Winter trocknen wir Pilze, sonst brauchen wir nichts zu tun. Alles andere sammeln die Tiere für uns, und geben uns von ihren Vorräten, wenn wir es brauchen. Wisst ihr, es gibt so etwas wie einen unsichtbaren Fluss aus Energie zwischen allen Lebewesen, der zwar unsichtbar ist, aber trotzdem existiert … Und wenn man will, kann man ihn mit logischen Überlegungen auch beweisen. Und auch die Tiere gehören dazu. Allerdings sind sie nicht zum Essen da, wie die meisten in eurer Welt leider denken.“ Katyas Gesicht bekam einen traurigen Zug. „Und das Schlimmste ist, damit bestraft ihr euch selbst! Genau deshalb habt ihr ja so viel Arbeit. Ihr habt den natürlichen Kreislauf völlig verdreht, und deshalb wird das Leben für euch immer anstrengender.“

„Wieso anstrengender?“, meldete sich Konrad zu Wort. „Wir haben so viel Technik und tolle Erfindungen, Computer und Hightech, dass wir uns um fast nichts mehr kümmern müssen. Ihr habt ja noch nicht mal Strom!“

„Aber seid abhängig vom Strom, von Computern. Ohne diese Dinge würde euer gesamtes Leben zusammenbrechen. Und wie kam es dazu? Die Menschen bei euch fingen irgendwann an, Tiere zu jagen und zu verschlingen. Dadurch wurde der natürliche Kreislauf des Lebens in einen Kreislauf des Sterbens verwandelt, versteht ihr? Wir haben keine Arbeit, weil die Tiere für uns Futtervorräte sammeln. Die Eichhörnchen zum Beispiel! Eure Wissenschaftler haben herausgefunden, dass sie jeden Herbst ungefähr acht Kilo Nüsse verscharren und dazu 18.000 Tannenzapfen. Danach können sie ihre Vorräte aber nicht mehr wiederfinden und verhungern oft sogar. Eure Wissenschaftler meinen jetzt, herausgefunden zu haben, warum das so ist: Sie haben bewiesen, dass das Erinnerungsvermögen eines Eichhörnchens nur drei Sekunden hält. Aber überlegt doch mal selbst. Es muss doch einen Sinn haben, dass es so viel Nahrungsvorräte anlegt, und einen Grund, warum es offensichtlich so verwirrt ist, dass es sie nicht mehr wiederfindet. Der wahre Grund dafür ist, dass die Eichhörnchen ihre Vorräte hauptsächlich für Menschen anlegen ... Früher war das auch bei euch so. Wisst ihr, die Eichhörnchen überschütten uns im Winter geradezu mit Nüssen, und wir brauchen rein gar nichts dafür zu tun. Aber wir tun trotzdem etwas.“ Lächelnd zuckte Katya mit den Schultern. „Wir geben ihnen einfach unsere Liebe und alle Tiere sind bestrebt, mit uns zusammen zu sein oder uns Gutes zu tun. Als einziges Wesen auf dem Planeten ist der Mensch zu einer besonderen Art der Liebe fähig. Die Fähigkeit, tief und umfassend zu fühlen, ist es nämlich, die den Menschen auszeichnet. Wir würden nicht im Traum auf die Idee kommen, plötzlich aufzustehen und unsere ganze Energie darauf zu verschwenden, Tiere zu jagen und zu verschlingen, das wäre wirklich dumm!“

„Also seid ihr alle Vegetarier?“, fragte Lou.

„Ja, natürlich.“ Katya lächelte. „Wieso sollten wir denn Tiere töten, wenn wir doch von einer Vielzahl von Beeren, Früchten, Nüssen, Wurzeln und wohlschmeckendem Gemüse umgeben sind? Außerdem müssten wir dann auf die Hilfe der Tiere verzichten und uns auch noch darum kümmern, die Tiere zu füttern, die wir einfangen, um sie zu essen. Wir hätten also immer mehr Arbeit damit, unser Überleben zu sichern. Würden wir das tun, käme ein ungesunder Kreislauf in Gang, der uns nach und nach immer mehr Zeit rauben würde – bis es irgendwann so wäre wie in eurer Welt: barbarisch.“

„Bei euch gibt es also keine Fabriken, kein Geld und auch gar keine Arbeitsplätze, wie wir sie kennen“, sagte Konrad skeptisch, „aber wie stellt ihr Medikamente her oder was tut ihr, wenn ihr mal krank seid, dann seid ihr wohl aufgeschmissen, was?“

„Krank?“ Katya lachte. „Ich habe davon gehört, dass es so was bei euch gibt, aber hier existieren keine Krankheiten. Weder Allergien, die bei euch zahlreich sind, noch sonstige Krankheiten! Wo sollen die denn herkommen?“

Konrad wirkte für einen Augenblick fassungslos. „Jeder wird doch mal krank … oder etwa nicht?“, fragte er in die Runde und sah Jaden und Lou Hilfe suchend an. „Oder könnt ihr euch mit euren *geheimnisvollen* Kräften selbst davor schützen?“

Lou schnaubte verächtlich. „Nur weil du mal nicht sofort alles kapierst, musst du nicht gleich beleidigend werden!“

Katya blieb ganz ruhig und überlegte einen Moment. Dann fuhr sie mit einem Lächeln fort. „Diese Kräfte, wie du sagst, schlummern in jedem Menschen. Aber es ist wohl wahr, dass in eurer Welt geheim gehalten wird, wie der Mensch wieder lernen kann, das verloren gegangene Wissen zu entdecken …“ Katya hielt kurz inne.

„Aber kommen wir lieber auf die Krankheiten zurück. Nur wenn man seelisch oder körperlich stark geschwächt ist, kann man krank werden. Nur dann können Bakterien oder Viren in den Körper eindringen. Bei euch fangen sogar Zellen im eigenen Körper an, sich falsch zu entwickeln, ihr nennt das Krebs. Das ist bei euch möglich, weil ihr euren Körper mit so viel unnatürlichem Essen vollstopft, das von euren Wissenschaftlern sogar künstlich verändert wird. Und weil ihr ständigem Stress ausgesetzt seid, um so zu funktionieren, wie man es euch vorschreibt, weil ihr unbedingt dieses Geld bekommen wollt. Es ist eigentlich völlig wertlos, aber man hält es euch immer wieder vor die Nase und sagt euch, wie wichtig es ist.“ Katya war etwas atemlos, nachdem sie sehr schnell gesprochen hatte. Den anderen ging das zu schnell.

„Aber in ‚unserer Welt‘, wie du es immer nennst, helfen uns die Tiere nun mal nicht! Und ich glaube auch nicht, dass es mal so war, wie du sagst. Dafür gibt es keine Beweise – nicht die geringsten. Und außerdem hat der Mensch ein Raubtiergebiss und hat schon immer Fleisch gegessen“, sagte Konrad und verschränkte die Arme vor der Brust. „Das hier ist doch alles vollkommen verrückt!“

Katya lächelte weiter. „Oh, Beweise gibt es genug, sehr viele sogar. Weißt du was über die Römer? Die Gladiatoren?“

„Jaaaa ... das waren die Kämpfer in den Arenen ... Wieso, was ist mit denen“, sagte Konrad und schien sich zu fragen, was jetzt wohl kommen würde.

„Eure Wissenschaftler haben herausgefunden, dass sie strikte Vegetarier waren, durch Ausgrabungen und Analysen – stellt euch das vor: Die stärksten Kämpfer haben kein Fleisch gegessen, weil sie noch wussten, dass dies nicht die richtige Lebensweise war und dass sie über mehr Kraft verfügten, wenn sie sich vegetarisch ernährten ... oder ganz ohne tierische Produkte.“

„Woher weißt du das denn alles? Du lebst doch hier, oder nicht? Woher willst du so genau wissen, was bei uns geschieht?“, wandte Konrad ein.

„In unserem Dorf gastierte einmal ein Zauberer, der uns die Grundzüge eurer Welt erklärte. Daher weiß ich es.“

„Ein Zauberer?“, fragte Konrad verständnislos noch einmal nach. „Wusste ich's doch! Ihr habt euer Wissen von Zauberern – das kann ja nicht stimmen!“

„Nein, Konrad, Zauberer werden hier die Lehrer genannt“, sagte Jaden, „sie sind so etwas wie wandernde Lehrer, die durch die Siedlungen ziehen, um den Kindern von ihrem Wissen zu berichten. Vorher haben sie sich übrigens jahrzehntelang mit einem einzigen Thema auseinandergesetzt, das heißt viel genauer als die Lehrer bei uns, die in wenigen Jahren zwei Fächer studieren und deshalb viel weniger wissen.“

„Und wenn ihr mir sonst was erzählt! Ich glaube es trotzdem nicht, das hier ist einfach nur ein stinknormaler Traum, so wie jeder andere. Und wenn wir bei der Adresse auftauchen, die dein Bruder angeblich *gesehen* hat, dann wird da auch kein Nick sitzen. Das ... das ist doch alles nur kompletter Quatsch und nichts weiter!“

Jaden und Lou sahen sich an, denn so kannten sie ihn: stur und dickköpfig.

„Gut“, sagte Katya, „ich finde es völlig verständlich, was du sagst. Aber ich möchte euch noch eine Geschichte erzählen, die uns dieser Lehrer, bei dem ich damals war, auch erzählt hat. Also, stellt euch Folgendes vor:

Ein Mensch wacht morgens auf und möchte wie jeden Morgen über sein Grundstück spazieren. Er öffnet also seine Tür und geht zu einem Apfelbaum, der auf seinem Grund und Boden steht. Doch ein Mann in einem Anzug versperrt ihm den Weg. Hinter ihm sitzen ein paar andere Männer an Tischen und schreiben irgendetwas auf Listen. Direkt am Baum steht ein Mann, der die Äpfel pflückt. ‚Was ist denn hier los?', fragt der Mensch, dem der Garten gehört. ‚Was soll das denn? Warum versperrst du mir den Weg zu meinem Baum?'

Der Mann vor ihm sagte: ‚Ich bin der Verkäufer. Die Männer an den Tischen hinter mir sind die Buchhalter, und dahinter steht der Bauer, der sie erntet. Da die Transportwege hier ziemlich kurz sind, hast du Glück und musst sie mir nicht bezahlen. Aber trotzdem musst du mir Geld geben, wenn du einen Apfel haben möchtest.' Der Mann, dem der Garten gehörte, guckte recht verständnislos. ‚Aber ich hab doch gar kein Geld', sagte er. ‚Dann geh zu deinem Nachbarn. Da ist noch eine Buchhalterstelle frei', sagte der Verkäufer, zuckte mit den Schultern und drehte dem verdutzten Mann den Rücken zu. Sollte er dieses verrückte Spiel mitspielen oder nicht?"

„Das ist ja ein Durcheinander!", sagte Lou und lachte. „Ich habe verstanden, was du meinst! Ein Haufen unnötiger Arbeit entsteht, wenn der Mensch anfängt, unnatürlich zu leben. Er spart damit gar keine Arbeit, so wie man es uns immer sagt, er verliert nur die Zeit, sein eigenes Leben zu genießen."

„Ja", sagte Jaden, „je öfter ich hier bin, desto mehr habe ich den Eindruck, *wir* leben verrückt! Und, ich glaube, wir werden immer dümmer, je mehr Technik entwickelt wird … und je mehr wir im Luxus leben!"

„Na ja, ihr werdet nicht direkt dümmer", sagte Katya, „aber ihr denkt immer weniger über die wichtigen Dinge nach. Eure Gedanken sind nur noch auf künstliche Sachen fixiert und der natürliche Ablauf ist vollkommen gestört … In eurer heutigen, modernen Zeit sind die Menschen und Tiere völlig durcheinander, weil das Gefüge der Welt aus der Bahn geworfen wurde. Auch die Natur, euer Klima, alles gerät langsam durcheinander …"

„Ja, das stimmt, man kann jeden Tag davon in den Nachrichten hören, die ganzen Überflutungen und die Tierseuchen, BSE und so weiter …", bestätigte Lou und zog die Stirn in Falten, „und das alles liegt an uns, den Menschen?"

Katya nickte. „Ja, leider", seufzte sie, „weil der Mensch sich viel zu weit von einem friedlichen Leben mit der Natur entfernt hat. Bei euch herrscht der Glaube an die Technologie vor. Ihr sitzt jeden Tag vor Fernsehgeräten und Computern, die aber nur eine Gehirnprothese darstellen. Euer eigenes Gehirn verfügt über viel mehr Fähigkeiten, als ihr denkt. Als Jaden seine ersten Traumreisen machte, dachte er gewiss, wir wären ein kleines, dummes Völkchen, das ganz einfach fernab der Zivilisation lebt." Jaden versuchte, zu widersprechen, aber Katya lachte und winkte ab.

„Keine Sorge, Jaden, das war nur ein Scherz ... Aber du musst zugeben, dass du sehr erstaunt warst, als Ilja alle Rechenaufgaben problemlos ausführen konnte, die bei euch teilweise nur noch Computer lösen können ... Aber es geht noch viel weiter, wir können noch bedeutend mehr: Dinge, an denen die Wissenschaftler bei euch noch in 100 Jahren forschen werden, sind für uns jetzt schon möglich – und waren es auch schon immer."

„Konrad", rief Lou und grinste, „mir ist gerade noch etwas eingefallen: Du weißt doch bestimmt auch, dass wir Menschen nur zehn Prozent unseres Gehirns benutzen, oder? Das zumindest haben die Forscher rausgefunden, was sagst du denn dazu? Vielleicht ist es ja möglich, dass die Weden ihr ganzes Gehirn benutzen und deshalb so schlau sind." Konrad, der noch immer mit verschränkten Armen und trotzigem Gesicht dasaß, machte keine Anstalten, auch nur das leiseste bisschen einsichtig zu sein.

„Das wäre zwar möglich, heißt aber noch lange nicht, dass es auch so ist!", lautete seine Antwort. „Und außerdem ..."

„Wir sind da!", rief Ilja und schnitt Konrad das Wort ab. Die Kutsche erreichte jetzt das Ende des Waldes, eine Landschaft aus wilden Wiesen und einigen Seen erstreckte sich vor ihnen, so weit das Auge reichte.

„Seht mal, da drüben ... Sind das etwa Wildpferde?", rief Lou und deutete auf eine sonnige grüne Wiese hinter einem kleinen Bach, auf der eine Gruppe von Pferden stand. Sie grasten friedlich, einige Fohlen sprangen umher und schauten neugierig zu ihnen herüber.

„Ja, das sind Wildpferde", sagte Katya, „wir haben hier nur Wildpferde. Die Zauberer bringen uns bei, wie wir Pferde zähmen können." Lou sah aus, als wollte sie ihren Ohren nicht trauen.

„Das bedeutet, ihr habt Balthasar und Seraphim selbst gezähmt?", fragte sie ungläubig.

„Ja." Katya amüsierte sich sehr über Lous Verwunderung. „Genau das bedeutet es!"

Ilja lenkte Balthasar jetzt in die entgegengesetzte Richtung, auf einen Platz, an dem bereits viele andere Kutschen standen. Schon von weitem winkten die zahllosen Kinder ihnen zu und ein lautes Stimmengewirr erwartete sie, als sie näher kamen. Es waren bestimmt 30 Kutschen, die bunt geschmückt in einer Reihe standen, und wahrscheinlich um die 150 Kinder und Jugendliche, die sich laut unterhielten und lachten. Einige waren noch dabei, die Kutschen zu entladen, und andere richteten die Teller, Platten und Krüge auf Holztafeln an, die auf den Boden gelegt worden waren. Im Schatten der Bäume, dicht am Waldrand standen acht kleine, schmale Holzkutschen mit sehr großen Rädern. Sie sahen brandneu aus, und das helle Holz schimmerte blank poliert. Überall wuselten Kinder umher und riefen sich Anweisungen zu. In der Ferne war so etwas wie eine Rennstrecke zu sehen, auf der kein Gras mehr wuchs.

„Die Kutschen dort hinten sind aber schön!", sagte Lou unvermittelt.

„Eine davon hat Ilja mit Vater gebaut", sagte Katya und lehnte sich etwas aus der Kutsche, „die dort … die dritte von rechts."

„Die mit den geschnitzten Pferden? Wow!", entfuhr es Lou. Aber sie hatte Recht, die Kutsche von Ilja war mit Abstand die schönste. Ganz vorn, genau in der Mitte der Kutsche, war ein Pferd aus dem Holz der Kutsche geschnitzt worden. Es befand sich offenbar mitten im Galopp und die Mähne flog hinter ihm her. Auch die Sitze und Lehnen waren mit unzähligen Verzierungen und Mustern übersät: Diese Kutsche war ein wahrhaftiges Meisterwerk!

Das Stimmengemurmel um sie herum wurde lauter, je näher sie kamen. Es waren so viele Kinder da, auch kleinere, die miteinander plapperten und lachten. Jaden versuchte angestrengt, zu verstehen, was gesagt wurde, aber erneut hatte er das Gefühl, hier wurde eine andere Sprache gesprochen.

„Sagt mal, kann es sein, dass …! Hört ihr das auch?", fragte Lou plötzlich nach einem Moment des Schweigens. „Sie … sie reden doch in einer fremden Sprache, oder?"

„Gut, dass dir das auch aufgefallen ist, ich dachte schon, ich spinne!", sagte Jaden erleichtert. Einer der Jungs, dessen braune Locken in alle

Richtungen standen, rief gerade etwas völlig Unverständliches in ihre Richtung. Jaden glaubte „Ilja" darin gehört zu haben, und war daher sicher, dass der Junge mit Ilja sprach.

„Hey, Freunde", rief Ilja, nachdem der Junge geendet hatte, „heute habe ich Traumreisende dabei – und ja, ich habe mich gut vorbereitet", für einen Moment verstummte das Stimmengewirr. Die Kutsche fuhr noch ein paar Meter durchs hohe Gras, und sie waren da. Stille, niemand sagte etwas, die meisten sahen sie nur interessiert an. Besonders Jaden, Lou und Konrad wurden von allen Kindern neugierig gemustert.

„Darf ich vorstellen", sagte Ilja laut, so dass alle ihn hören konnten, „das hier sind Jaden, Konrad und Lou. Jaden war schon öfter hier, er ist der Enkel von Nathan, von dem haben einige von euch bestimmt schon gehört … Und stellt euch vor, Jaden hat es geschafft, seine Freunde mit herzubringen!" Jaden sah seinen Freund skeptisch an, warum hielt er wohl diese Rede, wo doch keiner hier verstehen konnte, was er sagte? Sie sprachen doch ganz offensichtlich eine andere Sprache. Der Junge mit den braunen Locken kam auf sie zu.

„Hallo, Jaden!", sagte er, als hätte er nicht vor ein paar Sekunden noch in einer fremden Sprache geredet. „Ilja hat uns schon *jede Menge* von dir erzählt! Ich bin Mischa." Jaden schaute ihn verdutzt an und auch Konrad und Lou ging es nicht anders. Mischa ging zu Konrad und gab ihm die Hand. Als er vor Lou angelangt war, kniete er sich auf ein Bein, nahm Lous Hand und gab ihr einen Handkuss. Lou errötete sofort und lächelte schüchtern. „Eine Dame muss man auch standesgemäß begrüßen", sagte Mischa, nachdem er sich wieder erhoben hatte, und grinste. Jaden starrte ihn an. „Aber … aber hast du nicht eben eine andere Sprache gesprochen?"

Mischa grinste. „Ja, schon, aber wenn ich in unserer Sprache weiterrede, versteht ihr uns ja nicht mehr, also rede ich so, wie ihr es gewohnt seid."

„So, wie wir es gewohnt sind?", fragte Konrad verständnislos. „Du meinst, du hast unsere Sprache *gelernt*", versuchte er, Mischa zu verbessern.

Ilja lachte laut auf. „Nein, er hat sie nicht gelernt. Mischa, ich und wir alle hier haben nur gelernt, Menschen zu *verstehen*, auch wenn wir ihre Sprache nicht kennen. Wartet mal, ich glaube, dafür gibt es sogar eine Bezeichnung bei euch …"

„Telepathie – sie nennen es Telepathie", meldete sich ein blondes, sommersprossiges Mädchen zu Wort.

„Richtig, Telepathie. Danke, Galina! Wisst ihr, wenn man erst einmal die Gedanken des Menschen versteht, die sich hauptsächlich in Gefühlsregungen äußern, dann ist die Sprache egal. Dann kann man seine eigenen Gedanken ganz leicht in der Sprache äußern, die derjenige gewohnt ist."

„Genau", sagte Ilja und grinste, „wir sind so faul, dass wir lieber Telepathie lernen als tausende von Sprachen!" Lautes Gelächter ertönte und einige der Kinder begannen wieder, sich zu unterhalten, und das Verblüffende war: Alle sprachen genau wie sie, ohne Akzent, ohne ein Anzeichen dafür, dass es gar nicht die Sprache war, mit der sie aufgewachsen waren; mehr noch: eine Sprache, die sie noch nicht einmal gelernt hatten! Schließlich wollte Konrad wissen, was denn ihre Muttersprache sei. Ilja überlegte. „Unsere Sprache existiert bei euch nicht mehr, aber von den heute existierenden Sprache ist euer Russisch ihr am ähnlichsten, glaube ich."

„So! Wollen wir nicht langsam mal starten?", fragte Mischa. „Ihr Traumreisenden seid ja nicht ewig hier!"

Plötzlich lief Mischa wie von der Tarantel gestochen und mit breitem Grinsen auf einen Baum zu, rannte an dessen Stamm hinauf und sprang mit einem gewaltigen Satz auf den dicksten Ast.

„Wie ist das möglich …?", murmelte Jaden, Konrad stand mit weit aufgerissenen Augen neben ihm.

„Habt ihr das eben gesehen?", fragte Konrad aufgeregt.

„Was denn?", fragte Ilja und spielte den Ahnungslosen.

„Mischa ist gerade den … den Baum *hochgerannt*! Das ist vollkommen *unmöglich!"* Konrads Zeigefinger deutete noch immer auf Mischa, der sicher auf dem Ast stand und zur Belustigung der Menge hin und her balancierte.

„Och …", sagte Ilja und feixte, „mit *dem* Tempo und einer guten Willenskraft geht das schon!" Iljas betonte Gelassenheit brachte Konrad nur noch mehr auf.

„Auch das Tempo war *unmöglich!* So schnell kann doch kein normaler Mensch laufen!"

„Aber du hast es doch eben gesehen, oder?", grinste Ilja. Lou und Jadens Kichern verstummte sofort, als Konrad sie mit einem grimmigen Blick strafte. Mischa strich sich, auf seinem Ast stehend, gerade das Hemd glatt.

„Sooooo, Aufmerksamkeit hab ich schon mal", rief er und grinste, „was zum Erzählen fällt mir bestimmt auch noch ein!" Gelächter setzte ein. Als es wieder still war, fuhr Mischa mit lauter Stimme fort. „Da wär'n wir mal wieder … zu unserem allseits beliebten wedischen Vierkampf! Dieses Mal können wir drei Traumreisende unter uns begrüßen!" Applaus und Jubel ertönte, und den drei Freunden war ihre Verlegenheit deutlich anzusehen. Mischa lächelte und seine Stimme schallte erneut los: „Ich hoffe, ihr habt Schwerter und Pferde auf Hochglanz poliert, so dass wir gleich mit qualmenden Hufen das Kutschenrennen beginnen können. Danach folgt der Wettlauf, dann der Schwertkampf und als Letztes die schwerste Disziplin: der Wettkampf der Worte." Ein Raunen ging durch die Menge.

„Bevor ich's vergesse: Meine wunderbare Assistentin für den heutigen Tag ist Nadeshda, dort hinten steht sie." Er deutete auf ein groß gewachsenes Mädchen, mit einem dunklen, geflochtenen Zopf, das freundlich lächelte.

„Wie jedes Mal gibt es vier Mannschaften: eine für jede Siedlung, die teilnimmt. Für die Siedlung Syrianka treten an: Ilja, Katya, Dima und Galenka." Alle vier waren nach vorne gegangen, stellten sich in einer Reihe auf und verneigten sich unter dem Applaus der Zuschauer. „Für die Siedlung Assino treten an: Luka, Valerija, Nadja und …" Mischa streckte bedeutungsvoll die Arme aus und reckte das Kinn: „… meine Wenigkeit!" Er lachte und schlug ein Rad auf seinem Ast. Wieder ertönte Jubel und Applaus, nachdem die Mannschaft von Assino nach vorn getreten war.

„Für die Siedlung Witim treten an: Dimitri, Vitja, Natalija und Lena." Auch sie kamen nach vorn und winkten dem johlenden Publikum.

„Für die vierte Siedlung, Tynda, treten an: Alexej, Nastja, Mitja und Xenia."

Jetzt standen alle vier Mannschaften auf dem Platz und die Menge jubelte und applaudierte mit voller Begeisterung. Sogar die kleineren Kinder machten sich mit Anfeuerungsrufen bemerkbar und jubelten aus voller Kehle.

„Zwischendurch gibt es die köstlichsten Speisen, die ihr euch nur vorstellen könnt, zubereitet von den besten Köchinnen: den Mädchen aus unserer Siedlung!“ Wiederum setzte Applaus ein, und einige der angesprochenen Mädchen schlugen beschämt und rotwangig die Augen nieder.

„Für alle Kutscher geht's jetzt erst mal auf die Böcke der Rennkutschen, die sie in monatelanger Arbeit mit ihren Vätern erbaut haben, für die allseits bekannte Aufwärmrunde! Und dann startet auch schon die erste Disziplin: das Kutschenrennen!“

Mischa pfiff einmal laut über beide Ringfinger und ließ sich an einem anderen Ast herab – direkt auf den Rücken seines heranrauschenden Pferdes. In wenigen Sekunden war er bei den Rennkutschen angelangt und begann, sein Pferd einzuspannen, während alle anderen schon aufstiegen.

„Ihr könnt schon mal losfahren, gleich werdet ihr mich nur noch von hinten sehen“, sagte Mischa und grinste. Die ersten Kutschen setzten sich bereits in Bewegung, Ilja sprang auf den Kutschbock.

„Jaden, setz dich neben mich!“ Überrascht sah Jaden zu Ilja auf. „Ich? Aber ich gehöre doch gar nicht zur Siedlung.“

„Wenn man bedenkt, wie oft du bei uns bist, gehörst du schon so gut wie dazu“, sagte Ilja überzeugt und wendete seinen Kopf, „du hast doch nichts dagegen, Katya, oder?“

„Nein, was sollte ich dagegen haben?“, sagte Katya und nickte Jaden zu. „Fahr nur mit, vielleicht bringt uns ein Traumreisender Glück, man kann nie wissen …“ Sie zwinkerte Jaden aufmunternd zu.

„Ein Traumreisender bringt Vorteile?“, rief Mischa, der das Gespräch gehört hatte. „Na, wenn das so ist … Konrad, möchtest du nicht zufällig mit mir fahren?“ Mischa war nicht entgangen, wie enttäuscht Konrad gewesen war, als Jaden auf die Kutsche kletterte.

„Los, Konrad, zeig uns, was du kannst!“, lachte Jaden. „Aber das wird gewiss nichts nützen … Ich wette, wir gewinnen.“

„Ha! Das werden wir noch sehen!“, rief Konrad und sein berüchtigter Ehrgeiz flammte auf. Jaden wollte gerade etwas Passendes erwidern, da fiel ihm Lou ein. „Und was ist mit Lou?“, fragte er. „Ist auf irgendeiner Kutsche noch ein Platz frei?“ Suchend sah er sich um, inzwischen waren fast alle zur Aufwärmrunde gestartet, und auf den verbliebenen Kutschen saßen schon je zwei.

„Och, ich möchte gar nicht mit“, sagte Lou und zuckte mit den Schultern, „ich bleibe lieber hier bei Katya und erfahre noch mehr über diese geheimnisvolle Welt ...!“ Katya lächelte und hakte sich bei Lou ein.

„Wir sehen uns das Ganze aus einer der Zuschauerkutschen an, nicht wahr? Komm, wir suchen uns die besten Plätze.“ Mit diesen Worten rauschten die zwei davon und stiegen wie die anderen Schaulustigen in die großen Kutschen, um sich gemütlich herumfahren zu lassen und mit sicherem Abstand zuzusehen.

„Na dann.“ Mischa ging ein Stück zurück und machte eine einladende Geste. „Spring auf, Konrad!“ Das ließ er sich nicht zweimal sagen, mit einem Grinsen in Jadens Richtung stieg er auf die Rennkutsche. Mischa machte aus dem Stand einen halsbrecherischen Salto, stand mit einem Satz neben Konrad, nahm die Zügel in die Hand und rief: „Los, Piroschka, lauf!“

Als sein Pferd sich in Bewegung setzte, feuerte auch Ilja seinen Balthasar an: „Hey! Balthasar, zeig's diesem Angeber!“

Mischa lachte lauthals über Iljas Kommentar, noch immer lenkte er im Stehen, während die beiden Kutschen nebeneinander herfuhren. Beide waren ungefähr gleich schnell, und sie holten die Meute vor ihnen rasch ein. Balthasar und Piroschka legten einen Galopp der Spitzenklasse hin, und Jaden musste sich festhalten, um in diesem atemberaubenden Tempo nicht von der Kutsche zu fallen. Ein Blick zu Konrad sagte ihm, dass es auch seinem Freund nicht besser erging: Krampfhaft klammerte er sich zu beiden Seiten an die spärliche Lehne. Der holprige Untergrund war auch nicht besonders ideal für das Rennen, dachte Jaden, aber das war jetzt nebensächlich.

„Ich bin so was von gespannt, wer in diesem Jahr gewinnt!“, rief Mischa hinüber. „Die Chancen sind ziemlich gleich verteilt, da wir *beide* uns in der glücklichen Lage befinden, Traumreisende zur Unterstützung gewonnen zu haben!“ Er grinste, inzwischen hatten sie die Schlusslichter des Kutschenteppichs vor ihnen eingeholt. Ilja setzte sein Tempo jetzt etwas herunter. „Ich will Balthasar nicht schon beim Aufwärmen überanstrengen“, flüsterte Ilja Jaden zu. Mischa dagegen rauschte an ihnen vorbei.

„Bis später!“, rief er und verbeugte sich, immer noch stehend, Konrad winkte ihnen mit einem breiten Grinsen.

„Na, die fühlen sich aber sicher“, bemerkte Jaden trocken.

„Sollen sie doch! Wir bleiben erst mal hinten und wenn das Rennen erst richtig losgeht, dann werden wir es Mischa und Konrad schon zeigen, das versichere ich dir!“ Nach ungefähr zehn Minuten war die Aufwärmrunde beendet und alle Rennkutschen stellten sich nebeneinander an eine Startlinie, die aus verstreuten Blumen bestand. Als alle feinsäuberlich nebeneinander standen, stellte sich Katya vor die Kutschen. „In diesem Jahr haben wir uns was ganz Besonderes für euch ausgedacht. Die Rennstrecke führt dieses Mal bis zum Wasserfall und die besondere Aufgabe in diesem Jahr lautet: einen Becher mit Wasser von dort mitzubringen!“ Katya lachte, als sie in die Gesichter der Kutscher sah: „Ja, das wird nicht ganz einfach, aber wir sind gespannt auf die vielen Lösungen, die ihr euch einfallen lasst!“ Lou ging inzwischen herum und verteilte die Tonbecher, mit denen sie das Wasser schöpfen sollten.

„Ihr müsst darauf achten, dass sie während der restlichen Fahrt mindestens halb voll bleiben. Also, liebe Beifahrer, ich wünsche euch eine sichere Hand. Passt auf das Wasser auf, als wäre es ein Baby. Schließlich soll es wie immer nicht nur um Schnelligkeit gehen, sondern auch darum, wie man zusätzliche Herausforderungen meistert!“ Katya lächelte, nahm eine der Rosen, die sie sich ins Haar geflochten hatte, und löste ein Blütenblatt. Sie hob ihren Arm und ließ das Blütenblatt los. Langsam schwebte es zur Erde. Sobald es den Boden berührt hatte, tobte ein Lärm los, der seinesgleichen suchte … Die Pferde wurden angefeuert, die Hufe flogen nur so über die Erde und die Kutschen bretterten über die wilde Landschaft. Jaden fühlte sich gar nicht gut, wenn er an die Aufgabe dachte, die vor ihm lag. Wie sollte er bei diesem Tempo, bei dem er jetzt schon Probleme hatte, sich nur mit einer Hand festzuhalten – denn in der anderen war ja der Becher –, dafür sorgen, dass nachher das Wasser im Becher blieb? Das war schlichtweg unmöglich! Aber Jaden konnte auch nicht zulassen, dass Ilja wegen ihm verlor.

„Hast du eine Idee, wie wir das mit dem Wasser anstellen sollen?“, fragte Jaden.

„Na ja … Ich habe da schon so eine Idee … Aber meine Vorstellung ist noch nicht genau genug, warte noch einen Moment …“, sagte Ilja und sah gleich darauf wieder hoch konzentriert aus. Jaden fragte sich, wie er es schaffte, sein Gleichgewicht so zu halten, dass er sich nicht festhalten musste. Nicht einmal in den Kurven, in denen Jaden immer das Gefühl hatte, jeden Moment aus der Kutsche geschleudert zu werden. Nach der nächsten Kurve sah Jaden sich um: Ilja und er, Mischa und Konrad und zwei Mädchen lagen vorn. Der Unterschied zwischen den drei Kutschen und ihren Pferden betrug nur eine Nasenlänge. So, wie es aussah, würde sich das Rennen zwischen ihnen entscheiden. Jetzt durfte niemand mehr einen Fehler machen. Konrad saß genauso unsicher auf der Kutsche wie Jaden und bemühte sich eigentlich nur, nicht runterzufallen. So hatte sich Jaden die Fahrt nicht vorgestellt, er vergaß einfach immer wieder, dass die Kinder in dieser Welt ganz andere Fähigkeiten hatten, und auch Konrad musste diese Erfahrung jetzt machen.

Plötzlich schimmerte rechts neben ihnen ein Fluss zwischen den Bäumen hindurch, und Jaden meinte, ein Rauschen zu hören. Der Wasserfall, dachte Jaden alarmiert, und er spürte einen Schwall von Angst in sich aufkommen.

„Verkrampf dich jetzt nicht, Jaden!“, rief Ilja ihm zu. „Du musst versuchen, dich mit deinen Beinen und Füßen zu stabilisieren … Gleich wirst *du* die Zügel halten.“

„Nein, *nein!* Das kann ich nicht!“, rief Jaden verzweifelt und wischte sich den Angstschweiß von der Stirn.

„Doch, das kannst du, ich vertraue dir! Du musst Balthasar so lenken, dass er nicht zu nah am Ufer entlangläuft, aber doch dicht genug. Ich weiß, dass du es schaffst … Gleich ist es so weit!“ Ilja schrie schon fast, das Rauschen des Wasserfalls wurde immer lauter. Jaden hatte Mühe, seinen Freund zu verstehen. Jetzt gaben die Bäume den Blick auf den rauschenden Fluss frei, der sich direkt neben der Rennstrecke entlangschlängelte. Die Böschung fiel schräg ab, Steine und Geröll lagen neben dem Fluss. Nicht allzu weit entfernt brach das Land ab, dort befand sich die Schlucht, in die der Wasserfall hinabstürzte. Jaden riskierte einen schnellen Blick nach hinten. Mischa hatte angehalten, damit Konrad das Wasser schöpfen konnte, und sah mit verwundertem Gesicht nach vorn, als könne er kaum begreifen, was sich auf der Kutsche vor ihm abspielte.

Ilja behielt sein Tempo noch immer bei, offenbar wollte er erst kurz vor dem hinabstürzenden Wasser die letzte Möglichkeit nutzen, um einem

Sturz in den Abgrund zu entgehen. Jaden hatte das Gefühl, das Klopfen seines Herzens trotz des tosenden Wassers hören zu können. Ilja lenkte die Kutsche nach links, so weit, dass die Kutsche sich in einer gefährlichen Schräglage befand. Jaden schluckte und gab sich Mühe, nicht vor Angst zu schreien, als Ilja ihn ansah und ihm die Zügel in die freie Hand drückte.

„Jetzt!“, schrie Ilja, schnappte sich blitzschnell den Becher und Jaden übernahm die Zügel, ohne zu wissen, was er da tat. Für Sekundenbruchteile starrte er ratlos auf die Schnüre in seiner Hand, dann bewegte er seine Hände so, dass Balthasar etwas weiter links lief, einem plötzlichen Impuls folgend. Jaden konnte sich kaum noch auf seinem Sitz halten, Balthasar jagte weiter über die Böschung.

Ilja hatte sich indessen aus der Kutsche gehängt. Sein linker Fuß, der auf dem kleinen Trittbrett stand, stützte seinen gesamten Körper, während sein rechter Fuß sich in dem kleinen Raum zwischen Rad und Kutsche befand. Iljas Oberkörper streckte sich fast parallel zum Boden, seine Haare berührten das Gras, und seine Arme hielt er weit gestreckt in Richtung Wasser. Jaden stockte der Atem, als er Iljas Kopf nur zehn Zentimeter über dem Geröll hängen sah, bei einem Tempo, wo jeder Fehler tödlich sein könnte. Aber Jaden blieb keine Zeit, darüber nachzudenken, jetzt musste er handeln! Sein Herz raste und Schweißperlen standen ihm auf der Stirn.

Ihm musste es gelingen, die Kutsche noch ein klein wenig nach links zu bewegen, und dass möglichst schnell, denn es blieb nicht mehr viel Zeit. Aber lenkte er das Pferd zu weit nach links, würde es für alle drei gefährlich werden, denn die Kutsche hatte jetzt schon eine gefährliche Schräglage. Sachte, ganz sachte lenkte er Balthasar nach links, und – es klappte! Iljas ausgestreckte Arme waren an den Rand des Flusses gelangt und er zog den Becher in vollem Galopp durch den Fluss … Der Becher war voll! Schnell und wendig saß Ilja wieder neben Jaden, als wäre nichts gewesen, als hätte er nicht gerade ein Kunststück vollbracht.

„Nimm, Jaden!“, rief er und hielt ihm den vollen Becher hin. Jaden nahm den Becher mit der einen Hand und hielt die andere darauf. Ihm wurde plötzlich klar, dass er sich die ganze Zeit während des gefährlichen Manövers nicht festgehalten hatte, also würde es jetzt auch gehen … Im buchstäblich letzten Moment lenkte Ilja seinen Balthasar um die Kurve, nur ein paar Meter weiter, und sie wären in den Abgrund gestürzt. Jaden erhaschte einen Blick in die Schlucht und fragte sich, wie viele hier schon umgekommen waren …

„Wir liegen vorn!“, rief Ilja begeistert. Sie hatten beide Kutschen weit hinter sich gelassen und Ilja hatte Recht: Es würde den anderen sehr schwerfallen, sie noch einmal aufzuholen. Iljas lebensgefährliche Art, Wasser zu schöpfen, hatte ihnen nicht nur einen großen Vorsprung verschafft, sie hatte auch einen gewaltigen Adrenalinstoß nach sich gezogen. Balthasar schien sein Tempo noch zu beschleunigen und auch Jaden fühlte sich hellwach und fragte sich, wieso er eben noch so besorgt gewesen war, das Wasser im Becher zu halten. Nach dem, was er eben erlebt hatte, erschien ihm das wie ein Klacks! Er sah sich noch einmal um, aber die drei Kutschen, die er erkennen konnte, waren so weit hinter ihnen, dass sie sich keine großen Sorgen mehr machen mussten. Das Ziel kam immer näher, Jaden sah bereits die Wipfel der Bäume und als sie die kleine Anhöhe überwunden hatten, war das Ziel zum Greifen nahe. Doch plötzlich hörten sie Hufgetrappel hinter sich. Jaden drehte seinen Kopf: Mischa und Konrad kamen langsam, aber stetig näher. Offensichtlich mobilisierte Piroschka noch einmal ihre letzten Kräfte, jetzt, da sie dem Ziel so nahe waren.

„Wenn wir uns nichts einfallen lassen, überholen sie uns noch!“, keuchte Jaden, dem die ungewohnte Anstrengung sehr zusetzte. Ilja zögerte nicht lange. Er legte die Zügel aus der Hand, stand auf, balancierte einen Moment auf der Kutsche, die immer noch in vollem Tempo über die Wiese holperte, und sprang mit einem Satz auf Balthasars Rücken. Jetzt saß Ilja auf seinem Pferd und flüsterte ihm verschwörerisch einige Worte zu. Jaden versuchte, etwas zu verstehen, aber das war unmöglich angesichts des Fahrtwindes und des Geräusches der Kutsche, die in voller Fahrt über die Wiesen holperte.

Jaden sah sich besorgt um: Mischa und Konrad fehlten nur noch ein paar Meter, dann wären sie auf gleicher Höhe. Aber plötzlich beschleunigte Balthasar sein Tempo noch einmal. Wie hatte Ilja das nur geschafft? Als es über eine besonders holprige Stelle ging, hob die Kutsche für Sekundenbruchteile vom Boden ab. Jaden wurde hin und her geschüttelt, und das kostbare Wasser im Becher schwappte gegen die Hand, die Jaden noch immer schützend daraufhielt.

Gleich hatten sie es geschafft … gleich … Nur noch wenige Meter trennten sie vom Ziel … Und dann hörte Jaden nur noch unbändigen Jubel und Applaus … Wie im Rausch hörte er seinen Namen, der gerufen wurde. *„Jaden! Ilja! Jaden, Ilja …!“*, tönte es im Singsang von überall her, und der tosende Lärm dröhnte in Jadens Ohren.

Balthasar schoss weit über die Ziellinie hinaus und kam erst spät zum Stehen. Kaum war die letzte Drehung der Räder vollendet, sprang Ilja von Balthasars Rücken zurück in die Kutsche und warf sich glücklich in Jadens Arme. Fast wäre Jaden der Becher aus der Hand gefallen, in allerletzter Sekunde konnte er ihn noch halten. „Wir haben es geschafft! Wir haben gewonnen!“, jubelte Ilja.

Jaden war mindestens genauso glücklich, aber sicherheitshalber stieg er erst einmal von der Kutsche und stellte den Becher auf sicheren Untergrund. Erst dann merkte Jaden, wie sich die ganze Anspannung des Rennens von ihm löste, und seine Beine fühlten sich an wie Espenlaub.

Die Zuschauer, die begeistert hinter ihnen hergelaufen waren, erreichten nun die Kutsche. Ein paar Meter weiter kamen Mischa und Konrad zu stehen. Mischa lächelte; er war ein fairer Verlierer; Konrad aber war deutlich anzusehen, wie gern er gewonnen hätte. Inzwischen hatten bestimmt 50 Kinder die Kutsche umringt.

„Wie habt ihr es geschafft, gegen Mischa zu gewinnen?“, fragte Nadeshda, nachdem die Lautstärke etwas gesunken war und sie kontrolliert hatte, ob sich noch genug Wasser im Becher befand. Sie hob den Becher in die Höhe und schwenkte ihn, so dass ein wenig Wasser über den Rand schwappte, um allen zu demonstrieren, dass der Sieg nun offiziell Jaden und Ilja gehörte.

„Sieg für Syrianka!“, rief Nadeshda mit lauter Stimme. Die Menge jubelte und war außer Rand und Band. Mischa, der betont lässig hinübergeschlendert kam, verlor keine Sekunde und berichtete haargenau, was geschehen war. Jetzt, da er nicht gewonnen hatte, wollte er wenigstens die Berichterstattung übernehmen. Ilja und Jaden grinsten sich an und ließen ihm das Vergnügen. Mischa bediente sich äußerst lebendiger Gestik und

Mimik. Er erzählte, wie sich Ilja auf waghalsige Weise aus der Kutsche gehängt hatte, um das Wasser während des Fahrens zu schöpfen. „Ich wollte eben keine Zeit verlieren!“, warf Ilja lachend ein. Mischa schilderte weiter, wie Jaden die Zügel gehalten und Balthasar millimetergenau gelenkt hatte. Bewundernde Blicke von allen Seiten trafen auf Jaden, dem so viel Aufmerksamkeit noch immer nicht angenehm war.

Nachdem jede Einzelheit des Rennens ausgiebig diskutiert worden war und die Aufregung allmählich abklang, gab es eine kurze Pause, in der die Platten und Schüsseln mit den leckeren Gerichten angesteuert wurden. Zumindest von den Zuschauern, denn auf Mischa, Ilja und die anderen warteten noch drei weitere Wettkämpfe. Jaden schlenderte neben Ilja her, immer den köstlichen Düften folgend, die von den Speisen aufstiegen. Jaden wusste gar nicht, wofür er sich entscheiden sollte, so vielfältig war das Angebot, das sich auf den 20 Meter langen, aneinandergereihten Holzlatten verteilte.

Es gab die verschiedensten Suppen und Eintöpfe, eine große Auswahl an Salaten, alle Gemüsesorten, die man sich vorstellen konnte, gefüllt und gebraten, Pfannkuchen, Süßspeisen, Apfel-, Kirsch- und Birnenkuchen, allerlei Obstsorten, Spezialitäten mit Honig und Nüssen … Die Hälfte der Gerichte hatten Jaden, Konrad und Lou noch nie gesehen, geschweige denn gekostet. Sie nahmen sich von den bereitgestellten Tellern und Schüsseln und bedienten sich. Dann setzten sie sich auf den Boden zu Ilja und Katya, die in einem großen Kreis mit einigen Freunden saßen. Ilja und Katya aßen nur einen Apfel, nach dieser Pause sollte der Wettlauf stattfinden, an dem sie teilnehmen würden.

„Wie viel Meter lauft ihr denn? Und geht es etwa über dieses unwegsame Gelände? Da brecht ihr euch doch die Beine“, fragte Konrad so interessiert, als würde er selbst mitlaufen wollen.

„Kann mich nicht erinnern, dass sich während unserer Wettkämpfe jemals einer verletzt hat“, sagte Ilja kauend, „und wie viele Meter wir laufen, kommt ganz darauf an, wie uns die Wölfe scheuchen.“ Ilja, Jaden und ein paar andere lachten laut auf. Jaden konnte sich gut vorstellen, was Konrad jetzt wohl dachte.

„Die Wölfe … euch scheuchen?“, riesige Fragezeichen tauchten in Konrads Augen auf. Die Gabel, die er eben noch in ein Stück Pfannkuchen stoßen wollte, ließ er wieder sinken.

„Na ja, wir laufen nicht nur gegen die anderen Teams, sondern auch gegen ein Rudel Wölfe; sobald uns einer von ihnen berührt, haben wir verloren."

„Aber … aber", versuchte Konrad zu widersprechen, „wie soll denn das funktionieren? Ich meine, gegen einen Wolf … Der ist doch viel schneller!"

Lou, die die ganze Zeit über schweigend gegessen, oder vielmehr, das Essen geradezu verschlungen hatte, kratzte gerade die letzten Reste ihres Salats vom Teller. „Ich schlage vor, du siehst es dir einfach zuerst mal an, danach kannst du dich immer noch darüber aufregen, was alles *nicht* möglich ist – deiner Meinung nach!" Sie leckte sich die Lippen und stand auf.

„Ich hole mir jetzt noch eine zweite Portion; und ich kann dich schon mal vorwarnen: Es ist so *unfassbar* lecker, dass du es kaum glauben wirst!" Lou lachte und lief los. Konrad sah ihr mit missbilligendem Blick nach, dann stach er seine Gabel in ein Stück Pfannkuchen, steckte es in den Mund und kaute. Nach und nach hellte sich sein Gesicht auf.

„Sie hat Recht! Das ist ja wirklich phantastisch", sagte er und schaufelte Bissen um Bissen in sich hinein. Auch Jaden kostete erst jetzt von seinem eigenen Teller. Er hatte sich eine Honigspezialität geholt, zu der Ilja ihm geraten hatte. Großen Hunger verspürte Jaden nach dem Rennen nicht. Besonders appetitlich sah diese helle Masse nicht aus, aber als sie seine Zunge berührte, empfand Jaden ein Gefühl, dass er noch nie beim Essen empfunden hatte, so etwas Gutes hatte er in seinem ganzen Leben noch nicht gegessen. Lou, die inzwischen mit übervollem Teller zurückgekehrt war, lächelte, als sie sah, wie sehr Konrad und Jaden ins Essen vertieft waren.

„Hab ich's nicht gesagt?", fragte sie und setzte sich. Danach hatte auch Lou keine Zeit mehr zu reden.

„Ja, wir haben schon gutes Futter", sagte Mischa und grinste.

Nachdem sich die Zuschauer die Bäuche vollgeschlagen hatten, und auch Jaden, Konrad und Lou sich mehr als gesättigt fühlten, setzten sich alle langsam in Bewegung. Jaden, Konrad und Lou kletterten wie alle anderen auf die Kutschen, die langsam in Richtung Wald strömten. Mischa war vorgelaufen, er erwartete sie schon am Waldrand. Zweimal pfiff er laut und schrill, dann forderte er die Mannschaften der vier Siedlungen auf, nach vorn zu treten. Sie stellten sich alle in einer Reihe auf und warteten nicht lange, als ein Rudel Wölfe aus dem Wald gelaufen kam. Konrad schreckte instinktiv zurück und auch Lou schien großen Respekt vor den Wölfen zu haben, sie sah nicht halb so selbstsicher aus wie sonst. Jaden war aufgeregt, er kniff seine Augen zusammen und musterte die Wölfe genau, es waren 16 an der Zahl. Ob sich Rania unter ihnen befand …? Ja, da war sie! Stolz und schön lief sie herbei und verschwand hinter den Läufern.

„Dieses Mal werdet ihr jede Einzelheit des Rennens genau verfolgen können, denn ihr könnt nebenherfahren und zusehen, wie wir uns abhetzen! Selbstverständlich könnt ihr auch unsere Schnelligkeit und unser Geschick bewundern, die wir jahrelang und nur für diesen einen Tag trainiert haben!" An dieser Stelle konnte sich Mischa ein breites Grinsen kaum verkneifen. „Die Regeln kennt ihr ja, aber ich werde sie euch kurz noch einmal in Erinnerung rufen: Der Sieger dieses Rennens muss nicht nur als Erster im Ziel ankommen – er muss auch wendig genug sein, um den Wölfen zu entkommen, denn: Wird jemand von einem Wolf berührt, von ihm angestupst oder auch nur mit der Zungenspitze beleckt, dann ist das Rennen für denjenigen vorbei." Mischa grinste und verneigte sich. „Und jetzt entschuldigt mich bitte; ich muss schnellstens zur Startlinie." Damit lief er in den Wald. Jaden, Lou und Konrad saßen gespannt in der Kutsche und warteten auf den Beginn des Rennens. Jaden konnte sich in etwa vorstellen, welche Kunststücke sie gleich erwarteten, und er freute sich schon sehr auf die Gesichter seiner beiden Freunde, die im Gegensatz zu ihm noch völlig ahnungslos waren …

Die Rennstrecke verlief durch den Wald und zu Jadens linker Seite hatten sich die 16 Läufer bereits aufgestellt; die Wölfe warteten startbereit ein Stückchen dahinter. Jaden suchte nach Rania und konnte sie schließlich ausgerechnet hinter Mischa entdecken. Ein Mädchen, dass Jaden bisher noch nicht gesehen hatte, trat vor die Läufer und hob den Arm, indem sie, wie Katya zuvor, eine Blume hielt. Langsam schwebte sie zur Erde und berührte den Waldboden. Die Läufer stürmten los, und dass trotz des unebenen Bodens in einem wahrhaften Renntempo. Schneller als die

Wölfe waren sie zwar nicht, aber sobald einer von ihnen näher kam, tat der Läufer irgendetwas, um den Verfolger abzulenken. Manche turnten mehr durch den Wald, als dass sie liefen; sie sprangen hoch, um sich an Ästen festzuhalten und änderten plötzlich ihre Richtung. So verhinderten sie zwar, dass die Wölfe sie erhaschten, verloren aber wertvolle Zeit und andere Läufer überholten sie. Mischa und Katya lagen vorn. Katya lief, als berührte sie den Boden gar nicht. Scheinbar schwerelos rannte sie durch den Wald, in einem Tempo, von dem selbst Konrad mit seiner hervorragenden Kondition nur träumen konnte. Sobald der Wolf, der sie ausgesprochen hartnäckig verfolgte, zu nahe kam, schlug sie ein Rad und tat so, als wollte sie sich von einem Baum abstoßen, um die Richtung zu ändern, lief dann aber geradeaus weiter. Zwischendurch sah Jaden, dass einige Läufer stehen blieben, weil der Wolf sie berührt hatte.

Katya, Ilja und Mischa aber liefen noch immer. Katya lief an der Spitze, Ilja direkt hinter ihr. Plötzlich sprang Mischa in die Luft, hängte sich an einen Ast, vollführte einen Salto in der Luft und lief wie ein Affe von Ast zu Ast. Die Zuschauer grölten und jubelten, aber Mischa verlor durch seine Aktion wertvolle Zeit. Da! Wieder musste einer anhalten. Wie viele liefen noch? Vielleicht zehn? Oder nur noch die Hälfte?

Obwohl die Kutsche, in der Jaden saß, so schnell fuhr, wie sie konnte, entfernten sich die Läufer immer mehr aus Jadens Blickfeld, so dass er Mühe hatte, Katya und Ilja zu sehen. Die Zweige und Blätter der Laubbäume taten ihr Übriges, glücklicherweise standen an dieser Stelle fast ausschließlich hochgewachsene Nadelbäume, so dass die Zuschauer die meiste Zeit über einen freien Blick auf die Läufer hatten. Für die Läufer selbst wurde es nun aber schwieriger, weil sie kaum noch Chancen hatten, die Wölfe durch ihre akrobatischen Tricks abzuhängen. Die Stimmung heizte sich immer mehr auf. Anfeuerungsrufe schallten durch den Wald und erweckten den Eindruck, als würden tausende jubeln, auch Lou und Konrad grölten inzwischen aus Leibeskräften. Und Jaden war unheimlich stolz auf Katya.

Inzwischen kam der Wolf, der Ilja verfolgte, immer näher; fast schon hatte er Ilja erreicht. „ILJA, PASS AUF, HINTER DIR!“, schrie Jaden, so laut er konnte. Da geschah das Unfassbare: Katya sprang gegen einen

Baum, machte einen Salto und landete hinter „ihrem" Wolf, der verdutzt stehen blieb. Dann rannte sie in der entgegengesetzten Richtung weiter. Die Zuschauer waren entsetzt. Wieso lief sie zurück? Lautes Gemurmel setzte ein, Katya rannte *direkt* auf Ilja zu, Jaden hielt den Atem an … Plötzlich, kurz bevor Ilja und Katya mit voller Wucht zusammengeprallt wären, sprangen beide hoch und flogen haarscharf aneinander vorbei. Die beiden Wölfe aber, die Ilja und Katya verfolgt hatten, konnten nicht mehr bremsen und prallten zusammen. Katya, die noch durch die Luft flog, sprang gegen einen Baum, landete auf der Erde und lief sofort wieder in Richtung Ziel weiter. Die Menge jubelte, applaudierte und viele waren gar aufgestanden vor Ergriffenheit. Obwohl die ganze Aktion nur einige Sekunden gedauert hatte, war es Mischa gelungen, die Geschwister zu überholen. Ob Katya diesen Vorsprung wieder einholen konnte? Selbst wenn sie es nicht schaffen sollte, würde Katya wohl die eigentliche Gewinnerin dieses Rennens sein, das war sicher! Jaden konnte seine Augen nicht mehr von ihr abwenden: In ihrem Kleid und mit den wehenden, langen Haaren sah sie aus wie eine Fee, die durch den Wald schwebte, und ihre Schnelligkeit und Anmut waren einfach atemberaubend. Es hatte nicht den Anschein, dass es sie überhaupt eine Kraftanstrengung kostete, minutenlang durch einen Wald zu hetzen. Ilja war ein Stück zurückgefallen, jetzt würde sich das Rennen zwischen Katya und Mischa entscheiden. Jadens Blick wanderte kurz zu Mischa, dessen Wolf ihm immer näher kam. Er verlor mehr und mehr an Vorsprung. Von seinem Gesicht war eine Menge Anstrengung abzulesen – aber er kämpfte. Im Gegensatz zu Katya und Ilja, deren Wölfe nicht mehr hinterherkamen, musste er noch immer viel Kraft aufwenden, um Rania wieder und wieder auszutricksen. Wer würde siegen? Die Spannung war inzwischen so groß, dass die Zuschauer ehrfürchtig verstummten. Katya holte auf, sie befand sich nun beinahe auf gleicher Höhe mit Mischa und das Zielband, das locker zwischen zwei Bäumen hing, kam näher und näher. Dann: Jubelgeschrei, von dem man taub werden konnte; das Publikum stand auf und jubelte – Katya hatte gewonnen! Trotz ihrer Großtat, die sie so viel Zeit gekostet hatte! Jaden, Konrad und Lou hatte es nicht länger auf ihren Sitzen gehalten, sie waren aufgesprungen, strahlten und jubelten. Katya lief, noch immer leichtfüßig, zwischen den Bäumen hindurch, lächelte und warf den Zuschauern Kusshände zu. Jadens Herz schlug wie wild, nachdem Katyas Blick für eine Sekunde auf ihm verweilte.

„Wieder ein Sieg für Syrianka!“, rief Ilja, als er bei seiner Schwester ankam und ihr in die Arme fiel. Mischa stand daneben und schnappte nach Luft. Auch er gratulierte der freudestrahlenden Siegerin. Nachdem sich die Zuschauer wieder beruhigt hatten und die Lautstärke abschwoll, stiegen Katya und die anderen Teilnehmer des Wettrennens auf die Kutschen, die wieder in Richtung Festplatz fuhren. Jaden war sehr aufgeregt, als sie aus der Kutsche stiegen und sich Katya näherten. Sie war umringt von vielen Menschen, ein kleines Mädchen hängte ihr gerade einen Blumenkranz um den Hals, als Jaden, Lou und Konrad sich zu ihr durchgekämpft hatten. Katya beugte sich hinunter und gab dem Mädchen einen Kuss auf die Stirn. Glücklich hopste es davon zu seinen Freundinnen.

Lou war die Erste, die Katya umarmte und ihr gratulierte, dann trat Konrad hervor, gab ihr die Hand und beglückwünschte sie zu ihrer sportlichen Leistung. Lou gelang es nur mit Mühe, ein Kichern zu unterdrücken, angesichts der Förmlichkeit, die Konrad an den Tag legte. Jaden wurde fast schwindlig vor Aufregung, seine Kehle fühlte sich ganz trocken an. Was sollte er sagen? Katya sah ihn erwartungsvoll an, Jaden fasste Mut und umarmte sie. „Du … hast dir den Sieg wirklich verdient, Katya“, flüsterte er ihr zu. Katya lächelte und schlug die Augen nieder. Dann war der Moment vorüber. Der Radau der vielen Menschen drang wieder an Jadens Ohren, es gab eine kleine Pause, in der sich die Sportler erholen konnten. Konrad und Lou stürzten wieder zum Buffet, als hätten sie sich nicht erst in der letzten Pause die Mägen bis zum Platzen gefüllt. Jaden hatte das Gefühl, keinen Bissen hinunterzubekommen, er war noch immer wie verzaubert.

Er freute sich, als Mischa sich erhob, auf die Mitte des Festplatzes stellte und erneut die Teams zu sich rief; jetzt sollte der Schwertkampf stattfinden.

„Es geht, wie ihr wisst, nicht darum, jemandem tödliche Hiebe zuzufügen, sondern darum, den Angreifer zu entwaffnen! Wir werden jetzt auslosen, wer gegen wen kämpfen wird, so dass wir gleich acht Kämpfe beobachten können. Die acht Gewinner werden dann wiederum gegeneinander kämpfen, und vier Sieger werden übrig bleiben. Dann kommt auch schon das Halbfinale und schließlich haben wir noch zwei Kontrahenten, die sich hier Auge in Auge gegenüberstehen werden.“

Noch während Mischa gesprochen hatte, waren Steinchen mit eingravierten Namen von jedem einzelnen Wettkämpfer in ein kleines Säckchen geworfen worden. Nun wurde es von Nadeshda zugebunden und ordentlich durchgeschüttelt. Es herrschte Stille, als sie blind in das Säckchen griff und das erste Steinchen herausholte. „Dimitri“, las sie. Der zweite wurde herausgeholt: „Nastja.“ Beide kamen nach vorn und stellten sich auf, nachdem sie sich begrüßt hatten. So ging es weiter, noch 14 Namen wurden vorgelesen, dann standen alle mit ihren blank polierten Holzschwertern auf dem Platz. Die Spannung stieg merklich, gleich würde es losgehen. Nadeshda gab das Startzeichen. Sie pfiff einmal (die Kämpfer hoben ihren Kopf), ein zweites Mal (die Kämpfer hoben ihre Schwerter), dann der dritte und letzte Pfiff, und der Schwertkampf war eröffnet. Zwischen Ilja und seinem Gegner war noch kein Hieb gefallen. Mischas Gegner dagegen legte sofort los. Mischa gelang es, diesen Schlag mit Leichtigkeit abzuwehren, so dass die Schwerter gegeneinanderprallten. Allmählich setzten alle Kämpfe ein, die Luft war erfüllt von dem Geräusch aneinanderschlagender Schwerter. Jaden wusste gar nicht, wo er zuerst hinsehen sollte.

„Sieh mal!“, rief Lou aufgeregt und deutete auf Ilja. Jaden sah gerade noch, wie er hinter seinem Gegner landete, sich aufrichtete, und einen Schwerthieb mit solcher Wucht abwehrte, dass es seinem Rivalen aus der Hand flog.

„Sieg für Ilja!“, rief Nadeshda, Ilja reichte seinem Gegner die Hand und beide gingen vom Platz. Nadeshda nahm das Steinchen mit dem Namenszug Iljas und ließ es in den Sack fallen. Die anderen sieben Kämpfe gingen weiter. Jaden fühlte eine Welle des Stolzes in sich aufsteigen: Die erste Disziplin hatte Ilja gewonnen, die zweite Katya … Wenn das so weiterging, würde die Siedlung Syrianka klar gewinnen!

„Oh! NEIN!“ Lou war außer sich: „Katya!“ Jaden sah zu Katya hinüber, ihr Schwert lag auf dem Boden. Sie hatte verloren.

„Sieg für Vitja!“

Zu Jadens Überraschung sah sie kein bisschen traurig oder gar wütend aus. Sie lächelte ihren Gegner an, reichte ihm die Hand und schien zu scherzen, denn Vitja lachte. Jaden hätte gern gewusst, was genau sie sagten, aber es ging in den begeisterten Rufen der Zuschauer unter. Jetzt lachten beide und Jaden spürte einen kleinen Stich in seiner Brust. Seine Miene verdüsterte sich augenblicklich.

„Respekt!", sagte Konrad begeistert. „Das nenn ich echten Sportsgeist!" Grimmig sah Jaden seinen Freund an, sagte aber nichts.

Es verging noch einige Zeit, bis die restlichen sechs Kämpfe vorüber waren. Jetzt waren nur noch acht Steine in dem kleinen Säckchen und dieses Mal ging die Auslosung schnell vonstatten, bis sich jeweils zwei Gegner gegenüberstanden, kampfbereit, mit flackerndem Ehrgeiz in den Augen.

Jetzt waren die Kämpfer aufgewärmt und auch die Rufe der Zuschauer wurden allmählich lauter und mutiger. Dieses Mal ging es nach dem dritten Pfiff von Nadeshda direkt los. Jeder wollte gewinnen und die Schwerter droschen mit mehr Wucht gegeneinander als in der vorigen Runde. Jadens Blick blieb an Mischa hängen, der sich gewandt unter dem Hieb seines Gegners wegduckte, mehrmals im Kreis wirbelte, um plötzlich punktgenau und mit dem ganzen Schwung seiner Drehung auf das Schwert seines Kontrahenten einzuschlagen. In hohem Bogen flog es ihm aus der Hand, Mischas Gegner blickte seinem Schwert mit einem fassungslosen Ausdruck im Gesicht nach, dann reichten sich beide die Hand.

„Mischa zieht ins Halbfinale ein", rief Nadeshda lächelnd, fischte ein Steinchen aus dem mittlerweile zusammengeschrumpften Haufen und warf es in das Säckchen. Da! Der nächste Kampf endete, ein blondes Mädchen hatte gesiegt!

„Sieg für Lena, die zweite Halbfinalistin ist gefunden, Witim zieht ebenfalls ins Halbfinale ein", rief Nadeshda. Die Menge jubelte und applaudierte. Ilja kämpfte noch immer, er schien einen sehr hartnäckigen Gegner vor sich zu haben, der beharrlich alle Hiebe abwehrte. Auch Ilja gelang es, alle Angriffe zu parieren. Jetzt begann er, Saltos zu schlagen, viele hintereinander, er umrundete seinen Gegner in atemberaubender Schnelligkeit. Plötzlich stieß Ilja sich kräftig vom Boden ab und flog hoch in die Luft, direkt auf seinen Rivalen zu. Der duckte sich und rollte unter

Ilja hindurch. Nach seiner Landung drehte Ilja sich blitzschnell um und machte einen flinken Satz auf seinen Gegner zu, der sich noch nicht ganz aufgerichtet hatte – eine Viertelsekunde später war dort, wo sich eben noch sein Schwert befunden hatte, nichts als Luft. Jaden, Konrad und Lou jubelten wie verrückt, donnerndes Gejohle brach aus, soeben waren gleich zwei Kämpfe beendet worden.

„Sieg für Ilja! Und für Alexej – Syrianka und Tynda sind ebenfalls im Halbfinale!“ Der Jubel schwoll an, jetzt hatten alle Zuschauer Grund, aus voller Kraft zu juchzen: Alle vier Siedlungen hatten es ins Halbfinale geschafft!

Bei der letzten Auslosung war Nadeshda nur schwer zu verstehen, sie musste die Namen laut hinausschreien, weil das Publikum einen mordsmäßigen Radau veranstaltete. Ilja trat gegen Alexej an, und Mischa begrüßte Lena als seine Gegnerin. Die vorletzte Runde begann. Die Gegner waren jetzt ziemlich gleichstark. Es schien eine Ewigkeit zu dauern, bis Mischa schließlich über Lena triumphierte; und auch das war denkbar knapp. Mit scheinbar letzter Kraft gelang es Mischa, Lena zu entwaffnen, nachdem sie ihm eine Minute zuvor fast das Schwert aus der Hand geschlagen hätte.

„Der erste Finalist steht fest: Mischa, für die Siedlung Assino!“ Gespannt verfolgten Jaden, Konrad und Lou jetzt den letzten, alles entscheidenden Kampf vor dem Finale. Lou drückte beide Daumen und schrie sich die Kehle wund: „ILJA, ILJA!“ Die Spannung wuchs mit jeder Minute. Es schien einfach kein Ende zu geben. Ilja und Alexej, der ein Stück größer und kräftiger war, kämpften gegeneinander, als ginge es um ihr Leben. Ilja, der gewandter war und allen Hieben geschickt auswich, trat gerade ein paar Schritte zurück … Er ließ sich von seinem Gegner abdrängen! Er schien keine Kraft mehr zu haben. Für einen Moment sah es so aus, als würde Alexej gewinnen – aber plötzlich mobilisierte Ilja noch einmal all seine Kräfte und griff seinen Gegner an, er war es jetzt, der überrascht zurückweichen musste. Es folgte Hieb auf Hieb, Ilja war nicht mehr zu halten. Alexej duckte sich unter dem Schwert weg – und mit einem gezielten Tritt seines rechten Fußes beförderte Ilja das Schwert seines Kontrahenten in die Luft.

„JAAAAA! Er hat es geschafft, er hat es geschafft!“, jubelte Konrad. Lou hüpfte vor Begeisterung auf und ab, sie war völlig aus dem Häuschen und Jaden fiel in den Singsang mit ein, den einige der Zuschauer in ihrem Freudentaumel anstimmten: „SY-RI-ANKA! SY-RI-ANKA!" Aber noch war nichts entschieden, der finale Kampf stand noch aus, und Jaden war furchtbar enttäuscht, als Nadeshda verkündete, dass noch einmal eine Pause einsetzte, bevor das Finale stattfinden würde.

Ilja war noch ganz außer Atem, als Jaden, Konrad und Lou zu ihm stürmten. „Du warst echt genial!", rief Jaden und legte seinen Arm um Iljas Schultern, während sie auf dem Weg zum Buffet waren. „Nicht so voreilig", keuchte Ilja und strich sich die schweißnassen Haare aus der Stirn, „das Finale kommt erst noch ..."

Konrad lachte. „Ach Quatsch! Bei deiner ausgeklügelten Taktik *kannst* du nur gewinnen! Ich meine ... das war echt eine Glanzleistung! Deinen Gegner im Glauben zu wiegen, du wärst bereits am Ende deiner Kräfte ... nur um dann noch einmal richtig loszulegen."

„Jetzt lass ihn doch erst mal zu Atem kommen", sagte Lou vorwurfsvoll. Am Buffet angekommen, stürzte Ilja zwei Becher Wasser hinunter, füllte sich noch einen auf und ließ sich das kühle Wasser über Kopf und Gesicht laufen.

„Mischa hat gewiss auch einige Tricks auf Lager", sagte Ilja nachdenklich, „ihr habt ja gesehen, wie leicht er vorhin während des Wettlaufs seine akrobatischen Kunststücke gezeigt hat ... Und nach dem verlorenen Kutschenrennen wird er alles daran setzen, jetzt zu gewinnen ..."

Ilja grinste. „Aber in mir hat er einen mehr als würdigen Gegner gefunden!"

Ein paar Minuten später, die Sonne war inzwischen so tief gesunken, dass sie sich hinter den Wipfeln der Bäume versteckte, hatten sich die Zuschauer zu einem großen Kreis formiert, in dessen Mitte sich Ilja und Mischa gegenüberstanden. Jetzt wagte niemand mehr, zu jubeln oder auch nur zu reden, einzig Nadeshdas Pfiff schallte über die Wiese; Lou zuckte zusammen. Dann der zweite. Jaden hielt den Atem an. Kaum war das dritte Pfeifen verklungen, schlug Mischa einige Saltos und hieb auf Ilja ein, der den Schlag mit sicherer Hand abwehrte und seinerseits ein paar Saltos rückwärts machte. Dann lief Ilja mit erhobenem Schwert auf

Mischa zu, stieß sich vom Boden ab und hieb im Flug auf Mischa ein, der sich rasch wegduckte. Als Ilja gelandet war, umrundeten sich die beiden vorsichtig, bevor Ilja einen neuen Angriff wagte. Blitzschnell schritt er vorwärts und verfehlte Mischa nur knapp, der sich mit einem Überschlag aus der gefährlichen Situation rettete. Noch immer herrschte Stille unter den Zuschauern. Niemand wollte die Konzentration in diesem wichtigen Kampf stören, in dem die einzigen Geräusche die Bewegungen der beiden Kontrahenten waren. Ilja und Mischa schlichen noch immer umeinander herum wie hungrige Raubtiere, keiner wollte den entscheidenden Fehler machen, der seinem Rivalen den Sieg einbringen könnte. Dieser Kampf war mit den vorigen nicht zu vergleichen; dies war das Finale.

Jetzt bewegten sich beide voneinander weg, zum Erstaunen des Publikums gingen Ilja und Mischa rückwärts, ohne jedoch den Augenkontakt zu unterbrechen. Sie entfernten sich immer weiter voneinander, dabei blickten sie einander starr in die Augen. Die Menge hielt den Atem an. Was hatten sie nur vor …? Als sie ungefähr 30 Meter voneinander entfernt waren, begannen beide unvermittelt, zu rennen, hielten genau aufeinander zu und kurz bevor sie zusammengestoßen wären, wich Mischa ein Stück nach links aus, zog dabei sein Schwert mit voller Wucht über Ilja hinweg, der im allerletzten Moment dagegenhielt. Durch die Wucht der Kollision kam Mischa unversehens ins Straucheln. Ilja nutzte die Gelegenheit, holte aus und zog sein Schwert knapp unter Mischas angewinkelten Beinen vorbei, der jäh hochgesprungen war, so dass Iljas Hieb ins Leere ging. Nun ging der Kampf noch erbitterter weiter und während Hieb auf Hieb folgte, bewegten sich die Kontrahenten immer weiter auf den Wald zu. Plötzlich schlug Ilja einige Rückwärtssalti. Jaden kam sich vor, als befände er sich inmitten eines riesigen Bienenstocks, denn lautes Summen setzte ein. Aufgeregtes Flüstern schallte von überall her; offensichtlich legte Ilja eine sehr merkwürdige Kampftaktik an den Tag – selbst für die Weden. Lou schlug beide Hände vor den Mund, nachdem ihr ein Schreckensschrei entfahren war: Beinahe wäre Ilja aus dem Schwung seiner Salti gegen einen gewaltigen Baumstamm geflogen; etwa zehn Zentimeter hinter seinem Rücken erhob sich eine enorm hohe Eiche in den Himmel. Mischa stand für ein paar Sekunden still, in seinem Gesicht zeigte sich eine Fülle der verschiedensten Ausdrücke, bevor er wild entschlossen losrannte. Ilja wartete, ganz ruhig, bevor er einen Schritt tat, einen Vorwärtssalto machte, scheinbar völlig schwerelos über Mischa hinwegflog und knapp hinter ihm aufkam. Aber im selben Augenblick, in dem seine Füße den Boden berührten, stieß er sich schon wieder ab und vollführte einen Rückwärtssalto, der Jaden das Blut in den Adern gefrieren ließ: Er war auf dem Schwert von Mischa gelandet. Das Publikum verstummte. Mischa stand da wie vom Donner gerührt, bewegungsunfähig, das Schwert mit dem darauf stehenden Ilja gerade in die Luft gestreckt. Ilja stand sicher auf dem Schwert und grinste. Jetzt wurde es Mischa zu viel.

„Na, warte!“, rief er, packte sein Schwert auch noch mit der anderen Hand, ging in die Knie und katapultierte Ilja in die Luft. Der wirbelte nach oben, streckte seinen Körper und packte einen Ast; im Handumdrehen stand Ilja aufrecht im Geäst des Baumes und lächelte.

„Ich dachte, wir könnten den Rest des Kampfes auf den Baum verlegen … Wo du doch so gern auf Bäumen herumturnst“, rief Ilja laut hörbar. Die Zuschauer johlten vor Lachen und auch die drei Traumreisenden konnten nicht anders, als laut loszuprusten, *das* also hatte Ilja die ganze Zeit vorgehabt … Im nächsten Moment schwang sich Mischa ebenfalls auf den Ast und sie setzten ihren Kampf so leichtfüßig fort, als befänden sie sich nicht in zwei Meter Höhe, sondern auf dem sicheren Erdboden. Jetzt mussten die beiden nicht nur darauf achten, die Hiebe des Gegners abzuwehren, sondern auch noch das Gleichgewicht halten. Konrad fielen fast die Augen aus dem Kopf. „Das ist ja besser als in jedem Computerspiel“, sagte er und staunte weiter.

Mit einem blitzschnellen Ausfallschritt spurtete Ilja plötzlich vor und schlug Mischa unter einem Aufschrei des Publikums das Schwert aus der Hand. Es wirbelte wie in Zeitlupe durch die Luft. Mischa reagierte geistesgegenwärtig: Er sprang mit ausgestreckten Armen einem höher liegenden Ast entgegen, schwang sich wie ein Akrobat darauf und fing das Schwert mit seiner rechten Hand. Dann, kaum hatten die Zuschauer sich von dieser waghalsigen Meisterleistung erholt, stürzte sich Mischa kopfüber mit dem Schwert voran auf Ilja, der sein Schwert quer in beide Hände nahm und sein ganzes Körpergewicht einsetzte, um der Wucht des Angriffs standzuhalten. Mischas Sturmangriff ließ den gesamten Baum erbeben und lautes Blätterrascheln erfüllte die spannungsgeladene Stille, in der kein Zuschauer mehr ein Wort herausbrachte, da restlos jeder mit heruntergeklappter Kinnlade dastand.

Mischa, der durch den Druck des Zusammenpralls für den Bruchteil einer Sekunde starr in der Luft schwebte, glitt über Iljas Rücken hinweg auf die Mitte des Astes. Jetzt folgte Schlag auf Schlag, und Mischa wurde mehr und mehr zurückgedrängt, so dass sich die dünne Spitze des Astes unter seinen Füßen langsam hinunterbog. Nach einem schnellen Blick über seine Schulter wich er dem nächsten Hieb Iljas geschickt nach hinten aus, bog seinen Oberkörper nach unten weg, zog die Beine nach und landete sicher wieder auf der Erde. Einen Wimpernschlag später stand Ilja neben ihm.

Mischa drehte sich um, wirbelte ein paar Mal um die eigene Achse, schlug einen Salto und flog zur Überraschung aller über Ilja hinweg, dabei holte er aus und – ein dumpfes Geräusch ertönte. Das Geräusch, das entsteht, wenn Holz auf Holz trifft. Danach: Stille. Lou traute sich kaum, hinzusehen … Ilja starrte entgeistert auf sein Schwert, das zerbrochen auf dem Boden lag. Dann lächelte er, drehte sich um, und gratulierte seinem Rivalen.

„Ich schätze, jetzt sind wir quitt!", grinste Ilja.

„Sieg für die Siedlung Assino!", rief Nadeshda und Jubel brach los, ohrenbetäubender Jubel. Um Mischa bildete sich eine Traube von Kindern, die ihn begeistert feierten. Nur Jaden, Konrad und Lou konnten sich nicht so recht freuen. Dass Ilja verloren hatte, hinterließ einen merkwürdigen, faden Nachgeschmack.

Als der Jubel abklang, war die Sonne bereits hinter dem westlich gelegenen Wald verschwunden und Mischa erhob sich erneut – zur Ankündigung des finalen Wettstreits. Er strahlte noch immer über das ganze Gesicht, als er sprach.

„Fürwahr, Freunde, wir durften heut bereits über großen Mut, unerschütterlichen Siegeswillen und wilde Manöver staunen. Doch nun gilt es, Geist und Seele in Einklang zu bringen und aus ihrer Vereinigung die tollkühnsten Ergüsse zu formulieren … Ganz in der Tradition der alten Meister!" Misha blickte ungewohnt ehrfürchtig in die auffunkelnden Sterne des Abendhimmels, „Wir freuen uns auf … den Wettkampf der Worte." Unter den Zuschauern herrschte tiefes Schweigen und Jaden spürte, wie sich eine Welle der Nervosität unter allen Anwesenden breitmachte.

„Doch keine Sorge", fuhr Mischa fort, „bevor wir uns an die Königsdisziplin wagen, gönnen wir uns noch eine Verschnaufpause. Also: Puls wieder runter – vorerst zumindest!" Mischa lachte und die Zuschauer strömten langsam wieder in Richtung des Buffets.

Die drei Traumreisenden tauschten verwunderte Blicke aus.

„Ich verstehe einfach nicht, warum ausgerechnet das Duell der Worte die Königsdisziplin ist", murmelte Konrad vor sich hin. „Nach allem, was wir heute gesehen haben, der Kampf eben zum Beispiel! Wie sollen denn bloße *Worte* das noch übertreffen können?" Voller Unverständnis schüttelte Konrad den Kopf.

„Ich kann es dir erklären, wenn du möchtest", sagte jemand. Neben Konrad war ein zierliches, sommersprossiges Mädchen aufgetaucht, das vergnügt lächelte. Jaden erinnerte sich an sie; es war Galina. Sie war es, die vorhin „Telepathie" gerufen hatte, als Ilja das passende Wort nicht eingefallen war.

„Worte sind unermesslich bedeutsam! Sie haben die Kraft, wunderschöne oder auch abgrundtief schlechte Empfindungen im Menschen hervorzurufen, denn einfache Worte waren es, die in eurer Welt oft ganze Kriege entfacht haben!"

„Ja", sagte Konrad immer noch zweifelnd, „aber es ist doch viel wichtiger, wie man kämpft – und ob man den Krieg am Ende gewinnt!"

Das Mädchen schüttelte lachend den Kopf. „Aber auch dann ist es doch die Gedankenkraft, die zählt … Alles, was wir heute hier gesehen haben, hat mit der Schnelligkeit der Gedanken zu tun. Was wir uns einfallen lassen, wie schnell wir reagieren … Und dabei ist es ganz egal, ob auf die Sprünge eines Wolfes oder die Bewegungen eines Schwertes – alles hat seinen Ursprung in der Schnelligkeit der Gedanken. Jeder nächste Schritt und jede weitere Handlung muss vorausgedacht werden, sonst funktioniert gar nichts … Und das Duell der Worte ist in dieser Hinsicht sehr bedeutend. Das Kutschenrennen oder der Wettlauf mit einem Wolf können geübt werden, ebenso der Schwertkampf. Aber auf die direkten Worte eines anderen, einzigartigen Menschen in kurzer Zeit klug und einfallsreich zu reagieren, ist kaum zu trainieren. Hier geht es noch mehr als in den anderen Disziplinen um das mit Abstand Komplizierteste: den *menschlichen Geist.*"

„Jaden!", rief Lou plötzlich. „Mir – mir wird so … so … schwindlig!" Jetzt bemerkte Jaden es auch, die Zuschauer und Ilja schienen hinter einem dichten Nebel zu verschwinden.

„Wir wachen auf", war das Letzte, was er sich sagen hörte.

Der geheime Plan

Hallo", rief eine Stimme mit Nachdruck, „hört ihr nicht? Aufwachen, ihr Schlafmützen!" Widerwillig tat Jaden, was ihm geheißen wurde, und öffnete die Augen.

„Ihr wollt doch nicht den ganzen Tag verschlafen, oder?" Vorhänge wurden zur Seite gezogen und grelles Licht durchflutete das Zimmer. Nur langsam begriff Jaden, dass er sich bei Lou befand, und setzte sich auf, ein verschlafener Konrad rappelte sich ebenfalls mühsam auf und Lou sah auch nicht gerade erholt aus.

„Na, ihr seht ja aus, als hättet ihr bis zum frühen Morgen durchgemacht", sagte Lous Mum und lachte. „Ich werde uns jetzt erst mal ein ordentliches Frühstück zubereiten, damit die Lebensgeister in euch zurückkehren!"

„Wie spät ist es?", murmelte Jaden und gähnte herzhaft. „Es ist schon fast Mittag", sagte Lous Mum, „also höchste Zeit, aufzustehen …"

Mit einem Lachen verließ sie das Zimmer so abrupt, wie sie hereingeschneit war. Lou ließ sich rücklings ins Bett fallen.

„Ich hätte sooo gern noch weitergeträumt!" Sie stützte sich auf ihre Unterarme und sah zu Konrad hinüber. „Und?", fragte sie. „Glaubst du Jaden *jetzt,* du alter Sturkopf?"

„Na ja, also … irgendwie schon", sagte er gedehnt, „allerdings kam mir vieles so unmöglich vor." Er schüttelte den Kopf. „Ich begreife das einfach nicht!"

„Es war so wahnsinnig aufregend in der Welt der Weden!", flüsterte Lou verträumt und kuschelte sich noch einmal unter die Bettdecke.

„Bernsteinweg 34", murmelte Jaden vor sich hin, dann sprang er auf.

„Was ist?", fragte Lou erschrocken und richtete sich auf.

„Habt ihr Internet?", fragte Jaden und griff sich seine Hose.

„Äh … ja! Ja, natürlich, was hast du denn vor?" Lou war sichtlich irritiert. Jaden schlüpfte mit seinem rechten Bein in die Hose. „Erinnert ihr euch nicht, weshalb wir die Traumreise *eigentlich* unternommen haben?", fragte er ungeduldig. Lou schlug die Hand vor den Mund. „Ja, klar – Nick! Der *Straßenname!* Wie lautete der noch gleich?"

„Bernsteinweg", wiederholte Jaden und schloss seinen Hosenknopf. Dann streifte er sich schnell sein Shirt über. Lou, noch im Schlafzeug, ging voraus, gleich gegenüber lag das Arbeitszimmer ihrer Mutter. Sie startete den Computer und Jaden setzte sich.

Er wippte nervös mit seinem rechten Bein, warum brauchte diese Internetverbindung so lange? Dann tippte er die Adresse ein: Bernsteinweg 34 … Mit angehaltenem Atem wartete Jaden auf das Ergebnis seiner Suche, die Augen starr auf den Bildschirm gerichtet … Wie blöd, dass der Computer so langsam war … Da, endlich! Den Bernsteinweg mit der Nummer 34 gab es tatsächlich – Ilja hatte sich nicht geirrt!

„Das gibt's doch nicht!", rief Lou und erstarrte.

„*Was* gibt's nicht?", rief Konrad, der sich zwischenzeitlich angezogen hatte und so schnell angestürmt kam, dass er fast den Tisch gerammt hätte.

„Der Bernsteinweg 34 existiert!"

Jaden klickte auf das Pluszeichen am Bildrand, um den Kartenausschnitt zu vergrößern und auszumachen, wo genau die Straße lag … Vor lauter Nervosität klickte er einmal zu viel und musste wieder auf das Minuszeichen gehen, um den Ausschnitt zu verkleinern … Jetzt konnte er sehen, wo die Straße war … und zwar nur ein paar Kilometer weiter!

„Die Straße, die parallel zum Bernsteinweg liegt, kenn ich", rief Konrad plötzlich, „da wohnt ein Freund meines Vaters … Wir brauchen mit dem Bus vielleicht … 20 Minuten bis dorthin!" Ein paar Sekunden lang stierte Jaden ungläubig auf den Bildschirm, dann wandte er sich seinen Freunden zu, die ebenso ungläubig die Augen aufrissen; vollkommen reglos blickten sie auf den Bildschirm.

„Tja … Und was sollen wir jetzt tun?", fragte Jaden ratlos.

„Ist doch klar: zur Polizei gehen!", sagte Lou.

„Also, erst mal solltet ihr frühstücken, glaube ich!" Die Kinder fuhren herum. Lous Mum stand im Türrahmen.

„Aber jetzt mal im Ernst: Weshalb verspürt ihr nach dem Aufstehen das dringende Bedürfnis, zur Polizei zu müssen?", fragte Lous Mum und zog skeptisch die rechte Augenbraue hoch.

„Uns … uns ist noch etwas eingefallen … etwas wegen Nicks Entführung", log Jaden, „etwas über den Hausmeister, er … er trug eine Brille, glaube ich." Konrad warf ihm einen fragenden Blick zu, aber etwas Besseres war Jaden auf die Schnelle nicht eingefallen.

„Ach so … ich verstehe", sagte Lous Mum gelassen, „aber kommt trotzdem erst mal frühstücken, ja?" Sie nickten gehorsam und folgten ihr die Treppe hinab. Der Küchentisch war bereits gedeckt und etwas später saßen sie zusammen und aßen. Sie schlangen ihre Brötchen so schnell herunter, wie sie nur konnten, so schnell, dass Jaden sich beinahe verschluckte. Lous Mum nahm einen kräftigen Schluck Kaffee und seufzte.

„Nun aber mal heraus mit der Sprache, Kinder! Was ist denn nur mit euch los?"

„Wieso?", fragte Lou mit vollem Mund. „Was soll denn los sein?"

„Nun, ihr beeilt euch doch garantiert nicht nur wegen einer Brille so!"

„Doch, genau deshalb!", rief Jaden und würgte gerade den letzten Bissen seines Brötchens hinunter. „Man kann schließlich nie wissen, wie wichtig so ein Hinweis sein kann!"

„Genau!", log nun auch Konrad. Alle drei machten ein sehr ernstes Gesicht. Lous Mum zog wieder die rechte Augenbraue hoch, wie sie es immer tat, wenn sie das Gefühl hatte, das etwas nicht stimmte.

„Wir müssen los!", sagte Konrad und starrte kritisch auf Lous Teller, noch immer war sie nicht fertig. Als sie Konrads missbilligenden Blick wahrnahm, schnappte sie sich den Rest ihres Brötchens und stopfte es sich ganz in den Mund. Sie konnte zwar kaum kauen, stand aber trotzdem sofort auf und wetzte nach oben, um sich anzuziehen. „Lou, wo sind denn deine Manieren geblieben?", rief ihre Mum ihr hinterher. Aber die kümmerten jetzt wirklich niemanden. Jaden und Konrad verabschiedeten sich von Lous Mum, dankten ihr noch einmal für den schönen Abend und gingen nach draußen zu ihren Fahrrädern. Heute war es nicht so heiß wie in den letzten Tagen. Dicke graue Wolken zogen herauf und verdunkelten den Himmel, obwohl es erst Mittag war. Jaden fröstelte in seinem dünnen Shirt.

„Heute wird's garantiert noch Regen geben", sagte Konrad nach einem prüfenden Blick in den Himmel. „Mann, ist das kalt!"

„Ich würde vorschlagen, wir lösen das Rätsel auf eigene Faust", sagte Konrad, nachdem sie ihre Fahrräder auf die Straße geschoben und sich weit genug vom offenen Küchenfenster entfernt hatten. „Wir können unmöglich zur Polizei gehen und denen einfach so eine Adresse vorlegen …“

Jaden nickte. „Ja … aber wenn Ilja Recht hat, dann kann das ganz schön gefährlich werden, meinst du nicht?“

„Wir müssen ja nicht reingehen! Wir … wir beobachten das Haus einfach eine Weile von außen … Dann sehen wir, ob sich da was Verdächtiges tut!“

Lou kam aus dem Haus gestürmt, sie hatte sich eine Jacke übergeworfen und rannte mit leuchtenden Augen auf Jaden und Konrad zu.

„Und, was ist?“, fragte sie. „Fahren wir jetzt gleich zur Polizei?“ Aufgeregt sah sie von einem zum anderen.

„Ähm … Na ja, wir haben uns anders entschieden …“, sagte Jaden zögerlich. „Wir wollen das verdächtige Haus lieber erst mal beobachten, bevor wir zur Polizei gehen.“

„Erst mal beobachten?“, wiederholte Lou und starrte Jaden entgeistert an. „Ist euch auch klar, wie gefährlich das ist? Glaubt ihr Ilja etwa nicht?“ Wutentbrannt stierte sie zu Konrad.

„Das ist doch bestimmt auf deinem Mist gewachsen, oder?“, sagte sie wutschnaubend.

„Und was machen wir, wenn wir bei der Observierung feststellen, dass da etwas Seltsames vor sich geht, bitte schön? Irgendeine Idee?“ Lou verschränkte die Arme und sah die beiden Jungs mit zusammengekniffenen Augen an: „Naaaa?“

„Das werden wir dann ja sehen!“, sagte Konrad bestimmt. „Wir fahren jetzt erst mal zu mir und holen uns was zum Anziehen, sonst erfrieren wir in dieser Hundekälte …“ Mit diesen Worten stieg er auf sein Fahrrad, Jaden tat es ihm gleich.

„Und was erzählen wir unseren Eltern?“, fragte Lou genervt, während sie auf ihr Fahrrad stieg und betont lustlos hinter den beiden herfuhr. Wenn es nach ihr gegangen wäre, hätten sie keine Zeit verloren und wären sofort zur Polizei gebraust. Aber nein, die Jungs mussten mal wieder ihren Kopf durchsetzen …

15 Minuten später standen Lou, Jaden und Konrad, jetzt in Pullover und Jacke, an der Bushaltestelle. In fünf Minuten sollte der Bus kommen, der

sie in die Parallelstraße des Bernsteinweges bringen würde. Ihren Eltern hatten sie gesagt, dass sie den Rest des Tages im Baumhaus verbringen würden. Jaden sah nach oben, der Himmel bezog sich immer stärker, der Wind nahm zu und einige Tropfen fielen bereits vom Himmel.

„Na super!“, stöhnte Lou. „Wie sollen wir denn bei Regen stundenlang das Haus observieren? So eine dumme Idee!“

Sie setzten sich auf die Bank, die unter dem Glasdach vor Regen geschützt war.

„Du musst ja nicht mitkommen“, sagte Konrad, „aber findest du nicht auch, dass die ganze Sache erst mal sorgfältig überprüft werden muss, bevor wir bei der Polizei Alarm machen? Wenn sie nun ausrücken und einer armen, unschuldigen Familie den Schreck ihres Lebens verpassen? Wir sind es dann, die bis auf die Knochen blamiert sind … Nein, erst müssen wir sichergehen!“, sagte Konrad nachdrücklich.

Lou schwieg und sah auf den Boden, der vom Regen schon ganz gesprenkelt war. Immer mehr Wassertropfen prasselten gegen die Scheiben der Haltestelle, ein einsames Blatt wurde über die Straße geweht.

„Ein Gewitter kommt auf“, sagte Jaden tonlos und zog fröstelnd den Reißverschluss seiner Jacke zu. Er fröstelte nicht nur der Kälte wegen … Was würden sie erwarten, wenn sie gleich vor dem Haus standen? Irgendwie jagte ihm diese Vorstellung Angst ein …

„Zu schade, dass wir nicht mehr bis zum Schluss des Vierkampfes bleiben konnten“, sagte Lou unvermittelt, „es war einfach himmlisch dort!“ Sie seufzte und legte ihren Kopf nach hinten, so dass ihr Blick nach oben gerichtet war.

„Ja“, stieß Konrad hervor, „ich frage mich, wer am Schluss gewonnen hat! Aber für Syrianka sah es wirklich gut aus – Wahnsinn, was die können. Der Wettlauf mit den Wölfen war einfach phantastisch.“ Jaden sah überrascht zu Konrad hinüber: Es war sehr ungewöhnlich, Konrad so reden zu hören, er schwärmte ja förmlich … So etwas tat er sonst nie. Jetzt räusperte er sich verlegen: „Tja … ähm … Jaden, ich wollte mich noch bei dir entschuldigen, du weißt schon, dafür, dass ich dir nicht gleich geglaubt habe …“

„Ach, schon in Ordnung!“, sagte Jaden und winkte ab. „Ich hätte mir wahrscheinlich auch nicht geglaubt, wenn ich du gewesen wäre – klang ja auch ziemlich absurd, das Ganze …“

„Jedenfalls bin ich echt froh, einmal da gewesen zu sein; vielleicht können wir ja noch öfter so eine Traumreise unternehmen?“, fragte Konrad und sah Jaden von der Seite an. Jaden grinste: „Klar … wenn ihr möchtet.“

„Au ja!“, rief Lou. „Was für eine Frage! Schließlich müssen wir uns noch erzählen lassen, wie der Vierkampf ausgegangen ist, und zwar haarklein – ich sterbe sonst vor Neugier!“

Ein Gefühl des Glücks übermannte Jaden. Er hätte sich nicht träumen lassen, dass seine Freunde nach der Traumreise *so* begeistert sein würden. Und das Beste war: Jetzt hatte er den Beweis, dass weder er noch sein Großvater verrückt waren!

„Aber, sag mal“, unterbrach Konrad seine Gedanken, „wie kamst *du* eigentlich in diese Welt? Einfach so? Wir wären da bestimmt nie hingekommen, wenn du uns nicht geführt hättest.“

Jaden versuchte, sich zu erinnern, und es kam ihm vor, als hätte seine erste Traumreise vor Monaten stattgefunden, so viel war in der Zwischenzeit geschehen. Da fiel es ihm ein, er war selbst überrascht, als er sagte:

„Nein, ich hatte mir eingebildet, eine Stimme gehört zu haben … Sie sagte so etwas wie … dass sie mich an einen Ort bringen würde, an dem die Wahrheit wohnt, und dass sie dieses Mal keinen Fehler machen würde … Ja, genau, so war es! Merkwürdig, daran habe ich seitdem gar nicht mehr gedacht!“ Konrad und Lou schwiegen einen Moment.

„Mmh … ein Ort, an dem die Wahrheit wohnt“, murmelte Lou nachdenklich, „das kommt mir irgendwie bekannt vor … als hätte ich es irgendwo schon mal gelesen …“ Sie runzelte die Stirn. „Ja, genau“, rief sie, „natürlich! Im Tagebuch deines Großvaters!“

Jaden sah auf. „Wirklich? Bist du dir sicher?“ Lou nickte.

„Sehen wir doch nach! Ich habe es in meinem Rucksack“, sagte Jaden und kramte in seinem Rucksack herum, dann zog er das kleine, in schwarzes Leder gebundene Buch hervor. Lou nahm es und suchte eine Weile darin.

„Hier ist es!“, rief Lou aufgeregt, als sie bereits im Bus saßen. Sie hatten sich auf die Rückbank gesetzt, Jaden und Konrad beugten sich über das Buch und lasen:

„… und in dem Gespräch mit Alexander und seinem Sohn kam mir die Erinnerung an eine Stimme, die mir zuweilen geheimnisvolle Dinge flüsterte. Sie sprach mich an, mit Namen, und sagte mir, ich sei ein Geheimniswahrer. Dazu gibt es eine Legende, wurde mir von den beiden berichtet. Alexander sprach darüber, dass in ihrer Welt die Wahrheit wohnt; und diese sei ein Schlüssel zur Veränderung der unsrigen. Unsere Welt werde immer zerstörerischer und würde sich durch die grenzenlose Gier der Menschen bald selbst vernichten. Vor langer, langer Zeit, vor vielen tausend Jahren, sah unsere Welt ebenso paradiesisch aus wie die Welt der Weden. Bis einige Menschen gierig wurden und begannen, einen Plan zu schmieden, wie sie die natürliche Kraft in jedem Menschen unterdrücken konnten, um die Macht an sich zu reißen. Und es gelang ihnen. Sie machten die Menschheit zu Sklaven, gaukelten ihnen aber weiterhin vor, dass sie frei wären. Obwohl die Menschen schon längst nur noch Marionetten waren. Die Machtgierigen begannen, die Menschen mit Tricks und falschen Versprechungen dazu zu bringen, barbarisch zu leben und den ganzen Tag damit zu verbringen, fremdbestimmte Arbeiten zu verrichten. Auch heute noch wirkt dieser Plan, den die Mächtigen damals schmiedeten, und er hat ungeahnte Ausmaße angenommen.

Und nur der Geheimniswahrer würde den Schlüssel der Umkehr finden, wenn die richtige Zeit gekommen wäre. Nach dem Sinnieren über diese Legende gelangten wir zu der Auffassung, dass der Wahrheitsgehalt dieser Legende wohl ziemlich hoch ist, ließen dieses Thema dann aber vorerst fallen.

Wir sprachen auch über die Relativitätstheorie, die auf allgemeine Begeisterung stieß. Einstein wäre offensichtlich eine der genialsten …“

Jetzt ging es nur noch um die Wissenschaft, Jaden hörte auf zu lesen und schluckte einmal schwer. Wenn er das richtig verstanden hatte, dann bedeutete es, dass auf ihm eine verdammt große Verantwortung lag. Auf ihm, einem ganz normalen Jungen, der bis vor einigen Wochen noch ganz normal gewesen war. Deshalb erlebte also gerade er diese Traumreisen … Und jetzt? Jetzt sollte ausgerechnet er ein Geheimniswahrer sein, der einen Schlüssel in der Welt der Weden finden müsste? Er ganz allein sollte die – was eigentlich genau? – „grenzenlose Gier“ der Menschen aufhalten? Völlig ratlos starrte er aus dem Fenster, die Regentropfen prasselten dagegen, als wäre es bereits tiefster Herbst, dabei waren die Sommerferien noch nicht mal zur Hälfte um. Äste flogen über die Straße und Blitze schienen die Wolken zu zerreißen, ein richtiger Sturm war plötzlich losgebrochen.

Plötzlich bemerkte Jaden, dass Lou ihn irgendwie merkwürdig ansah, mit einem ehrfurchtsvollen Gesichtsausdruck, den er von ihr nicht kannte.

„Jaden, wenn *das* stimmt, dann …“ Sie brach ab.

„Was, dann?“, fragte Konrad.

„Na, begreifst du denn nicht“, sagte Lou empört, „was für eine *bedeutende* Aufgabe vor ihm liegt?“

Konrad sah etwas verwirrt drein.

„Es ist doch offensichtlich! Jadens Großvater war ein Geheimniswahrer, und jetzt ist es Jaden selbst …“

„Für mich klingt das … irgendwie verrückt“, sagte Konrad langsam, „ein geheimer Plan von einigen Mächtigen? Der alle Menschen unterdrücken soll? Ich weiß nicht …“

„Was sagst du dazu, Jaden?“, fragte Lou.

„Ich … Selbst, wenn es wahr ist … Wie soll ich das denn schaffen? Ich, ein einzelner Junge … Wenn es meinem Großvater nicht gelungen ist?“

„Na ja, wie auch immer … Egal, was auf dich zukommt – ich werde dir dabei helfen!“, sagte Lou bestimmt. „Darauf kannst du dich verlassen!“

„Ja, ich auch“, sagte Konrad und sah Jaden direkt in die Augen, „ich habe dir schon einmal nicht vertraut – und das war ein Fehler! Also … ich gebe dir mein Wort, dass ich dir zur Seite stehen werde, was auch immer passiert.“

Jaden wusste für den Moment nicht, was er sagen sollte, er war einfach nur glücklich. Dass er Lennis und Jörns Freundschaft verloren hatte, störte ihn nicht mehr im Geringsten. Wenn Konrad und Lou ihm so zur Seite standen und vertrauten, wen kümmerte es, wenn zwei Rotznasen nicht mehr mit ihm sprachen? Jaden fühlte sich stark, so stark, dass er jeder Aufgabe gewachsen sein würde, die auf ihn zukam.

Jaden lächelte. „Auf unserer nächsten Traumreise haben wir ziemlich viel zu tun, glaube ich!“ Für den Rest der Fahrt sagten sie nicht mehr viel, sie saßen einfach da, lächelten und schwiegen, so, wie es nur echten Freunden möglich ist.

Bevor sie aus dem Bus stiegen, streiften sie sich ihre Kapuzen über. Es schüttete wie aus Eimern und dicke Regentropfen peitschten ihnen ins Gesicht, als sie die Straße entlanggingen und in den Bernsteinweg einbogen. Der Wind blähte ihre Jacken auf, während sie die Nummer 34 suchten. Da war es: ein ganz normales Einfamilienhaus, das auf den ersten Blick einen friedlichen Eindruck erweckte. Etwas allerdings fiel Jaden auf: Im Gegensatz zu den Häusern links und rechts wirkte das Haus mit der Nummer 34 so, als wäre es gerade erst bezogen worden. Im Vorgarten gab es nichts außer Rasen, keine Blumen oder sonstige Dekorationen. Nur Rasen, nackt und kahl, auf dem sich zwischenzeitlich große Pfützen gebildet hatten. Außerdem waren alle Jalousien heruntergezogen, das Haus wirkte wie eine Festung, aus der nichts nach außen dringen sollte.

„Sieht verdächtig aus, finde ich." Lou war die Erste, die etwas sagte. Jaden und Konrad nickten.

„Macht 'nen komischen Eindruck", meinte Konrad. Jetzt befanden sie sich genau vor dem verdächtigen Haus, langsam schlenderten sie weiter. Jaden lugte in den Garten, auch da war alles kahl. Das Haus wirkte unbewohnt. Plötzlich hatte er eine Idee. Er beschleunigte seinen Schritt, ging zum nächsten Haus, das mit der Nummer 36, öffnete die Gartenpforte und klingelte. Konrad und Lou liefen ihm hinterher.

„Hey, was …" Weiter kam Konrad nicht. Die Tür öffnete sich und eine ältere Frau mit Brille und grauen Haaren stand vor ihnen.

„Ja, bitte?", fragte sie und schaute ein bisschen irritiert auf die drei Kinder, die tropfnass vor ihrer Tür standen.

Jaden räusperte sich. „Entschuldigen Sie bitte, wenn wir gestört haben, aber könnten Sie uns vielleicht sagen, ob die Nummer 34 bewohnt ist, und wenn, seit wann?", fragte Jaden.

„Ähm … Ja, natürlich … Wenn ich mich nicht täusche, seit ungefähr zwei Jahren …"

„Ach so …" Jaden sah enttäuscht aus, überlegte kurz und fragte dann: „Und wer wohnt dort?"

„Oh … ein alleinstehender Mann, aber man sieht ihn nur selten, er verkriecht sich immer in seinem Haus, ein seltsamer Mensch … Aber so sind sie ja alle, diese Computermenschen."

„Er arbeitet in der Computerbranche?“, fragte Jaden neugierig nach, das ging ja immerhin in die Nähe seines Verdachts.

„Ja“, sagte die Frau, „aber, sag mal, Junge, weshalb interessiert dich das so?“

„Ich … na ja, ich … habe herausgefunden, dass er wahrscheinlich mein Vater ist“, sagte Jaden und Lou kicherte plötzlich los, tat dann aber rasch so, als würde sie husten.

„Aber ich habe mich nicht gleich getraut, bei ihm zu klingeln …“, sagte Jaden schüchtern.

„Dein Vater, ach!“, sagte die Frau und schob sich mit dem Zeigefinger die Brille näher vor die Augen. „Na, wenn das so ist … Du brauchst keine Angst zu haben … Er ist bestimmt ganz nett … Ich glaube, er wird sich gewiss freuen, dich zu sehen, Junge, besonders jetzt, wo er arbeitslos ist … Ja, ja, so ist das heutzutage … Es ist zwar nicht schön, aber jetzt habt ihr Zeit füreinander, so hat die Arbeitslosigkeit doch was Gutes … Und bestimmt findet er bald wieder Arbeit – die Computer sind ja die Zukunft, nicht wahr?“

„Seit wann ist er denn arbeitslos?“, fragte Jaden weiter.

„Vor zwei Monaten wurde ihm wohl gekündigt … Seitdem fährt er jedenfalls nicht mehr jeden Morgen zur Arbeit, wie er es sonst immer getan hat … Punkt acht verließ er immer das Haus.“

„Und – ist er wirklich so ein Einzelgänger? Ich meine, bekommt er niemals Besuch?“, bohrte Jaden weiter nach.

„Oh, doch … So ungefähr um die Zeit, als er arbeitslos wurde … Da kamen eines Tages drei Männer hier an. Ich habe sie nur einmal kurz gesehen, einer von ihnen scheint mittlerweile dort zu wohnen, glaube ich.“ Plötzlich sah sie so aus, als wäre ihr gerade bewusst geworden, dass sie zu viel gesagt hatte

„Nun ja, man will sich ja auch nicht zu sehr in die Angelegenheiten anderer Leute einmischen … Geh ruhig rüber und klingle, er wird schon nicht beißen!“

„Ja, das werde ich machen“, sagte Jaden, „danke für die Auskunft!“

„Gern geschehen!“, sagte die Frau und winkte ihnen hinterher. „Viel Glück!“

Sobald sie außer Hörweite waren, sagte Jaden: „Er hat Recht! Ilja hat Recht! Es stimmt alles überein, habt ihr das gehört? *Drei* Männer! Ilja sagte, drei der Männer sprechen Englisch! Und einer logischerweise Deutsch, denn der lebt ja in diesem Haus! Und die anderen sind rübergekommen, klar ... Sie haben die Entführung zusammen geplant! Und zu zweit bewachen sie Nick, der in dem Haus versteckt gehalten wird!"

„Unglaublich, einfach unglaublich", sagte Lou leise. „Jetzt können wir auf jeden Fall sofort zur Polizei", sagte sie atemlos. „Oder bist du immer noch nicht überzeugt, Konrad?"

„Seht mal ganz unauffällig da rüber", sagte er. Jaden und Lou sahen in die Richtung, in die Konrad guckte. Durch einen Spalt in der Jalousie drang Licht nach außen. Jemand beobachtete sie. Stocksteif standen Jaden, Konrad und Lou im Regen, sie waren stehen geblieben. Jetzt wurde ihnen schlagartig bewusst, dass sie weitergehen mussten.

„Wir dürfen uns jetzt nicht besonders auffällig verhalten", sagte Konrad tonlos. Sein Gesicht war plötzlich ganz blass und er schluckte. Langsam setzten sie sich wieder in Bewegung. Als sie auf Höhe der Eingangstür waren, öffnete sich die Tür plötzlich. Ein Mann stand dort, nur 20 Meter entfernt und starrte sie wortlos an.

„Guten Tag", würgte Jaden heraus, und sie gingen ganz normal weiter.

„Nicht so schnell", rief der Mann leise, Jaden stockte der Atem. Der Mann holte seine rechte Hand hervor, die er eben noch hinter seinem Rücken verborgen gehalten hatte, und richtete jetzt eine Waffe direkt auf die drei Freunde. Kein Mensch war zu sehen. Sie waren weit und breit die Einzigen, die sich bei diesem Wetter auf der Straße befanden.

„Bleibt sofort stehen!", rief er und ein schmieriges Lächeln erschien auf seinem Gesicht. „Schließlich wollen wir doch nicht, dass einem von euch etwas zustößt, oder?" Sein Grinsen wurde breiter. „Jetzt kommt ihr ganz unauffällig hierher, verstanden?" Mit einem Schlag hatten sich seine Gesichtszüge verhärtet und aus schmalen Augen starrte er sie finster an. Jaden, Konrad und Lou standen noch immer wie angewurzelt da, sie starrten ihn einfach nur an, vollkommen unfähig, sich auch nur einen Zentimeter zu bewegen.

„Wird's bald!", sagte der Mann ungeduldig und seine Waffe machte ein klickendes Geräusch.

Langsam machte Konrad einen Schritt, dann den nächsten, und er ging direkt auf den Hauseingang zu, als wäre er eine Marionette, die an ihren Fäden dorthin gezogen wurde. Jaden und Lou folgten ihm, starr vor Angst. Was hatten sie schon für eine Wahl?

„Kommt ruhig rein", grinste der Mann, als sie direkt vor ihm standen, „wir werden uns ein wenig unterhalten."

„Setzt euch auf das Sofa", bellte der Mann, „aber schnell!"

Jaden ging voran, er betrat das Haus mit klopfendem Herzen. Unfähig, zu denken, setzte er einen Schritt vor den anderen, ganz automatisch und ging auf das Sofa zu. Als die drei saßen, bemerkte Jaden einen weiteren Mann, der am Fenster stand. Er war es, der die Kinder eben beobachtet hatte, jetzt drehte er sich um – Jaden hätte fast laut aufgeschrien, denn es war der Mann, den er vor Nicks Schule gesehen hatte …

„Richtig, *du* bist schuld daran, dass er sich nicht mehr vor die Tür wagen kann, weil überall nach ihm gefahndet wird", sagte der Mann mit der Waffe in strengem Ton, „bist bestimmt stolz drauf gewesen, was?" Ein fieses Lachen ertönte.

„Was habt ihr drei hier zu suchen, he?", fragte der Mann und kam bedrohlich nah, dabei spielte er ganz lässig mit seiner Waffe herum.

„Was habt ihr mit der neugierigen, alten Schachtel von nebenan zu bereden gehabt?", fragte der Mann gehässig.

„HERAUS MIT DER SPRACHE, VERDAMMT NOCH MAL!", schrie er, nachdem die Freunde noch immer nicht geantwortet hatten. „SONST WERDE ICH EUCH DIE ZUNGE MIT GEWALT LOCKERN!"

„Wir … wir haben nach dem Weg gefragt, weil wir uns verlaufen hatten und …", begann Konrad. Der Mann machte einen Satz auf ihn zu und hielt ihm die Waffe direkt an die Stirn. „Noch eine Lüge, und ich puste dir den Schädel weg", sagte er bedrohlich und sehr leise. Dabei starrte er Konrad direkt ins Gesicht und grinste. Konrad sah aus, als würde er gleich ohnmächtig werden. Totenbleich und mit weit aufgerissenen Augen starrte er den Mann wortlos an.

„Wir hatten den Verdacht, dass sie Nick hier festhalten", sagte Jaden geradeheraus, „und um sicherzugehen, haben wir ihre Nachbarin ausgefragt."

Endlich nahm der Mann die Waffe von Konrads Stirn und machte zwei Schritte nach rechts, jetzt baute er sich direkt vor Jaden auf.

„Soso", krächzte er, „ihr hattet einen Verdacht! Aha!" Er beugte sich langsam zu Jaden hinunter, so dass sich sein Gesicht direkt vor Jadens befand.

„Und, kannst du mir auch sagen, wie ihr darauf gekommen seid?", hauchte er und seine stechenden Augen fixierten Jaden.

„Jemand hat es mir in einem Traum geflüstert!", sagte Jaden laut und selbstbewusst. Der Mann richtete sich wieder auf, für einen Moment sah er aus, als ob er gleich in lautes Gelächter ausbrechen würde, dann holte er aus. In derselben Sekunde spürte Jaden einen stechenden Schmerz an seiner Schläfe und Lou schrie auf.

„Du wagst es, mich anzulügen?", sagte der Mann. „Jetzt siehst du, was du davon hast!"

Lou weinte. „RUHE!", schrie der Entführer wie von Sinnen und funkelte Lou böse an. „RUHE, VERDAMMT NOCH MAL!" Er starrte Jaden hasserfüllt an, mittlerweile hatte er sich von dem Schlag erholt, bis auf den stechenden Schmerz, der in seiner Schläfe klopfte, da, wo ihn eben der Pistolenknauf getroffen hatte. Trotzig starrte Jaden zurück.

„Ich verstehe, du spielst hier den Mutigen, was?", fragte der Mann. „Dann wollen wir doch mal sehen, wie mutig du bist, nachdem ich dir …"

„Was haben Sie denn mit uns vor, he?", sagte Jaden schnell. „Wir waren eben bei der Nachbarin und ich habe ihr gesagt, dass ich gleich bei *ihnen* klingeln will. Egal, was sie mit uns anstellen, die Polizei wird *ganz* schnell vor ihrer Tür stehen!"

„Na, wenn das so ist, dann müssen wir hier wohl schleunigst verschwinden. Danke, dass du uns gewarnt hast, Junge!", sagte er und grinste. „Und was ich mit euch vorhabe? Tja, mitnehmen möchte ich euch eigentlich lieber nicht … Ah, jetzt hab ich's: Ich werde euch erschießen!" Lou schluchzte laut auf und verbarg ihr Gesicht mit den Händen. Auf dem Gesicht des Entführers zeichnete sich ein Grinsen ab. „Tja, hättet eben nicht herumschnüffeln sollen!"

Er streckte seine Hand aus und richtete seine Waffe direkt auf Jaden. „Mit dir fange ich an, du vorlauter Bengel!“, sagte er. Lou schluchzte laut, und Tränen liefen ihr über das Gesicht. Konrad blickte ins Leere.

Jaden schloss seine Augen und wurde plötzlich ganz ruhig, er verspürte plötzlich keine Angst mehr. Er dachte an die Welt der Weden, Bilder seiner ersten Traumreise kamen ihm wieder in den Sinn, Rania, wie er sie das erste Mal gestreichelt hatte, die Freude, die er dabei gespürt hatte …

Schlagartig ertönte ein ohrenbetäubender Krach, lautes Klirren, zerspringende Fensterscheiben, und als Jaden seine Augen wieder öffnete, stand Rania im Zimmer. Sie fletschte die Zähne, stürzte sich knurrend auf den Entführer, der völlig erstarrt war, und riss ihn zu Boden.

„NICHTS WIE WEG HIER!“, schrie Jaden und rannte aus dem Haus, Konrad und Lou hinterher. Der bucklige „Gärtner“ stand noch immer regungslos am Fenster und starrte fassungslos auf seinen Kumpanen und Rania.

Jaden, Konrad und Lou rannten aus dem Haus in die nächste Querstraße, rannten, bis sie nicht mehr konnten. Niemand war ihnen gefolgt. Jaden kramte sein Handy aus dem Rucksack und verständigte den Notruf. Mit zitternder Stimme gab er die Adresse durch, sagte noch, dass er Schüsse gehört hätte – eine Notlüge, damit sie auch ja gleich kämen. Er musste noch seinen Namen nennen, dann legte er auf und sie warteten. Jaden konnte noch immer nicht fassen, was gerade geschehen war, er konnte einfach keinen klaren Gedanken fassen. Lou hatte inzwischen aufgehört zu weinen und Konrad starrte noch immer ins Leere. „Konrad!“, rief Jaden. „Konrad, was ist mit dir?“ Konrad sagte nichts, er sah Jaden nur ausdruckslos an. „Ich weiß nicht“, sagte er nach ein paar Sekunden. „Ich fühle mich nicht gut.“ „Er hat einen Schock“, sagte Lou leise, „sie werden gleich kommen und sich um ihn kümmern.“ Trotz allem versuchte Jaden, nachzudenken, einen kühlen Kopf zu bewahren. „Hör zu, Lou, wir müssen gewiss gleich eine Zeugenaussage machen … Wir sagen, dass wir den Mann, den wir auf Nicks Schulhof gesehen haben, in der Stadt wieder erkannt haben … Hast du mir zugehört, Lou?“ Jaden war sich nicht sicher, sie wirkte etwas geistesabwesend, aber sie nickte. „Ja“, flüsterte sie, „es ist nur …“ Lou sah ihm direkt in die Augen und eine Gänsehaut überkam ihn. „Wir wären fast gestorben!“ „Ja“, sagte Jaden,

„aber die Hauptsache ist doch: Wir leben!“ Ohne die geringste Vorwarnung warf sich Lou ihm um den Hals und begann, hemmungslos zu schluchzen. Langsam streichelte er ihr über den Rücken. „Es wird alles gut“, flüsterte er, „es ist vorbei.“ Wie lange standen sie so im Regen? Jaden wusste es nicht. Er wiederholte seine Worte so lange, bis die Sirenen der Polizei und des Krankenwagens ertönten. Erst dann gingen sie langsam zurück in den Bernsteinweg Nummer 34.

Vor dem Haus standen inzwischen zwei Polizeiwagen. Gerade kam der dritte Krankenwagen angerast und hielt vor dem Haus. Der Mann, der sie eben noch bedroht hatte, wurde auf einer Trage herausgebracht und in einen der Krankenwagen verfrachtet. Er hatte eine Atemmaske auf dem Gesicht. Jaden ging direkt auf drei Polizisten zu, die vor dem Haus standen.

„Geht weiter, hier gibt es nichts zu sehen!“, herrschte einer der Polizisten sie an und widmete sich wieder seinen Kollegen. „*Ich* war es, der angerufen hat!“, sagte Jaden. Das waren die Zauberworte, erstaunt sahen die drei Beamten auf.

„Du? Dann bist *du …?*“

„Jaden, Jaden Page“, sagte Jaden, „haben Sie unseren Freund schon gefunden?“

„Euren Freund? Ist er noch da drin?“, fragte einer der drei und zeigte auf das festungsgleiche Haus.

„Ja, sein Name ist Nick Govinda.“ Die Polizisten stutzten.

„Nick Govinda?“, fragte einer erstaunt. „Du meinst doch nicht den *entführten* Nikhil Govinda?“

„Doch“, bestätigte Jaden, „genau den meine ich, er muss da drin irgendwo sein! Und die zwei Männer sind seine Entführer! Außerdem sind noch zwei andere an der Entführung beteiligt, die müssen Sie auch noch suchen, und …“

„Jetzt mal ganz ruhig: Bist du dir da auch ganz sicher bei dem, was du sagst?“ Der Polizist sah Jaden verwundert an, ein bisschen so, als wäre er nicht ganz bei Trost.

„Ja, ich *bin* sicher! Tausendprozentig, wenn Sie es genau wissen wollen!“, fuhr Jaden den Polizisten an. „Wir waren eben in diesem Haus und wären fast *erschossen* worden, verstehen Sie? Ich *weiß*, dass diese beiden Männer die Entführer von Nick sind!", sagte Jaden laut und ungeduldig. Begriffen die denn nicht, was los war? Die Polizisten sahen sich an. Zwei von ihnen gingen ins Haus.

„Wir sehen uns mal um", sagte einer der beiden.

„Fühlt ihr euch in der Lage, eine Zeugenaussage zu machen?", fragte der Polizist, der bei ihnen blieb, mit besorgtem Gesicht, dabei zwirbelte er unablässig an seinem sorgfältig gestutzten Schnurrbart herum.

„Ich glaube, mein Freund Konrad hat einen Schock", sagte Jaden. Der Polizist rief, ohne zu zögern, einen der Sanitäter heran.

„Die drei waren offenbar im Haus, als das Unglück passierte", sagte er und deutete auf Konrad, „und er, Konrad, hat vermutlich einen Schock erlitten." Der Sanitäter nahm Konrad sanft am Arm und führte ihn mit sich.

„Keine Sorge, euer Freund wird gut versorgt", sagte der Polizist.

„Seid ihr beiden denn unversehrt?", fragte er und musterte die beiden gründlich. Jaden und Lou nickten.

„Ja, uns geht's so weit gut, ich hoffe nur, dass Nick bald rauskommt." Der Polizist lächelte. „Gut, ich schlage vor, wir warten noch, bis meine Kollegen wiederkommen, und dann setzen wir uns in den Wagen und ihr erzählt mir in aller Ruhe, was eben passiert ist. Einverstanden?"

Jaden nickte und starrte auf den Hauseingang. Da fiel ihm noch etwas ein.

„Haben sie einen … ähm … Wolf da drin gefunden?", fragte er zögernd.

Mit einer merkwürdigen Miene sah der Polizist ihn an.

„Dann war da *tatsächlich* ein Wolf, der durch das Fenster gesprungen kam? Und ich dachte, der Kerl ist verrückt." Er lachte. „Nein, wir haben keinen Wolf aufgefunden … Hier gibt es gewissermaßen auch keine Wölfe, weißt du? Vielleicht war es ja nur ein großer Hund, den ihr mit einem Wolf verwechselt habt?"

„Kann sein", sagte Jaden und zuckte mit den Schultern. Die Wahrheit, dass es eine Wölfin gewesen war, die Rania hieß und aus einer Traumwelt kam, würde hier wahrscheinlich bei niemandem großen Anklang finden.

Endlich! Einer der Polizisten kam heraus und hinter ihm erschien ein blasser, aber gesunder Nick. Als er Jaden sah, huschte ein Lächeln über sein Gesicht und er ging ein wenig schneller.

„Nick!“, rief Jaden und rannte auf seinen Freund zu, erleichtert fielen sie sich in die Arme. Jaden war unendlich froh, dass die Sache ein gutes Ende gefunden hatte.

„Ihr wart es also?“, fragte Nick und sah Jaden in die Augen. „Ihr habt die Polizei gerufen?“ Jaden nickte und erst jetzt merkte er, dass seine Beine zitterten und nah dran waren, nachzugeben. Erst jetzt spürte Jaden, dass er am Ende seiner Kräfte angelangt war, erst jetzt, da er Nick leibhaftig vor sich sah, war wirklich *alles* vorbei. Langsam gingen sie zum Streifenwagen zurück. Einer der Polizisten telefonierte gerade. „Deine Eltern werden gleich da sein, Nikhil, sie wissen Bescheid.“

„Nennen Sie mich bitte Nick“, sagte Nick bestimmt.

Jaden lächelte schwach. „Nikhil klingt doch auch nicht schlecht“, sagte er, „irgendwie exotisch.“ Selbst Lou lächelte wieder.

Zehn Minuten später waren Nicks Eltern da. Es wurde ein tränenreiches Wiedersehen. Jaden hatte inzwischen seine Zeugenaussage gemacht. Aber als er gefragt wurde, wie sie darauf kamen, dass Nick gerade in diesem Haus festgehalten wurde, hatte er gesagt, was er sich vorher zurechtgelegt hatte. Er hatte zu Protokoll gegeben, dass sie den Verdächtigen, den sie damals auf Nicks Schulhof gesehen hatte, heute in der Stadt wiederentdeckt hätten und ihm bis zu dem Haus gefolgt seien. Als er den Wagen verließ, sah er Nicks Eltern, denen die Wiedersehensfreude nur zu deutlich ins Gesicht geschrieben stand. Es regnete noch immer, aber längst nicht mehr so stark, ein sanfter Nieselregen hüllte alle Beteiligten ein.

„Sie können sich gewissermaßen bei den Freunden ihres Sohnes bedanken“, sagte der schnauzbärtige Polizist zu Nicks Eltern, „ohne sie würde Nick jetzt nicht hier stehen.“

Die Govindas bedachten Jaden mit einem dankbaren Blick. Lou wurde noch befragt und Konrad war ins Krankenhaus gebracht worden, so dass im Moment niemand außer Jaden da war, der den Dank entgegennehmen konnte.

„Danke“, sagte Herr Govinda, kam auf Jaden zu und nahm seine Hand, „du kannst dir gar nicht vorstellen, wie dankbar wir dir sind. Ich hoffe, du, Konrad und Lou seid nicht traurig, dass ihr die Belohnung durch drei teilen müsst“, sagte er und lächelte. Das erste Mal seit Wochen.

„Die Belohnung?“, fragte Jaden verständnislos, dann fiel ihm ein, wovon Herr Govinda redete.

„Nein“, sagte er rasch und schüttelte den Kopf, „nein! Ich möchte das Geld nicht! Das war doch Ehrensache!“

„Keine Widerrede!“, sagte Herr Govinda sanft, aber bestimmt. „Ihr bekommt das Geld! Wenn du es jetzt auch nicht haben möchtest, du hast es dir *wirklich* verdient! Und – wie sollen wir uns sonst erkenntlich zeigen? Du hast uns das *Wertvollste* zurückgebracht, das wir haben ... Bitte, nimm das Geld als einen, sagen wir, kleinen Ausgleich.“ Jaden nickte, wenn auch widerwillig; er wollte in so einem Augenblick nicht streiten.

Kurze Zeit später wurden Jaden und Lou im Streifenwagen nach Hause gefahren. Sie fuhren durch die verregneten Straßen, und Jaden schien es, als wäre das eben Erlebte ein Traum, aus dem er noch immer nicht aufgewacht war. Er hätte sterben können, war nur eine Handbreit vom Tod entfernt gewesen und wäre Rania nicht gekommen, dann wäre alles ganz anders ausgegangen. Rania! Wie konnte sie so plötzlich auftauchen, wie war das möglich? Hatte sie gespürt, dass Jaden in Not war? Oder hatten Jadens Gedanken dieses Wunder bewirkt? Wie aus dem Nichts war sie plötzlich da gewesen, hatte ihnen das Leben gerettet und war dann still und heimlich wieder verschwunden, ohne dass er sich bedanken konnte. In der nächsten Traumreise würde er das nachholen, dachte Jaden, ganz bestimmt. Und er würde in Erfahrung bringen, wie das möglich gewesen war ...

Jaden wartete im Auto, als einer der Polizisten Lou zur Haustür begleitete. Erst machte Lous Mum ein erschrockenes Gesicht. Aber als der Polizist begann, zu erzählen, zeigte sich auf ihrem Gesicht großes Erstaunen, das dann ziemlich schnell in Freude umschlug. Am Ende schloss sie Lou glücklich in ihre Arme. Was würde seine Mum sagen, wenn sie die Tür öffnete und er in Begleitung eines Polizisten ins Haus stolpern würde? Bei dem Gedanken musste er schon wieder ein bisschen Grinsen, ob ihm danach war oder nicht.

Im Pusteblumenweg angekommen, stieg Jaden aus, zusammen mit dem freundlichen, schnauzbärtigen Polizisten. Er klingelte und wartete mit klopfendem Herzen, dieses Mal aber nicht aus panischer Angst, wie noch vor einer Stunde, sondern weil er sich freute. Seine Mutter öffnete die Tür mit einem Lächeln, als sie den Polizeibeamten sah, erstarb es sofort. „Was ist los? Hat er was angestellt?“

„Nein, Frau Page, ihr Sohn hat zusammen mit seinen Freunden den entführten Nick Govinda befreit.“ Nicks Mutter sah erst den Polizisten ungläubig an, dann Jaden. „*Wie bitte?*“

„Glauben Sie es ruhig, es ist nichts als die Wahrheit. Eigentlich gehe ich sehr sparsam um mit meinem Lob, aber in diesem Fall muss ich sagen: Ihr Sohn ist gewissermaßen ein Held!“ Jadens Mutter sah noch immer nicht aus, als wäre sie im Stande, etwas zu sagen. Der Polizist schilderte ihr, wie die Sache abgelaufen war, dass sie in die Fänge der Entführer geraten sind und sich kurzzeitig in Lebensgefahr befunden hatten, dass dann ein sehr großer, wolfsähnlicher Hund gekommen sei und sie gewissermaßen (was sein Lieblingswort zu sein schien) aus ihrer Lage befreit hatte. Dass Jaden die Polizei alarmiert und sie darauf aufmerksam gemacht hatte, dass sich Nick im Keller befand.

Während der Polizist geredet hatte, hatte sich der Gesichtsausdruck von Jadens Mum wohl ein dutzend Mal geändert. Jetzt strahlte sie und überglücklich schloss sie Jaden in ihre Arme. Nach einigen Sekunden räusperte sich der Polizist verlegen.

„Ähm ... Ich muss dann auch wieder weiter ... Es müssen noch ein Haufen Berichte geschrieben werden, Sie wissen schon, der lästige bürokratische Teil“, sagte der Polizist und zückte eine Karte. Er öffnete seinen Mund, um etwas zu sagen, aber Jaden kam ihm zuvor. „Ja, ja, ich weiß schon: Wenn mir noch etwas einfällt, soll ich Sie gleich anrufen ...“

„Exakt!“, sagte der Polizeibeamte. „Na dann, erhol dich gut, junger Mann!“ Und das tat Jaden auch, den Rest des Tages ließ er sich von seiner Mum bemuttern, erzählte seinem Vater noch einmal alles, was geschehen war (dabei blieb er natürlich immer bei der Geschichte mit dem ungewöhnlichen Hund) und verabschiedete sich ziemlich früh von seinen Eltern, um schlafen zu gehen. Das war alles, was er an diesem Tag noch tun wollte, einfach nur schlafen und – vor allem – vergessen. Aber selbst die Erfüllung dieses einfachen Wunsches schien Jaden nicht vergönnt zu sein, ruhelos wälzte er sich von einer Seite auf die andere und sobald er die Augen schloss, kam ihm immer wieder die Mündung der Waffe in den Sinn, die direkt vor seinem Gesicht schwebte, zusammen mit dem Gefühl, dass gleich alles vorbei sein würde.

Ihn beschlich sofort ein leichtes Gefühl der Übelkeit, wenn er daran dachte, wie denkbar knapp die Geschichte ausgegangen war. Beinahe wäre er … Er durfte gar nicht daran denken … Schließlich hatte er genug davon, schlug die Bettdecke zurück, schlurfte ins Badezimmer und suchte nach den Schlaftabletten, die seine Mutter manchmal nahm, wenn sie vor lauter Allergie-Attacken mal wieder nicht schlafen konnte. Erst nachdem er eine davon genommen hatte, fiel Jaden in einen tiefen, traumlosen Schlaf.

Ehre, wem Ehre gebührt

Als Jaden am Morgen erwachte, fühlte er sich schon wesentlich besser. Er genoss das friedliche Zwitschern der Vögel, die auf dem Zweig vor seinem Zimmerfenster saßen, es gab ihm das Gefühl, dass alles so wäre wie immer. Jetzt, nach der Befreiung von Nick, fühlte auch er selbst sich viel befreiter. Endlich war es zu Ende, endlich konnte er einfach daliegen und an nichts denken; es war, als sei eine gewaltige Last von ihm abgefallen, er konnte endlich wieder durchatmen. Und jetzt, etwas entfernt von dem lebensgefährlichen Erlebnis des letzten Tages, war wieder genug Raum in seinem Kopf, um klare Gedanken zu fassen, aber gleichzeitig verspürte Jaden eine große, unbestimmte Angst davor, wieder zu denken. Denn dann musste er sich auch mit dem auseinandersetzen, was er gestern erfahren hatte … mit der Legende … Er sollte also nach seinem Großvater der nächste Geheimniswahrer sein … Was würde auf ihn zukommen? Er war so froh, dass endlich wieder Normalität eingekehrt war – und jetzt?

Warum konnte es nicht leichter sein? Wieso konnte er nicht in die Welt der Weden reisen und dort einfach seinen Spaß haben und von den Weden lernen? Warum musste er jetzt auch noch ein Geheimniswahrer sein? Und was bedeutete das überhaupt? Leicht würde es auf keinen Fall werden … Es blieb nur zu hoffen, dass es sich Konrad nach dem Schock, den er erlitten hatte, nicht doch noch einmal anders überlegte. Und noch etwas anderes kam Jaden wieder in den Sinn: Jetzt, wo der Entführungsfall endlich gelöst war, musste er auf jeden Fall noch den letzten Willen seines Großvaters erfüllen und das Tagebuch seiner Mum und Onkel Albert zukommen lassen, außerdem musste er noch immer beweisen, dass Nathan nicht verrückt gewesen war … Jaden grübelte noch eine Weile, dann hatte er eine Idee. Sie war gewagt, aber wenn Konrad und Lou mitmachten, konnte eigentlich nicht viel schiefgehen.

Jaden sprang flugs aus dem Bett, zog sich an und lief die Treppe hinunter. Seine Mutter bereitete gerade das Frühstück zu.

„Hallo, mein Schatz, ausgeschlafen?“ Jaden nickte flüchtig, schnappte sich das Telefon und lief nach oben. „Muss noch mal telefonieren!", rief er. Auf dem Treppenabsatz blieb er noch mal stehen und drehte sich um.

„Ach, übrigens, hast du heute noch was vor?"

„Nein, noch nicht … Wieso?" „Sage ich dir, wenn es so weit ist", rief Jaden und hastete in sein Zimmer. Er wählte Konrads Nummer und nach dem fünften Klingeln hob jemand ab.

„Hallo?"

„Konrad? Ich bin's, Jaden, wie geht es dir?"

„Och, schon wieder ganz gut, wurde gestern Abend schon wieder entlassen – nicht weiter dramatisch. Die ganze Sache hat mich nur … etwas mitgenommen." Er räusperte sich.

Jaden spürte deutlich, wie unangenehm es Konrad war, darüber zu sprechen. Und über so etwas wie Gefühle zu sprechen, hielt er sowieso für bloße Zeitverschwendung.

„Ich weiß, was du meinst … Ich musste gestern sogar Schlaftabletten nehmen, um überhaupt einschlafen zu können, ständig kam mir wieder diese … Situation vor Augen."

Konrad schwieg.

„Sag mal, kannst du heute herkommen und … na ja … über das Erlebnis gestern sprechen? Bezeugen, dass es ein Wolf war, der uns gerettet hat … und kannst du auch bezeugen, dass du die Traumreise mit mir unternommen hast?"

„Ja, kein Problem, aber – wieso?"

„Weil ich – wenigstens meiner Mutter – beweisen will, dass ihr Vater kein Verrückter war. Das bin ich ihm einfach schuldig."

„Mmh … wann soll ich denn da sein?"

„Vielleicht … so ungefähr in einer Stunde?"

„Okay, bis dann."

Jaden legte auf und wählte gleich darauf die nächste Nummer, dieses Mal nahm Lous Mutter ab.

„Einen wunderschönen guten Morgen wünsche ich, wer auch immer da spricht!", flötete es ihm gut gelaunt aus dem Hörer entgegen. Jadens Mundwinkel zogen sich nach oben, das war typisch für Lous Mum.

„Hallo, hier ist Jaden."

„Oh, hallo! Du bist es! Du möchtest Lou sprechen, nehme ich an?"

„Ja, richtig!"

„Mooooment!" Lou wurde gerufen und zehn Sekunden später sprach eine verschlafene Lou ins Telefon.

„Hi, Jaden, schön, dass du anrufst, ich hätte *nach* dem Aufstehen bestimmt dasselbe getan!"

„Und, wie geht's dir heute?"

„Auf jeden Fall schon wesentlich besser! Konnte kaum einschlafen gestern … Ich kann's immer noch kaum fassen, was gestern passiert ist! Wäre Rania nicht gewesen … Sag mal, was ich dich unbedingt noch fragen wollte: Wie kam sie überhaupt dahin?"

„Das frage ich mich auch, auf der nächsten Traumreise kriegen wir das garantiert raus … Aber, weshalb ich anrufe: Ich möchte meiner Mutter die Wahrheit erzählen, über die Traumreisen, wie wir die Adresse rausgefunden haben und so weiter. Würdest du in einer Stunde herkommen und das alles bezeugen?"

„Ja, natürlich! Willst du deiner Mutter auch das mit dem Geheimniswahrer erzählen?"

„Nein, lieber nicht … Dann würde sie sich nur noch mehr Sorgen machen. Außerdem wissen wir ja selbst noch nicht, was genau dahintersteckt …"

„Gut, dann bis gleich!"

Nach dem Frühstück beeilte sich Jaden, in sein Zimmer zu kommen, mit wachsender Aufregung holte er das Tagebuch aus seinem Rucksack … Ob seine Mum ihm glauben würde? Gleich würde er seiner Mutter die Wahrheit gestehen, ob sie so reagieren würde wie Lenni und Jörn, oder, noch schlimmer, wie seine Großmutter, die Nathan in die Psychiatrie gesteckt hatte? Aber dann müsste sie Konrad und Lou ja gleich mit einweisen … Jaden schüttelte die schlechten Gedanken ab, das würde schon nicht passieren und jetzt war es ohnehin zu spät …

„Jaden", seine Mutter hatte die Tür mit einem solchen Schwung geöffnet, dass Jaden vor Schreck das Buch aus der Hand fiel, hastig hob er es auf und steckte es in die Tasche seiner Hose, in die das kleine Büchlein geradeso passte. Jadens Mum bemerkte nichts von all dem, sie war zum Radio gehetzt und hatte es angestellt.

„Sie bringen gleich die Nachrichten und – stell dir vor – ihr werdet erwähnt“, rief sie aufgeregt und ihre Augen funkelten, „hör dir das an!“ Jaden lauschte. Erst hörte er nur Musik, irgendeinen neuen Song aus den Charts, aber danach begannen die Nachrichten und Jadens Mum stellte das Radio noch etwas lauter.

„Eine Sensationsmeldung erreichte uns am heutigen Morgen. Am gestrigen frühen Nachmittag konnte der vor drei Wochen entführte Nikhil Govinda befreit werden. Allerdings geschah dies nicht durch die Polizei, wie man annehmen sollte, sondern durch drei Freunde des Jungen, die, Augenzeugenberichten zufolge, auf eigene Faust ermittelt hatten. Jaden musste nicht lange nachdenken, er konnte sich schon vorstellen, welche der Nachbarn sich als Augenzeugin zur Verfügung gestellt hatte …

Laut Polizeibericht erkannten die drei Freunde beim Bummeln in der Stadt den Mann wieder, den sie einige Wochen zuvor auf dem Schulgelände ihres Freundes gesehen hatten und dessen Phantombild sie erstellt hatten. Dann folgten sie dem Mann auf eigene Faust, gelangten aber unglücklicherweise selbst in die Fänge der Entführer. Aus dieser misslichen Lage rettete sie dann ausgerechnet ein großer Hund, von dem einer der Entführer aber steif und fest behauptet, es wäre ein Wolf gewesen. Genaueres hierzu ist noch nicht bekannt, sicher ist nur, dass der Hund – oder besser gesagt: die seltsame Kreatur – weder einem der Kinder noch den Entführern gehörte. Die Kreatur soll durch eines der Fenster gesprungen sein und sich direkt auf einen der Entführer gestürzt haben, der die Kinder mit einer Waffe bedroht hatte. Die Kinder konnten in dem Durcheinander fliehen und riefen die Polizei. Sie waren es auch, die der Polizei am Ende den Tipp gaben, dass der entführte Nikhil Govinda sich vermutlich im Haus befinden müsste. Das Entführungsopfer konnte so unverletzt geborgen werden. Und diese Geschichte ist wohl ein weiterer Beweis dafür, dass Hunde – oder vielleicht auch Wölfe – die besten Freunde des Menschen sind …“

Jaden musste lächeln, dieser Reporter ahnte gar nicht, wie genau er den Nagel auf den Kopf getroffen hatte.

Zehn Minuten, bevor Konrad und Lou eintreffen sollten, ging Jaden zu seiner Mum, die ihren Urlaub genoss, indem sie es sich auf dem Liegestuhl auf der Terrasse gemütlich gemacht hatte und sich von den warmen, frühmorgendlichen Sonnenstrahlen kitzeln ließ.

„Mum“, begann Jaden, „Konrad und Lou werden gleich da sein und … Wir würden gern mit dir sprechen …“

„Mit mir?“, sagte sie, nahm ihre Sonnenbrille ab und sah ihn fragend an. „Weshalb? Gibt es einen besonderen Grund?“

„Ähm … das wird erst später verraten, wenn die beiden da sind.“

„Ah, eine Überraschung sozusagen?“, fragte sie und stand auf, um an Jaden vorbei in die Küche zu gehen.

„Ähm, ja … so ähnlich“, murmelte Jaden und folgte ihr, lehnte sich an den Türrahmen.

„Ich mach uns einen Tee, ja?“, sagte sie und füllte den Wasserkocher. Am besten gleich einen Beruhigungstee, dachte Jaden im Stillen, sagte aber lieber nichts, stattdessen sah er seiner Mutter bei ihren Vorbereitungen zu: Sie stellte vier Tassen und Teller auf ein Tablett, gab eine Zuckerdose hinzu, holte Croissants und Kekse aus dem Schrank, schnitt einen Apfel und eine halbe Melone auf und trug das Ganze nach draußen, nachdem die Tassen mit kochendem Wasser aufgefüllt worden waren. Jaden wäre nicht verwundert gewesen, wenn sie noch schnell ein dreigängiges Festmahl zubereitet hätte. Die Küchenuhr zeigte an, dass es Zeit war, und als die Türklingel ertönte, wettete Jaden mit sich selbst, dass es nur Konrad sein konnte.

„Du hast dich mal wieder selbst übertroffen“, sagte Jaden, als er die Tür öffnete, „du hast deinen eigenen Pünktlichkeitsrekord gebrochen – und zwar um eine Minute und 34 Sekunden, um genau zu sein!“ Konrad lächelte, zwar schwach, aber immerhin lächelte er.

Hinter ihm kam Lou angerauscht, mit quietschenden Bremsen kam sie zum Stehen, lehnte ihr Fahrrad an den Zaun und Jaden holte tief Luft: Jetzt wurde es wirklich ernst!

„Kommt mit“, sagte Jaden zu seinen Freunden, „meine Mum sitzt auf der Terrasse … Sie freut sich auf eine Überraschung …“

„Na, die wird sich freuen …“, sagte Lou in einem zweifelnden Tonfall, „das klingt ja nicht, als wäre sie auch nur im Mindesten auf das gefasst, was jetzt gleich auf sie zukommen wird.“

„Das war das Einzige, was ich sagen konnte … Bei allem anderen hätte sie nicht aufgehört, nachzufragen und zu bohren.“

„Ist ja schon gut“, sagte Lou, „mir ist nur ein wenig mulmig dabei –

hätte ich das nicht selbst alles erlebt, ich wüsste nicht, wie mich jemand dazu bringen könnte, das zu glauben."

„Na, danke, dass du mir solche Hoffnungen machst", zischte Jaden ein wenig verärgert und ging durchs Wohnzimmer.

Konrad und Lou folgten ihm stumm. Sie gingen nach draußen, wo Jadens Mutter bereits erwartungsvoll am Tisch saß. Kaum hatten Konrad und Lou ihre Füße über die Schwelle der Terrassentür gesetzt, stand sie auf und umarmte jeden der beiden für einige Zeit. Nachdem sie die beiden Ärmsten ausreichend gedrückt hatte, sagte sie: „Ich bewundere euch sehr, für das, was ihr durchgemacht habt! Es muss schrecklich gewesen sein, ich will es mir gar nicht vorstellen … Aber ich will euch auch gar nicht weiter daran erinnern! Aber es hätte gar nicht so weit kommen müssen, wenn ihr gleich die Polizei gerufen hättet, nachdem ihr den Verdächtigen gesehen habt!" Sie schüttelte den Kopf. „Sich Hals über Kopf in so eine lebensgefährliche Situation zu bringen, die euch …"

„Mum", unterbrach Jaden sie, „wir haben den Entführer gar nicht auf der Straße gesehen." Stille. Seine Mutter sah ihn derart entgeistert an, dass Jaden sich nicht sicher war, ob sie ihn überhaupt richtig verstanden hatte.

„Wie meinst du das, ihr habt ihn nicht auf der Straße gesehen?" Jaden zögerte einen Moment. Lou nickte ihm aufmunternd zu, da fasste Jaden Mut und sagte: „Na ja, die Geschichte, wir hätten den Entführer verfolgt, ist nicht wahr. Die haben wir uns nur ausgedacht, weil wir niemandem die Wahrheit sagen konnten …"

„Und … wie lautet die Wahrheit?", fragte Jadens Mutter leise, so, als wäre sie nicht sicher, ob sie die Wahrheit wirklich hören wollte. Jetzt antwortete Lou.

„Also, ich sage Ihnen mal, was ich weiß: Vorgestern bestellte Jaden uns alle ins Baumhaus. Er hat uns erzählt, dass er seit einiger Zeit Traumreisen unternimmt, und in der letzten Traumreise hätte er ein paar Informationen über die Entführer von Nick bekommen. Im nächsten Traum sollte Jaden sogar die Adresse bekommen. Und dann, als wir bei mir übernachtet haben, sind wir … also Konrad und ich, mit Jaden auf eine Traumreise gegangen! Verstehen Sie, wir waren auch da! Und ich kann Ihnen nur sagen: Es ist alles wahr!"

Jadens Mum sagte nichts, sie starrte Lou nur an, als hätte sie soeben eine andere Sprache gesprochen, vollkommen verständnislos versuchte sie, zu begreifen …

„Aber … aber … das ist *nicht möglich*“, stammelte sie, „das ist *verrückt!*“ Ihre Stimme wurde lauter, und verschreckt wie ein kleines Reh starrte sie von einem zum anderen.

„Das dachte ich am Anfang auch“, sagte Konrad trocken, „ich hab Jaden nicht geglaubt … Felsenfest war ich davon überzeugt, dass er verrückt geworden ist … oder sich nur aufspielen will! Aber dann war ich *da,* ich selbst war in dieser anderen Welt, und: Sie existiert tatsächlich! Dieser Junge, Ilja, hat uns die Adresse genannt und wir sind hingefahren. Und den Rest kennen sie ja …“

„*Nein!*“, rief Jadens Mutter entsetzt und in ihren Augen standen Tränen. „Das … das kann nicht stimmen, mein Vater war *verrückt,* diese Welt kann es nicht geben – warum lügt ihr denn nur?“

„Aber es ist wahr!“, rief Jaden. „Großvater war eben *nicht* verrückt, ganz im Gegenteil: Er war ein Genie! Hier …“ Jaden zog das Tagebuch aus seiner Hosentasche. „… das ist sein Tagebuch. Das und ein Buch mit wichtigen wissenschaftlichen Erkenntnissen habe ich in einem Versteck auf dem Dachboden gefunden, alles, was hier steht, stimmt. Und du kannst selbst mit dem Entführer sprechen, den wir damals gesehen haben sollen, er ist die ganze Zeit über nicht aus dem Haus gegangen, frag ihn doch! Das macht doch auch kein Mensch, der überall gesucht wird, oder? Er hat sich natürlich versteckt! Also konnten wir ihn nirgendwo gesehen haben!“

„Es ist wirklich, wirklich wahr“, bekräftigte Lou noch einmal. „Lesen Sie das Tagebuch, Conny, da steht alles drin, ihr Vater hat gewollt, dass sie es lesen und begreifen, dass er nicht verrückt war.“

Jadens Mum streckte langsam ihre zitternde Hand aus und nahm das Tagebuch. Sie blätterte es durch, und ihre tränenverhangenen Augen stierten bestürzt auf die geschwungene Schrift ihres Vaters. Jaden konnte sie gut verstehen. Wenn sein Vater in eine Irrenanstalt eingewiesen worden wäre und jeder ihm gesagt hätte, sein Vater wäre verrückt gewesen, dann hätte er es am Ende auch geglaubt. Und auf einmal stellt sich heraus, dass es gar nicht so war … Sie musste sich fühlen, als hätte ihr plötzlich jemand den Boden unter ihren Füßen weggezogen. Jadens Mutter schloss das Büchlein, hielt es aber noch immer fest umklammert in der Hand.

„Lies es einfach“, sagte Jaden, „und du wirst *fühlen,* dass es die Wahrheit ist, ganz egal, was andere sagen!“

„Es gibt noch einen Beweis“, stieß Lou plötzlich hervor. „Es war kein großer Hund, der uns gerettet hat! Warum sollte irgendein x-beliebiger Hund durch die Scheibe gesprungen kommen und sich einfach so auf den Entführer stürzen? Wissen Sie, der zweite Entführer, der das alles beobachtet hat, sagte aus, es wäre ein Wolf gewesen, ein Wolf … Die Polizei hat natürlich gelacht und gesagt, hier gebe es keine Wölfe, aber: Es *war* ein Wolf! Na ja … genauer gesagt eine Wölfin, die Rania heißt. Jaden hat sich auf seinen Traumreisen mit ihr angefreundet, wissen Sie, und genau die war es auch, die uns gerettet hat!“

Jaden, der gerade einen Schluck Tee getrunken und sich den Mund verbrannt hatte, sagte: „Ich weiß selbst noch nicht, wie das möglich ist, aber so war es. Plötzlich stand Rania im Zimmer und stürzte sich auf den Mann mit der Waffe, Mum, sie hat mir das Leben gerettet! Wirklich, das *musst* du mir einfach glauben!“

„Ich … ich bemühe mich ja, es zu verstehen, aber ich weiß nicht, wie ich das glauben soll, was ihr mir eben erzählt habt“, flüsterte Jadens Mutter tonlos, „ihr seht nicht so aus, als würdet ihr lügen, aber …“ Sie seufzte tief. „Ich werde das Buch lesen, versprochen, und vielleicht wird dann Einiges klarer!“

„Ich habe noch eine Bitte an dich, Mum“, sagte Jaden und wagte kaum aufzusehen, „vielleicht könnten wir die wissenschaftlichen Schriften von Großvater an das physikalische Institut schicken … Immerhin sind inzwischen fast 20 Jahre vergangen … Und was damals noch als verrückt galt, ist heute vielleicht schon wieder genial … Also, was meinst du?“

„Ja“, sagte sie kraftlos, „ja, das können wir machen, aber nicht mehr heute … Heute bin ich viel zu … durcheinander! … ich denke, ich lese jetzt das Buch …“

„Ja“, sagte Jaden und stand auf, „mach das! Und wir gehen jetzt zu Nick, oder?“ Er sah in die Runde; Konrad und Lou nickten stumm und erhoben sich ebenfalls. Konrad nahm sich ein Croissant und Lou ein Stück Melone, dann machten sie sich kauend auf den Weg zu Nick.

„Das ist besser gelaufen, als ich gedacht hatte", sagte Jaden verwundert, nachdem sie außer Hörweite waren.

„Ich glaube ja, die Ereignisse der letzten Wochen haben deine Mum so sehr mitgenommen, dass sie am Ende einfach keine Kraft mehr hatte, sich uns zu widersetzen", sagte Lou und lächelte.

„Da könntest du Recht haben", sagte Jaden und schwang sich auf das Fahrrad. „Auf jeden Fall bin ich echt froh, dass ihr dabei wart."

Während sie fuhren, redeten sie nicht viel. Jaden fühlte sich unglaublich gut, so leicht und frei … Es kam ihm fast so vor, als hätte er durch das gestrige Erlebnis ein neues Leben geschenkt bekommen. Ein seltsamer, neuer Gedanke ergriff von ihm Besitz: dass es nicht selbstverständlich war, zu leben. Ob es Konrad und Lou auch so ging, ob sie ebenso fühlten? Aber Jaden spürte, dass er es nicht ansprechen musste. Das Thema würde schon von ganz allein zur Sprache kommen, irgendwann, wenn ein wenig Zeit vergangen war.

„Sollen wir Nick eigentlich auch die Wahrheit erzählen?", fragte Lou, als sie ihre Fahrräder an den Zaun lehnten.

„Ich weiß nicht", sagte Jaden und sah nachdenklich auf die Villa, „vielleicht später, aber noch nicht jetzt … Nick hat bestimmt noch genug mit seiner Entführung zu tun."

„*Außerdem*", sagte Konrad mit schneidender Stimme, „sollte es vielleicht nicht *jeder* sofort wissen!"

„Nick ist nicht *jeder*!", raunzte Lou. „Aber ich habe schon verstanden …", seufzte sie, nachdem sie Konrads grimmigen Blick aufgefangen hatte, „wir behalten es erst einmal unter uns … und Jadens Mum!"

Jaden streckte den Arm aus und läutete. „Jaden, Konrad und Lou", antwortete er auf die Frage, wer da sei, dann öffnete sich das Tor mit einem Knarren, die Ölung stand offenbar noch immer aus. Schon von weitem sahen sie Nick, seine kleine Schwester Mara und seine Eltern vor dem Haus stehen.

„Wir begrüßen feierlich die Retter meines Sohnes!", lachte Herr Govinda vergnügt und verbeugte sich. Lou errötete, als er ihre Hand nahm und sie feierlich küsste, Jaden und Konrad schüttelte er lange und mit vielen Worten des Dankes die Hände. Dann gingen sie auf die Terrasse der Govindas, von der aus man einen herrlichen Blick über das Gelände und den Wald hatte. Ein paar Meter weiter stand ein wunderschöner, kleiner Springbrunnen, in den Mara sich gleich hineinstürzte, munter planschte sie im Wasser herum und gluckste vor Lachen. Und alles war wieder so, wie es sein sollte, dachte Jaden.

Herr Govinda ergriff das Wort. „Die Polizei hat uns vorhin benachrichtigt. Sie haben die zwei noch flüchtigen Entführer ergriffen und einer der Männer, der, der von diesem mysteriösen Hund angegriffen wurde (an dieser Stelle warfen sich Jaden und Lou unweigerlich wissende Blicke zu und grinsten), hat ein umfassendes Geständnis abgelegt. Er sagte aus, dass er bis vor sechs Wochen bei dem gleichen Unternehmen gearbeitet hat, in dem ich jetzt beschäftigt bin, dann wurde ihm gekündigt, weil er einen schwerwiegenden Fehler gemacht hatte, der die Firma ziemlich viel Geld kostete." Herr Govinda zog die Augenbrauen hoch. „Er kann von Glück sagen, dass er nicht noch eine Anzeige bekam ... Nun, jedenfalls hat er ausschließlich für seine Arbeit gelebt und war nach der Kündigung am Rande der Verzweiflung ... Gleichzeitig hatte er davon gehört, dass das Unternehmen mich angeworben hat, und war – wie ihr euch bestimmt vorstellen könnt – stinksauer. Er projizierte seine ganze Wut auf mich und dann ..." Herr Govinda zündete sich eine Zigarette an. „Schließlich kam, was kommen musste: Über das Internet kam er mit drei üblen Ganoven aus Amerika in Kontakt, die, wie die Polizei mir mitteilte, es schon auf unser Geld abgesehen hatten, als wir noch in Los Angeles gewohnt haben. Allerdings hatte sich dort kein geeigneter Zeitpunkt für eine Entführung gefunden ... Also schmiedeten die vier Gauner einen Plan. Sie kamen her und einer von ihnen beobachtete Nick rund um die Uhr, die Schule, seine Angewohnheiten, alles, was dazu gehört ... Und dann, eines Morgens, setzten sie ihren Plan in die Tat um. Den Rest kennt ihr ja ... Übrigens hatten sie die Lösegeldforderung für den morgigen Tag geplant. Und auf die Frage, warum sie so lange damit gewartet haben, sagten sie, dass sie noch mehr Kohle rausschlagen wollten!" Herr Govinda schüttelte fassungslos den Kopf. „Stellt euch das mal vor!"

„Wie ist es dir eigentlich ergangen?", wollte Lou wissen und sah Nick fragend an.

„Was soll ich sagen?" Nick blickte nach wie vor auf seine Knie. „Ich war drei Wochen lang eingesperrt in einen ziemlich kargen Keller. Dreimal am Tag bekam ich etwas zu Essen von einem der vermummten Entführer, die darauf achteten, kein Wort mit mir zu sprechen … Es gibt nichts Besonderes zu berichten …" Nick zuckte ratlos mit den Schultern. Er sah mitgenommen aus, geschafft und müde, und seine Augen wirkten matt. Der erste Tag seiner neuen Freiheit nach so viel Ungewissheit, Angst und Einsamkeit, Jaden konnte gut verstehen, wie er sich fühlen musste … Er brauchte gewiss noch einige Zeit, um wieder ganz der Alte zu werden …

Nach einem kurzen Schweigen machte Jaden den Vorschlag, ins Baumhaus zu fahren, um den Kopf wieder frei zu bekommen und den Rest des Tages zusammen zu verbringen.

„Gute Idee", sagte Nick und ein Lächeln huschte über sein Gesicht.

„Nicht so schnell", sagte Nicks Vater, „wartet kurz, ich habe noch etwas für euch." Er ging ins Haus und kam einige Sekunden später mit ein paar Umschlägen in der Hand wieder. „Einladungen", sagte er und gab Jaden einen der Umschläge.

„Dass Nick unversehrt wieder zu Hause ist, muss schließlich gefeiert werden … Die Sache hätte auch ganz anders ausgehen können …" Lou und Konrad bekamen ebenfalls je eine Einladung.

„Eure Eltern sind auch eingeladen, genauso wie die vielen anderen Menschen, die uns in der ungewissen Zeit während der Entführung beistanden. Aber ihr drei …" Herr Govinda lächelte. „… seid natürlich die Ehrengäste!"

„Da wären wir mal wieder", sagte Jaden, als er sich auf eine umgedrehte Holzkiste setzte.

„Ihr glaubt gar nicht, wie toll es ist, wieder hier zu sein – frische Luft zu atmen und das Tageslicht zu sehen", sagte Nick und lehnte seinen Kopf gegen einen Ast.

„Doch, das glaube ich. Für mich ist es nach gestern auch was Besonderes", sagte Lou leise. Sie sprachen noch lange über all das, was geschehen war, und die Zeit verging wie im Flug. Jaden bemerkte mehr und mehr, dass sich die Freundschaft zwischen ihnen verändert hatte. Sie war tiefer geworden und ging inzwischen weit über das hinaus, was Jaden für möglich gehalten hätte. Irgendwann stand Nick auf und sagte: „Ich fahr jetzt wieder … Möchte nicht so spät nach Hause kommen, ihr wisst schon … Nicht dass sich meine Eltern Sorgen machen, der Schock über die Entführung sitzt noch tief …“ Die Freunde nickten.

„Klar“, raunte Lou.

„Wir werden auch nicht mehr lange bleiben“, sagte Jaden. Kaum war Nick hinter ein paar Bäumen verschwunden, platzte Lou heraus: „Was haltet ihr davon, wenn wir heute Nacht eine Traumreise machen? Ich hätte Lust … und ihr?“ Jaden und Konrad sahen sich an.

„Klar“, riefen beide wie aus einem Mund.

„Ich weiß natürlich nicht, ob es funktioniert, aber wir sollten es probieren!“, rief Lou aufgeregt und ihre großen Augen funkelten vor Aufregung.

„Meinst du, deine Mutter erlaubt, dass wir alle wieder bei dir übernachten?“, fragte Konrad mit leisem Zweifel.

„Nein“, winkte sie ab, „ich habe mir gedacht, dass wir es dieses Mal *getrennt* voneinander versuchen!“, sagte Lou.

„Getrennt voneinander? Wie hast du dir das vorgestellt?“, fragte Konrad mit skeptischer Miene.

„Na ja, ich hab mir gedacht, dass wir alle ungefähr um dieselbe Zeit ins Bett gehen und dann mit unserer Gedankenübung beginnen … Wir waren jetzt ja alle schon mal da … Also müsste es doch eigentlich klappen, dass wir in Syrianka oder der näheren Umgebung erwachen – oder nicht?“ Fragend sah sie zu Jaden hinüber, der immer noch auf der Holzkiste saß, den Kopf ans Geländer der Baumhausterrasse gelehnt, und nachdenklich in die Krone der Kastanie sah. Er blinzelte ein paar Mal, dann sagte er: „Ja … Es könnte klappen, und wenn, dann würde es bedeuten, dass wir in Zukunft, wo immer wir sind, gemeinsame Traumreisen unternehmen können … Das wäre in der Tat sehr nützlich.“

Lou strahlte. „Sag ich doch – es kommt unseren Eltern doch bestimmt komisch vor, wenn wir drei ständig irgendwo zusammen übernachten wollen … Deshalb müssen wir uns so trainieren, dass wir es schaffen, die Traumreisen auch ohne deine Anweisung zu unternehmen", sagte Lou bedeutungsvoll.

„Ähm … sag mal, wie genau sieht denn diese Gedankenübung, von der du gesprochen hast, eigentlich aus?", fragte Konrad zögernd.

Lou und Jaden sahen für einen Augenblick verwirrt aus. „Ach, du hast das Tagebuch von Jadens Großvaters ja gar nicht gelesen", sagte Lou, „das vergesse ich immer wieder."

„Weißt du, am wichtigsten ist die Kraft des Gedankens", sagte Jaden, und er erklärte Konrad in allen Einzelheiten, wie man es anstellen musste, wenn man selbst eine Traumreise unternehmen wollte. Lou schlug danach vor, dass sie gegen zehn Uhr mit der Gedankenübung beginnen sollten, Jaden und Konrad nickten. Dann schwangen sich die drei auf ihre Fahrräder und fuhren nach Hause.

Als Jaden die Haustür öffnete, fand er ein leeres Wohnzimmer vor, auch in der Küche war niemand, die Terrasse war menschenleer. Er brannte darauf, zu erfahren, wie es seiner Mutter ging, nachdem sie das Tagebuch gelesen hatte, und bemühte sich, gegen den Drang anzukämpfen, die Treppe hinaufzurennen und direkt in das Zimmer seiner Mutter zu stürzen. Stattdessen schritt er langsam und mit klopfendem Herzen die Treppe hinauf, zaghaft klopfte er an die Tür. Ein leises „Ja" ertönte und Jaden trat ein … Sie stand am Fenster, mit dem Rücken zu ihm.

„Ich bin's, Mum …", sagte er langsam, während er sich vorsichtig näherte. Sie drehte sich um. Jaden erschrak im ersten Moment, als er sie völlig aufgelöst sah, ihre Augen waren rot und verquollen; aber dann fiel ihm der ruhige, auf eine seltsame Weise glückliche Ausdruck ihrer Augen auf. Conny Page lächelte.

„Ich danke dir, dass du dieses Buch gefunden hast", sagte sie und ihre Stimme zitterte, „es … es war wie eine Erlösung für mich, es zu lesen, wenn auch nicht ganz einfach … weißt du? Endlich weiß ich, was damals wirklich geschehen ist, ich kann's noch immer kaum fassen, dass … dass wir alle so blind waren." Sie schüttelte nachdenklich den Kopf und sah wieder aus dem Fenster. Ein leichter Wind bewegte die Bäume und bewirkte einen schnellen Wechsel von Licht und Schatten auf ihrem verweinten Gesicht.

„Es hätte nicht so kommen müssen, wenn wir – wir waren immerhin seine Familie! – ihm einfach nur *geglaubt* hätten, anstatt ihn für verrückt zu erklären! Es hätte ihm so viel bedeutet!“, sagte sie mit tränenerstickter Stimme.

„Wir hätten uns nicht von dem Geschwätz der anderen ablenken lassen dürfen! Warum habe *ich* nicht wenigstens zu ihm gehalten?“

Jaden erinnerte sich an etwas, das Kostja gesagt hatte.

„Weißt du, damals war die Zeit einfach noch nicht bereit für manche Dinge.“ Er nahm die Hand seiner Mutter, drückte sie und sah ihr in die Augen. „Du darfst dir keine Vorwürfe mehr machen – wir leben *jetzt!*“

Sie lächelte matt, schniefte einmal und sagte: „Weißt du, in letzter Zeit bist du so unheimlich schnell erwachsen geworden …“ Sie brach ab und schluchzte.

Jaden lächelte schweigend und sie wischte sich verlegen über das Gesicht. „Mein Gott“, seufzte sie, „ich sehe bestimmt fürchterlich aus!“ Dann drückte sie seine Hand und sah ihrem Sohn lange in die Augen. „Ich mache mir zwar Sorgen um dich, aber ich denke, es ist nichts Schlechtes dabei, wenn du ab und zu diese ‚Traumreisen‘ unternimmst, wie ihr sie nennt.“ Jaden fühlte ein Gefühl des Glücks in sich aufsteigen. Endlich einmal Worte, die ihn nicht aufforderten, irgendetwas sein zu lassen oder vorsichtig zu sein.

„Und, nicht zu vergessen: Es sind ja nur Träume, mir kann also nicht das Geringste geschehen“, beschwichtigte Jaden sie gut gelaunt, verschwieg ihr jedoch, dass er nicht die geringste Ahnung hatte, was noch alles auf ihn zukommen würde, wenn *er* wirklich der Geheimniswahrer sein sollte … Seine Mutter holte ein Taschentuch hervor und putzte sich die Nase. „Ich bin sehr stolz auf dich, Jaden … Und es tut mir leid, dass ich dich das letzte Mal so angefahren habe, als wir über … diese Träume … gesprochen haben …“ „Ach, das ist doch Schnee von gestern“, unterbrach Jaden sie und grinste, „außerdem hab ich mich ja sowieso nicht an das gehalten, was du gesagt hast, also sind wir irgendwie quitt …“ Jadens Mum lachte. „Ich habe mir übrigens noch ein paar Gedanken gemacht über das, worum du mich gebeten hast … Und ich glaube, dass du Recht hast – gleich morgen früh fahren wir zum physikalischen Institut … Damals wurde er einfach in die Psychiatrie eingewiesen und damit war seine Karriere als Wissenschaftler auf einen Schlag beendet … Es wäre so schön, wenn es uns gelingen könnte, seine wissenschaftliche Ehre wiederherzustellen." Jaden sah seine Mutter an, dann sagte er mit fester Stimme: „Ehre, wem Ehre gebührt!"

Die Prophezeiung

Erschöpft, aber glücklich lag Jaden pünktlich um zehn Minuten vor zehn im Bett. Alles war gut ausgegangen und er war überzeugt, dass man morgen die Genialität in den Schriften seines Großvaters erkennen würde, wer immer sie auch zu sehen bekam. Jaden rückte sich sein Kissen zurecht und sah zur Zimmerdecke hinauf, auf der sich verschlungene Muster abzeichneten, die sich aus dem Zweig vor seinem Fenster, der untergehenden Sonne und dem Wind ergaben. Jaden war vollauf zufrieden mit sich an diesem Abend. Selbst das Wichtigste, das, was sich sein Großvater mit seiner ganzen Kraft gewünscht hatte, war ihm schon gelungen: Seine Mutter hatte erkannt, dass ihr Vater nicht verrückt gewesen war. Gleichzeitig freute sich Jaden auf die heutige Nacht, die ihm die Chance bot, all die Fragen zu stellen, die ihm im Kopf umherschwirrten und ständig beschäftigten; heute würde er darauf bestehen, Antworten zu bekommen und sich nicht mit irgendwelchen Ausflüchten zufriedengeben. Wie war es möglich, dass Rania plötzlich in seiner Welt aufgetaucht war? Wie hatte Ilja so einfach die Adresse der Entführer rausbekommen? Und was bedeutete es, wenn er tatsächlich der Geheimniswahrer sein sollte? Außerdem war ihm noch etwas eingefallen, das Jaden irgendwie merkwürdig vorkam. Auf seiner zweiten Traumreise hatte Ilja ihm gesagt, dass sich bisher kein Mensch, außer sein Großvater Nathan und nun er selbst, öfter als ein Mal in der Welt der Weden befunden hatte und dass sie sich gewöhnlich hinterher an so gut wie nichts erinnern konnten.

Aber was war dann mit Konrad und Lou, warum konnten ausgerechnet sie sich noch an alles erinnern?

Und wenn es heute klappte, und Konrad und Lou mit ihm in der Traumwelt auftauchten, war die ganze Angelegenheit noch mysteriöser … Wie Jaden es auch drehte und wendete, ihm fiel keine plausible Antwort auf all seine Fragen ein. Er wendete den Kopf und sah auf die Uhr. Fünf vor zehn, jetzt würde er mit seiner Gedankenübung beginnen, Jaden schloss die Augen und konzentrierte sich. Die Bilder aus der Welt der Weden traten wie von selbst vor sein geistiges Auge, mittlerweile erforderte es keine große Anstrengung mehr, er *wusste* genau, dass er gleich an dem Platz aufwachte, an dem er sein wollte, und das war heute der Waldrand neben Syrianka. Es war so einfach, dass sich Jaden nebenbei noch mit den Fragen auseinandersetzen konnte, die ihn so beschäftigten. Langsam sank Jaden in einen leichten Schlaf.

„Heute wird sich der Schleier lüften und du wirst die Antworten bekommen, nach denen du dich so sehnst …“

Jaden schreckte hoch, da war sie wieder, diese Stimme, die er gehört hatte, kurz bevor er in seine erste Traumreise hineingerutscht war. Sein gesamter Körper war von einer Gänsehaut überzogen, weshalb flößte ihm diese Stimme nur so eine Angst ein und wer war es, der da zu ihm sprach? Ein Blick auf die Uhr sagte ihm, dass es schon halb elf war, jetzt musste er sich beeilen, wieder einzuschlafen … Jaden bettete seinen Kopf wieder in das Kissen und stellte eine Frage, allerdings sprach er sie nicht aus, sondern dachte sie nur, immer und immer wieder stellte er diese eine Frage: *„Wer bist du, der zu mir spricht?“*

Sobald Jaden in einen leichten Schlaf fiel, in dem die Grenzen zwischen Wachsein und Schlaf noch ganz verwischt waren, vernahm er abermals diese seltsame Stimme, die aus dem Nichts zu kommen schien:

„Dass du so schnell lernst, über deine Gedanken zu kommunizieren, ist außerordentlich bemerkenswert, Jaden, und um auf deine Frage zu antworten: Mein Name ist Zia. Ich stamme aus einer uralten Familie, deren Mitgliedern die Aufgabe beschienen ist, die Geheimniswahrer zu erwecken und in unsere Welt zu bringen, wenn die Zeit gekommen ist.“ Plötzlich schreckte Jaden erneut hoch. Dieses Mal umgab ihn jedoch warmes Sonnenlicht und er fand sich unweit von Iljas Behausung wieder. „Merkwürdig …“, dachte Jaden und stand auf, „das ist also die Telepathie, von der Ilja gesprochen hatte.“ Es war schon ein sehr merkwürdiges Gefühl, eine Stimme zu hören, die eigentlich nicht da war. Aber es schien nicht so schwer zu sein, wie Jaden anfangs gedacht hatte. Zwar konnte er die Gedanken nur in dem dämmrigen Übergang vom Wachzustand in den Schlaf empfangen, aber immerhin wusste er jetzt, wie sich das anfühlte … Miteinander zu reden, ohne einen Menschen vor sich zu haben. Blitzartig kam Jaden ein Gedanke. Das bedeutete, so eine Erfindung wie das Telefon war komplett überflüssig … Wahrscheinlich genauso nutzlos wie viele andere Dinge,

wenn man seine Fähigkeiten entwickelte. Man brauchte gar keine moderne Technologie! Das war es, was Katya ihm die ganze Zeit zu erklären versucht hatte …

„Jaden! Jaden, hier sind wir!“, rief ihm eine aufgeweckte Lou entgegen. Ilja, Lou und Katya traten gerade aus dem Haus. Jaden ging ihnen entgegen.

„Hast du Konrad gesehen?“, fragte sie, als Jaden sie erreicht hatte. Jaden schüttelte ratlos den Kopf.

„Vielleicht konnte er nicht so schnell einschlafen … Oder er ist an einer anderen Stelle aufgewacht. Warten wir ab, er kommt bestimmt noch.“

Jetzt erst fiel Jaden auf, dass Katya und Ilja ihn anders ansahen als sonst, irgendwie ehrfürchtig.

„Ist irgendwas los?“, fragte Jaden, es gelang ihm nicht, die Unsicherheit in seiner Stimme zu verbergen.

„Es ist hoher Besuch für dich da, Jaden“, platzte Lou unvermittelt heraus. Ilja warf ihr einen vorwurfsvollen Blick zu, Katya lächelte nervös.

„Was für ein hoher Besuch?“, fragte Jaden überrascht. „Und wieso für mich?“ Diese Neuigkeit brachte ihn völlig aus seinem Konzept, wo er doch heute endlich all seine Fragen stellen wollte … Anscheinend würde wieder etwas dazwischenkommen.

„Es ist Zia, ein ehrwürdiger Zauberer aus der Akademie. Er ist zu uns gekommen, weil er dich sprechen möchte“, sagte Katya langsam und achtungsvoll.

„Mensch, Jaden!“ Iljas Augen leuchteten. „Warum hast du mir nicht erzählt, dass du ein *Geheimniswahrer* bist!“

Lou errötete leicht, als Jaden sie mit hoch gezogenen Augenbrauen ansah. „Lou, du alte Plaudertasche!“, zischte er.

„Sie hätten es doch ohnehin erfahren“, erwiderte Lou völlig ungerührt und zuckte die Schultern, „außerdem hast du wirklich *sehr* lange gebraucht, um herzukommen … In der Zwischenzeit haben wir eben ein wenig geplaudert …“

„Um ehrlich zu sein: Wir haben schon vermutet, dass du ein Geheimniswahrer bist, Jaden“, sagte Katya. „Und es war spätestens dann unbestreitbar, als Zia hier erschien, um dich zu sprechen … Und jetzt kommt. Wir bringen euch zu Zia, er wartet bereits.“

Schweigend folgte Jaden den anderen, in seinem Kopf herrschte ein gewaltiges Durcheinander; war das wirklich *der* Zia, mit dem er sich eben noch unterhalten hatte? Und wieso war er gerade *jetzt* hier? Warum hatte dieser Zia ihn so lange warten lassen? Jaden war wütend, er fühlte sich wie ein Kleinkind, dem auf einen Schlag klar wurde, dass alle um ihn herum mehr wussten als er. Mit gerunzelter Stirn betrat Jaden den sonnendurchfluteten Garten, fast wäre er über einen riesigen Kürbis gestolpert, als sein Blick auf Kostja und den Mann fiel, der Zia sein musste. Sie saßen an einem kleinen Feuerplatz, unter der großen Kastanie, die seinen Schatten weit über die beiden Männer warf. Kostja lächelte, während er sich mit Zia unterhielt, seine Mimik und Gestik zeugte von großem Respekt. Zia wirkte auf den ersten Blick wie ein gewöhnlicher alter Mann, er musste wohl so um die 80 sein. Seine weißen Haare waren für sein Alter ungewöhnlich voll und halblang geschnitten, sein braungebranntes Gesicht war von einem weißen, kurz gehaltenen Bart umrahmt. Das weiße Hemd, das Zia trug, ähnelte dem von Kostja, war aber etwas länger. Als sie näher kamen, heftete sich Zias Blick an Jaden und ließ ihn nicht wieder los. Dann stand der Zauberer auf, um Jaden die Hand zu reichen, drückte sie mit beiden Händen und lächelte herzlich.

„Ich grüße dich, Jaden, und ich freue mich sehr, dir endlich persönlich gegenüberzustehen." Er zwinkerte Jaden zu und die fröhlichen Lachfältchen, die seine klaren blauen Augen umrandeten, ließen Jadens Aufregung und Ärger fast augenblicklich verpuffen. Jaden kam es plötzlich vor, als hörte er undeutliches Gemurmel, rasch blickte er sich um, aber niemand schien etwas zu sagen, das Gemurmel wurde immer lauter … Zia lachte.

„Hier klappt es noch nicht so gut … Im Dämmerzustand zwischen Wirklichkeit und Traum ist es für euch immer am leichtesten."

„*Was* ist für uns am leichtesten?", fragte Jaden verdutzt, immer noch verwirrt von dem Stimmengewirr, das er soeben gehört hatte, obwohl niemand seine Lippen bewegt hatte.

„Die Telepathie zu erlernen", sagte Zia und setzte sich wieder, „gedulde dich noch ein wenig, bald wirst du sie beherrschen." Jaden wusste nicht gleich, was er sagen sollte, stattdessen setzte auch er sich ins weiche Gras.

„Warum wollten Sie mich sprechen?", fragte Jaden schließlich, als er seine Sprache wiedergefunden hatte.

„Ich würde mich sehr glücklich schätzen, wenn du mich als deinen Freund betrachten und mit ‚du' anreden würdest", sagte Zia lächelnd, „wir werden uns jetzt oft begegnen – oder besser gesagt: oft miteinander *sprechen* … Und ich weiß nicht, wie es dir geht, aber ich halte eine freundschaftliche Atmosphäre dabei für angenehm." Ein jungenhaftes Grinsen zeigte sich auf dem Gesicht des alten Mannes und Jaden nickte zustimmend.

„Wie ich dir schon mitgeteilt habe, bin ich heute hier, um deine Fragen zu beantworten. Ich fange einmal ganz vorne an, bei der Legende, von der du schon im Tagebuch deines Großvaters gelesen hast, wie mir deine reizende Freundin bereits mitgeteilt hat." Zia lächelte zu Lou hinüber, die übers ganze Gesicht strahlte, und begann mit seiner Erzählung:

„Vor tausenden von Jahren sah es in eurer Welt so aus wie jetzt in unserer. Eure Welt blühte, erlebte eine Zeit der Vollkommenheit. Die Luft war von nichts weiter erfüllt als von dem Duft der Blüten und deren Pollen, die Natur war rein und der Mensch war umgeben von Fülle. Es gab keinen Schmutz oder die Verunreinigung, die ihr heute kennt … Und so konnte der Mensch die Nährstoffe, die sein Körper brauchte, zum größten Teil über die Luft aufnehmen, über den simplen Vorgang des Atmens. Der Mensch lebte mit den Tieren zusammen, wie du es hier siehst. Ganz mühelos und leicht fand er seine Nahrung, ohne wertvolle Gedanken daran zu verschwenden. Deshalb war die Schnelligkeit seiner Gedanken nahezu vollkommen. Sein Denken war präzise und intensiv. Die Menschen waren zu Dingen fähig, die sich eure heutige Wissenschaft nicht einmal im Traum vorstellen kann."

„Aber in der Schule lernen wir was vollkommen anderes!", platzte Lou heraus.

„So?", lächelte Zia und hob die Augenbrauen. „Was denn?"

„Der Mensch hatte sehr wohl Mühe, Nahrung zu finden. Er jagte Tiere und viele Menschen verhungerten sogar. Außerdem war der Mensch am Anfang noch wie ein Tier, weil er ja vom Affen abstammt!" Zia nickte und seine Lippen waren aufeinander gepresst, jetzt lächelte er nicht mehr. Auch Kostja sah wütend aus, in seinen Augen funkelte es gefährlich.

„Das gehört zum Plan, mit dem sie euch unterdrücken, seit damals …", sagte Zia leise, „seht ihr, es sind Lügen, die sie euch erzählen, und obwohl die Wissenschaftler behaupten, sie hätten Beweise, ist es nicht so. Aber auch sie sind nichts weiter als Marionetten in einem mächtigen Gedankenkonstrukt. Es ist natürlich wahr, dass sie Ausgrabungen gemacht haben und dass sie mehrere affenähnliche Spezies gefunden haben … Aber auch wahr ist, dass sie die Sorte Affenmensch, die den Übergang vom Affen zum Menschen beschreibt, noch nicht gefunden haben. Und kein Archäologe wird diesen Beweis jemals finden, da die Annahme, dass der Mensch einmal eine Spezies gewesen wäre, die sich aus einem Tier entwickelt hat, schlicht und einfach nicht stimmt. Es gibt einfach keinen Beweis dafür, wisst ihr …

So wie es für viele angebliche Tatsachen keine Beweise gibt. Aber man kann den Menschen in eurer Welt nicht einmal einen Vorwurf machen. Der Plan, sie mit falschen Informationen zu versorgen, wurde bereits vor 7.000 Jahren entworfen und wirkt bis heute mit einer Kraft, die sich nicht einmal die vorstellen konnten, die den Plan entwarfen."

„Was für ein Plan ist denn das genau?", fragte Jaden irritiert.

„Der Plan war simpel: Die Menschheit sollte versklavt werden. Aber die Methode war schwierig. Denn es ist keinesfalls leicht, den Menschen, der ein großartiges, selbstbestimmtes und komplexes Wesen ist, so zu versklaven, dass er selbst gar nicht mehr mitbekommt, dass er ein Sklave ist.

Irgendwann einmal, als die Weden den Planeten Erde bevölkerten, gab es einen Menschen, der all seine Gedanken auf das eine Ziel richtete: Die Menschen um ihn herum zu versklaven. Er musste einen Weg finden, die Menschen von ihrem glücklichen, harmonischen Leben abzubringen. Und so errichtete er ein mächtiges Gedankenkonstrukt, ein Geflecht aus unendlich vielen, perfekten einzelnen Strängen, die am Ende zusammen ein engmaschiges Netz bildeten, das auch heutzutage noch die gesamten Geschehnisse auf eurem Planeten steuert.

Wisst ihr, seit der Zeit des alten Ägyptens, wo die Priester ihren Plan zum ersten Mal testeten, hat sich eigentlich kaum etwas an der Art eures Lebens geändert … Damals hatte sich der größte Teil der Menschheit schon weit vom ursprünglichen Leben entfernt. Eine kleine Gruppe von Menschen, an deren Spitze der Oberpriester stand, hatte Lügen und falsche Informationen unter den Menschen gestreut … so dass die Menschen langsam von ihrem natürlichen, vollkommenen Leben abkamen und kaum merklich ihre Gedankenkraft verloren, Stück für Stück ..."

„Aber wo war der Anfang von dem Ganzen?", fragte Jaden und merkte, wie sich seine Stimme vor Aufregung überschlug. „Wie ... wie nur konnte es dazu kommen, dass ein Mensch beschloss, alle anderen unterdrücken zu wollen? Warum sollte jemand die ganze Herrlichkeit des Lebens zerstören wollen?"

„Genau *das* ist die Antwort, nach der wir suchen, Jaden", sagte Zia, „was war der Grund dafür, dass ein einzelner Mensch begann, solch schlechte Gedanken zu hegen? Wir wissen es nicht. Wir können uns nicht vorstellen, wie ein solch teuflischer Plan entsteht. Und wie konnte ein einzelner Mensch es schaffen, eine Handvoll andere für seinen Plan zu begeistern und am Ende die gesamte Menschheit zu unterjochen? Wir wissen es nicht ...

Ich erzähle dir jetzt von den Dingen, die wir wissen ... Die Menschen hatten ihre Gedankenkraft schließlich fast vollständig verloren und lebten in Stämmen zusammen, die sich gegenseitig bekriegten ... An diesem Punkt wurde Ägypten gegründet, der erste Staat, den eure Welt je gesehen hat. Dieser Staat wurde aus einer guten Absicht gegründet. Es sollte ein Staat des Friedens werden und am Anfang gelang das auch ausgesprochen gut. Ägypten entwickelte sich prächtig, die Bewohner dieses Staates genossen Frieden und Gleichberechtigung ..." Zia stockte, nahm einen Zweig und malte etwas in den Sand. Jaden musste sich ein Stück nach vorn beugen, um etwas zu erkennen ... Er sah einen hohen Turm mit einer Plattform am höchsten Punkt, auf dem ein Mann stand. Was sollte diese Zeichnung bedeuten? Zia sprach weiter.

„Die Priester im alten Ägypten setzten sich zu bestimmten Zeiten zusammen, um über die Geschicke des Staates zu beraten, und in ihrer Mitte gab es einen aus dem Stamm der Weden, der nach Ägypten gegangen war, um die Menschen zu ihrem ursprünglichen Leben und somit zu ihrer vollen Kraft zurückzuführen. Aber der Oberpriester wollte das verhindern. Er ganz allein wollte die Macht behalten ... Der Oberpriester verfolgte einen anderen Plan ... und schaltete den Weden einfach aus. Stattdessen begann er, die Welt des alten Ägyptens vollkommen zu beherrschen. Die Priester lenkten die Pharaonen. Und heute lenken sie die Staatsoberhäupter, die Präsidenten und Kanzler, die nichts weiter als Marionetten sind. Die Priester im alten Ägypten wollten immer mehr Macht und begannen, Kriege zu führen, und die Sklaverei setzte ein. Die Priester bestimmten, wie die Ägypter und die Sklaven zu leben hatten. Damals in Ägypten aber lernte der Oberpriester und sein Gefolge eine wichtige Lektion: Sie begriffen, dass ihr Plan noch Schwächen hatte … Die Sklaven waren unglücklich, sie starben haufenweise und planten Ausbrüche. Man musste ihre Gefangenschaft also weniger offensichtlich erscheinen lassen, aber trotzdem verhindern, dass ihre Gedanken begannen, selbstständig zu arbeiten. Denn wenn das passierte, würden sich die Menschen befreien können und der Plan der Priester wäre zum Scheitern verurteilt.

Auch heute noch beherrschen die Nachkommen der Priester unsere Welt … Nur weniger offensichtlich und geschützt … im Verborgenen."

„Im Verborgenen? Wo sind sie denn jetzt?", fragte Jaden misstrauisch.

„Sie leben unter all den anderen Menschen, sind nicht besonders reich, aber auch nicht arm. Sie wollen nicht auffallen. Es hat Zeiten gegeben, da lebten die Priester in einem verschwenderischen Wohlstand, leisteten sich alles, worauf sie Lust verspürten, mussten allerdings auch immer mehr Kraft darauf verschwenden, sich vor möglichen Feinden zu schützen. Schließlich waren sie bekannt – und somit auch in Gefahr. Also beschlossen die Priester, nicht mehr so auffällig zu erscheinen … Sie leben verteilt überall in der Welt, aber wir wissen nicht, wo genau. Aber das spielt auch keine große Rolle. Wir müssen schließlich nicht sie selbst, sondern das Gedankenkonstrukt zerstören, das sie vor vielen, vielen Jahrtausenden kreiert haben." Zia zuckte die Schultern.

„Die Legende besagt, dass der Oberpriester und seine Priesterschar an einem bestimmten Punkt ihrer Macht beschlossen hatten, die Weden stärker zu bekämpfen. Es gab inzwischen nur noch einen kläglichen Rest der alten Kultur, der Kultur, die einst den gesamten Planeten bewohnt hatte. Die Priester wussten, dass nur die Weden dem Plan der Priester noch gefährlich werden könnten. Würde auch nur ein einziger übrig bleiben, könnte der Plan scheitern. Also schickten sie ihre Armeen, die trotz der erheblichen Widerstände durch die wenigen Weden immer weiter vorrückten. Unaufhaltsam bezwangen sie die Welt und zerstörten die schönen Siedlungen mit ihren Schwertern, metzelten alles gnadenlos nieder, auf dass die wedische Kultur bald ausgelöscht sein würde. Der Oberpriester bezeichnete die Weden als Verrückte, als Heiden und hatte seiner Armee befehligt, die Weden bis auf den Letzten auszurotten, so dass ihr angeblich heidnisches, teuflisches Wissen ausgerottet werden würde."

„Das klingt ja dämlich: heidnisches Wissen, teuflisches Wissen. Wieso haben die anderen ihm bloß geglaubt?", rief Lou entrüstet und die Wut stand ihr ins Gesicht geschrieben.

„Oh, genau *diese* Art, wahres Wissen schlechtzureden, hat sich im Laufe eurer Geschichte als die wirkungsvollste erwiesen!", sagte Zia leise. „Leider ... Es gibt unzählige traurige Beispiele ... die Hexenverfolgung ... oder erst der letzte Fall von Nathan, deinem Großvater, der als angeblich ‚Verrückter' gestorben ist." Er räusperte sich und fuhr nach einer kurzen Pause fort.

„Damals gab es in dieser, durch die Priester und ihre Armeen beherrschten Welt ein einzelnes Gebiet, das sich bis zum Schluss den Priestern widersetzte, ein kleines Gebiet, das ungefähr dort lag, wo sich euer heutiges Sibirien befindet. Die Menschen besaßen eine ungewöhnlich hohe Gedankenkraft und wehrten lange alle Angriffe ab, bis sie jedoch am Schluss der zahlenmäßig weit überlegenen Armee unterlagen. Der Oberpriester persönlich war angereist, um die letzte Siedlung der Weden dem Erdboden gleichzumachen. Er beaufsichtigte das Gemetzel, ohne mit der Wimper zu zucken, denn erst wenn alle Weden restlos ausgemerzt sein würden, könnte nichts mehr seinen Plan durchkreuzen. Und obwohl sogar die Tiere, die Wölfe und Bären, tapfer neben ihren Menschen kämpften, obwohl die letzten 40 Weden eine lange, lange Zeit, drei Tage und Nächte, gegen eine Armee kämpften, die aus tausenden von Männern bestand ... Irgendwann waren sie alle tot – bis auf einen Menschen.

Erst als die letzte wedische Frau entwaffnet vor seinen Kämpfern stand, gebot der Oberpriester ihnen Einhalt und schickte seine Männer weg. Niemand durfte hören, was er jetzt sagte, und niemand außer ihm selbst und dieser Frau hörte es. Der Oberpriester offenbarte ihr sein Geheimnis, erzählte ihr, der Letzten auf diesem Planeten, die ihm noch ebenbürtig war, wie er es geschafft hatte, die Menschheit zu versklaven. Aber er rechnete nicht damit, dass sie noch während er erzählte, einen eigenen Plan ersann. Mit einer Gedankenkraft, die seiner überlegen war, vollbrachte sie in ihren letzten Minuten ein wahrhaftiges Wunder. Diese Frau, die dem Oberpriester und seiner Armee ganz allein gegenüberstand, inmitten der toten Leiber ihrer Liebsten, fasste in diesem Moment einen Entschluss. Ihre Gedanken müssen schneller gewesen sein als alles, was wir kennen. In diesem Moment schaffte sie es, alles, was sie erlebt und gehört hatte, also ihr komplettes Wissen, in ihrer Seele einzuschließen. Durch einen unglaublich großen Akt ihres Willens ist es ihr gelungen, das Wissen in sich zu bewahren. Und sie hat sich geschworen, dieses Wissen wie ein kleines Samenkorn in ihre Kinder zu legen, die es immer weitertragen und es ihrerseits in ihre Kinder legen sollten, bis diese irgendwann, wenn die Zeit gekommen wäre, die Herrschaft der Priester für immer zerschlagen würden."

Grabesstille breitete sich aus, nachdem Zia geendet hatte. Lou starrte ihn noch immer atemlos an, Jaden runzelte die Stirn. Also war er ...?

„Ja, Jaden, deine Vermutung ist richtig, diese Frau war eine deiner Urahnen. Sie kam wieder auf die Welt, kehrte als Säugling auf die Erde zurück, bewahrte jedoch das geheime Wissen in sich, all ihr Wissen aus dem letzten Leben schlummerte gut versteckt in den Tiefen ihrer Seele und wurde von Generation zu Generation weitergegeben. Du bist der Geheimniswahrer, Jaden, in dir schlummert dieses Wissen, irgendwo in dir steckt eine Antwort, die das alles beenden und unser aller Leben retten kann."

„Wieso unser aller Leben? Seid ihr denn ... in Gefahr?"

Zia schüttelte rasch den Kopf, aber Jaden hatte ein untrügliches Gefühl beschlichen, dass Zia nicht die Wahrheit sagen würde.

„Wir? Nein, Jaden, wir sind sicher, oder siehst du hier ..." Zia breitete die Arme aus und sah nach rechts und links. „Siehst du hier in unserer Welt auch nur das kleinste Anzeichen von Gefahr? Aber denkst du, wir leiden nicht auch mit, wenn es einen Planeten gibt, auf dem so viel Armut, Hunger und Leiden herrscht? Wenn die Menschheit erwacht und sich von den Fesseln der Priester befreit, dann können auch wir beruhigter leben."

Jaden sah Zia direkt in die Augen. Täuschte er sich, oder sah er in Zias Augen einen Hauch von Unsicherheit ...?

„Du musst dich auf die Welt konzentrieren, in der du lebst", betonte Zia noch einmal, „und den Schlüssel in dir finden, weil der Plan – dieses überaus mächtige Gedankenkonstrukt – außer Kontrolle geraten ist. Selbst die heute lebenden Priester, die auf eurer Welt verstreut leben, können es nicht mehr kontrollieren, es ist zu mächtig ... Und es muss sich bald auflösen, sonst wird eure Erde zwangsläufig völlig zerstört werden. Die Auswirkungen sind bei euch schon spürbar... Die Naturkatastrophen werden immer weiter zunehmen ... Bis das Leben auf eurem Planeten am Ende unmöglich sein wird."

Jetzt lächelte Zia wieder. „Zum jetzigen Zeitpunkt glauben eure Wissenschaftler bereits, dass diese Entwicklung nicht mehr umzukehren ist, aber es ist sehr wohl möglich. Ich bin mir sicher, dass es dir gelingen wird, das Wissen in dir freizulegen – wenn du es wirklich willst – und dann wird das natürliche Gefüge auf eurem Planeten wiederhergestellt."

„Und warum bemerken es die meisten Menschen nicht? Auf der Erde leben Milliarden von Menschen? Warum muss ausgerechnet ich das tun?" Jaden hatte das Gefühl, nicht mehr klar denken zu können.

„Ich fürchte, diese Frage kann dir niemand so beantworten, wie du es gerne hättest. Du bist der Geheimniswahrer, Jaden, und niemand anderes. Dass es einen Geheimniswahrer wie dich gibt, scheint eine Art zweite Chance zu sein in einem ewigen Kampf zwischen Gut und Böse ... Der Mensch ist so kraftvoll! Seine Gedankenenergie ist die stärkste Kraft im gesamten Universum, aber genau darin liegt auch der Ursprung des Plans. Denn wenn auch nur sieben Menschen auf der Welt ihre gesamte Gedankenkraft behalten und alle anderen dazu bringen, ihre Kraft bis auf einen letzten Rest zu verlieren, dann können diese besagten sieben Menschen, oder auch Priester, durchaus die gesamte Menschheit unterdrücken. Und ihre Tricks sind so durchdacht, dass es für einen Menschen auf eurer Welt fast unmöglich sein dürfte, den Plan ohne die Hilfe von anderen aufzudecken ... Niemand bei euch wird *glauben,* dass er zusammen mit Milliarden von Menschen in Wahrheit von sieben Menschen versklavt wird. Und selbst wenn man es erkennt, so ist es unfassbar schwer, dagegen anzukommen. Dazu ist der Plan viel zu umfassend. Schon von Kindesbeinen an werdet ihr in ein Schema gepresst: erst Schule, dann Studium, dann Arbeit ... Alles erscheint geregelt. Kommt jemand auf den Gedanken, dass das Kind selbst bestimmen sollte, wann es was lernt?

Von Anfang an seid ihr so sehr daran gewöhnt, Regeln zu befolgen und nicht weiter nachzudenken. Weil ihr gelernt habt, dass es nichts bringt." Zia lächelte und seine Augen funkelten.

„Aber trotz der schwierigen Situation – oder gerade deswegen – blicken alle ganz gebannt auf den Planeten, der sich Erde nennt."

Lou stutzte. „Alle? Das bedeutet ... es gibt noch mehr bewohnte Planeten im Universum?"

„Ja." Zias Gesicht wurde ernst. „Unzählbar viele ... Oder denkst du, nur weil die Methoden eurer Wissenschaftler so begrenzt sind und sie damit noch nichts entdeckt haben, gebe es kein anderes Leben?" Zia grinste. „Uns haben sie auch noch nicht entdeckt. Und weißt du, woran es liegt?"

Lou schüttelte den Kopf.

„Mit irgendwelchen komplizierten Geräten ist es nun einmal nicht möglich. Man braucht Phantasie, Vorstellungskraft und eine hohe Gedankenkraft – und das, was untrennbar mit der Gedankenkraft verbunden ist: Emotionen. Und eure Wissenschaftler gehen die Dinge beinahe ohne Ausnahme nur mit dem Verstand an, das Gefühl für die Wahrheit haben sie einfach verloren. Irgendwo in der trockenen Theorie des Studiums oder noch früher. Und dabei ist die Gedankenkraft des Menschen die mächtigste unter allen. Ebenso die Fähigkeit des Menschen, Gefühle empfinden zu können. Kein anderes Wesen im gesamten Universum ist damit ausgestattet."

„Wieso hast du mir all das nicht schon eher gesagt?", fragte Jaden und sein Kopf schmerzte angesichts der vielen Informationen, die er gerade gehört hatte.

„Wie konnte ich das?", fragte Zia. „Es klingt doch so schon unglaublich genug. Wie hättest du wohl reagiert, wenn du das gleich auf deiner ersten oder zweiten Traumreise erfahren hättest? Wir durften nicht riskieren, dass du dich von uns abwendest, weil du all das hier nicht glaubst. Und so duldeten wir auch Iljas Verhalten, der *direkt* in dein Leben, in deine Welt eingriff, indem er dir verriet, wo Nick versteckt gehalten wurde. Eigentlich ist diese Art der Überschneidung der Grenzen verboten ... Aber in diesem Fall ... Du musstest dir sicher sein können, dass diese Welt real ist. Dass sie wirklich existiert und nicht nur ein Hirngespinst von dir ist ... Aber wir bekamen auch die Quittung für die Überschreitung der Grenze, und fast wäre das Allerschlimmste geschehen …"

„Du kannst dir gar nicht vorstellen, was geschah, als Rania sich vor unseren Augen auflöste", rief Ilja dazwischen, „so etwas ist noch nie vorgekommen! Noch nie hat es jemand gewagt, sich in einer anderen Welt zu materialisieren … und schon gar kein Tier … Das war ein Zeichen, dass endlich der richtige Zeitpunkt gekommen ist – und daraufhin hat sich Vater sogleich mit Zia in Kontakt gesetzt!"

Jaden schwieg, er war mittlerweile so durcheinander, dass sich sein Kopf anfühlte, als würde ein gewaltiger Orkan in ihm toben.

„Zwischen Rania und dir scheint eine sehr ungewöhnliche Bindung zu existieren. So etwas habe ich noch nie erlebt", sagte Zia und auf seiner Stirn bildeten sich tiefe Falten, „wieder eine Sache, die ich mir nicht erklären kann …"

„Ich weiß nur, dass ich in dem Moment, als der Entführer seine Waffe auf mich richtete, die Augen schloss und an Rania dachte", sagte Jaden schnell. „Ich weiß nicht, warum ich das tat; die Bilder kamen einfach …" Ein geheimnisvolles Lächeln erschien auf Zias Gesicht.

„Du hast sie gerufen", sagte er. „Im Moment deines bevorstehenden Todes hast du – blitzschnell – deine Gedanken auf Rania übertragen." Die gütigen Augen von Zia schienen von innen heraus zu leuchten. „Du tust es bereits, Jaden! Du beginnst, auf dein inneres Wissen zurückzugreifen. Mit deinem Verstand kannst du diesen Vorgang allerdings nicht erfassen, du musst die Wahrheit *fühlen* … und das tatest du! Du hast im Angesicht des Todes deinen Verstand abgeschaltet und so den Weg für das Gefühl frei gemacht … Instinktiv kamen dir die Bilder von Rania. Die schlaue Wölfin reagierte sofort auf dein Gefühl, sie spürte, dass du ihre Hilfe brauchtest. So konnte sie sich innerhalb eines Sekundenbruchteils in deiner Welt materialisieren und rettete dein Leben … erstaunlich … wirklich bemerkenswert."

Jaden bedauerte zutiefst, dass Rania immer noch nicht in Sichtweite war, er spürte das dringende Bedürfnis, sich bei ihr zu bedanken, in ihre klugen Augen zu schauen … und einfach nur bei ihr zu sein.

„Wo sind wir hier?", ergriff Lou das Wort. „Ich meine … eure Welt, die Welt der Weden, wo liegt sie denn eigentlich? Ich habe in Jadens

Aufzeichnungen schon darüber gelesen – aber ich habe es nicht ganz verstanden …"

„Sie befindet sich in einem Paralleluniversum des eurigen", antwortete Zia, „eure Gedanken, die schneller sind als das Licht und als alle euch bekannten Größen, bringen euch nachts hierher. Eure Gedanken zusammen mit eurem Willen bringen euch in Sekundenschnelle auf unseren Planeten, obwohl er unvorstellbar weit von eurem entfernt liegt, wenn man es in Kilometern berechnet. Laut euren Wissenschaftlern ist es natürlich nicht möglich, hierher zu gelangen …" Das schiefe Schuljungengrinsen erschien wieder auf Zias Gesicht.

„Unser Planet befindet sich in einem anderen Universum und dazu noch auf einer anderen Frequenz – aber das geht zu weit in die Physik und bringt uns von unserem eigentlichen, viel wichtigeren Thema ab."

Ein Paralleluniversum, das war ja noch zu glauben, dachte Jaden, aber viele bewohnte Planeten? Außerirdische – und alle sahen gespannt auf die Erde? Jaden ertappte sich mal wieder bei dem Gefühl, zwischen lauter Verrückten zu sitzen … Seine Augen verengten sich und er begann plötzlich, alle in einem anderen Licht zu sehen … Wer sagte ihm denn, dass sie nur gute Absichten verfolgten? Vielleicht waren sie ja gar nicht so gut, wie sie immer taten, sondern?

„Jaden, was ist mit dir?", fragte Lou beunruhigt. „Du bist so blass …" Als sich alle Augen auf ihn richteten, fiel das unheimliche Gefühl von ihm ab und erschrocken sah er seine Freunde an, die er für einen Augenblick nicht erkannt hatte.

„Der Schlüssel …", flüsterte Jaden kaum hörbar. „Was kann ich denn tun, um den Schlüssel in mir zu finden, von dem du sprichst?", fragte Jaden laut.

„Das kannst nur du selbst herausfinden", antwortete Zia, „wir alle können dir zwar dabei helfen, dir erzählen, was wir wissen … Aber herausfinden kannst nur du es, du ganz allein." Na, das waren ja ganz hervorragende Aussichten, dachte Jaden betrübt. Warum musste diese riesige Verantwortung ausgerechnet auf seinen Schultern lasten? Warum ausgerechnet er?

„Sorge dich nicht, Jaden, die Verantwortung lastet nicht nur auf dir", sagte Zia und Jaden wunderte sich inzwischen schon gar nicht mehr, dass Zia ihm eine Antwort auf eine Frage erteilte, die er nur *gedacht* hatte.

„Wir werden uns ebenso bemühen, die Lösung zu finden … Denn in jedem Menschen ruht tief versteckt ein solcher Schlüssel. Jeder hier verfügt über seine eigene innere Kraft, die ihn zu ungeahnten Erkenntnissen und Fähigkeiten bringen kann, wenn … Ja, wenn er sich auf die Suche danach begibt. Aber sie ist nicht einfach, vieles kann auf diesem Weg geschehen, das mutlos macht und Kraft raubt. Das gehört auch zu den Auswirkungen des Plans, die den Menschen darin bremsen sollen, die Wahrheit zu suchen. Aber du, Jaden, du wirst es schaffen, ich glaube an dich und die Kraft deiner Gedanken! Eine deiner Urahnen hat über so viel Gefühl und Gedankenkraft verfügt, dass sie selbst *dich,* einen so entfernten Nachkommen, vor den schlimmsten Auswirkungen des Plans beschützen konnte. Für dich ist es leichter, die Antwort zu finden, selbst leichter als für uns Zauberer." Jaden starrte ihn ungläubig an. Er, der nicht einmal über einen Bruchteil der Fähigkeiten von Ilja verfügte, sollte die Antwort, die selbst die Zauberer noch suchten, am schnellsten finden können?

Zia lächelte. „Ja, denn du *lebst* in der Welt, in der die vielfältigen Auswirkungen des Plans sichtbar sind … Du kannst die Fehler des Plans erfassen und mit Hilfe des Schlüssels die Worte des Oberpriesters nach und nach aufdecken – wenn du dich auf dein inneres Gefühl verlässt, kann nichts schiefgehen, glaub mir."

„Und ich?", fragte Lou und errötete. „Ich meine: Wir, was können Konrad und ich dabei tun?"

„Dasselbe!", lachte Zia. „Auch ihr seid mit derselben Kraft ausgestattet wie wir alle; auch ihr seid selbstständige Menschen … Du kannst versuchen, eigenständige Gedanken zu formen, ohne dich von irgendjemandem beeinflussen zu lassen … Der Drang nach Wahrheit wird alle, die suchen, zu allen Zeiten zum Ursprung zurückführen."

Fragend blickte Lou auf das Gras vor sich. Zia, der erkannte, wie verwirrt sie war, sprach weiter.

„Sieh mal, Lou, nehmen wir das Beispiel von vorhin. Ich bitte dich, selbst nachzudenken. In der Schule wird euch beigebracht, dass der Mensch vom Affen abstammt. Ich frage dich: Muss ein Affe Hunger leiden?"

„Nein", sagte Lou und schien erstaunt zu sein, „nein, er lebt im Urwald, wo es genügend Nahrung für alle gibt: Früchte, Obst, vielleicht auch kleine Insekten …"

„Siehst du", sagte Zia, „wenn nicht einmal ein Affe Hunger leidet, wieso soll ein Wesen, das vom Affen abstammt und sogar über ein größeres Gehirn verfügt, an Hunger leiden? Wieso soll er gezwungen sein, sich den ganzen Tag mit der Nahrungssuche zu beschäftigen und am Ende gar noch zu verhungern?"

„Das stimmt!", rief Lou. „Das klingt ja wirklich … komplett unlogisch!" Sie schien nicht zu wissen, ob sie sich über die Erkenntnis, dass ihnen in der Schule offensichtlich Blödsinn beigebracht wurde, traurig sein sollte, oder ob sie sich freuen sollte, die Wahrheit erkannt zu haben.

„Das ist es, das gehört zum Plan, bereits den Kindern muss möglichst viel unnützes Wissen beigebracht werden, um die Entwicklung der eigenen Gedanken zu unterbrechen. Und das wiederum ist der Grund für die Rebellion der Kinder gegen die Schule. Wir beobachten schon seit längerem, dass die Kinder in eurer Welt keine Lust mehr haben, in die Schule zu gehen, und sich offen dagegen auflehnen. Der Grund dafür ist, dass Kinder dem alten Wissen noch näher sind als die Erwachsenen, denn sie sind noch nicht so lange und intensiv von dem unsichtbaren Plan der Priester beeinflusst worden. Und so spüren immer mehr Kinder und Heranwachsende instinktiv, dass in der Schule nichts *Wahrhaftiges* gelehrt wird, nichts Nützliches, und vor allem: dass ihnen nicht die Wahrheit erzählt wird, denn *die* weiß kein Lehrer in eurer Welt – wie denn auch?"

Jaden hatte kaum zugehört. Ein Konflikt, der weit größer war, schien ihn innerlich zu zerreißen. Wie sollte er, ein Schuljunge, der in ein paar Tagen erst zwölf Jahre alt würde, gegen einen jahrtausendealten mysteriösen Plan arbeiten, den nicht einmal die Zauberer durchschauten? Was in aller Welt machte sie nur so sicher, dass er den Schlüssel rechtzeitig finden würde? Und konnte es sein, dass Zia sich vorhin unabsichtlich versprochen und ihn angelogen hatte? Noch dazu beschlich ihn das unangenehme Gefühl, dass auch die Weden bedroht waren … Sein Blick wanderte flink hinüber zu Kostja, Ilja und Katya, die seelenruhig dazusitzen schienen … Jedenfalls nicht so, als würden sie in unmittelbarer Gefahr schweben. Kostja, der links von Zia saß, hatte sich mit den Händen abgestützt und sah lächelnd in die Wolken, Ilja sah mit einem ausdruckslosen, irgendwie gelangweilten Gesicht zu Zia und Jaden, und Katya verbrachte schon die letzten paar Minuten damit, einen Blumenkranz zu flechten. Alle wirkten sie so unbeteiligt, dass sich Jaden die Idee, dass diese Welt hier ebenfalls bedroht sein könnte, schleunigst wieder aus dem Kopf schlug.

„Was überlegst du?", fragte Katya, der Jadens gequälte Miene nicht entging. „Mach dir keine Sorgen, bitte." Sie beugte sich vor, ergriff Jadens Hand und lächelte. Wie durch Zauberhand fühlte Jaden sich sofort besser, der Wirbelsturm in Jadens Kopf legte sich, das tosende Brausen verblasste und er vernahm ein Flüstern. Eine wohlige Wärme durchfloss seinen Körper und er fühlte sich so entspannt wie seit langer Zeit nicht mehr.

„Verschwende deine Kraft nicht an den Zweifel", hörte er Katyas Stimme sagen, *„es wird nicht mehr lange dauern und das Geheimnis, das in dir verborgen ist, wird beginnen, sich zu lüften … Ich vertraue dir!"* Jaden nickte, wie nebenbei bemerkte er, dass Katyas Lippen sich nicht bewegt hatten …

In diesem Augenblick zweifelte Jaden keine Sekunde daran, dass Katyas Worte sich bewahrheiten würden. Ihm war plötzlich, als hätte es nie so was wie Zweifel oder Bedenken gegeben und als wäre die Aufgabe, die vor ihm lag, ein Klacks.

„Hallo … Ich hoffe, ich hab nichts verpasst …", brummte es hinter ihm. Jaden drehte sich um, hinter ihm stand Konrad.

„Hast du es auch endlich geschafft?", fragte Lou und grinste. „Warum so spät?"

Konrad setzte sich neben Jaden, der ihm etwas Platz gemacht hatte.

„Na ja, erst konnte ich nicht einschlafen – und dann habe ich auch noch irgendeinen Quatsch geträumt … Ein Albtraum, wisst ihr … Aber plötzlich hatte ich so ein merkwürdiges Gefühl. Ich wusste, dass ich träume und habe mir gewünscht, aufzuwachen. Tja, das tat ich dann, machte diese Gedankenübung und jetzt bin ich hier!"

Konrad strahlte vor Stolz, es doch noch geschafft zu haben und jetzt Herr über seine nächtlichen Erlebnisse zu sein.

„Eine durchaus ordentliche Leistung für einen Nicht-Weden!", warf Ilja ein und grinste.

„Aber du glaubst nicht, wie viel du verpasst hast!", sagte Lou und zog bedeutungsvoll die Augenbrauen hoch. Ein Anflug von Ärger war auf Konrads Gesicht abzulesen.

„Vielleicht bekomme ich eine kurze Zusammenfassung?“ Seine zögerliche Frage stand nur wenige Sekunden im Raum, da begann Katya auch schon zu reden, ohne einmal Luft zu holen:

„Jaden ist der Geheimniswahrer, weil eine seiner Urahnen vor tausenden von Jahren ein Geheimnis in sich einschloss, kurz bevor sie von einem Priester getötet wurde. Die Priester erschufen einen Plan, ein Gedankenkonstrukt, das die Abkehr der Menschen von ihrer wahren Natur bewirken sollte. Und dieser Plan der Priester wirkte. Ihr habt eure ureigenen Fähigkeiten fast vollständig verloren und lebt in einer Art Scheinwelt, in der euch falsche Erkenntnisse als wahr vorgegaukelt werden. Das Geheimnis aber, das die Urahnin von Jaden in sich einschloss, wurde von Generation zu Generation weitergegeben, bis es laut der Legende irgendwann Zeit sein würde, das mächtige Gedankenkonstrukt zu zerstören ... Weil der Geheimniswahrer ...“ Katyas Blick streifte kurz Jaden, der lächelte. „... das Geheimnis in sich finden würde, um es als eine Art Schlüssel zu verwenden und so den Bann zu brechen, unter dem die Menschheit seit Jahrtausenden steckt.“

Zia lachte und sagte: „Ich glaube, niemand hätte es besser zusammenfassen können!“

„Du kannst deinen Mund wieder schließen, Konrad!“, rief Lou und grinste. Konrad dachte kurz nach und nickte dann.

„Und wer hat den wedischen Vierkampf gewonnen?“, platzte er nach ein paar Sekunden wie aus dem Nichts heraus; als hätte er Katya einfach nicht zugehört. Nach so einer abrupten Überleitung herrschte erst einmal Stille, bevor Ilja laut loslachte.

„Nach so einer Geschichte fällt dir nichts anderes ein als der wedische Vierkampf – taktloser geht's wohl kaum!“, zischte Lou ärgerlich.

Ilja, der noch immer grinste, ergriff Partei für Konrad.

„Ach, lass ihn doch, Lou ... Ein bisschen Ablenkung von diesem furchtbaren Thema tut uns doch allen gut! Man wird ja verrückt, wenn man sich *nur* mit den ernsten Dingen des Lebens beschäftigt – und der Gedankenfluss wird auch noch verlangsamt. Wenn ihr mich fragt, auf Dauer echt deprimierend!“

Ilja wendete sich wieder Konrad zu. „Und, was meinst du: Wer hat *selbstverständlich* gewonnen, he?“, rief Ilja, als ob die Frage eigentlich gar keiner Antwort mehr bedurfte. Konrad grinste. „Ihr habt's geschafft, echt?“

„Klar, Syrianka hat gesiegt! Katya hat Mischa am Ende in Grund und Boden geredet. – ihr hättet es hören sollen – einfach unglaublich! Es war schnell, unglaublich gut durchdacht und wahnsinnig witzig … Die Hälfte der Zuschauer hatte am Ende Tränen in den Augen vor Lachen."

„Ach, Ilja, hör doch auf", setzte Katya an, die plötzlich kaum aufzublicken wagte, aber sie hatte keine Chance, ihren Satz zu beenden.

„Aber ist doch wahr!", rief Ilja, lehnte sich zu seiner Schwester hinüber und stieß sie mit dem Ellenbogen an. *„Du* warst es schließlich, die Syrianka in den sicheren Sieg geführt hat!"

„Amüsiert euch ruhig noch ein wenig, wir haben in der Tat genug gegrübelt. Ich denke, es wird Zeit, wieder von dannen zu ziehen …" Zia erhob sich und reichte Jaden, der ebenfalls aufgestanden war, die Hand.

„Wir sprechen uns ab jetzt öfter, Jaden", sagte er und der sichere Tonfall in Zias Stimme ließ Jaden jäh verstummen. Gerade hatte er fragen wollen, wann und wo sie sich denn genau wieder begegnen würden – aber plötzlich war ihm klar, wie unsinnig solche Fragen in dieser Welt waren, in der die Menschen über Gedanken miteinander sprachen. Jaden nickte einfach und sah Zia noch lange nach, während er dem Wald entgegenspazierte und zwischen den Tannen verschwand … verschwand? Jaden schloss kurz seine Augen, hatte er sich eben getäuscht? Es hatte so ausgesehen, als sei Zia tatsächlich *verschwunden,* als hätte sich sein Körper einfach so aufgelöst … Aber das war doch verrückt, dachte Jaden. Zia war doch kein Traumreisender! Sein Körper konnte sich doch nicht einfach auflösen … Allerdings hatte Rania es doch auch getan, oder …?

„Jaden, was ist los …?" Jaden wendete sich verwirrt Ilja zu, auch Konrad und Lou starrten ihn an.

„Nichts – es ist nichts", beeilte sich Jaden zu sagen.

Ilja sah ihn misstrauisch an. „Alles in Ordnung mit dir?"

„Ja … ja klar", sagte Jaden schnell, „ich habe nur … über das Gespräch nachgedacht."

Lou nickte verständnisvoll und auch Ilja und Konrad schienen Jadens Antwort zu verstehen.

„Ich habe dich gerade gefragt, ob du Lust hast, ein bisschen schwimmen zu gehen? Nicht weit von dem Arbeitsplatz meines Vaters liegt ein kleiner Waldsee … Perfekt dazu geeignet, die Grübeleien abzuschütteln – führen ja eh zu nichts … Und danach könnt ihr meine Holzskulptur bestaunen.“ Ilja grinste. „Sie ist jetzt endlich fertig.“

„Ja, gern“, sagte Jaden. Eigentlich war er im Augenblick nicht besonders scharf darauf, baden zu gehen oder eine Holzfigur anzusehen. Er war nur heilfroh über die Ablenkung, die ihm der Marsch zum See, das Bad und die Besichtigung der Holzskulptur bringen würden.

Die Sonne stand hoch am Himmel, während sie gemächlich zum Waldsee schlenderten. Das dichte Laubwerk der Bäume schützte sie vor der Hitze und Jaden sog die frische, duftende Luft ein, die ihn umgab. Ja, so sollte Luft riechen, dachte er. Das sanfte Sonnenlicht, das die Bäume durchließen, fiel in einzelnen Strahlen auf den Boden und ließ den gesamten Wald wie verzaubert wirken. Ab und zu kreuzten flinke Eichhörnchen ihren Weg, die schwarzen Knopfaugen neugierig auf die ungewöhnlichen Besucher gerichtet. Einige sprangen auf Katyas Schulter und hielten ihr immer wieder Nüsse hin, die sie lachend ablehnte. Konrad, der den aufregendsten Teil des Gespräches verpasst hatte, versuchte immer wieder, ein Gespräch mit Lou oder Jaden anzufangen, aber deren einsilbige Antworten ließen ihn bald aufgeben. Nach einigen Minuten schüttelte er schließlich genervt den Kopf und eilte an die Spitze der kleinen Prozession, die durch den Wald spazierte. Ilja war ausgesprochen guter Laune und berichtete Konrad bereitwillig jede Einzelheit des wedischen Vierkampfs. Nach einer Weile ließ sich Katya ein Stück zurückfallen, gesellte sich zu Lou und die beiden begannen ein lebhaftes Gespräch zu führen. Jaden hörte nicht hin, blind folgte er den beiden und hing in Gedanken noch immer dem Schwung an Informationen nach, der eben auf ihn hereingeprasselt war. Jaden hatte zwar gehofft, dass er endlich Antworten auf all seine Fragen bekommen würde, aber auf das, was Zia ihm eben eröffnet hatte, war er wirklich nicht gefasst gewesen. Er fühlte sich, als hätte er sein ganzes Leben lang geschlafen und wäre erst jetzt aufgewacht. Und es war keineswegs ein angenehmes Erwachen gewesen …

Gedankenverloren schlenderte er hinter den anderen her, ohne auf den Weg zu achten; wie in Trance marschierte er durch den Wald und war sehr überrascht, als die anderen urplötzlich stehen blieben.

„Was ist los?“, sagte Jaden und runzelte die Stirn.

„Was soll los sein?", fragte Ilja und wirkte sehr amüsiert. „Wir sind da!" Die Überraschung stand Jaden ins Gesicht geschrieben. Er hatte kaum wahrgenommen, wie die Zeit vergangen war, und fühlte sich, als wären sie gerade erst aufgebrochen. Er tat ein paar Schritte nach vorn und sein Unterkiefer klappte vor Staunen herunter. Vor ihm lag nicht einfach nur ein See. Eingerahmt von hunderten Pflanzen, Farnen und Blumen in allen Farben erstreckte sich ein See vor ihnen, in dem sich die Sonne und die Wolken spiegelten. Auf der gegenüberliegenden Seite brach ein Wasserfall über eine Felsenklippe und ergoss sich unter tosendem Klang in das kühle Nass. Ein Regenbogen bildete sich genau an der Stelle, wo der Wasserfall auf den See traf und einen feinen Nebel bildete. Die langen Äste einer gewaltigen Weide schienen schwerelos über dem Wasser zu schweben und verliehen diesem Ort, der aus einem Märchenbuch entnommen zu sein schien, eine noch geheimnisvollere Aura.

„Wie wunderschön", stieß Lou unter einem Seufzer hervor.

Ilja hatte in der Zwischenzeit sein Hemd ausgezogen. „Wollt ihr hier noch lange wie angewurzelt stehen?", fragte er und entledigte sich nun auch seiner Hose, so dass er in einer kurzen weißen Shorts vor den drei Freunden stand. Dann drehte er sich flugs um und hechtete mit einem Sprung ins Wasser. Die anderen entkleideten sich ebenfalls so rasch, wie sie konnten. Lou und Katya trugen unter ihrem Kleid ein kurzes Trägerkleidchen aus dünnem, leichtem Stoff und Jaden konnte nicht anders, als Katya aus den Augenwinkeln ausgiebig zu mustern, bevor sie sich alle ins Wasser stürzten. Als Katya zu ihm hinübersah, schoss warmes Blut in seine Wangen und er beeilte sich, so schnell wie möglich ins kühle Wasser zu kommen. In dem Moment, in dem das erfrischende Wasser über Jadens Kopf zusammenschlug, waren all seine Sorgen vergessen. Ilja hatte Recht gehabt, das Wasser schien seine sinnlosen Grübeleien mit Leichtigkeit wegzuschwemmen. Er blieb noch eine ganze Weile unter Wasser, sah Konrad neben sich tauchen, betrachtete den sumpfigen, bewachsenen Grund unter sich und steckte den Kopf erst wieder über die Wasseroberfläche, als ihm die Luft ausgegangen war. Der Wasserfall befand sich jetzt einige Meter vor ihm, Jaden schwamm auf ihn zu und stoppte direkt davor. Viele kleine Wassertropfen sprühten auf ihn nieder, das Wasser war an dieser Stelle so tief, dass er nicht stehen konnte. Links von ihm tauchte Iljas Kopf urplötzlich aus dem Wasser auf und grinste ihn an.

„Dahinter ist eine Höhle", rief er laut, um das Tosen des Wasserfalls zu übertönen. „Komm mit!" Dann tauchte er wieder unter. Jaden folgte ihm und tauchte unter dem Wasserfall hindurch. Er spürte einen angenehmen, leichten Druck auf Kopf, Rücken und Beinen, während er sich langsam unter dem Wasserfall hindurchtreiben ließ. Als er wieder auftauchte, befand er sich tatsächlich in einer Art Höhle. Sie war klein und in schummriges Dämmerlicht gehüllt, aber sehr gemütlich. Ilja hatte sich auf einen Felsvorsprung gesetzt und ließ die Beine im Wasser baumeln.

„Ich komme oft her, wenn ich mal meine Ruhe haben möchte", sagte er. „Dieser Ort ist etwas ganz Besonderes."

Jaden nickte stumm. Ja, diese Höhle, versteckt hinter einem Wasserfall, war in der Tat ein wirklich fabelhafter Ort.

„Ein schöner Ort, fast so toll wie unser Baumhaus", sagte Jaden, „nur noch besser versteckt."

„Lass uns wieder zu den anderen schwimmen, bevor sie spitzkriegen, was sich hier verbirgt …" Ilja stand auf, sprang mit einem Salto ins Wasser und tauchte wieder hinaus, Jaden tat es ihm gleich.

Nachdem sie noch eine Weile mit den anderen geschwommen waren, demonstrierten Ilja und Katya ihnen ihre Sprungkünste. Sie kletterten die Felswand hoch, was in den Augen der anderen drei bereits ein gewaltiges Kunststück war, und sprangen rückwärts, vorwärts und mit allerlei Salti und kunstvollen Drehungen in den See.

Am Ende der Darbietungen applaudierten Jaden, Konrad und Lou kräftig, Konrad pfiff anerkennend durch die Zähne. Dann stiegen sie triefnass aus dem Wasser und legten sich am Ufer des Sees in die Sonne, um ein wenig zu trocknen. Jaden verschränkte die Arme hinter dem Kopf, streckte sich im Gras aus und zwinkerte mit Wohlgefühl in die Sonne. Er fühlte sich wieder wie ein ganz normaler Junge, der nichts weiter tat, als mit seinen Freunden am See zu liegen. Er wünschte sich, dass es immer so sein könnte, stattdessen musste er sich jetzt mit einem mächtigen Gedankenkonstrukt und merkwürdigen Priestern befassen – ohne die geringste Ahnung, wie er an diesen „Schlüssel" herankommen sollte …

„Du solltest dir wirklich keine großartigen Gedanken machen, Jaden", sagte Ilja, der wahrscheinlich wieder einmal seine Gedanken gelesen hatte, drehte sich auf die Seite und stützte den Kopf auf seinen Arm. „Du kannst genau so weiterleben wie bisher … Nur wirst du den Plan der Priester immer weiter durchschauen …“

„Was macht dich da nur so sicher? Was ist, wenn diese Prophezeiung doch nicht stimmt …? Das ist doch nur eine Überlieferung, die über Jahrhunderte weitergegeben wurde, oder?“, fragte Jaden mit gerunzelter Stirn und verscheuchte mit einer flüchtigen Handbewegung eine Libelle, die gerade auf seinem angewinkelten Bein landen wollte.

„Na, hör mal, Jaden …“, sagte Ilja schon fast verzweifelt, „es ist ja nicht nur die Prophezeiung … Denkst du wirklich, nur deswegen ist sich Zia so sicher, dass du den Bann brechen wirst? Quatsch! Es sind deine Fähigkeiten, die dich auszeichnen … Dein Mut zum Beispiel … Im Angesicht des Todes warst du geistesgegenwärtig genug, um Rania zu rufen – das beweist, dass *du* der Geheimniswahrer bist, dem es gelingen wird, den Bann zu brechen!“

„Aber warum hat mein Großvater es nicht geschafft?“, bohrte Jaden weiter nach. „Er war immerhin ein angesehener Physiker, er kannte sich viel besser aus als ich …“

„Nathan hat zu sehr mit seinem Verstand gearbeitet“, antwortete Katya leise, „er machte sich viele eigene Gedanken, aber sein Gefühl begleitete diese oft nicht … So konnte er den Schlüssel in sich nicht finden. Und weil er erwachsen war, hatte er es noch schwerer, auf sein inneres Wissen zurückzugreifen. Du bist jung, Jaden, und je jünger ein Mensch ist, desto leichter ist es für ihn, den Plan zu durchschauen … Vorausgesetzt natürlich, er bringt den Mut und die Kraft dazu auf.“

Auf Katyas Worte folgte ein Augenblick der Stille, in dem Ilja und Katya sich aufmerksam in die Augen schauten.

„Gut, jetzt können wir es dir erzählen“, sagte Ilja schließlich und wandte sich an Jaden, wirkte aber, als könnte er nicht so recht in Worte fassen, was er sagen wollte.

„Bisher sind alle aus der Linie der Geheimniswahrer kurze Zeit, nachdem sie unsere Welt kennen gelernt haben, umgekommen. Alle, bis auf dich. Und genau *das* ist der Beweis, dass die Zeit gekommen ist, wenn du mich fragst! Ich hätte übrigens nie gedacht, dass du es wagen würdest, selbst in dieses Haus zu gehen … Dafür habt ihr doch diese Ordnungshüter, die so was erledigen, oder nicht?“

„Die Polizei“, warf Lou ein. „Und ich war auch dafür, sie zu verständigen, aber …“ Ein kurzer Seitenblick zu Konrad folgte. „… ein gewisser *Jemand* meinte ja, die Sache genauer überprüfen zu müssen …“

Konrad hielt seine Augen weiterhin geschlossen und schwieg, aber das Zucken seiner Mundwinkel und eine leichte Rotfärbung seiner Wangen verrieten, dass ihm sein anfängliches Misstrauen jetzt peinlich war.

Ilja zögerte einen Moment.

„Vielleicht war es ja auch gar nicht so verkehrt, dieses Wagnis einzugehen … Jetzt wissen wir immerhin, dass Jaden die Todesbedrohung abgeschüttelt hat“, sagte er schließlich. Ilja grinste und reckte sich. „Und wir wissen jetzt auch, dass der richtige Augenblick gekommen ist – wurde ja auch endlich mal Zeit.“

Jaden wurde das Gefühl nicht los, dass es nicht nur für seine *eigene* Welt wichtig war, den Schlüssel zu finden, auch für die Welt der Weden hatte es gewiss eine Bedeutung … aber welche? Es hatte keinen Sinn, noch einmal danach zu fragen, denn offenbar wollte ihm niemand die ganze Wahrheit beichten.

„Aber … warum sind denn alle Geheimniswahrer umgekommen …? Das kann doch nicht einfach ein Zufall gewesen sein, oder?“, meldete sich Lou zu Wort.

„Mmh … ein Teil des Plans vermutlich“, sagte Katya, „die Priesterschaft hat bestimmt Wind davon bekommen, dass es Geheimniswahrer gibt … Und sie kommen in lebensbedrohliche Situationen, sobald sie versuchen, den Bann zu brechen.“

„Oder es geschieht dasselbe wie bei deinem Großvater – man erklärt sie einfach für verrückt, behauptet, die Leute, die hinter die Dinge sehen, wären Spinner … Das hat noch immer geholfen …“, knurrte Ilja wütend.

Jaden fühlte sich allmählich besser, vorhin hatte er eine Verantwortung auf seinen Schultern zu spüren geglaubt, die ihn beinahe erdrückte, jetzt, nach dem Bad und dem Gespräch am See war das Gewicht schon leichter geworden.

„Morgen gehe ich mit meiner Mutter zum physikalischen Institut“, sagte Jaden abrupt, „und wir nehmen die Schriften von Nathan mit … Sie sollen sich das mal ansehen."

„… und erkennen, dass er richtig lag!", ergänzte Ilja und setzte sich auf. „Das ist absolut genial – und selbst wenn es nicht klappen sollte: Euch können sie nichts anhaben …"

„Na ja, ich hoffe, dass mein Großvater seine Ehre wiederbekommt … Die Wissenschaft ist ja jetzt ein Stück weiter … Vielleicht sind sie jetzt bereit für die Theorien von Nathan."

Katya lächelte. „Bewundernswert, dass du deine Mutter überzeugen konntest – sie war doch so dagegen … Ich erinnere mich noch daran, wie du mir sagtest, dass sie dich angeschrien hätte und sich für ihren Vater schämte."

„Ja", sagte Jaden, „so war es auch. Aber nachdem wir im Haus der Entführer waren und Rania erschienen ist … habe ich gedacht, dass der richtige Zeitpunkt gekommen wäre, ein zweites Mal mit meiner Mutter zu sprechen. Schließlich war es der Wunsch meines Großvaters. Also haben wir uns mit ihr zusammengesetzt und ihr alles erzählt. Lou und Konrad hatten ja auch schon eine Traumreise unternommen – und nachdem meine Mutter Nathans Tagebuch gelesen hatte, war sie überzeugt."

„Siehst du", rief Ilja, „ich wusste es!"

„Was wusstest du?", fragte Jaden verwundert.

„Sieh mal", sagte Ilja geduldig, „wenn du selbst deine Mutter überzeugst, wieso zweifelst du dann noch daran, dass du den Bann des großen Plans brechen wirst? Du hast doch bereits damit begonnen – wie Zia sagte!"

Von der Seite hatte Jaden es noch gar nicht betrachtet … Aber reichten diese kleinen Erfolge schon aus, um sich so sicher zu sein …?

„Du hast deine Mutter überzeugt! Du hast es geschafft, dass deine Freunde hier sind – und nicht zu vergessen: Du bist der Todesgefahr entronnen! Du wirst der Priesterschaft schon zeigen, wo's langgeht – gar keine Frage!"

Zufrieden lehnte sich Ilja zurück und drehte sich auf den Bauch.

„Vergiss niemals, dass wir alle dir helfen und dich nach besten Kräften unterstützen, hörst du, Jaden? Wenn du mal zweifeln solltest, denk daran … verscheuche die Zweifel … Sie gehören genauso zum Plan wie fast alles Übrige", sagte Katya und lächelte.

„Wie meinst du das?“, sagte Jaden. „*Ich* bin es doch, der die Zweifel hat, wie können sie zum Plan gehören?“

„Na ja, negative Gefühle wie Angst, Wut oder Zweifel werden nur hervorgerufen, wenn der Mensch nicht im Einklang mit sich ist. Durch das Gedankenkonstrukt der Priester wurde eine Lebensweise erschaffen, in der die Welt nun von solchen Gefühlen überfüllt ist. Wenn du an dich glaubst, wenn du von dir überzeugt bist, gibt es keine Zweifel mehr … Aber das ist in deiner Welt sehr schwer, ganz einfach, weil der Plan wie ein Programm *arbeitet* und allen, die sich daraus erheben wollen, automatisch Steine in den Weg wirft. Dazu gehören besonders die Zweifel, die man an seinen eigenen Fähigkeiten hat.“

„Also ist der Plan so etwas wie ein … ein Computerprogramm, das den Lauf der Welt bestimmt?“, fragte Konrad beinahe atemlos.

„Ja, ungefähr so könnte man es beschreiben“, sagte Katya und nickte, „und dieses Programm ist unglaublich vielschichtig … Alles wurde von den Priestern sorgfältig bedacht, so dass die Menschen niemals herausfinden, wie sie manipuliert werden. Und so werden die wirklich bedeutenden Dinge vor den Menschen geheim gehalten – während sie selbst ein unbedeutendes Leben führen und oft unglücklich sind.“

„Unfassbar“, sagte Lou mit so leiser Stimme, dass Jaden sich anstrengen musste, sie zu verstehen, „wirklich unfassbar … Wir leben in einer Scheinwelt und merken es nicht einmal!“

„Du sagst es, Lou!“, rief Ilja. „Aber dieser ganze Blödsinn ist ja bald vorbei.“ Ilja grinste in Jadens Richtung und stand auf. „Und jetzt lasst uns mal weitergehen, die *Kunstwerke* warten schließlich darauf, dass wir sie bestaunen.“

Drei Minuten später schlenderten sie wieder durch den Wald. Jaden fühlte sich wie neugeboren, das Brummen in seinem Kopf war verschwunden und er fühlte sich wieder so leicht und frei wie immer, wenn er hier war. Das Unterholz gab viele Geräusche von sich, während sie durch den Wald gingen, Zweige knackten unter ihren Füßen und das Laub des letzten Herbstes knisterte. So hörte Jaden das Rascheln nicht, dass einige Meter neben ihm ertönte und schnell lauter wurde, bis ein graues Etwas auf ihn zusprang, Jaden plötzlich ein ziemliches Gewicht auf seiner rechten Schulter spürte und eine rosa Zunge seine Wange befeuchtete.

„Rania!“, rief Jaden, als er nach dem ersten Schreck seine Stimme wiederfand. „Du bist es!“ Die Wölfin legte ihre zweite Pfote auf Jadens andere Schulter und schleckte ihm mit ihrer Zunge einmal über das Gesicht. Jaden lachte, nahm Ranias Kopf zwischen seine Hände und blickte in ihre unglaublich grünen, klugen Augen.

„Endlich kann ich mich bei dir bedanken – meine Lebensretterin“, flüsterte er ihr ins Ohr und umschlang ihren Körper mit seinen Armen. Die anderen waren inzwischen stehen geblieben und sahen lächelnd auf das ungleiche Paar … Jaden freute sich so sehr, als hätte er nach Monaten seinen besten Freund wiedergefunden. Sein Gesicht strahlte noch, nachdem die Begrüßungszeremonie längst abgeschlossen war und sie weiterschlenderten. Rania wich ihm keinen Zentimeter mehr von der Seite. „Es ist schon komisch“, dachte Jaden, „wie menschlich Rania mir vorkommt, gar nicht wie ein Tier …“ Er hatte jedenfalls noch nie ein Tier gesehen, das es fertigbrachte, auf bloße *Gedanken* zu reagieren.

Konrad kam plötzlich auf die irrwitzige Idee, einen Wettlauf durch das Unterholz zu veranstalten, wie er es bei dem wedischen Vierkampf gesehen hatte. Lou sah ihn ungläubig an. „Glaubst du etwa im Ernst, du hättest auch nur die kleinste Chance gegen einen Wolf?“

„Ich fürchte, auf die Frage werden wir heute keine Antwort mehr bekommen“, sagte Jaden und deutete mit dem Kopf zu Rania. „Seht doch, es geht nach Hause zurück.“ Rania hatte sich in der Zwischenzeit von Jaden entfernt und stand, offensichtlich wartend, zwischen den Bäumen. Dann verschwand sie ganz und Konrad stand die Enttäuschung ins Gesicht geschrieben.

„Warum vergeht die Zeit immer so schnell, sobald wir hier sind? Nicht zu fassen“, grummelte er enttäuscht.

„Wir sehen uns ja schon in der nächsten Nacht wieder“, versuchte Lou, ihn zu beschwichtigen, „sei doch froh, dass wir überhaupt hier sein können.“ Konrad murrte noch irgendwas Unverständliches und schlurfte Jaden hinterher. Der drehte sich noch einmal um. „Bis dann“, rief er und lächelte Ilja und Katya zu. Kaum hatte er diese Worte ausgesprochen und war zusammen mit Lou und Konrad zwischen den Bäumen verschwunden, begannen die Bäume, sich zu bewegen und zu verschwimmen. Jaden sah mit großem Erstaunen, wie Konrad, der eben noch vor ihm gestanden hatte, plötzlich einfach verschwunden war. Dann verließ auch er die Welt der Weden.

Schreiende Ungerechtigkeit

„Jetzt aber raus aus den Federn“, ertönte die fröhliche Stimme seiner Mutter. „Immerhin wollen wir in einer Stunde los.“ Jaden hatte einige Mühe, seine Augen zu öffnen. Die Traumreise und alles, was er vor wenigen Augenblicken gehört hatte, kam ihm angesichts der Unbeschwertheit seiner Mutter und der langweiligen Normalität seines Zimmers so unwirklich vor … Er, der Geheimniswahrer … Jaden konnte sich kaum noch an die Details der Unterhaltung mit Zia erinnern und es brummte für einen kurzen Augenblick, als würde es irgendwo in seinem Kopf unaufhörlich donnern.

„Ja, ist ja gut“, ächzte Jaden, der sich heute entsetzlich müde fühlte. Sonst war er nach seinen Traumreisen immer ungewöhnlich wach und gut gelaunt, heute jedoch fühlte er sich, als wäre er soeben überfahren worden.

Nach einer kalten Dusche ging es Jaden schon erheblich besser, außerdem dachte er voller Vorfreude an den Besuch im physikalischen Institut. Rasch schlüpfte er in T-Shirt und Hose und stürmte die Treppe hinunter. Erst beim Frühstück fiel Jaden der Umschlag wieder ein, den Herr Govinda ihm am gestrigen Nachmittag gegeben hatte. Jaden war immer wieder erstaunt, wie sich sein Zeitgefühl geändert hatte, seit er die Traumreisen unternahm. Jetzt lebte er nicht nur am Tag; auch die Nacht war nun voll von Erlebnissen und Gesprächen, so dass ihm der gestrige Tag erschien, als wäre er schon ewig her. Jaden holte den Umschlag aus seiner Tasche und reichte ihn seiner Mutter. „Von den Govindas“, sagte er.

„Oh …“, sagte sie. „Wir sind am Freitag bei den Govindas eingeladen – sehr nette Leute, wirklich.“ Sie reichte Jaden die Karte.

Wir möchten uns bei Ihnen bedanken, da sie uns in der schrecklichen Zeit der Ungewissheit beigestanden haben. Jetzt, da unser Sohn Nick wohlbehalten wieder bei uns ist, möchten wir dieses glückliche Ende der Entführung mit einem rauschenden Fest begehen, und Sie sind herzlich dazu eingeladen. Für Erfrischungen und kulinarische Köstlichkeiten ist gesorgt. Die Feier wird am Freitag, dem 25. August, stattfinden. Ab 19 Uhr wird um ihr Erscheinen gebeten.

Jaden legte die Einladung beiseite und nahm sich einen Toast. Etwas ratlos ließ er seinen Blick über den Frühstückstisch schweifen.

„Ich habe die Wurst gekauft, die du so gern isst", sagte seine Mum und legte ihm das Päckchen vor die Nase.

„Danke, Mum", sagte Jaden gewohnheitsmäßig, als er die Wurst aber in der Hand hielt, musterte er sie nur mit angeekeltem Gesicht. Völlig unvorbereitet saß er auf seinem Küchenstuhl, als Bilder und Sätze aus der wedischen Welt wie ganz von selbst seinen Kopf durchfluteten. Er in Syrianka, Menschen, die ihn umringten … Nein, nicht Syrianka, es war eine andere Siedlung, die er noch nie gesehen hatte … eine Wölfin … Aber war es Rania? Sie sah nicht aus wie Rania, aber … Dann verschwand das Bild, Jaden saß wieder am Küchentisch und starrte auf die Wurst. *Barbarische Lebensweise …*

„Mum", sagte Jaden und legte die ungeöffnete Packung angewidert auf den Tisch zurück, „kauf bitte nie wieder Wurst oder Fleisch – na ja, zumindest nicht für mich."

„Wie bitte?", fragte Conny Page, die offensichtlich nicht verstand, wovon ihr Sohn da redete.

„Ich meine damit, dass ich ab heute kein Fleisch mehr essen werde, denn ab heute bin ich Vegetarier", sagte er und lächelte. Er hätte sich schon viel eher dazu entschließen sollen, dachte er. Wozu sollte er noch Fleisch essen? Er war nun schon lange genug in der Welt der Weden, um zu begreifen, dass die Angewohnheit, Fleisch zu essen, eine künstliche Einführung der Priester war. Das war die barbarische Lebensweise, von der die Weden sprachen, es war vollkommen unnatürlich, zu töten. Auch wenn es sich „nur" um ein Tier handelte …

„Wie … wie kommst du denn jetzt darauf?", sagte Conny Page und machte ein Gesicht, als hätte Jaden eben entschieden, gar nichts mehr zu essen. „Ähm … ich meine … warum so plötzlich?"

„Och … ich überlege eigentlich schon länger und jetzt habe ich mich eben endlich dazu entschlossen – und zwar felsenfest!"

„Ich verstehe … Und das hat nicht etwa mit deinen so genannten ‚Traumreisen' zu tun?", fragte sie und lächelte.

„Ein bisschen vielleicht …", grinste Jaden, der schon fast vergessen hatte, dass seine Mum Bescheid wusste.

„Dann muss ich mir jetzt wohl ein paar neue Kochbücher kaufen", sagte sie und lachte.

Eine Stunde und zehn Minuten später standen Jaden und Conny Page vor dem physikalischen Institut. Das große Gebäude war einer eingravierten Jahreszahl zufolge 1862 erbaut worden und wirkte imposant, beinahe einschüchternd mit seiner grauen Fassade und den hohen Säulen. Was sie wohl da drin erwarten würde? Jaden war aufgeregt wie noch nie. Jetzt ging es um alles. Sie mussten es einfach schaffen, den Leiter des physikalischen Instituts zu überzeugen – egal, wie schwer es werden würde. Er atmete noch einmal tief durch, füllte seine Lungen mit der warmen Sommerluft, bevor er die Flügeltür aufstieß und eintrat. Es war merkwürdig leer und still in der großen Eingangshalle und trotz der hohen Temperaturen hatte Jaden das Gefühl, zu frieren.

„Worauf wartest du?", fragte Conny Page und ging voran. Rechts neben dem Eingang befand sich eine Glasscheibe, hinter der eine dicke Frau mittleren Alters saß. Ihr Doppelkinn war besonders ausgeprägt und ihre Frisur seit mindestens 20 Jahren aus der Mode. Sie musterte Jaden und Conny Page äußerst missmutig und legte nur ungern die Zeitschrift beiseite, in der sie eben noch geblättert hatte. Jaden hatte das komische Gefühl, dass gleich etwas furchtbar Unangenehmes passieren würde, als seine Mum näher an die Scheibe trat.

„Guten Tag", sagte sie mit ruhiger, aber entschlossener Stimme, „mein Name ist Conny Page – ich habe wichtige Unterlagen dabei, die den Leiter dieses Instituts sehr interessieren dürften."

„Nun, wissen Sie, vielleicht sollten Sie erst einmal einen Termin machen", schnarrte es von der anderen Seite der Scheibe und die Empfangsdame sah nicht so aus, als hielte sie die erwähnten Unterlagen auch nur ansatzweise für wichtig.

„Ich hätte sehr gern einen Termin gemacht – wenn ich *Zeit* dafür gehabt hätte", sagte Conny Page mit harter Stimme und zwang sich, ruhig zu bleiben, „aber diese Sache ist von enormer Bedeutung, verstehen Sie, sie duldet keinen Aufschub …" Die Frau öffnete den Mund, um zu widersprechen, aber gegen die Entschlossenheit von Jadens Mum war nichts auszurichten. Diese sprach einfach weiter: „… und ich kann mir *nicht* vorstellen, dass ihr Chef es Ihnen verzeihen würde, wenn Sie mich jetzt einfach so abweisen.“ Die Frau blickte jetzt noch mürrischer drein als am Anfang des Gespräches, nahm widerwillig den Hörer vom Telefon und wählte eine Nummer.

„Entschuldigen Sie die Störung, Prof. Dr. Hellmann, aber hier steht eine *äußerst* hartnäckige Frau, die sie *unbedingt* sprechen möchte …“ Den Rest hörte Jaden nicht mehr, er fühlte sich, als hätte ihm jemand einen gewaltigen Schlag in die Magengrube verpasst. Blitzschnell wirbelten die Gedanken durch seinen Kopf … Hellmann … *Der* Robert Hellmann, der Schuld am Tod seines Großvaters war … Und ausgerechnet *dieser* widerliche Kerl war jetzt Leiter des physikalischen Instituts? Wut stieg in Jaden hoch, grenzenlose Wut, die seinen ganzen Körper erhitzte. Der Plan der Priesterschaft musste wirklich hervorragend funktionieren, wenn es möglich war, dass ein Mensch, der so viel Unrecht und Leid verursacht hatte wie dieser Hellmann, es schaffen konnte, in so eine Position zu gelangen … Und sie konnten ihm auf keinen Fall die Theorien von Nathan ausliefern!

„Nein!“, rief Jaden plötzlich. „Wir wollen nicht mit diesem … Prof. Hellmann sprechen!“ Die Frau hinter der Glasscheibe drehte ihren Kopf mit einem Schwung zu Jaden, so dass ihr Doppelkinn wackelte, deckte den Hörer des Telefons mit ihrer Hand ab und grunzte: „*Prof. Dr. Hellmann*, wenn ich bitten darf!“

Conny Page sah ihren Sohn überrascht an und zog fragend die Augenbrauen hoch.

„Ich meine …“ Jaden räusperte sich. „… wir wollen diesen (Jaden musste sich zusammenreißen, um die wüsten Beschimpfungen nicht auszustoßen, die ihm im Kopf umherschwirrten) Prof. Dr. Hellmann nicht unnötig stören.“

In dem dicken Gesicht der Empfangsdame breitete sich ein zufriedenes Lächeln aus. „Nun, die Herrschaften haben es sich doch anders überlegt“, flötete sie ins Telefon, „ich bitte nochmals *tausendmal* um Entschuldigung.“ Da kam Jaden eine Idee … Sie mussten auf jeden Fall mit jemandem sprechen, der wirklich Ahnung hatte … und der nicht so verbohrt war … Jemand, der die Theorien Nathans nicht gleich als Schrott abtun würde, konnte niemals der beste Freund von Hellmann sein … Es musste logischerweise jemand sein, der in der Achtung von Hellmann ganz unten stand … Und die fette Empfangsdame musste sie irgendwie zu diesem Jemand bringen, aber wie? Wenn sie ihrem Chef so ergeben war, dann übernahm sie bestimmt auch seine Meinung … „Ja, das könnte funktionieren", dachte Jaden.

Conny Page sah noch immer verwundert zu ihrem Sohn, und plötzlich hörte Jaden die Stimme seiner Mutter, obwohl sie nichts sagte: *Was ist los? Warum hast du es dir plötzlich anders überlegt?*

Jaden war für den Bruchteil einer Sekunde sprachlos … Dann flüsterte er ein fast lautloses „Vertrau mir", und als die Empfangsdame aufgelegt hatte, sagte er mit seiner süßesten Stimme: „Entschuldigen Sie unsere Unhöflichkeit … *selbstverständlich* wollen wir hier niemanden stören … Vielleicht könnten wir mit jemandem sprechen, der nicht allzu viel zu tun hat." Er bemühte sich, ihr sein schönstes künstliches Lächeln zu schenken. „Sie wissen schon, es gibt auch im besten Institut immer jemanden, der seine Zeit mit den … sagen wir mal … unwichtigeren Dingen verschwendet … Wir wissen ja eigentlich auch gar nicht, ob unsere Unterlagen so wichtig sind." Die Empfangsdame war nun bedeutend besser gelaunt.

„Ich werde sehen, was sich machen lässt", sagte sie und hängte sich erneut ans Telefon. „Herr Dr. Ohnmacht, guten Tag … Ich wollte Sie nur darüber informieren, dass in Kürze zwei Herrschaften vor Ihrer Tür stehen werden", sagte sie jetzt mit spitzer Stimme. „Um mit Ihnen über … einige Unterlagen zu sprechen, die sie dabeihaben", setzte sie kurz angebunden hinterher und legte auf. „Diese arrogante Kuh", dachte Jaden. Gegenüber ihrem Chef benahm sie sich wie ein unterwürfiger Teenager und kaum war jemand dran, den sie als unbedeutend einschätzte, zeigte sie ihr wahres Gesicht … Aber Jaden freute sich auch über ihren fehlenden Grips und ihre Berechenbarkeit; sie hatte es immerhin möglich gemacht, dass alles glattgegangen war.

„Um zu Dr. Ohnmachts Büro zu kommen, gehen Sie bitte an der Treppe vorbei bis zur letzten Tür auf der rechten Seite", sagte die Empfangsdame in einem Ton, der verriet, dass sie sehr froh war, wenn die aufdringlichen Besucher endlich verschwinden würden und sie sich wieder in Ruhe ihrem Kaffee und ihrer Hausfrauenzeitschrift widmen konnte. „Nichts lieber als das", dachte Jaden und schritt voran.

„Was sollte denn das?“, raunte Conny Page leise, sobald sie sich außer Hörweite befanden.

„Du hast das Tagebuch doch gelesen, oder? Dieser Hellmann war es, der Großvater damals in die Psychiatrie gebracht hat“, sagte Jaden und konnte sehen, wie das Gesicht seiner Mutter erbleichte und ihre Augen sich weiteten.

„Ja … das stimmt!“, sagte sie entsetzt. „Jetzt erinnere ich mich, es stand im Tagebuch … Ich habe nicht mehr daran gedacht – wie dumm von mir!“

Indessen waren sie am Ende des Ganges angelangt. Jaden klopfte an die Tür und sie warteten. Dumpfe Schritte ertönten und die Tür wurde geöffnet. Der Mann wirkte auf Anhieb sympathisch: Er trug eine Jeans und ein T-Shirt, war noch ziemlich jung – vielleicht Ende zwanzig – und lächelte freundlich. Sein dunkles, halblanges Haar und die gerade Nase ließen ihn hübsch aussehen. Er wirkte auf jeden Fall nicht so, wie Jaden sich einen Physiker vorgestellt hatte (älterer Mann mit Brille, Halbglatze und weißem Kittel).

„Bitte, kommen Sie doch herein“, sagte er und trat einen Schritt zur Seite. Er blickte etwas verwundert auf die Frau und den Schuljungen, die ihn so unerwartet besuchten. Das Büro war klein, fast winzig, und der Computer auf dem Tisch wirkte nicht gerade modern. Überall standen kleine Modelle herum – kugelförmige, seltsam wirkende Gebilde – und in der Ecke stand ein Bücherregal, aus dem die Bücher nur so herausquollen. Der Schreibtisch war unordentlich, voller Unterlagen, Zettel und Büchern. Jadens Augen leuchteten. Genauso hatte er sich das Büro eines echten Wissenschaftlers vorgestellt, chaotisch zwar, aber man sah, dass hier gearbeitet wurde.

„Ich bitte Sie, die Unordnung zu entschuldigen“, sagte er verlegen, „es ist nur so, dass ich nicht besonders oft Besuch empfange.“ Er stellte seinen Stuhl vor den Schreibtisch und holte einen zweiten aus einer Ecke des Zimmers hinzu, damit seine Besucher sich setzen konnten. Er selbst nahm ganz zwanglos auf seinem Schreibtisch Platz. „Nun, was führt Sie zu mir?“, fragte er und sah sowohl Jaden als auch Conny Page aufmerksam an.

„Na ja, also …“ Jaden rang um die richtigen Worte. „Ich müsste Sie erst mal um etwas bitten“, sagte Jaden.

„So?“, sagte Dr. Ohnmacht und sein Lächeln war immer noch freundlich. „Ich bin ganz Ohr.“

„Also … es ist so … Wir möchten Ihnen ein paar sehr bedeutende Unterlagen zeigen; sie sind von meinem Großvater, der auch Physiker war … Allerdings würden wir sie Ihnen nur unter einer ganz bestimmten Voraussetzung zeigen …“

„Und die wäre?“, fragte Dr. Ohnmacht interessiert.

Jaden warf seiner Mum einen unsicheren Blick zu; sie nickte aufmunternd.

„Sie dürfen unter keinen Umständen mit Prof. Dr. Hellmann über diese Aufzeichnungen sprechen – oder darüber, von wem sie sind“, sagte Jaden und sah seinem Gegenüber fest in die Augen.

„Das klingt interessant“, sagte Dr. Ohnmacht und dachte kurz nach. „Ich kann dir versichern, dass ich auf keinen Fall mit ihm darüber sprechen werde. Ich … Na ja, lass es mich so ausdrücken“, sagte er und grinste, „wir sind nicht gerade die besten Freunde – ich bin der Meinung, Prof. Dr. Hellmann hat nicht genug Mut, neue Wege einzuschlagen.“

„Oder andere Denkweisen zu akzeptieren …“, ergänzte Jaden. Überrascht sah Dr. Ohnmacht auf.

„Ja, genau das war es, was ich meinte – kennst du ihn etwa?“, fragte er.

„Ähm … nicht persönlich, aber ich weiß einige Dinge über ihn“, sagte Jaden ausweichend.

„Das wird ja immer spannender“, sagte Dr. Ohnmacht und lachte, „ich freue mich schon darauf, die Aufzeichnungen zu lesen – von wem sind sie denn überhaupt: Wie heißt dein Großvater?“

„Hieß“, sagte Conny Page, holte das kleine schwarze Buch und ein paar in Klarsichtfolie gepackte Blätter aus ihrer Tasche und reichte sie Dr. Ohnmacht.

„Sie sind von Nathan Reinholz.“

„Von *dem* Nathan Reinholz?“, fragte er und sah ungläubig von einem zum anderen.

„Ja … der Physiker“, sagte Jaden.

„Ich habe schon von ihm gehört … Er soll genial gewesen sein, bis …“ Er stockte und sah mit einem Anflug von Bedauern auf.

„Bis dieser widerliche Hellmann ihn aus dem Weg geräumt hat!", platzte es aus Jaden heraus.

„Jaden!", zischte seine Mutter. Noch im selben Augenblick tat es Jaden leid. Er hätte nicht so weit gehen dürfen, Hellmann offen zu beschuldigen ... Aber jetzt war es zu spät. Dr. Ohnmacht stand einen Moment der Mund offen, dann fing er sich wieder. Die anfängliche Verblüffung ließ nach und ein anderer, nachdenklicher Ausdruck erschien auf seinem Gesicht.

„Eine mutige Behauptung, das muss ich schon zugeben ... Aber es könnte durchaus etwas dran sein ..." Er stand auf und wanderte kurz im Zimmer umher. Dann, direkt hinter den Stühlen, blieb er stehen. Jaden hatte sich umgewandt und sah gespannt zu ihm auf.

„Einen talentierten Kollegen in die Psychiatrie zu verfrachten, das wäre ja ... Allerdings, wenn dieser Kollege ihm gefährlich werden könnte, würde ich das Hellmann durchaus zutrauen – und nach allem, was ich über Reinholz bis jetzt gelesen habe, wäre es vielleicht ..." Er sah Jaden an, wirkte aber abwesend, während es in seinem Kopf zu arbeiten schien.

„Er war es wirklich", meldete sich jetzt Conny Page zu Wort und ihre Stimme bekam einen verbitterten Klang, „er war es, der Nathans Frau einredete, ihr Mann sei verrückt und man solle ihn in die Psychiatrie einweisen ... Er behauptete offenbar, das Beste für seinen Kollegen zu wollen ... Aber, so war es nicht ... Mein Vater war nicht verrückt, wissen Sie?" Sie sah Dr. Ohnmacht eindringlich an und er hielt ihrem Blick stand.

„Ich glaube Ihnen", sagte er schließlich, „und ich gebe Ihnen mein Wort, dass ich mich den Aufzeichnungen gewissenhaft widmen werde. Und dass ich – selbstverständlich! – nicht mit Hellmann darüber sprechen werde." Er lächelte. „Um ehrlich zu sein, wäre es das Letzte, was ich tun würde ..." Die Abneigung, die er gegenüber seinem Chef hegte, war deutlich herauszuhören und Jaden war unendlich erleichtert, gerade in diesem Büro gelandet zu sein. Sein erster Eindruck hatte ihn nicht getäuscht. Dr. Ohnmacht war genau der Richtige, um sich die Theorien seines Großvaters anzusehen. Jaden wusste, dass er ihm vertrauen konnte.

„Wenn ich noch etwas fragen darf ...? Wieso suchen Sie eigentlich erst jetzt den Kontakt zu einem Physiker? Warum erst nach so langer Zeit?"

„Ich habe die Aufzeichnungen erst vor ein paar Wochen gefunden", sagte Jaden, „in einem geheimen Versteck – mein Großvater hatte geahnt, dass eine Verschwörung gegen ihn läuft … Daraufhin hat er ein Geheimversteck eingerichtet, damit niemand sich seine Theorien unter den Nagel reißen konnte."

„Und … wir erhoffen uns jetzt", begann Conny Page, „dass die Ehre meines Vaters wiederhergestellt wird … Aber selbst wenn die Aufzeichnungen doch nicht so wertvoll sein sollten, wie wir erwarten, hoffe ich, dass sie ehrlich zu uns sind."

„Aber selbstverständlich", sagte Dr. Ohnmacht mit Nachdruck, „selbstverständlich werde ich ehrlich zu Ihnen sein!" Er nickte versonnen.

„Wissen Sie", sagte er gedehnt, „ich weiß, was es heißt, jemanden wie Hellmann um sich zu haben." Er starrte auf den Fußboden und seine Miene nahm plötzlich einen verbitterten Zug an. „Er hat mich in dieses winzige Büro abgeschoben, nur weil ich meine Meinung geäußert habe, die von seiner abwich … Man könnte denken, wir leben im finsteren Mittelalter, so wie er sich verhält."

„Und warum gehen Sie nicht einfach?", fragte Jaden.

„So einfach ist es nicht", sagte er, „ich bin noch gar nicht so lange hier … Direkt nach meinem Studium habe ich hier angefangen … Es ist schwierig für einen Physiker heutzutage … Wenn man sich noch keinen Namen gemacht hat, kann man sich die Jobs eben nicht aussuchen. Außerdem geht es mir auch nicht darum, das große Geld zu verdienen", sagte er und sah aus dem Fenster, „ich möchte eher … etwas bewirken, weißt du …"

Jaden nickte. „Aber das ist doch genau die richtige Einstellung!"

„Ich denke, wir sollten jetzt auch gehen … Wir haben Sie schließlich schon lange genug von der Arbeit abgehalten", sagte Conny Page.

Dr. Ohnmacht lächelte.

„Ach Quatsch", sagte er, „das haben Sie nicht! Ich bin sogar sehr froh über Ihren Besuch. Es hat mich sehr gefreut, Sie kennen zu lernen und dieses … anregende Gespräch zu führen. Und ein wenig Abwechslung kann nie schaden, besonders, wenn man hier arbeitet." Er lächelte verschmitzt. „Noch dazu habe ich jetzt endlich das, was ich mir gewünscht habe: eine sinnvolle Arbeit."

Conny Page lachte, erhob sich von ihrem Stuhl und machte Anstalten, in Richtung Tür zu gehen.

„Einen Moment noch!", rief Dr. Ohnmacht.
„Ja?" Verdutzt drehten sich Jaden und Conny Page um.
„Ich brauche noch eine Telefonnummer, damit ich mich schnellstmöglich bei Ihnen melden kann … Wenn ich etwas Wichtiges entdecke, meine ich …"
„Oh! Ja, natürlich", murmelte Conny Page und schrieb die Nummer auf einen Zettel, den Dr. Ohnmacht ihr reichte. Jaden musste grinsen, beinahe hätten sie in ihrem Übereifer das Wichtigste vergessen …
„Zur Sicherheit gebe ich Ihnen noch meine Visitenkarte", sagte Dr. Ohnmacht und reichte Conny Page ein kleines Kärtchen, bevor sie sich verabschiedeten und das winzige Zimmer verließen.

„Es ist wirklich skandalös, dass ein fähiger Mensch in einem solchen Mäuseloch arbeiten muss", flüsterte Conny Page ihrem Sohn zu, als sie den Gang entlangliefen.
„Ja, wenn du mich fragst: eine Ungerechtigkeit, die zum Himmel stinkt!", knurrte Jaden. Die Empfangsdame war so in ihre Illustrierte vertieft, dass sie gar nicht mitbekam, wie Jaden und Conny Page das Haus verließen.
„So eine Schreckschraube!", zischte Jaden im Vorbeigehen. „Selbst *die* hat ein größeres Arbeitszimmer als Dr. Ohnmacht!" Im Grunde aber hätte er schreien mögen vor Glück. Es war besser gelaufen, als Jaden zu hoffen gewagt hatte. Dieser Dr. Ohnmacht war ein unheimlich feiner Kerl, und wenn er es nicht schaffen würde, Nathans Theorien zu durchschauen, sie auf ihren wissenschaftlichen Wert hin zu überprüfen, dann schaffte es keiner, da war sich Jaden sicher.
Freudestrahlend saß er fünf Minuten später neben seiner Mum im Auto und ließ sich den Fahrtwind um die Ohren wehen. Die Fahrt kam Jaden nicht besonders lang vor. Er schwatzte munter mit seiner Mum, die ebenfalls auffallend gut gelaunt war, und die Zeit flog geradezu dahin. Jaden konnte sich nicht entsinnen, sich jemals so blendend mit seiner Mum verstanden zu haben. Zweifellos waren die letzten Wochen die schwerste Zeit in seinem Leben gewesen, aber gleichzeitig hatte er das komische Gefühl, so viel erlebt und geschafft zu haben wie nie zuvor … Sobald sie zu Hause waren, würde er sofort Konrad und Lou benachrichtigen und

sie zum Baumhaus beordern, denn schließlich gab es Neuigkeiten – und dann auch noch GUTE! Das war selten geworden in letzter Zeit.

Eine halbe Stunde später war es so weit. Jaden lehnte gerade sein Fahrrad gegen die große Kastanie, als Konrad und Lou angeradelt kamen. Schon von weitem konnte Jaden sehen, dass die beiden in bester Laune waren.

„Toll, dass ihr so gut drauf seid", rief er ihnen entgegen, „wenn ihr erst hört, was ich heute erlebt habe, werdet ihr wahrscheinlich platzen vor Freude!" So zumindest fühlte sich Jaden; er befand sich zusammen mit seinen zwei besten Freunden bei herrlichstem Sonnenschein an seinem liebsten Ort … Als er so dastand und in die Sonne blinzelte, während Konrad und Lou auf ihn zukamen, hatte Jaden das Gefühl, dass endlich wieder alles normal war. Er hatte zwar auch eine Ahnung, dass das nicht lange so bleiben würde, aber daran wollte er jetzt keinen Gedanken verschwenden.

„Schieß los!", rief Lou aufgeregt, bremste genau vor Jadens rechtem Fuß ab und keuchte vor Anstrengung. „Ich … bin … ganz Ohr!"

Konrad war stutzig geworden. „Worum geht's denn eigentlich?", fragte er verlegen. „Hab ich was verpasst?"

„Das gibt's doch nicht!", sagte Lou entrüstet und funkelte Konrad wütend an. „Ist in deinem Kopf denn nur noch Platz für den wedischen Vierkampf? Jaden hat uns doch gestern – ähm … ich meine … heute Nacht – gesagt, was er vorhat!"

Konrad sah aus, als versuchte er verzweifelt, von dem Schlauch runterzukommen, auf dem er stand, aber es wollte ihm augenscheinlich nicht gelingen. Kapitulierend zuckte er die Achseln.

„Ich war heute im physikalischen Institut", sagte Jaden knapp und konnte nicht verhindern, dass ihm ein breites Grinsen über das Gesicht huschte. Sie stiegen die Strickleiter hoch, setzten sich auf die kleine Terrasse des Baumhauses und Jaden begann, zu erzählen. Nachdem er mit seiner sehr ausführlichen Schilderung der vormittäglichen Geschehnisse geendet hatte, strahlte Lou bis über beide Ohren.

„Mensch, Jaden, *besser* hätte es nicht laufen können!", sagte sie und fiel Jaden glücklich um den Hals.

Noch ehe Konrad dazu kam, etwas zu sagen, ertönte eine vorwurfsvolle Stimme unterhalb von ihnen.

„Is' ja wirklich interessant; ihr sagt uns wohl überhaupt nicht mehr Bescheid, wenn ihr euch in *unserem* Baumhaus trefft?“ Es war Lenni. „Sind wohl nicht mehr *gut genug* für euch, was?“, sagte Jörn verächtlich. Jaden, Konrad und Lou wechselten überraschte Blicke.

„Wie meinst du denn das?“, fragte Lou und lehnte sich über das Geländer.

„Na, jetzt, wo ihr als Lebensretter dasteht, sind wir ja nicht mehr wichtig!“, rief Jörn erbost.

„Ach, so ein Blödsinn“, sagte Lou abfällig. „Was hat das denn damit zu tun? *Wer* ist denn einfach abgehauen, als Jaden *richtige* Freunde gebraucht hat? Naaa, erinnert ihr euch noch?“

„Na und? Bei dem, was er erzählt hat, war das ja wohl kein Wunder“, sagte Lenni wütend.

„Ach ja?“, sagte Lou schnippisch. „Immerhin haben wir Nick gefunden und befreit!“

„Ja, da hattet ihr Glück“, schnarrte Lenni, „oder wollt ihr etwa behaupten, die Menschen in Jadens … *Traumwelt* haben ihm noch die vollständige Adresse geflüstert?“ Lenni und Jörn wieherten vor Lachen und konnten sich kaum beruhigen. Lou zitterte vor Wut und ihre Augen schienen regelrecht Funken zu sprühen. „Genau *das* ist der Grund!“, sagte sie laut und ihre Stimme klang schrill. „Ihr macht euch über *alles* lustig … Nur, nur weil ihr nichts begreift … Und dann kommt ihr auch noch her …“ Ihre Stimme zitterte. „… und wollt wirklich wissen, warum wir euch nicht mehr einladen? Eine Frechheit!“ Sie musterte Lenni und Jörn mit scharfem Blick. Die beiden Brüder sahen aus, als hätten sie den Verlauf des Gespräches nicht beabsichtigt; sie traten unruhig auf der Stelle und Lennis hochroter Kopf verhieß nichts Gutes.

„Was ist eigentlich mit euch, Konrad und Jaden? Lasst ihr euch jetzt von Lou beschützen? Von einem *Mädchen?*“, höhnte Lenni und starrte böse hoch.

„Jetzt hör aber mal auf“, sagte Jaden, „hör sofort auf, Lou zu beleidigen! Und weißt du was? Ich halte es gar nicht für nötig, mit euch zu reden – nach dem, was ihr eben von euch gegeben habt!“

„Ohhhh“, äffte Lenni, „na also, da haben wir's doch!“ Triumphierend sah er Jörn an. „Du hältst es also nicht für *nötig,* mit uns zu …“ Weiter kam er nicht, denn Konrad, der bis jetzt geschwiegen hatte, war aufgestanden und ans Geländer getreten.

„JETZT REICHT'S ABER! HALT ENDLICH DEIN DRECKIGES SCHANDMAUL!", brüllte er, außer sich vor Wut. „UND WENN IHR NUR GEKOMMEN SEID, UM UNS MIT DIESEM ABSOLUTEN SCHWACHSINN VOLLZUSCHÜTTEN, DANN VERSCHWINDET JETZT BESSER VON HIER!"

Das war er, einer von Konrads berüchtigten Wutausbrüchen. Seine Wangen nahmen eine dunkelrote Farbe an und er ballte die Fäuste. Seine Augen waren beängstigend schwarz. Immer, wenn er wütend wurde, verfärbten sich seine ohnehin schon dunkelbraunen Augen ganz ins Schwarze. Man hätte meinen können, er würde sich gleich auf Lenni und Jörn stürzen, so fuchsteufelswild sah er aus. Die beiden Brüder standen reglos unten auf dem Waldboden. Lenni räusperte sich leise, als hätte er plötzlich Angst, zu laut zu sein.

„Ich schätze, wir gehen dann jetzt", sagte er und kniff seinen Mund zusammen. „Und übrigens: Ab jetzt sind wir geschiedene Leute!", fügte er noch hinzu, dann machten Lenni und Jörn auf dem Absatz kehrt und gingen.

„Das war's dann wohl mit unserer Freundschaft", sagte Jaden und setzte sich wieder.

„Ja … aber es ist nicht schade drum!", sagte Lou gleichmütig und zuckte mit den Schultern. „Mich jedenfalls haben sie zu sehr enttäuscht, als dass ich ihnen hinterhertrauern würde!"

Konrad, der bis eben noch am Geländer gestanden hatte, setzte sich neben Lou. Sein Zorn war so schnell verraucht, wie er gekommen war.

„Na ja … ab jetzt sparen wir uns 'ne Menge blödsinniger Kommentare", sagte er trocken. Jaden sah in den Wipfel der Kastanie und fragte sich, ob er der Einzige war, dem dieser Streit etwas ausgemacht hatte. Es fiel ihm schwer, zu akzeptieren, dass die Freundschaft mit Lenni und Jörn jetzt tatsächlich so ein abruptes Ende genommen haben sollte.

„Mach dich nicht selbst fertig", sagte Lou leise und legte ihre Hand auf Jadens Arm, „du hast die beiden doch gehört! Sie *wollen* nicht verstehen! Was sollen wir mit solchen Kindsköpfen? Lass dir von denen jetzt nicht die Laune verderben."

„Seh ich genauso", sagte Konrad knapp. „Lass sie doch denken, was sie wollen – wir haben uns jetzt um andere Dinge zu kümmern."

„Sehr richtig!", sagte Lou bestimmt. „Wollen wir heute Nacht wieder eine Traumreise unternehmen?"

Jaden schüttelte langsam den Kopf. „Nein", sagte er matt, „ich glaub, ich brauche mal eine Pause … Ich muss einfach mal in Ruhe über alles nachdenken." Lou nickte, drückte noch einmal sanft Jadens Arm und ließ ihre Hand wieder in ihren Schoß sinken.

„Lasst uns zum See fahren", sagte Konrad und stand auf.

„Gute Idee", sagte Lou, „wir können Nick fragen, ob er Lust hat, mitzukommen – sagt mal, habt ihr auch diese Einladung bekommen?" Konrad und Jaden nickten.

„Ist das nicht furchtbar nett von den Govindas?", fragte Lou und in ihren Augen leuchtete plötzlich etwas auf. „Das würde doch wirklich nicht jeder machen – gleich eine Party für alle geben … Ob Nick sich das wohl ausgedacht hat? Bestimmt, er …"

„Hör doch mal auf, ständig von Nick zu reden", stöhnte Konrad. „Denkst du, wir sind blind?", brummte er verdrossen.

„Was – was meinst du damit?", fragte Lou verwirrt und starrte ihn an, während er die Strickleiter hinunterkletterte.

„Na, ist doch glasklar – du hast dich in Nick verknallt!" Innerhalb von Sekundenbruchteilen schoss eine Röte in Lous Wangen, die beachtlich war. „Aber nein, das … das hast du ganz falsch verstanden", stotterte sie, „ich finde es einfach nur nett von den Govindas, dass sie eine Party geben und das halbe Dorf einladen … Das hat mit Nick doch gar nichts zu tun."

„Schon gut, Lou", sagte Jaden und warf Konrad einen missbilligenden Blick zu, „Konrad hat da einfach was falsch verstanden …" Er wartete, bis Lou unten war, und stieg dann selbst die Strickleiter hinab. Dann warf er sie über das Geländer, stieg auf sein Fahrrad und fuhr mit Lou und Konrad zu Nicks Haus.

Froh, endlich wieder zu Hause und allein zu sein, ließ sich Jaden erschöpft auf sein Bett fallen. Er drehte sich sein Kissen zu einer Wurst, so dass sein Kopf höher lag. Das Stück Himmel, dass er von seinem Fenster aus sehen konnte, hatte sich blutrot verfärbt. Die Sonne ging gerade unter und hüllte selbst sein Zimmer in rotes Licht. Jaden sah auf den Wecker neben seinem Bett. In zehn Minuten war es zehn Uhr. Er verspürte noch immer kein Bedürfnis, eine Traumreise zu unternehmen, stattdessen kam ihm der Besuch im physikalischen Institut – und sein Großvater – wieder in den Sinn. Er wünschte sich, mit seinem Großvater sprechen zu können. Nur ein einziges Mal. „Merkwürdig", dachte Jaden, „wie sehr man einen Menschen vermissen konnte, den man nicht einmal kannte; nie kennen gelernt hatte." Und doch überkam ihn das untrügliche Gefühl, dass er seinem Großvater sehr ähnlich war und dass sie sich garantiert wunderbar verstanden hätten. Ihm kamen die Fotografien in den Sinn, die er auf dem Dachboden gefunden hatte. Der sympathische Mann, der so viel lächelte …

Plötzlich hörte Jaden das Geräusch von Wellen, die sanft an den Strand rollten. Er spürte weichen Sand unter sich und die Luft war feucht. Jaden stand barfuß im Sand. Verwundert stellte er fest, dass er sich an einem Strand befand – und überall war Nebel. Ziemlich dichter Nebel, der ihn kaum fünf Meter in die Ferne sehen ließ. „Ich muss eingeschlafen sein", dachte Jaden, „aber wo bin ich hier?" Er trat ein paar Schritte nach vorn, dorthin, wo gleich das Wasser kommen musste, und richtig, plötzlich stand Jaden im Wasser. Zu seiner Überraschung spürte er aber nicht das Geringste. Er hätte nicht sagen können, ob das Wasser kalt oder warm war, weil er einfach nichts spürte.

„Du hast mich gerufen, Jaden – und ich bin da", sagte eine Stimme. Für einen Moment dachte er, Zia würde mit ihm sprechen, bevor ihm klar wurde, dass diese Stimme ganz anders klang, viel tiefer und – jünger. Diese Stimme war Jaden vollkommen fremd, aber – und das war das Seltsame – sie kam ihm auch sehr vertraut vor. Jaden sah sich um. Es war jedoch zwecklos, etwas erkennen zu wollen; der Nebel war einfach zu dicht.

„Wer ist da?", fragte Jaden ins Nichts, stand auf, kniff seine Augen zusammen und versuchte, etwas zu erkennen.

„Erkennst du mich nicht?", sagte die Stimme vergnügt. „Du hast mich doch gerufen – und jetzt bin ich hier."

Jaden überlegte hektisch, er hatte niemanden gerufen – oder doch?

Woran hatte er gedacht, bevor er eingeschlafen war? An Nathan … an Nathan? Jaden schluckte. Konnte es sein, dass … Nein … Obwohl … nach dem, was er in der Welt der Weden erlebt hatte, war er sich gar nicht mehr sicher, was möglich war und was nicht …

„Nathan?", fragte er mit gedämpfter Stimme in den Nebel hinein. „Bist du es?"

„Ja, so ist es", antwortete ihm die Stimme. Ein dunkler Schatten bildete sich hinter der Nebelwand, die vor Jaden schwebte. Er hielt den Atem an, der Schatten wurde immer deutlicher und langsam trat ein Mann aus dem Nebel heraus. Er trug einen gestutzten Bart und eine Brille mit kleinen, runden Gläsern … Es war Nathan. „Er sieht aus wie auf den letzten Bildern", dachte Jaden, „kurz bevor er in die Psychiatrie eingewiesen worden war." Und obwohl er Nathan hier direkt vor sich stehen sah, schien er doch unwirklich zu sein und hob sich kaum von dem Nebel ab, der ihn wie ein dünner Schleier umgab.

„Wie – wie kannst du hier sein?", fragte Jaden zögernd. „Du bist doch schon lange …" Seine Stimme brach ab.

„‚Tot' wolltest du sagen?", fragte Nathan und lächelte. „Ja, das bin ich, aber deshalb bin ich noch lange nicht einfach verschwunden, weißt du … Die Energie des Menschen verschwindet nicht einfach nach seinem Tod, sie wandelt sich nur. Das ist sogar ein physikalisches Gesetz … Aber lassen wir das. Du glaubst gar nicht, wie sehr ich mir gewünscht habe, du würdest mich rufen. Ich wusste, dass du der neue Geheimnishüter sein würdest … mein Enkel."

Jaden hatte sich zwar gewünscht, mit seinem Großvater zu sprechen, aber jetzt, wo das Unmögliche tatsächlich Wirklichkeit geworden war, starrte er ihn einfach nur an und wusste nichts zu sagen. Nach der anfänglichen Überraschung freute er sich jetzt so sehr, seinen Großvater zu sehen, dass sein Kopf wie leergefegt schien. Nathan sah ihn aufmerksam an.

„Du besuchst bereits die Welt der Weden, nicht wahr?", sagte er unvermittelt und seine Augen begannen zu leuchten. „Nicht zu fassen – so früh schon, und doch ist es der beste Zeitpunkt …"

„Warum?", fragte Jaden aufgeregt. „Warum, meinst du, ist es der beste Zeitpunkt? Ich gehe noch zur Schule, ich werde gerade zwölf."

„Kennst du meine Geschichte?“, fragte Nathan ruhig und sah Jaden mit einem Blick an, der vermuten ließ, Jaden wäre der Geist.

„Ja … na ja, zumindest das, was mir Mutter und Kostja erzählt haben – und natürlich das, was ich aus deinen Tagebüchern weiß.“ Nathan nickte und sah Jaden unverwandt an. „Komm, setzen wir uns“, sagte er. Der Sand senkte sich nicht ein, als Nathan sich setzte und auch Jadens Füße hinterließen keine Abdrücke im Sand.

„Als ich begann, diese Träume zu haben, nahm ich sie wahr, wie es ein Erwachsener tut, Jaden. Aber ein Erwachsener ist bereits zu sehr in der Welt verhaftet, verstehst du? Meine Vorstellungen, wie die Welt zu sein hatte, waren … einfach schon zu fest. Ich habe die Chance, die mir gegeben wurde – meine Aufgabe –, nicht richtig erkennen können. Stattdessen habe ich versucht, in meinen Forschungen weiter voranzukommen, und das war ein Fehler …“ Nathan seufzte und sah Jaden an. „Du dagegen bist noch jung genug; die heutige Welt hat ihre Fesseln noch nicht so fest um dich geschlungen, dass du so blind bist wie ich – für die wahrhaft wichtigen Dinge.“

„Aber deine Forschungen waren auch wichtig!“, sagte Jaden. „Das weißt du doch genauso gut wie ich! Wir haben deine Unterlagen heute im physikalischen Institut abgegeben, bei einem wirklich netten Mann, der sie überprüfen möchte.“

„Im physikalischen Institut?“, sagte Nathan erstaunt. „Tatsächlich?“

„Ja, und Mum – also, deine Tochter“, verbesserte sich Jaden schnell, „glaubt mir, dass es die Welt der Weden echt gibt … Und sie hält dich jetzt nicht mehr für verrückt. Und bald wird dich niemand mehr für verrückt halten, das kannst du mir glauben!“ Nathan sagte nichts, er lächelte nur und seine Augen glänzten.

„Das heißt, du hast sie überzeugt? Du hast ihr alles erzählt?“ Nun begann Jaden, zu reden. Alles, was ihm in der letzten Zeit Sorgen gemacht hatte, alles, was er erlebt hatte, brach nun aus ihm heraus. Jetzt hatte er endlich jemanden vor sich, dem es ähnlich gegangen war wie ihm. Jemand, der auch von heute auf morgen in eine Sache hineingerasselt war, die sein ganzes Leben auf den Kopf gestellt hatte. Er erzählte ihm von seiner ersten Traumreise, berichtete ihm von Nicks Entführung und redete ohne Punkt und Komma, bis er auch wirklich alles erzählt hatte, was in den letzten Wochen über ihn hereingebrochen war.

„Ich bin so unfassbar stolz auf dich, Jaden …“, sagte Nathan mit glänzenden Augen, als Jaden geendet hatte. „Du hast alles genau richtig gemacht … besser, als ich es je gekonnt hätte. Du bist über dich hinausgewachsen und wirst es auch weiterhin tun – ohne Zweifel.“ Er wandte sein Gesicht kurz ab und sah in den undurchdringlichen Nebel, der vor ihnen lag. Jaden war glücklich. Sein Großvater glaubte daran, dass Jaden es schaffen würde – und das ohne jeden Zweifel. Und er war sehr stolz auf ihn … Ein größeres Kompliment konnte von niemandem mehr kommen, dachte Jaden, ganz egal, von wem.

„Und was wird auf mich zukommen?“, fragte Jaden, obwohl ihn die leise Ahnung beschlich, dass sein Großvater ihm wohl nicht allzu viel darüber sagen konnte.

Nathan betrachtete seinen Enkel sehr lange, bevor er antwortete.

„Eines ist sicher: Es wird nichts auf dich zukommen, das du nicht schaffen kannst. Und dessen musst du dir bewusst sein, Jaden. Das ist sehr wichtig!“ Schon wieder so eine vage Aussage, dachte Jaden enttäuscht.

„Und was soll ich jetzt tun? Einfach nur warten?“

„Jaden, warum machst du dir selbst so einen Druck? Tu einfach das, was du bisher getan hast – folge deinem Gefühl. Es hat sich bereits eine Kette von Ereignissen in Gang gesetzt. Du wirst schon bald wissen, was du tun musst – dann, wenn es an der Zeit ist.“ Nathan hatte gesprochen, ohne seinen Blick von Jaden zu lösen. „Dass wir noch einmal die Gelegenheit haben, miteinander zu reden … Ich hätte es mir nicht träumen lassen.“

„Und – wo sind wir hier?“, fragte Jaden. „Wie ist es möglich, dass ich mit dir sprechen kann?“

„Ich darf dir nicht zu viel darüber verraten, Jaden … Die Erfahrung musst du selbst machen, wenn die Zeit gekommen ist. Aber sagen wir es mal so: Die Seele des Menschen ist unsterblich. Und die Gedankenkraft des Menschen bestimmt, wo wir sein werden, nachdem wir gestorben sind. Da, wo ich jetzt bin, ist es unfassbar schön, weißt du.“ Nathan brach in schallendes Gelächter aus, als Jaden sich irritiert umsah.

„Nein, nein, hier bin ich nur jetzt, während wir miteinander sprechen“, sagte er amüsiert. „Es gibt unfassbar viele Paralleluniversen und Räume, in denen sich Menschen aufhalten. Es gibt viel mehr Dimensionen, als die

Wissenschaft bis jetzt erforscht hat ... Und glaub mir, ich lebe jetzt in einer der wunderschönsten Dimensionen, die man sich vorstellen kann."

„Und wie lange lebt man dort, nachdem man gestorben ist?", fragte Jaden. „Ewig?" Wieder lachte Nathan. „Was ist schon ewig? Nein, nach einer gewissen Zeit, nachdem man sein Leben überdacht hat, kann man wieder auf die Erde zurück."

„Du meinst, du wirst ... wiedergeboren?", fragte Jaden erstaunt.

„Aber ja ... so ist es", sagte Nathan schlicht.

„Und – kann man beeinflussen, wo?", fragte Jaden aufgeregt. Nathan rückte seine Brille zurecht. „Wie schon gesagt, mehr darf ich nicht verraten ... Aber du kannst dich ja mal bei Kostja darüber erkundigen ... Und bestell ihm einen schönen Gruß von mir. Unsere Zeit ist jetzt vorbei", sagte Nathan und stand auf. Er deutete auf eine Stelle im Nebel, wo es langsam heller wurde.

„Du musst wieder gehen", sagte er.

„Aber ... können wir uns wiedersehen?", fragte Jaden. Plötzlich erfüllte gleißendes Licht die Stelle, an der sein Großvater eben noch gestanden hatte. Es blendete Jaden so, dass er nichts mehr sehen konnte. Und dann erwachte er, auf seiner Bettdecke, in Shirt und Jeans von gestern. Die Sonne stand bereits so hoch am Himmel, dass sie ihm direkt ins Gesicht schien, und Jaden fragte sich, ob das eben wirklich passiert war oder ob seine Phantasie ihm einen Streich gespielt hatte. Er nahm sich aber fest vor, mit Kostja darüber zu sprechen.

Der Abschied

Die Freundschaft zu Lenni und Jörn war nun völlig zerstört. Wie sich herausstellte, hatten sie keine Einladung zu der Feier bei den Govindas bekommen. Nick hatte keinen Grund gesehen, sie einzuladen, da sie weder seine Eltern besucht hatten noch ihn selbst, seitdem er wieder zu Hause war. Und damit war der Bruch zwischen den Freunden nun ganz besiegelt. Wenn sie sich mal zufällig auf der Straße trafen, sahen Lenni und Jörn durch sie hindurch, als wären sie Luft. Konrad und Lou hielten es genauso. Jaden saß auf dem Sofa und dachte mit wütendem Groll an den Versuch, sich doch noch mit Lenni zu versöhnen. Er hatte eben noch mal versucht, mit Lenni zu sprechen, als der mit seinem Skateboard die Straße vor Jadens Haus entlanggefahren war. Aber statt einer Antwort hatte er nur demonstrativ auf der Straße ausgespuckt. Somit war der Fall „Lenni und Jörn" endgültig erledigt.

„Wo ist meine Krawatte, Liebling?", schallte es gerade durchs Haus.

„Welche denn, bitte?", kam die genervte Antwort von Conny Page, die gerade vollauf damit beschäftigt war, sich in das rote Kleid zu zwängen, das sie extra für den heutigen Abend gekauft hatte.

„Och, du weißt doch ganz genau, welche ich meine!", kam die Antwort aus dem Schlafzimmer.

„Nein, weiß ich nicht!", kam es gellend aus dem Bad.

„Na … meine Anzugkrawatte!"

„Davon hast du doch tausende!"

„Aber ich suche diese eine … die gestreifte, die ich *immer* trage, wenn wir ausgehen!"

„Das letzte Mal hast du eine ohne Streifen getragen."

„Ja … schon! Das war eine Ausnahme, Herrgott noch mal!" Eine Schranktür wurde zugeschlagen, begleitet von einem entnervten Fluchen. Die Schritte von Conny Page hallten über den Boden, eine Schranktür wurde geöffnet und wieder zugeklappt. Dann noch eine.

„Da ist sie ja!", ertönte die freudige Stimme seines Vaters. „Die muss ich wohl übersehen haben …" Ein wütendes Schnauben ertönte.

Es war Freitag, und nicht nur im Haus der Pages herrschte ein hektisches Durcheinander. Schließlich war das halbe Dorf bei den Govindas eingeladen, sie alle hatten den Govindas beigestanden, während Nick gefangen gehalten worden war, und schon seit einigen Tagen gab es im Dorfklatsch kein anderes Thema mehr als die Feier der Govindas. Jaden war bereits fertig gekleidet. Er trug einen grauen Anzug, den seine Mutter ihm vor einem Jahr gekauft hatte und der ihm leider noch immer tadellos passte. Er lockerte seine Krawatte ein wenig und hoffte inständig, dass niemand die Schweißflecke bemerken würde, die sich langsam unter seinen Armen bildeten. Es war wieder einmal furchtbar heiß und Jaden fühlte sich sehr verkleidet. Freiwillig hätte er sich niemals in diese steifen Klamotten gezwängt, aber seine Mum wollte immer und überall einen guten Eindruck hinterlassen … Gelangweilt zappte er durch die Programme und hoffte inständig, seine Eltern würden bald fertig sein. Viel Zeit blieb ihnen nicht mehr, ein Blick auf die Uhr sagte ihm, dass es bereits fünf vor sieben war.

„Es kann losgehen“, hörte er seine Mum sagen, die langsam die Treppe herunterkam. In ihrem Kleid und den hohen Schuhen kostete sie das einige Mühe. Die Haare hatte sie zu einer kunstvollen Hochsteckfrisur drapiert, die ihr sehr gut stand. Eric Page trug einen ähnlichen Anzug wie Jaden, nur in einer größeren, dunkelblauen Ausführung.

„Na endlich“, seufzte Jaden, „wird ja auch langsam Zeit.“ Jaden stand auf und öffnete die Haustür, während Conny Page sich noch einen dünnen Schal um die Schultern warf und Eric seine Füße in schwarze Lackschuhe zwängte. Jaden ging gerade in Richtung des Autos.

„Wo willst du hin, Jaden? Wir gehen zu Fuß“, rief seine Mum ihm hinterher.

„Was? Ich glaub’s nicht“, gab Jaden zurück. „Bei der Affenhitze?“ Bis eben noch hatte er sich darauf gefreut, im Auto zu sitzen und wenigstens für zwei oder drei Minuten den Fahrtwind zu genießen.

„Komm schon“, sagte Conny Page, „es ist doch nicht weit!“

„Nicht weit?“, sagte Jaden verärgert. Erst musste er ewig warten, bis seine Eltern endlich fertig waren, und jetzt sollte er auch noch neben ihnen unter der heißen Sonne hertrotten? Das ging zu weit …

„Das Haus der Govindas liegt am anderen Ende des Dorfes. Das sind mindestens zwei Kilometer – nein, ich fahre mit dem Fahrrad", sagte Jaden kurzentschlossen.

„Wie du willst", sagte Conny Page und hakte sich bei ihrem Mann unter, während sich Jaden auf sein Fahrrad schwang und losradelte.

Vor dem Haus der Govindas standen erst zwei oder drei Autos, aber das Stimmengewirr, das aus dem Garten herüberwehte, ließ annehmen, dass schon einige der Gäste eingetroffen waren. Das schmiedeeiserne Tor stand offen und leuchtende Fackeln säumten den Weg zum Haus. Jaden stellte sein Fahrrad an den Zaun und überlegte, ob er die Auffahrt schon hochgehen sollte oder nicht ... Dann entschied er sich dafür, zu warten, er wollte nicht allein aufkreuzen. Konrad war zwar bestimmt schon da, aber Lou und ihre Mutter würden gewiss noch kommen. Also setzte sich Jaden in den Schatten eines Baumes und wartete. Er hatte sich auf eine längere Wartezeit gefasst gemacht, aber kaum eine Minute später kam Lou um die Ecke spaziert. Heute trug sie keine Jeans, sondern ein knielanges weißes Sommerkleid, das hervorragend zu ihrer braunen Haut passte. Sie hatte sich die Haare hochgesteckt, aber ein paar widerspenstige blonde Strähnen hatten sich gelöst und umrahmten ihr Gesicht, was sie sehr hübsch aussehen ließ. Ihre Lippen glänzten; offenbar hatte sie zur Feier des Tages sogar ein wenig Make-up aufgelegt. Beinahe wäre sie an Jaden vorbeigelaufen, so tief war sie in Gedanken versunken. Ihre Augen waren starr auf die Villa gerichtet und um ihren Mund spielte ein Lächeln.

„Hi, Lou", sagte Jaden und erhob sich. Lou fuhr herum. „Warum versteckst du dich denn?", fragte sie vorwurfsvoll. „Du hast mich zu Tode erschreckt!"

„'Tschuldigung, das wollte ich nicht", sagte Jaden, „aber was sollte ich machen? Dich einfach vorbeirennen lassen?"

„Hallo, Jaden, schön dich zu sehen", gurrte Lous Mum, die jetzt ebenfalls um die Ecke bog und gerade eine Zigarette wegschnipste. Auch sie hatte sich sichtbar aufgehübscht, sie trug eine türkisfarbene Tunika und eine weiße Hose, dazu ein paar für sie typische Edelsteinketten und Ringe. Ihre Haare schimmerten heute kastanienbraun, aber eines war gleich geblieben: Sie lächelte fröhlich wie immer. Nach einer herzlichen Umarmung für Jaden gingen die drei nebeneinander die Einfahrt hoch. Lous Mum sah sich neugierig um.

„Hach, ist das herrlich hier, nicht wahr? So müsste man leben", seufzte sie bewundernd.

„Bloß nicht", sagte Lou grinsend. Lous Mum sah sie mit hoch gezogenen Augenbrauen fragend an.

„Na ja …", sagte Lou gedehnt, „dann würde man selbst die dreistöckige Villa gar nicht mehr sehen … vor lauter Gestrüpp." Lou kicherte.

„Ach was", sagte Lous Mum gelassen, „wenn wir uns dieses Grundstück leisten könnten, dann hätten wir auch das nötige Kleingeld für einen Gärtner." Sie grinste, aber als die drei um das Haus gegangen waren und ihr Blick auf die großzügige Terrasse und den Landstrich dahinter fiel, klappte ihr Kiefer herunter. Aber auch Jaden und Lou konnten nicht anders, als gewaltig zu staunen.

„Wow …", flüsterte Jaden beinahe andächtig, als er sah, welch festlicher Anblick sich ihm heute bot. Unzählige Lichterketten schienen über den Köpfen der Gäste zu schweben, der leichte Wind bewegte sie sacht, so dass man den Eindruck hatte, tausende Glühwürmchen flatterten herum. Obwohl es für Glühwürmchen natürlich noch etwas zu hell war. Ein Stück neben der Terrassentür war ein langer Tisch aufgebaut, der so voller Köstlichkeiten war, dass er beinahe in sich zusammenzubrechen drohte. Um die freie Mitte der Terrasse waren kreisförmig weiße Tische und Stühle angeordnet, die mit großen Blumensträußen und Namenskärtchen bestückt waren. Die meisten Plätze waren noch frei, weil es gerade erst sieben Uhr schlug und viele der Gäste in der Mitte der Terrasse oder sonst wo im Garten standen, um miteinander zu plaudern und sich alles anzusehen. Offenbar hatten die Govindas tatsächlich einen Gärtner engagiert, denn jetzt waren Blumenbeete angelegt und Obstbäume gepflanzt worden, wo vor einer Woche nur Rasenfläche zu sehen war.

„Das sieht ja aus, als würde eine Hochzeit stattfinden", sagte Lou angesichts der atemberaubenden Pracht. „Seht mal", rief sie plötzlich und sog hörbar Luft ein, „da sind sogar richtige Kellner!" Die schossen eindeutig den Vogel ab, dachte Jaden, die Kellner, die mit ihren schwarz-weißen Anzügen und Tabletts voller Gläser herumliefen und den Gästen Getränke anboten, kaum dass jemand sein Glas geleert hatte. Nick, der eben noch an einem der Tische gesessen hatte, kam lächelnd auf sie zu. Das weiße Hemd, das er trug, fiel locker über die weite cremefarbene Hose.

„Hey, wollt ihr für den Rest des Abends da stehen bleiben? Ihr dürft ruhig näher kommen!"

„Hach … Wir mussten erst einmal die Atmosphäre genießen", sagte Lous Mum, „so was sieht man ja nicht alle Tage!"

„Ja, ich weiß", seufzte Nick und rollte mit den Augen, „meine Eltern betreiben immer so einen mordsmäßigen Aufwand, wenn sie eine Party geben … Das ist typisch für sie."

„Sie freuen sich so sehr, dass du wieder da bist, sieh es einfach als – als eine Art Liebesbeweis", sagte Lous Mum schulterzuckend. Nick lächelte gequält, und kaum war er bei den dreien angekommen, wurde er erst einmal kräftig in die Arme von Lous Mum geschlossen – ob er wollte oder nicht. Dann wurde Lous Mum von einer Frau begrüßt, die sie nicht kannten, rasch in ein Gespräch verwickelt und fortgeführt. Sie zwinkerte den Kindern noch einmal zu („Ihr kommt zurecht, ja?") und verschwand. Nick betrachtete Lou eingehend, nachdem Lous Mum gegangen war. Jaden beobachtete, wie überrascht er aussah, Lou so zu sehen, aber auch Jaden selbst musste sich eingestehen, dass er Lou bisher kaum als Mädchen wahrgenommen hatte. Sie war für ihn immer mehr eine Art Kumpel gewesen. Aber in letzter Zeit änderte sich sowieso alles, da war es auch nicht weiter verwunderlich, dass Lou plötzlich freiwillig in Kleidern daherkam.

„Du siehst heute wirklich hübsch aus, Lou", sagte Nick zögernd. Lou errötete sofort und sah schüchtern auf den Boden. Nick schien irritiert zu sein, weil Lou, die sonst wie ein Wasserfall plapperte, nichts zu sagen wusste und so eine peinliche Stille eingetreten war.

„Also … also nicht, dass du sonst nicht hübsch wärst", sagte Nick unsicher, „sonst siehst du natürlich auch gut aus – aber heute eben ganz besonders …" Er räusperte sich verlegen und Jaden konnte sich ein Grinsen nicht verkneifen.

„Ähm … habt ihr Hunger?", fragte Nick unvermittelt. Aber Lou schüttelte noch immer stumm den Kopf und Jaden sagte nur: „Vielleicht später – bei der Hitze erst mal nicht."

„Aber Durst habt ihr doch?" Sie nickten.

„Na, dann kommt erst mal mit", sagte Nick und führte sie zu einem der Tische, die noch leer waren. Genauer gesagt standen dort zwei Tische, die so zusammengeschoben waren, dass nicht nur sechs, sondern zehn

Leute an ihnen Platz hatten. Sie saßen keine zehn Sekunden auf ihren Plätzen, da kam auch schon einer der Kellner auf sie zu und fragte sie, ob sie etwas trinken wollten.

„Einen Mango-Lassi, bitte“, sagte Nick. Der Kellner nickte und sah Jaden fragend an.

„Was ist denn das – ein Lassi?“, fragte Jaden leise.

„Ein kaltes Joghurtgetränk. Kann ich euch nur empfehlen – bei der Wärme.“ Jaden und Lou bestellten ebenfalls einen Mango-Lassi und der Kellner verschwand.

„Wahnsinn, wie edel es hier aussieht“, sagte Jaden, „die Kellner sind echt der Hammer – so was hab ich noch nie gesehen!“

„Ich find's einfach nur übertrieben“, sagte Nick, „so ein Trara zu machen …“

„Ich kann deine Eltern gut verstehen“, meldete sich Lou zu Wort, „ich meine … du warst so lange verschwunden … Sie haben sich solche Sorgen gemacht. Und jetzt brauchen sie einfach etwas, um mit der ganzen Sache abzuschließen. Etwas, dass die ganzen Qualen, die sie durchlitten haben, endlich vertreibt.“ Jaden starrte Lou ungläubig an. Sie hatte sich nicht nur äußerlich verändert, dachte er verwirrt. Sie wirkte plötzlich viel erwachsener und überlegter als früher. Sogar ihre Stimme hatte einen anderen Klang, wie es ihm vorkam. Sie sprach nicht mehr so schnell, sondern angenehm ruhig und … „Fast wie Katya“, dachte Jaden plötzlich. Ob Katya vielleicht was mit Lous plötzlicher Veränderung zu tun hatte?

„Du meinst also, es ist ein bisschen wie an Silvester?“, fragte Nick und sah Lou an. „Meine Eltern feiern diese riesige Party also deshalb, damit sie so viele böse Geister wie möglich vertreiben?“

Lou lächelte. „Ja, genau das meinte ich.“ Nick lächelte zurück und Jaden beschlich das Gefühl, hier komplett überflüssig zu sein. In dem Moment kam der Kellner zurück. „Wie gerufen“, dachte Jaden erleichtert. Er stellte den dreien hohe, schmale Gläser hin, deren Inhalt so kalt war, dass sie von außen beschlugen. Es tat sehr gut, Nick hatte nicht zu viel versprochen. Ganz in der Nähe ihres Tisches hatte ein DJ sein Pult aufgebaut und begann, Musik aufzulegen. Die ersten Töne schallten ziemlich laut aus den Boxen, und nachdem Herr Govinda ihm einige Worte ins Ohr geflüstert hatte, drehte er die Musik etwas leiser.

Mittlerweile strömten immer mehr Menschen in den Garten und fast alle blieben erst mal stehen und staunten sich die Augen aus dem Kopf angesichts der ungewohnten Szenerie. Die Tische füllten sich im Nu, und Jaden konnte bald seine Eltern in dem Gewühl entdecken. Dann kam Konrad auf sie zu. Auch er musste heute leiden, dachte Jaden erleichtert, damit war er wenigstens nicht der Einzige, der von seinen Eltern in einen Anzug gezwängt worden war. Seine Haare hatte er heute zurückgekämmt und offenbar mit Gel gebändigt. Konrads düsteres Gesicht verriet deutlich, dass er mit seinem schwarzen Anzug ebenso unglücklich war wie Jaden.

„Hallo", sagte er kurz angebunden und ließ sich auf den Stuhl neben Jaden fallen. „Hoffentlich wird's bald kühler", ächzte er und zerrte verzweifelt an seiner Krawatte herum. „Nehmt eure Krawatten doch einfach ab", sagte Nick. Eure Sakkos könnt ihr auch ausziehen!" Jaden und Konrad sahen sich an, und in null Komma nichts hangen die Sakkos und die Krawatten über ihren Stuhllehnen. Ja, das war viel besser!

„Oh, entschuldigt mich kurz", sagte Nick und stand auf, „bin gleich wieder da." Als er zurückkam, hatte er zwei Jungen im Schlepptau. „Darf ich vorstellen", sagte Nick, „das sind Kai und Florian, zwei Freunde aus der Schule – und das sind Konrad, Jaden und Lou. Setzt euch doch." Dann gab er einem der Kellner, der jetzt bedeutend mehr zu tun hatte, ein Handzeichen und sie bestellten Getränke. Kai und Florian erkundigten sich, ob es auch Malzbier gäbe, und bestellten sich zwei. Ein paar Minuten später kamen noch zwei Mädchen und zwei Jungen an, die ebenfalls in Nicks Klasse gingen. Damit war der Tisch voll. Eines der Mädchen sah aus, als wäre sie mindestens zwei Jahre älter als alle anderen; vielleicht war aber auch nur ihr dickes Make-up schuld daran. Sie hatte ihre blonden Haare zu üppigen Locken frisiert und trug ein sehr kurzes rotes Kleid. Sie begrüßte Nick, indem sie ihm zwei Küsschen auf die Wangen gab. Nick schien das Ganze ein wenig peinlich zu sein, er stellte sie rasch als Vanessa vor und setzte sich wieder. Vanessa lächelte zuckersüß in die Runde und musterte alle kurz, nur an Konrad blieb ihr Blick ein wenig länger haften.

„Deine Eltern haben wirklich keine Kosten und Mühen gescheut", sagte einer der Jungen aus Nicks Schule. Man sah Nick an, dass er von solchen und ähnlichen Kommentaren die Nase voll hatte. „Ich hätte mir die Feier kleiner gewünscht, aber was sollte ich machen?", sagte er mühevoll grinsend und trank den Rest seines Lassis.

Dann wurde Jaden aufgefordert, die Geschichte von Nicks Rettung zu erzählen. Unter vielen „Wows" und Einwürfen wie „Echt?" oder „Das gibt's doch nicht!", schilderte Jaden zum gefühlten hundertsten Mal erneut, wie der stürmische Nachmittag abgelaufen war.

„Respekt!", sagte Kai, als Jaden fertig war. „Aber auch echt mysteriös! Dieser Hund – und du kennst den wirklich nicht?" Jaden schüttelte den Kopf und nahm einen Schluck von seinem Lassi. Konrad und Lou griffen ebenfalls nach ihren Getränken, wahrscheinlich auch, um nicht grinsen zu müssen, dachte Jaden amüsiert.

„Du bist ja ein richtiger Held, Jaden!", rief Vanessa laut über den Tisch hinweg und Jaden verschluckte sich beinahe.

„Ach Quatsch", sagte Jaden, „ich hab doch gar nix Heldenhaftes gemacht!"

„Doch, es war echt clever von dir, die alte Nachbarin auszufragen … Und du hast dich auch von diesem Gangster nicht unterkriegen lassen."

„Na ja, eigentlich war das alles Konrads Idee", wandte Jaden ein. „Wirklich?", schnurrte Vanessa und schenkte Konrad ein Lächeln. Konrad nickte etwas beschämt und lehnte sich zurück. Unterdessen war die Terrasse rappelvoll. Herr Govinda stellte sich in die Mitte, nahm ein Glas von dem Tablett eines umhereilenden Kellners und schlug mit einer Gabel dagegen, so dass es klirrte. Jaden hatte so eine Gebärde bisher nur im Fernsehen gesehen und war gespannt, ob das auch in der Wirklichkeit funktionierte. Es war so laut wie in einem Bienenschwarm, die Leute kannten sich und plapperten, dass Jaden glaubte, Herr Govinda müsste das Glas mindestens gegen die Wand werfen, bevor die Gäste ihre Unterhaltungen einstellten. Aber so langsam verstummten sie tatsächlich und sahen erwartungsvoll auf. Herr Govinda begann zu sprechen.

„Ich freue mich, dass Sie alle erschienen sind – aber noch mehr freue ich mich natürlich darüber, dass der Platz meines Sohnes besetzt ist." Er hielt kurz inne und sah Nick an, mit einem glücklichen Lächeln im Gesicht. „Und Ihnen allen noch einmal ein großes Dankeschön, weil Sie uns in der Zeit der Ungewissheit beigestanden haben. Ganz besonders möchte ich mich natürlich bei Jaden, Konrad und Lou bedanken, ohne deren waghalsige Rettungsaktion mein Sohn heute nicht hier säße.“ Tosender Beifall ertönte und alle Blicke waren auf die drei Freunde gerichtet, die tapfer lächelten.

„Nun, wir wollen heute aber nicht auf das schauen, was hinter uns liegt, sondern feiern! Ich bitte Sie also, ausgelassen zu sein! Essen und trinken Sie, so viel Sie wollen, amüsieren Sie sich, tanzen Sie – kurz gesagt: Tun Sie alles, worauf Sie Lust haben!“ Lachen ertönte aus der Schar der Gäste. „Das Buffet ist ebenfalls eröffnet!“ Lauter Beifall erklang. „Sie werden auf dem Buffet viele indische Spezialitäten finden. Wir haben Ihnen zur besseren Orientierung kleine Schildchen angebracht, auf denen die Namen und Zutaten der Gerichte verzeichnet sind. Aber als Erstes: Erheben wir unser Glas und trinken wir auf meinen Sohn!“

Es waren bestimmt 150 Gläser, die jetzt in die Höhe gereckt wurden, und ebenso viele Augenpaare, die Nick anstarrten. Nick fühlte sich nicht sonderlich wohl, lächelte aber allen zu, so wie es das Gebot der Höflichkeit verlangte. Dann war der Spuk vorbei, die Kellner öffneten die Abdeckungen, mit denen die Speisen bedeckt gewesen waren, und allerlei exotische Düfte breiteten sich sofort über der Terrasse aus. Es roch nach vielen fremdartigen Gewürzen, und Jaden lief das Wasser im Mund zusammen. Die Ersten erhoben sich, um langsam zum Buffet zu schreiten. Auch Nick erhob sich.

„Kommt, wir schnappen uns was zu essen, bevor das Gedränge richtig zunimmt.“ So standen sie alle zehn auf und folgten Nick zum Buffet. Vanessa drängelte sich so energisch zwischen Konrad und Lou, dass Lou fast der Teller aus der Hand fiel.

„Pass doch auf!“, zischte sie wütend, aber Vanessa würdigte sie nicht mal eines Blickes. Konrad schien hin- und hergerissen zu sein. Einerseits fühlte er sich nicht sonderlich wohl, wenn er neuen Menschen begegnete – schon gar nicht, wenn es sich dabei auch noch um Mädchen handelte. Andererseits schien er die Aufmerksamkeit, die Vanessa ihm schenkte, sehr zu genießen, da einige der anderen Jungs fast grün vor Neid waren. Jaden fragte sich, welche Absichten Vanessa verfolgte … Klar, Konrad sah unbestreitbar gut aus mit seinen glatten dunklen Haaren und dem Anzug; außerdem war er der Größte der Jungs. Aber trotzdem … Vanessa schwatzte indessen munter auf Konrad ein, während sie sich langsam am Buffet entlangschoben und sich die Teller voller Köstlichkeiten luden. Dabei fiel Jaden auf, dass Lou, die vor ihm ging, ebenfalls kein Fleisch auftat. Sie wählte nur die vegetarischen Gerichte und hatte am Ende beinahe dasselbe auf dem Teller wie er. Gebratenen Tofu in Kokosmilchsauce mit Curry, gebackene und gefüllte Auberginen, Reis und Nudeln.

„Lou?", fragte Jaden leise. „Ist es Zufall, dass du heute kein Fleisch isst?"

„Nein, ich habe mich dazu entschlossen, nie mehr Fleisch zu essen!"

„Echt? Seit wann?"

„Seit dem wedischen Vierkampf."

„Aha … ich seit heute Morgen … Hab wohl ein bisschen länger gebraucht, um zu begreifen."

Lou hielt kurz inne und grinste Jaden verschwörerisch zu, er grinste zurück.

„Also, ich finde, es war keine schlechte Entscheidung", sagte Lou, „bis jetzt hab ich's jedenfalls nicht bereut."

„Bei all den leckeren Sachen hier gibt es ja auch nichts zu bereuen", pflichtete Jaden ihr bei. „Und was hat deine Mum dazu gesagt?"

„Ach, du kennst sie doch." Lou kicherte. „Sie meinte, sie hätte auch schon ein dutzend Mal versucht, mit dem Fleischessen aufzuhören, aber leider fehlte ihr dazu die Willenskraft." Als sie alle wieder an ihrem Tisch saßen, redeten sie nicht allzu viel, sondern aßen. Zumindest alle außer Vanessa. Sie brauchte nicht so viel Zeit zum Essen, da sie sich kaum etwas auf ihren Teller getan hatte: Lediglich ein kleines Häufchen Salat und zwei Hühnerschenkel befanden sich darauf. Sie hatte sich unbeachtet der Namensschilder neben Konrad gesetzt und ließ sich über die richtige Ernährung aus. „Ich achte ja sehr auf meine Figur", sagte sie gerade mit bedeutsamem Gesicht zu Konrad. „Hühnerfleisch ist sehr fettarm, auf jeden Fall darf man nicht zu viele Kohlenhydrate essen, sonst geht man auf wie ein Ballon." Bei diesen Worten sah sie abfällig hinüber zu Lous Teller, der ziemlich voll war. Lou fing ihren Blick auf, schluckte den Bissen, an dem sie gerade gekaut hatte, herunter und streckte ihr einfach die Zunge raus.

„Pah … was für ein Benehmen!", sagte Vanessa und zog die Augenbrauen hoch.

„Ich find's gut, wenn man isst, was einem schmeckt, ohne auf irgendwelche Diäten oder sonstigen Quatsch zu hören", sagte Nick. Dankbar grinste Lou zu ihm herüber. Da fiel ihr Blick auf Nicks Teller. Sie stupste Jaden mit dem Ellenbogen an und deutete auf Nick. Jaden, der erst nicht recht verstand, was Lou von ihm wollte, sah etwas irritiert auf Nick. Erst als Lou „der Teller!", wisperte, begriff er, was sie meinte. Nick hatte ebenfalls nur vegetarische Speisen auf dem Teller.

„Sag mal, Nick, bist du Vegetarier?", fragte Jaden neugierig. Nick sah kurz auf. „Ja, wieso?"

„Seit wann denn?"

Nick zuckte die Schultern. „Ich habe noch nie in meinem Leben Fleisch gegessen. Viele Inder sind Vegetarier, meine Eltern, meine Großeltern … Wir essen alle kein Fleisch."

„Lou und ich – wir essen auch kein Fleisch mehr", sagte Jaden.

„Echt?", fragte Nick. „Na dann, herzlichen Glückwunsch!" Er grinste, aber es war ihm anzusehen, dass es nichts Besonderes für ihn war.

„Aber die Tiere werden doch sowieso getötet!", sagte Vanessa. „Da kann man sie doch auch ruhig essen."

„Das ist eine Frage der Ethik", antwortete Lou, „aber *davon* verstehst du bestimmt nichts." Vanessa verzog ihren Mund, als hätte sie gerade in eine furchtbar saure Zitrone gebissen, sagte aber nichts. Wahrscheinlich wusste sie tatsächlich nicht, was „Ethik" bedeutete. Ein paar der Jungs grinsten und Jaden hörte, wie irgendjemand „Zickenkrieg" raunte.

Als die meisten der Gäste mit dem Essen fertig waren, wurde die Musik lauter gedreht und einige Gäste schwebten trotz der vollen Mägen bereits auf die Tanzfläche. Jaden und die anderen bestellten sich noch eine Runde Malzbier und Limonade. Langsam wurde es kühler und das Lichterdach strahlte immer heller, während die Sonne langsam unterging. Vanessa fragte Konrad, ob er nicht mit ihr spazieren gehen wolle. Konrad willigte ein und stand auf. Vanessa hakte sich bei ihm unter und legte den Kopf an seine Schulter.

„Also, wenn du mich fragst, macht sich Konrad gerade ganz schön lächerlich", sagte Lou wütend, „was will er bloß mit dieser dummen Gans?"

„Keine Ahnung", erwiderte Jaden und nahm einen Schluck Malzbier.

„Versteh ich auch nicht – aber lass ihn doch." Jaden grinste. „Jetzt hast du freie Bahn …", sagte er und deutete auf Nick. Lou errötete.

„Frag ihn doch, ob er mit dir tanzt." Lou errötete noch mehr. „Halt bloß den Mund, bevor er was hört!", zischte sie, lächelte aber gleich darauf, als wäre nichts gewesen, weil Nick neugierig zu ihnen hinübersah.

„Siehst du!", presste Lou zwischen zusammengebissenen Zähnen hervor und trat Jaden auf den Fuß. „Au!", ächzte Jaden. „Ich will dir doch nur helfen. Du musst mehr mit ihm reden." Jetzt verließ Nick seinen Platz, kam herüber und setzte sich neben Lou.

„Na, was flüstert ihr euch denn hier zu?"

„Ach, na ja, wir wundern uns über diese Vanessa", sagte Jaden, als er sah, das Lou nichts hervorbrachte. Nick verzog das Gesicht.

„Ach ja, die … die musste ich einladen, weil ihre Eltern sich echt gut mit meinen verstehen, wisst ihr … Ich kann sie jedenfalls nicht besonders gut leiden – und das weiß sie auch … In unserer Klasse hat sie allerdings einige Fans."

„Ja, das sieht man … Weißt du, warum sie sich ausgerechnet so an Konrad ranschmeißt?", fragte Jaden.

„Nein, keine Ahnung", antwortete Nick, „wieso? Machst du dir Sorgen, dass er anbeißen könnte und dann nicht mehr so viel Zeit für uns hat?" Nick grinste. „Also, wenn er ein paar Worte mit ihr wechselt, wird er garantiert merken, dass sie nicht – na ja – sonderlich interessant ist." Er nahm einen Schluck Malzbier und sah Lou nachdenklich an. „Nicht mal halb so interessant wie andere Mädchen." Da war es wieder, Lous schüchternes Lächeln, aber dieses Mal sah sie nicht auf den Boden oder auf ihr Getränk, sondern antwortete.

„Danke schön fürs Kompliment", murmelte sie, strich sich eine Haarsträhne aus dem Gesicht und lächelte Nick zu. Der strahlte übers ganze Gesicht. „Möchtest du vielleicht – na ja, also …" Unsicher sah er zu den tanzenden Paaren hinüber, die sich auf der Terrasse zu einem schnellen Lied bewegten. „Also, hättest du vielleicht Lust, zu tanzen?"

Lous Gesicht leuchtete mit dem von Nick um die Wette und sie nickte.

Während Jaden den beiden beim Tanzen zusah, wurde er sehr nachdenklich. Er freute sich für die beiden, aber er musste auch an Katya denken. Wie sie getanzt hatte ... So etwas gab es kein zweites Mal! Niemand hier tanzte auch nur halb so schön wie Katya ... Lustlos trank er den Rest seines Malzbieres und hörte den Gesprächen der anderen nur mit halbem Ohr zu. Sie sprachen über ihre Fußballmannschaft und die Schule, über Musik und Computerspiele ... Alles Themen, die Jaden im Augenblick nicht im Mindesten interessierten, obwohl ihn noch vor ein paar Wochen nichts anderes interessiert hatte ...

„Hey!" Konrad kam wieder und setzte sich auf Lous leeren Stuhl. Jaden sah sich um, aber von Vanessa war nichts zu sehen.

„Wo ist sie?", fragte Jaden.

„Ach, lass mich bloß mit der in Ruhe!", schnauzte Konrad. Also hatte Nick doch Recht gehabt, dachte Jaden und grinste. Jaden wollte gerade fragen, was los gewesen sei, aber Konrad platzte von selbst damit heraus. „Stell dir vor, die dachte doch tatsächlich, ich sei auch Inder – ein Cousin von Nick oder so was – wegen meines ‚südländischen' Äußeren, meinte sie. Hab ihr erzählt, dass wir nicht verwandt sind und dass ich meinem Großvater nachschlage ... Du weißt ja, dass der Italiener war. Da hat sie nur gesagt: ‚Aha!', und dann hat sie mich losgelassen und gemeint, sie hätte jetzt keine Lust mehr, spazieren zu gehen und sie wolle lieber wieder zurück." Konrad streckte die Hand aus, als einer der Kellner vorbeikam und bestellte eine Cola.

„Sie dachte bestimmt, du wärst ein Cousin von Nick, der mindestens genauso steinreich ist wie er – eine gute Partie sozusagen." Jaden konnte sich ein Grinsen nicht verkneifen.

„Pff", machte Konrad abfällig, „die bildet sich aber auch was ein ... So ein nerviges Gequatsche hab ich noch nie gehört!"

„Na, siehst du, jetzt bist du sie wenigstens los!"

„Wo ist denn Lou eigentlich?", fragte Konrad und nahm die Cola entgegen, die der Kellner ihm reichte.

„Dahinten", sagte Jaden und deutete auf die Tanzfläche, auf der Nick und Lou jetzt zu einem langsameren Lied tanzten.

„Wusste gar nicht, dass Lou tanzen kann", knurrte Konrad verdrossen, schaute mürrisch drein und trank einen Schluck von seiner Cola.

„Ich auch nicht", sagte Jaden und sie sahen schweigend zu, wie die Paare tanzten, während es um sie herum immer dunkler wurde und das Meer der Lichter über den Köpfen der Tanzenden immer heller. Inzwischen kamen die Kellner an die Tische, ausgerüstet mit Kerzen und Lampions, die sie auf den Tischen verteilten. Die Gespräche an den umliegenden Tischen wurden allmählich lauter; der Alkohol lockerte die Zungen und färbte die Wangen der Gäste rot. Vanessa schnappte sich gerade den armen Kai und zog ihn ohne Erbarmen mit auf die Tanzfläche. Als die beiden sich dicht an ihm vorbeidrängten, ließ Konrad ein ganz merkwürdiges Geräusch ertönen, das fast wie ein Knurren klang. Erschrocken drehte sich Vanessa um und suchte anscheinend nach dem Verursacher des Geräusches. Wahrscheinlich sah sie eine Sekunde zu lang nach hinten, stolperte über ein Stuhlbein und lag, noch bevor sie wusste, was mit ihr geschah, auf dem Boden. Jaden prustete in sein Malzbier, als er zusah, wie hilflos Vanessa war, als sie versuchte, sich wieder aufzurappeln. Sie hatte so viel damit zu tun, ihr Kleid zurechtzuzupfen und mit ihren hohen Absätzen wieder Halt zu finden, dass sie wirkte wie ein auf dem Rücken liegender Käfer.

„Nun hilf mir doch mal, du blöder Hornochse!“, schrie sie Kai zu, der feixend danebenstand. *„Puh, was für ein Benehmen!“*, flötete Lou, der das Geschehen ein paar Meter weiter nicht entgangen war, und schüttete sich aus vor Lachen.

Auf Konrads Gesicht bildete sich ein spöttisches Grinsen. Zufrieden lehnte er sich zurück und beobachtete, wie Vanessa noch lange weiterschimpfte und Kai ihr schließlich half.

„Jaden, Konrad!“, ertönte eine fröhliche Stimme hinter ihnen. „Warum tanzt ihr nicht? Amüsiert ihr euch nicht?“ Es war Herr Govinda, mit einem Glas Wein in der Hand, der schon ziemlich angeheitert war und glückselig lächelte.

„Doch, doch!“, log Jaden. „Wir ruhen uns nur kurz mal aus.“ Herr Govinda schlug Jaden freundschaftlich auf die Schulter, verschüttete dabei etwas Wein und setzte sich auf den freien Stuhl neben ihm.

„Ist das nicht herrlich?“ Er deutete auf Nick und Lou, die immer noch ausgelassen miteinander tanzten.

„Dass Nick jetzt schon wieder so fröhlich ist! Dass die ganze Sache *so phantastisch* ausgegangen ist, das haben wir nur dir zu verdanken!“ Er beugte sich etwas vor, so dass sein Gesicht beinahe Jadens berührte, und legte ihm verschwörerisch die Hand auf die Schulter. „Ich möchte, dass du eines weißt: Ich werde dir das, was du für Nick getan hast, nie vergessen! Du hast wirklich Schneid, Junge, weißt du das? Also …“ Er hielt inne und trank noch einen Schluck Wein. „… wenn du mal in Schwierigkeiten stecken solltest oder irgendetwas brauchst, steht dir unsere Tür immer offen, okay?“ Jaden wusste nicht, was er dazu sagen sollte, und nickte einfach. Ihm war es unangenehm, immer wieder auf diesen einen Tag angesprochen zu werden, denn eigentlich war es ja Rania, die all diese Lorbeeren verdient hatte. Und Konrad und Lou waren genauso dabei gewesen wie er. Die letzten Klänge des Liedes schallten über die Tanzfläche. Nick und Lou kamen wieder zum Tisch, lachten und stürzten rasch den Inhalt ihrer Gläser hinunter und gingen wieder tanzen. Offenbar schienen alle Spaß zu haben, dachte Jaden resigniert, alle außer ihm und Konrad. Frau Govinda, die einen leuchtend gelben, mit goldenen Mustern bestickten Sari trug, unterhielt sich glänzend mit Lous Mum, seine Eltern schwebten Arm in Arm über die Tanzfläche, zu dem langsamen Lied, das jetzt gespielt wurde. Nick und Lou verschwanden von der Tanzfläche und kamen auf den Tisch zu.

„Dad, was machst du denn hier?“, fragte Nick in gespieltem Ernst und zog die rechte Augenbraue hoch. „Du besetzt unsere Plätze!“

„Oh, entschuldigt“, sagte Herr Govinda lachend, „natürlich, hab ich ganz vergessen … Ihr wollt unter euch sein, nicht wahr? Ich geh schon, ich geh schon, keine Sorge!“ Und damit ging er zu seiner Frau und schlang ihr von hinten die Arme um die Taille und drückte ihr einen Kuss auf die Wange.

„Bist du mit dem Fahrrad hier?“, fragte Konrad und leerte sein Glas.

„Ja“, sagte Jaden, „wieso?“

„Wollen wir nicht abhauen? Hab ein neues Spiel zu Hause, das wir mal antesten können.“ Jaden nickte und unter all den Gästen fiel es keinem weiter auf, dass sich zwei Jungs heimlich davonstahlen. Bei Konrad saßen sie noch lange vor der Spielekonsole, bevor Jaden schließlich nach Hause fuhr. Seine Eltern waren noch nicht da, als er gegen Mitternacht erschöpft ins Bett fiel.

Am nächsten Morgen wurde Jaden von seinem Vater geweckt. Er wirkte aufgeregt, als er in Jadens Zimmer gestolpert kam und sagte: „Komm schnell nach unten! Es gibt Neuigkeiten!" Sein Gesicht strahlte, trotz der Augenringe und der Tatsache, dass es erst acht Uhr war. Jaden sprang aus dem Bett, nur mit Unterhose bekleidet, und lief die Treppe hinunter. Seine Mum stand am Telefon und als sie Jaden sah, lächelte sie so fröhlich, dass Jaden sich ernsthaft Sorgen machte. Was, um alles in der Welt, konnte so toll sein, dass seine Eltern nach einer durchzechten Nacht und so wenig Schlaf von einem Anruf so begeistert waren? Seine Mum drückte gerade auf den Lautsprecherknopf.

„Mein Sohn ist jetzt hier … Könnten Sie noch einmal erzählen, was Sie mir gerade gesagt haben?"

„Ja, natürlich", kam es aus dem Lautsprecher, „hallo, Jaden, hier spricht Dr. Ohnmacht … Ich erzählte gerade, dass ich Tag und Nacht über den Aufzeichnungen Nathans saß … Und ich muss euch sagen, dass eure Vermutung stimmt. Er war *absolut genial!* Ein paar seiner Theorien sind so phantastisch, dass ich es selbst gar nicht glauben kann … Ihr könnt euch nicht vorstellen, was für ein gewaltiges Potenzial darin steckt!" Dr. Ohnmacht überschlug sich beim Reden, so aufgeregt war er. „Ein paar seiner Arbeiten würde ich gern an ein wissenschaftliches Magazin senden, an die Science; sie werden dann veröffentlicht – die Fachwelt muss einfach davon erfahren! Das heißt – selbstverständlich nur, wenn ihr mir eure Zustimmung gebt, natürlich."

Jaden und seine Mum tauschten freudige Blicke.

„Ja! Ich hab's doch gewusst", entfuhr es Jaden.

„Das hast du, in der Tat", tönte es aus dem Lautsprecher, „dein Großvater wäre sehr stolz auf dich … Und ich bin auch überglücklich darüber, dass Nathans Schriften ihren Weg an die Öffentlichkeit finden! Es wäre wirklich eine Schande gewesen, wenn sie unter irgendwelchen alten Dielenbrettern verrottet wären …"

„Im Übrigen geben wir unsere Zustimmung mit Freude", sagte Conny Page, „allerdings nur unter einer Bedingung."

„Und die wäre?"

„Dass sie uns eine Ausgabe dieses Magazins zusenden, in der wir über Nathan lesen können – wahrscheinlich muss ich mir dann auch noch ein paar physikalische Grundkenntnisse aneignen, damit ich auch nur einen Bruchteil davon verstehe."

Dr. Ohnmacht lachte. „Das ist ja gerade das Grandiose an Nathans Theorien – sie drehen sich zwar um die Physik, aber schneiden auch viele andere Themen an, die jeden interessieren, und die sehr außergewöhnlich sind. Ich bin mir sicher, dass er eine bedeutende Karriere vor sich gehabt hätte – mit seinen Qualitäten!"

„Ja, das glaube ich mittlerweile auch, aber damals …" Conny Page schüttelte den Kopf.

„Ach, was ich Ihnen noch erzählen wollte – kurz nachdem Sie beide das Institut verlassen haben, kam Prof. Dr. Hellmann in mein Büro und wollte wissen, wer da gewesen sei. Sie können sich mein Erstaunen nicht vorstellen – Hellmann hatte sich bis dahin noch nie dazu herabgelassen, in meinem Büro zu erscheinen."

„Und?", fragte Jaden. „Was haben Sie gesagt?"

„Oh, ich habe mir eine nette Geschichte ausgedacht … Von einem kleinen Jungen, der gern Physiker werden möchte und ein paar Fragen an mich hatte, und von einer Mutter, die sehr aufdringlich gewesen sei und in ihrem Sohn ein Genie vermutete, bitte verzeiht! Doch es funktionierte … Er ließ mich wieder in Ruhe. Komisch war das aber trotzdem – er wirkte so nervös, fast, als würde er etwas ahnen …"

„Gut, dass Sie diesen Hellmann erwähnen", sagte Jaden und nach dem Moment der Freude kroch wieder unstillbare Wut in ihm hoch, „mit dem haben wir sowieso noch ein Hühnchen zu rupfen!"

„Ja, der Meinung bin ich auch … Wenn es wirklich stimmt, was du erzählt hast, dann ist Hellmann hochgradig kriminell … Aber wie sollen wir ihm was nachweisen?"

„Mir fällt schon was ein", sagte Jaden bestimmt, „keine Sorge! Auf jeden Fall wird dieser Hellmann sich ziemlich wundern, wenn er die Zeitung aufschlägt und die Theorien von Nathan sieht, von denen er dachte, sie würden nie wieder auftauchen!"

„Ja, *das* Gesicht würde ich auch zu gern sehen!", sagte Dr. Ohnmacht lachend. „Allerdings", sagte er und seine Stimme klang ernster, „wird er sich dann auch Gedanken machen, woher sie stammen, und *wer* genau sie der Zeitschrift zugesandt hat."

„Aber gibt es da nicht so etwas wie einen Schutz für die Informanten?" Jaden erinnerte sich, so etwas mal irgendwo gehört zu haben.

„Zugegeben, den gibt es – aber Hellmann hat überall Beziehungen und es ist nicht auszuschließen, dass er eine Information, die er unbedingt haben will, am Ende auch bekommt. Bei allem, was man über Hellmann sagen kann – eines tut er nicht: schnell aufgeben."

„Und was haben Sie jetzt vor? Ich meine, es könnte doch gefährlich für Sie werden, am physikalischen Institut zu bleiben, oder?", fragte Jaden und Besorgnis schwang in seiner Stimme mit.

„Ich werde erst mal kündigen und mich dann bemühen, woanders eine Stelle zu finden", sagte Dr. Ohnmacht. „Ich will ja schon lange weg von hier."

„Aber Sie sagten doch, das wäre nicht so einfach", wandte Jaden ein.

„Nun, ich werde sehen, was wird … Und ich bin guter Hoffnung! Schlimmer als jetzt kann es nicht mehr werden. Ich habe viel zu lange gewartet … Ich hätte schon viel eher gehen sollen!"

„Wissen Sie", sagte Jaden voll Überschwang, „mein Gefühl sagt mir, dass Sie schon bald eine viel bessere Stelle bekommen werden."

Dr. Ohnmacht lachte. „Na, dann kann ja nichts mehr schiefgehen, würde ich sagen!"

„Herr Dr. Ohnmacht?", fragte Jaden. „Können wir weiterhin auf Ihre Hilfe zählen?"

„Was ist das denn für eine Frage? Das versteht sich doch von selbst, natürlich könnt ihr weiter auf mich zählen!"

„Gut, ich wollte nur sicher sein." Jaden war erleichtert. „Dann rufe ich Sie an, wenn ich mir etwas wegen Hellmann überlegt habe."

„Oh, ich würde mich sehr freuen, diesem Hellmann eins auszuwischen …", sagte Dr. Ohnmacht und Jaden hörte deutlich die Verbitterung in Dr. Ohnmachts Stimme.

„Ich möchte Ihnen nochmals danken", sagte Conny Page ins Telefon, „für das, was sie für meinen Vater – und damit für meine Familie – getan haben."

„Sie brauchen mir nicht zu danken, Sie haben mir mindestens genauso geholfen wie ich Ihnen."

Noch lange nach dem Gespräch, als sie beim Frühstück saßen, konnte Jaden sein Dauergrinsen nicht abschalten. Während er sich sein Brötchen mit Marmelade bestrich und seine Eltern über die gestrige Feier redeten, fiel ihm plötzlich etwas ein.

„Mum?“, sagte er. „Wo ist Großvater eigentlich begraben?“ Conny Page sah erstaunt auf, aus der Kaffeetasse vor ihr quoll heißer Dampf. Sie überlegte einen Moment, bevor sie antwortete.

„Oh … nicht weit von hier … Du meinst, du willst ihn besuchen gehen?“

„Ja, das würde ich gern“, gab Jaden zu, „nach allem, was geschehen ist, würde ich gern mal sein Grab besuchen gehen.“

„Tja … du hast Recht.“ Sie sah ihrem Sohn in die Augen und streckte ihre Hand aus, um sacht über Jadens Wange zu streichen. „Es ist unsere Pflicht, uns nach so langer Zeit mal bei ihm blicken zu lassen, nicht wahr?“

„Das finde ich allerdings auch. Wirklich bemerkenswert, was dein Vater geleistet hat, Conny. Er hat wirklich ein wenig Ehre verdient.“ Unvermittelt sprang Conny Page von ihrem Stuhl auf. „Ich mach mich gleich an die Arbeit“, sagte sie. „Ich nehme ein paar Gartengeräte und Blumen mit.“ Damit lief sie hinaus zum Gartenschuppen und begann tatsächlich, im Garten herumzuwühlen, noch bevor sie ihre erste Tasse Kaffee getrunken hatte. Und das war wirklich ziemlich ungewöhnlich für sie.

Gleich nach dem Frühstück fuhren sie los. Auf dem Friedhof roch es wie auf allen Friedhöfen, die Jaden je besucht hatte. Dieser merkwürdige Geruch nach Tannen und alter Erde, den Jaden nicht ausstehen konnte. Und dann die Grabsteine und Kreuze, die überall herumstanden. Die wenigen bunten Blumen zwischen all dem Grau machten das Bild auch nicht viel erfreulicher, dachte Jaden, während er und sein Vater seiner Mum hinterhertrotteten, die nun schon zum achten Mal behauptete, hier würde es aber ganz sicher irgendwo sein.

„Das ist es!“, rief sie, schob ein paar Zweige zur Seite – und … wieder nichts, wieder war es ein anderes Grab. So ging es nun schon eine halbe Stunde. Ratlos stand Conny Page vor dem fremden Grab.

„Tja, jetzt müssen wir wohl doch jemanden suchen, der uns weiterhilft“, seufzte sie.

„Wen willst du denn hier fragen, bitte schön?“, sagte Eric Page. „Also ehrlich, wir laufen jetzt schon ziemlich lange hier rum, aber ich habe noch keine Menschenseele entdeckt, die so aussieht, als würde sie uns weiterhelfen können."

„Tja, ich weiß auch nicht – seit der Beerdigung war ich nicht mehr hier … Ich kann mich einfach nicht mehr erinnern, wo genau …"

Jaden wusste nicht, woher es kam, er stand einfach nur da und lauschte dem Gezänk seiner Eltern, aber plötzlich überkam ihn das Bedürfnis, ein Stück zu gehen. Seine Beine trugen ihn ganz von allein.

„Jaden?", rief Conny Page ihm hinterher. Er kümmerte sich aber nicht darum, lief einfach weiter, schlängelte sich zwischen vielen Gräbern hindurch und fand sich schließlich vor einer schwarzen Granitplatte wieder, die gut verborgen auf dem Boden lag. Ein kleiner Zweig war darauf gefallen, so dass man die Inschrift nicht entziffern konnte. Jaden wischte ihn mit einer kurzen Handbewegung weg und las:

Dr. Nathan Reinholz
1954–1993

„Das ist ja nicht zu fassen", flüsterte Conny Page, als sie bei Jaden angekommen war. „Woher wusstest du …?"

„Keine Ahnung, ich wusste es plötzlich einfach", sagte Jaden. Auch Eric Page war für einen Augenblick sprachlos.

„Das ist es also", sagte Conny und legte die Blumen auf das Grab. Dann stand sie eine Weile davor. Jaden versuchte, sie nicht zu stören, und beschäftigte sich genau wie sein Vater damit, die vorüberziehenden Wolken zu betrachten. Nachdem sich Conny Page vom Grab abgewandt hatte, liefen ihr Tränen die Wangen hinunter.

„Könnte ich einen Moment allein sein?", bat Jaden, er spürte, dass er mit seinem Großvater allein sein musste, so merkwürdig das auch war.

„Natürlich, wir gehen zurück zum Auto. Lass dir so viel Zeit, wie du brauchst", sagte Eric Page und hakte sich bei seiner Frau ein. Sobald seine Eltern außer Sichtweite waren, setzte sich Jaden neben das Grab und legte seine Hand auf die Granitplatte. Sie war angenehm kühl. Jaden fühlte sich merkwürdig fremd an diesem Ort. All die Gräber, die fein säuberlich aneinandergereiht waren. Wie es wohl unter der Erde aussehen musste? Eine grausige Vorstellung … Aber wenn der Traum von letzter Nacht genau wie die Traumreisen kein einfacher Traum gewesen war, dann bedeutete das, dass sein Großvater und die anderen Menschen, die hier begraben lagen, irgendwo weiterexistierten. „Eine schöne Vorstellung", dachte Jaden.

„Ich weiß gar nicht, was ich sagen soll", flüsterte Jaden und ein Lächeln huschte über sein Gesicht. „Ich glaub, mir ist der Gesprächsstoff ausgegangen, nachdem wir uns letzte Nacht unterhalten haben." Jaden saß noch eine Weile so da und schwieg, dann legte er sich neben das Grab, so dass sein Kopf genau neben der Granitplatte lag. Sein Blick war in die Wolken gerichtet. In der Ferne hörte er die Stimmen anderer Besucher; ein Kind lachte.

„Ich glaube, du hast Recht, Großvater", sagte Jaden, „ich muss nur wissen, dass ich alles schaffen kann. Und weißt du was? Ich wette, das gelingt mir!" Jaden lag noch eine Weile im Gras und sah in den blauen Himmel. Dann, ganz plötzlich, bildete sich aus einer Wolke ein Bild und Jaden glaubte, zu träumen. Aber, nein: Da war es – ganz deutlich! Iljas Gesicht, das ihm verschwörerisch und grinsend zuzwinkerte. Jaden stand wie benommen auf und starrte der Wolke hinterher, die langsam weiterzog und ihre Form wieder so veränderte, als sei nichts geschehen. Jaden drehte sich noch einmal zum Grab seines Großvaters um. Und als er ging, fühlte er sich bestens ausgerüstet für eine Aufgabe, die er noch nicht kannte.

Danksagung

Ein herzliches Dankeschön
an Michael Schmidt aus Rostock, der zum Erscheinen dieses Buches beigetragen hat,

an Ivonne und Alina Koenen aus Garz für den moralischen Zuspruch und ihr Engagement,

… doch der allergrößte Dank gebührt unserer Tochter Diana.
Diana, wir haben immer an deine künstlerischen und schriftstellerischen Fähigkeiten geglaubt.
Danke für diesen wundervollen Roman!
Deine Eltern